Martin Cruz Smith
Rose

Colección Bestseller Mundial

MARTIN CRUZ SMITH
ROSE

Traducción de Josefina Guerrero

PLANETA

Título original: Rose

© Martin Cruz Smith, 1996
© por la traducción, Josefina Guerrero, 1998
© Editorial Planeta, S. A., 1998
    Córcega, 273-279, 08008 Barcelona (España)
Diseño de la sobrecubierta: Jordi Salvany (foto © Letraset)
Primera edición: marzo de 1998
Depósito Legal: B. 8.920-1998
ISBN 84-08-02445-0
ISBN 0-333-63292-3 editor Macmillan, Londres, 1996, edición original
Composición: Foto Informática, S. A.
Impresión: Liberduplex, S. L.
Encuadernación: Eurobinder, S. A.
Printed in Spain - Impreso en España

APR 2 3 2003

Para Em

AGRADECIMIENTOS

Manifiesto mi reconocimiento a Christopher Maclehose y Anne O'Brien por encaminarme hacia Wigan; a Nikki Sheriff, por facilitarme la sala de cartografía; a Kristin Jakob, por el jardín adecuado; a Jean Sellars, por la indumentaria apropiada; a George Thompson, por la poesía, y a Ian Winstanley por introducirme en el mundo subyacente.

Y, sobre todo, agradezco a Joe Fox haber alumbrado mi camino para que surgieran cinco libros durante quince años.

CAPÍTULO UNO

Las mujeres más hermosas del mundo eran africanas. Mujeres somalíes envueltas en túnicas de radiantes morados, bermellones y rosados, con collares de cuentas ambarinas que despedían electricidad al frotarse entre sí, y que olían a miel y a limones.

Mujeres del Cuerno de África que miraban a través de velos áureos y recogían sus cabellos como lágrimas tintineantes, se cubrían con negras túnicas de la cabeza a los pies y reflejaban sus anhelos en los ojos pintados con *khol*. En las montañas de la Luna, las *dinka*, negras y esbeltas como el bosque oscuro y arrogante, altas y esculturales, con corsés de abalorios que sólo se abrían en su noche de bodas.

Y las mujeres de la Costa de Oro con áureas cadenas, campanillas y pulseras, que danzaban con faldas tejidas con hilos dorados en salas perfumadas con canela, cardamomo y almizcle.

Jonathan Blair despertó entre sábanas húmedas y revueltas, tiritando como consecuencia de la lluvia, los humos y el hollín que azotaban la única ventana de su habitación. Deseó poder reanudar su sueño, pero se había disipado como humo, aunque él siempre llevaría África en la sangre.

Suponía que tenía tifus. Sus sábanas estaban empapadas de sudor, la semana anterior estuvo amarillo desde los ojos hasta las puntas de los pies, y sus orines eran marrones, señal de que sufría malaria. Por ello, la pasada noche había pedido quinina y ginebra, al menos lo había intentado.

En el exterior resonaban las campanas de otra horrible mañana, como si estallasen las venas de su cerebro. Estaba helado

9

y en la pequeña chimenea de su habitación un puñado de rescoldos se convertía en cenizas. Puso los pies en el suelo, dio un paso y se desplomó.

Recuperó el sentido al cabo de una hora. Comprendió que era así porque distinguió un nuevo estrépito de campanas, así que, al fin y al cabo, había alguna alusión a la divinidad, como un regulador celestial con un gong.

Desde el suelo, Blair disfrutaba de una baja pero excelente perspectiva del salón: la raída alfombra con manchas de té, el lecho con sábanas arrugadas, la única silla, la mesa con una lámpara de petróleo, el empapelado remendado con periódicos, la ventana por donde una triste y grisácea luz iluminaba las cenizas apagadas del hogar. Sintió tentaciones de arrastrarse hasta la silla y morir sentado, pero recordó que tenía una cita ineludible.

Tembloroso como un perro viejo, avanzó a gatas hasta la lumbre. Los escalofríos le estrujaban las costillas y retorcían sus huesos, y el suelo oscilaba como la cubierta de un barco. Se desmayó de nuevo.

Al volver en sí, tenía una cerilla en la mano, y un periódico y astillas en la otra. Lo complació comprender que reaccionaba por igual consciente que inconscientemente. El periódico estaba doblado en la página que correspondía al Boletín de Protocolo de Palacio de 23 de marzo de 1872. «Su Alteza Real, la Princesa, asistirá a la reunión de patrocinadores de la Royal Geographic Society con sir Rodney Murchison, presidente de la Sociedad, y el reverendísimo obispo Hannay. Al acto concurrirán...»

Aquello había sucedido el día anterior, lo que significaba que se había perdido los festejos, como es natural si hubiera sido invitado, y hubiera contado con el dinero necesario para alquilar un coche. Rascó la cerilla e hizo acopio de sus fuerzas para sostener la vacilante llama bajo el periódico y las astillas y empujarlos bajo la rejilla de la chimenea. Mientras rodaba por el suelo hasta el cubo de carbón, rogó en su fuero interno que hubiera combustible, y así fue; entonces, echó un puñado en el fuego. Sobre la rejilla colgaba una tetera: rogó de nuevo que hubiera agua. Dio unos golpecitos a la tetera y distinguió el chapoteo del líquido. Alimentó el fuego con más papel y más carbón y, cuando el combustible hubo prendido, se tendió lo más cerca posible de la cálida emanación del fuego.

No le gustaba el té inglés. Hubiera preferido el marroquí, más dulce y mentolado, y servido en vaso; el denso café turco o una tacita de café americano. Pero pensó que en Londres aquello tal vez fuera lo más agradable que podía conseguirse.

En cuanto apuró el té, se aventuró a vestirse. Con grandes dificultades —puesto que no podía levantar los brazos sin sufrir grandes temblores— convirtió su pañuelo en una especie de corbata. Como hacía días que temía acercar una navaja a su garganta, lucía una barba incipiente. Aún disponía de ropas decentes y su reloj de bolsillo le informó de que si tenía que trasladarse de Holborn Road a Savile Row, debía salir cuanto antes, puesto que no contaba con medios para utilizar un sistema de transporte. Por lo general, el trayecto a pie duraba una hora, pero, en aquellos momentos, le parecía una travesía entre montañas, desiertos y pantanos. Se apoyó en la ventana y contempló el tráfico callejero de coches y los paraguas que se cruzaban por las aceras. El cristal reflejaba un rostro tosco, y curtido por una existencia vivida al aire libre. Ni siquiera para él mismo era un semblante grato ni amable.

Bajó la escalera balanceándose como un marinero. Se decía que todo iría bien mientras no se partiera una pierna. De todos modos, era una cita que no podía perderse si deseaba salir de Inglaterra y a la que, si era preciso, acudiría a rastras.

Londres lo agredió con el hediondo efluvio de excrementos de caballos y los gritos de un vagabundo que se enfrentaba a una hilera de coches de alquiler y que intercalaba su discurso con explosivas descargas de flemas. Los bulevares parisinos se lavaban a diario; en San Francisco, al menos, la suciedad se deslizaba rodando hasta la bahía; pero en Londres la porquería crecía tranquilamente, salvo por las precipitaciones diarias, y producía un hedor que ofendía el olfato.

Blair pensó que así era la propia Inglaterra: una nariz arrugada junto al ojo azul del mar del Norte. El otro Edén, la isla con cetro, era un orinal bajo el cielo, y sus súbditos paseaban orgullosos con sus paraguas.

En aquel extremo de Holborn Road, las tribus locales estaban formadas por judíos, irlandeses y rumanos, que vestían harapos descoloridos y sombreros hongos. Cada calle tenía casa de empeños, misión, casquería, tenderete de ostras y una gran profusión de cervecerías. Aunque el hedor era como una miasma, los vecinos no lo advertían y se sentían como peces en el agua en aquel ambiente. Autobuses descapotados tirados por caballos avanzaban dando tumbos entre capas de llovizna y niebla; hombres letrero exhibían publicidad de quiroprácticos, dentistas y médiums. Mujeres con boas empapadas ofrecían atisbos de colorete, y de enfermedades venéreas. En los puestos de las esquinas vendían panecillos, patatas calientes y periódicos con titulares que anunciaban: «¡Una mujer desesperada estrangula a su bebé!» Blair se preguntaba qué criterio publicitario seguirían los editores para escoger una noticia entre la diaria multitud de atrocidades urbanas que se sucedían.

A mitad de camino, en Charing Cross, los carteles anunciaban productos de primera necesidad para la gente de clase media: píldoras hepáticas, bayas de saúco, leche Nestlé y jerez Cockburn. Allí la población se transformaba en una sociedad masculina de trajes negros y chisteras; oficinistas que se sujetaban los cuellos con las manos, comerciantes con guantes de algodón y cajas con cintas, y abogados con chalecos cruzados por leontinas de plata, pertrechados todos ellos con sus paraguas. Blair no tenía paraguas, y se resguardaba de la lluvia con un sombrero de ala ancha que desviaba el agua a los hombros de su impermeable. Calzaba unas botas empapadas cuyas suelas protegía con las páginas arrancadas de un breviario, el pie izquierdo con el himno *Un paseo más cerca de Ti*, y se detenía cada cinco minutos para apoyarse en una farola.

Cuando llegó a St. James's volvió a sufrir escalofríos, que se convirtieron en espasmos, y le castañetearon los dientes. Aunque llegaba con retraso, entró en un bar en cuya puerta una pizarra anunciaba «Ginebra económica». Depositó su última moneda en la barra, donde le dejaron amplio espacio los parroquianos habituales, dependientes y aprendices en su hora de almuerzo, con rostros tensos de plañideros en potencia.

El camarero le sirvió un vaso de ginebra.

—Si lo desea, esto va acompañado de huevos encurtidos y ostras —le dijo.

—No, gracias: no puedo ingerir sólidos.

Todas las miradas parecían converger en el fondo de su vaso. No se trataba exactamente de que sus rostros fuesen blancos: comparada con otra, la epidermis de los británicos tenía un resplandor cetrino que reflejaba un sol largo tiempo perdido tras una cortina de humo. Un muchacho de viva mirada se aproximaba a lo largo del mostrador. Llevaba una franja verde en el sombrero, una corbata morada tan aplastada como una hoja de repollo y guantes amarillos sobre los que lucía anillos.

—Soy del *Illustrated London News* —se presentó, al tiempo que le tendía la mano.

Era un periodista. Blair no aguardó el cambio, se apartó de la barra y se precipitó hacia la puerta.

El muchacho sonreía como quien ha descubierto una perla en su ostra.

—Era Blair —anunció—. Blair de la Costa de Oro: *el negro* Blair.

Se dirigía a una mansión de Savile Row donde bancos y clubes solían instalar sedes: con acceso entre una hilera de columnas y ventanales provistos de sobresalientes almenas de mármol que inspiraban confianza, idoneidad y discreción en sus tres plantas. Sobre una columna, en una placa de latón se leía: The Royal Geographical Society.

Jessup, el mayordomo, lo saludó solícito como siempre, por razones para él desconocidas. Lo ayudó a quitarse el abrigo y el sombrero, lo condujo al fondo del guardarropa y le sirvió té con leche.

—¿Cómo está usted, señor? —se interesó.

—Algo resfriado.

Blair temblaba de tal modo tras su breve carrera desde el bar que apenas podía evitar que se le derramase el té.

—Con este té de pólvora se recuperará en seguida. Me alegra volver a verlo, señor.

—Lo mismo digo, Jessup. ¿Está el obispo?

—Sí, señor, así es. Acaban de servir queso y oporto a Su Gracia. Tranquilícese usted. He leído con el mayor interés los informes sobre su trabajo, señor. Confío que se reciban muchos más.

—También yo.

—¿Cree que podrá sostenerse en pie, señor?

—Espero que sí.

Los temblores remitían. Se levantó con cierta precipitación y Jessup le cepilló la chaqueta.

—La ginebra le destrozará las entrañas, señor.

—Gracias, Jessup.

Decidió moverse puesto que se sentía algo descansado.

—Encontrará al obispo en la sala de cartografía. Vaya con cuidado, señor: no está de buen humor.

La sala de cartografía demostraba la contribución de la Sociedad —conocida en sus inicios como Asociación Africana— a la exploración y al conocimiento. En un gran mapa se delineaban las expediciones por ella patrocinadas: de Mungo Park, Níger arriba; de Burton y Speke al lago Victoria; de Speke y Grant al Nilo Blanco; de Livingstone hasta el Congo, y de Baker a Uganda, en busca de Speke. En las paredes, a dos niveles, aparecían estanterías repletas de libros y mapas, y una escalera de hierro fundido, en forma de espiral y sostenida por columnas daba acceso a la galería superior. A través de la claraboya llegaba una luz desvaída. En el centro de la sala, un globo terráqueo mostraba las posesiones británicas, como un círculo comunitario en rosa imperial.

Junto al globo se encontraba el obispo Hannay. Era alto, de mediana edad, y llevaba un traje de lana con cuello eclesiástico en forma de uve invertida. Como la mayoría de ingleses vestía de negro, parecían una nación en perpetuo duelo, pero la sombría tela y el cuello blanco destacaban aún más la insólita energía del hombre y su franca mirada. Era rubicundo, de rojos labios, y sus negros cabellos habían encanecido y se le alborotaban en las sienes y las cejas como si estuvieran chamuscados.

—Siéntese, Blair. Tiene un aspecto horrible —le dijo.

Junto a una mesa cartográfica se veían dos sillas de alto respaldo y, sobre ésta, un servicio de queso y oporto. Blair aceptó la invitación y se desplomó en una de ellas.

—Me alegro de volver a verlo, Su Gracia. Lamento haber llegado tarde.

—Apesta a ginebra. Tome un poco de oporto.

Hannay le sirvió una copa, que él no probó.

—Todo apesta en usted, Blair: malversación de fondos benéficos, premeditado desacato a las órdenes recibidas, instigación a la esclavitud. ¡Por Dios! Ha escandalizado a la Sociedad y al Foreign Office. ¡Y era mi recomendado!

—Sólo tomé los fondos que se me debían. Si pudiera reunirme con el Consejo de Directores...

—Si lo hiciera, lo abofetearían y lo echarían a la calle.

—Bien, no me gustaría incitarlos a la violencia.

Tras una pausa para rellenar su copa, añadió:

—¿Me escuchará usted?

—Yo no me escandalizo tan fácilmente. Conozco las debilidades humanas —repuso al tiempo que se sentaba—. Pero no, no lo escucharé porque sería una pérdida de tiempo. Ellos están resentidos con usted por razones que no tienen nada que ver con esas acusaciones.

—¿Tales como...?

—Por ser americano. Sé que nació aquí, pero ahora es americano. No puede imaginar lo cáustico que puede ser su estilo y su palabra. Y, además, es pobre.

—Por ello cogí el dinero —respondió Blair—. Me encontraba en Kumasi de reconocimiento. Yo no soy como Speke, no necesito un ejército, sólo cinco hombres, un equipo de ensayo, medicinas, alimentos y regalos para los jefes. Tenía que pagar a los hombres por anticipado y ya había agotado mis propios medios. Aquella gente dependía de mí. De todos modos, veinte libras era muy poco y la mitad de los hombres murieron. ¿Dónde estaba el dinero prometido por el Foreign Office y la Sociedad? Gastado por la administración colonial en Accra. Tan sólo tenía a mi alcance los Fondos de la Biblia y los utilicé. Se trataba de libros o de supervivencia.

—De biblias, Blair: alimento de las almas. Aunque fuese para metodistas.

El obispo se expresaba en voz tan baja que Blair no advirtió si bromeaba.

—¿Y sabe usted en qué invirtió mi dinero la oficina de Accra? En un derroche de fastuosas ceremonias y honores para un estúpido asesino: su sobrino.

—Era una visita oficial. Aunque, desde luego, organizaron todo un espectáculo. Si usted no fuera tan pobre, no hubiera habido ningún problema. Por eso África es terreno de caballeros. Mientras que usted es...

—Un ingeniero de minas.

—Digamos que algo más. Un geólogo, un cartógrafo pero, en definitiva, no un caballero. Los caballeros disponen de suficientes medios privados para enfrentarse a situaciones desesperadas. No se preocupe: yo satisfice la deuda que había contraído con los fondos de la Biblia.

—Con el dinero que gasté en Kumasi, la Sociedad aún me debe cien libras.

—Tal como los ha deshonrado, no espere recibirlas.

El obispo se levantó. Era tan alto como un *dinka*. Blair lo sabía con certeza porque era el único miembro del Consejo de Directores que había estado en África, la auténtica África al sur del Sahara. Blair se lo había llevado consigo al Sudán, donde primero se encontraron con las moscas, luego con el ganado y, por último, con el campamento de nómadas *dinka*. Las mujeres, al igual que todos los africanos, huían de los visitantes blancos, pues decían que se comían a los negros. Los hombres formaron una hilera defensiva, cubiertos únicamente por un polvo ceniciento que se aplicaban al cuerpo y por sus brazaletes de marfil. A impulsos de la curiosidad, el obispo se quitó la ropa y comparó sus miembros con el guerrero más corpulento: desde los hombros hacia abajo los dos gigantes eran idénticos en todos sus detalles físicos.

Hannay se levantó y giró levemente el globo terráqueo.

—Explíqueme esa cuestión de la esclavitud —dijo.

—Su sobrino Rowland se internó para exterminar animales —repuso Blair.

—Recogía muestras con fines científicos.

—Muestras con agujeros. Si alguien sacrifica cincuenta hipopótamos y veinte elefantes en medio día, es un carnicero, no un científico.

—Es un científico aficionado. ¿Qué tiene eso que ver con la esclavitud?

—Su sobrino manifestó que el Foreign Office le había encargado investigar los asuntos de los nativos y se mostró sorprendido de que persistiera la esclavitud en una colonia británica.

—En el protectorado británico —rectificó Hannay alzando la mano.

—Disponía de tropas y de una carta por la que usted le permitía retenerme como su guía. Lord Rowland declaró que liberaría a los esclavos de los ashanti y que cargaría al rey de cadenas. Lo dijo con el fin de provocar la reacción de los indígenas y de implantar tropas británicas.

—¿Qué hay de malo en ello? Los ashanti se han enriquecido con la esclavitud.

—Al igual que Inglaterra. Ingleses, holandeses y portugueses establecieron la trata de esclavos con ellos.

—Pero ahora Inglaterra ha prohibido el comercio de esclavos. El único medio de acabar por completo con ello consiste en aplastar a los ashanti y asegurar el dominio británico en toda la Costa de Oro. Pero usted, Jonathan Blair, mi empleado, se puso de parte de los esclavistas negros. ¿Cuándo se consideró autorizado a frustrar la política del Foreign Office o a poner en duda las intenciones morales de lord Rowland?

Blair sabía que Hannay utilizaba el título de Rowland para poner de relieve su inferior estatus social. Superó su democrático impulso de largarse enojado.

—Me limité a aconsejar al rey que se retirara y salvara su vida para luchar más adelante. Podemos acabar con él y con su familia dentro de unos años.

—Los ashanti luchan bien: no será una carnicería.

—Los ashanti entran en combate con mosquetes y estuches con versículos del Corán cosidos a sus camisas, mientras que la infantería británica lucha con rifles Martini-Henry. Será una gloriosa carnicería.

—Entretanto, sigue adelante la maldita esclavitud.

—Inglaterra no quiere sus esclavos, sino su oro.

—Desde luego. Y se suponía que usted iba a encontrarlo, pero no fue así.

—Volveré por usted.

Se había propuesto formular la oferta con cautela, no espetarla de manera tan desesperada.

El obispo sonrió.

—¿Enviarlo otra vez a la Costa de Oro? ¿Para que vuelva a ayudar a sus amigos negreros?

—No, para concluir el estudio que comencé. ¿Acaso conoce alguien el país tan bien como yo?

—Eso es indudable.

Blair conocía bastante a Hannay para captar el desprecio con que respondía a su súplica personal. Bien, muchos caminos conducían a África. Lo intentaría de nuevo.

—Tengo entendido que el año próximo enviarán una expedición al Cuerno. Allí hay oro y necesitará a alguien como yo.

—A alguien como usted, no necesariamente a usted. La Sociedad preferirá a cualquier otro.

—Usted es el principal patrocinador y harán lo que diga.

—Por el momento la situación no le es favorable.

Hannay conseguía parecer divertido, aunque no sonreía.

—Comprendo con claridad sus intenciones, Blair. Usted odia Londres, aborrece Inglaterra y cada instante que transcurre aquí le resulta detestable. Desea regresar a su jungla y a sus mujeres de color de café. Es transparente para mí.

Blair sintió una oleada de calor en las mejillas que nada tenía que ver con la malaria ni con el oporto. Hannay lo había desenmascarado de un modo brutal. Y tal vez también lo había despedido. El obispo se dirigió a las estanterías de libros donde se encontraban *Primeros pasos en el este de África*, de Burton, y *Viajes de misionero*, de Livingstone, dos obras con un éxito editorial que solía compararse a los sensibleros mitos londinenses de Dickens. Pasó la mano con suavidad sobre los informes de la Sociedad: *Rutas comerciales de navegación árabe, Supersticiones y rituales de los hotentotes, Recursos minerales del Cuerno de África* y *Ciertas prácticas entre los pueblos del Cuerno*, los dos últimos contribuciones menores del propio Blair. Como si estuviera solo, Hannay se dirigió con calma hacia el estante dedicado a Sudáfrica, a los zulúes y a los bóers.

A Blair no se le ocurría ninguna protesta ni salida airosa. Tal vez había sido despedido, y con tal rapidez que no había captado el desplante. Calculó en silencio cuánto debía por su mísero alojamiento. Aparte de las ropas que vestía, todas sus posesiones cabían en una mochila. Sus únicas pertenencias valiosas consistían en su equipo profesional: un cronómetro, un sextante y un telescopio.

—¿Qué perspectivas se le presentan? —inquirió el obispo como si leyera sus pensamientos.

—Hay otras compañías mineras en Londres: la Compañía del Este de las Indias o algún proyecto sobre Egipto. Encontraré algo.

—Cualquier empresario pedirá referencias y usted estará públicamente deshonrado antes de que concluya esta semana.

—O ir a Nueva York o a California. Allí todavía abunda el oro.

—No lo conseguirá sin un billete de barco. Su sombrero está empapado: no tenía dinero para alquilar un coche.

—Aunque sea obispo, es usted un hijo de perra.

—Soy anglicano —repuso Hannay—, lo que me concede gran libertad. Por ello lo tolero a usted.

—He dirigido minas Hannay en América, en México y Brasil. Usted fue quien me envió a África.

—Se lo pedí, no lo envié. Y usted marchó disparado.

—No le pido dinero, ni siquiera el que la Sociedad me debe. Sólo un billete para Nueva York, nada más.

—¿Eso es todo?

—El mundo está lleno de minas.

—Y como el conejo blanco, usted se meterá en un agujero y jamás volveremos a verlo.

Hannay se dejó caer en una silla frente a Blair como si desease puntualizar su aserto.

—Cierto.

—Bien, lo echaré de menos, Blair. Puede ser muchas cosas, pero en modo alguno un conejo. Me siento responsable de usted. Lo cierto es que ha realizado un trabajo excelente en lugares difíciles. Y su compañía, cuando controla su lenguaje, no es desagradable. Resulta patético verlo reducido a este estado. Mañana cocerá sus botas y se las comerá, o subsistirá a costa de la caridad londinense. No, no es un conejo.

—Entonces, déjeme salir de este lugar.

El obispo juntó sus manos de tal modo que parecía orar, pero en su caso se trataba de simple concentración.

—¿Zarparía desde Liverpool hacia Nueva York?

Blair asintió. Por vez primera abrigaba cierta esperanza.

—Entonces tal vez encontremos algo para usted por el camino —prosiguió Hannay.

—¿Qué significa *por el camino*?

—En Wigan.

Blair se echó a reír, sorprendido de tener fuerzas para ello.

—Gracias, prefiero morir de hambre —dijo.

—Wigan es una población minera. El mundo está lleno de minas, usted mismo lo ha dicho.

—Me refería a minas de oro, no de carbón.

—Pero su experiencia comenzó en las minas de carbón.

—Por ello conozco la diferencia.

—Cien libras y los gastos —dijo Hannay.

—Las cien me las adeuda. ¿Mis gastos en Wigan? ¿Se refiere a todos los pasteles de carne que pueda consumir?

—Y un puesto en la expedición del año próximo. Está previsto que se reúnan en Zanzíbar e intenten cruzar el continente desde la costa este de África hasta el oeste con el propósito de llegar a la desembocadura del río Congo. No puedo garantizarle un puesto, sólo soy un patrocinador, pero hablaré en su favor.

Blair volvió a llenar su copa y trató de sostener la botella con firmeza. Aquello era lo mejor que podía esperar, con el único agravante de Wigan.

—¿Sólo para controlar una mina de carbón? En Wigan habrá un centenar de hombres más capacitados para ello.

—No. La labor que deseo confiarle es para la Iglesia.

—¿Que pronuncie conferencias o pase transparencias de África? ¿O que les hable de misioneros que he admirado? ¿Todas esas cosas?

—Esto forzaría demasiado la credibilidad. No, algo más apropiado para su naturaleza, su curiosidad y sus peculiares antecedentes. Algo privado. En Wigan hay un joven coadjutor, un sacerdote de la corriente evangélica, prácticamente metodista, casi wesleyano. Un fanático que predica a las mujeres caídas y a los convictos. El problema no consiste en que sea un necio, sino en que no podemos encontrarlo. Como el conejo blanco, se ha metido en un agujero y ha desaparecido.

—¿Quiere decir que bajó a una mina? —inquirió Blair.

—No, no. Sólo que ha desaparecido. Lo vieron por última vez hace dos meses. La policía ha interrogado a la gente, pero nuestros agentes son muchachos locales, preparados principalmente para controlar a los borrachos y perseguir a los cazadores furtivos.

—Contrate un detective de fuera.

—Los mineros desprecian a los detectives como si fueran esquiroles, y suelen serlo. Usted, por otra parte, se identifica con su entorno: en África lo consiguió mejor que ningún blanco.

—Podría contratar a alguien de Londres.

—Un londinense se sentiría perdido. No comprendería siquiera el lenguaje de Lancashire. Su madre era de Wigan, ¿no es cierto? Creo recordar que me hizo tal confidencia ante un fuego de campamentos en Sudán.

—Hablamos de muchas más cosas.

—Era muy natural. Mi patria es Wigan: un vínculo que existe entre los dos. Usted residió allí hasta que su madre se lo llevó a América.

—¿Qué se propone?

—Cuando alguien le hable, comprenderá lo que le dice.

La ginebra y el oporto combinaban perfectamente. Los escalofríos desaparecían y se centraba su mente.

—Hay algo más —dijo Blair—. Usted no se tomaría todas estas molestias simplemente por un sacerdote incorregible, en especial si es un necio.

El obispo Hannay se adelantó complacido en su asiento.

—Desde luego que hay más. El sacerdote está comprometido con mi hija. Deseo saber si al salir de un bar le partió la cabeza un irlandés, o si trataba de redimir a una prostituta y fue seducido por ella. Y todo tiene que realizarlo con discreción. Será un agente enviado por mí, de modo que mi hija, el resto de la nación y yo no lleguemos a enterarnos por los periódicos de lo ocurrido.

—Pudo suceder cualquier cosa. Tal vez cayó en un pozo, en un canal o bajo una vagoneta de carbón. Tal vez metió mano en los Fondos de *su* Biblia y huyó con unos gitanos.

—Sea lo que fuere, deseo saberlo.

El obispo sacó un sobre de cartón atado con una cinta roja de debajo de su silla. Lo desató y mostró a Blair su contenido.

—Se refiere a John.

—¿Se llama John?

—Así es. También le entregaré cincuenta libras de anticipo a cuenta de sus gastos.

—¿Y si mañana apareciera en la iglesia?

—Se lo guarda usted todo. Haga una comida decente y cómprese medicinas. Le he reservado un hotel en Wigan: las facturas me las enviarán a mí.

—¿Significa eso que irán a cargo de carbones Hannay?

—Es lo mismo.

Pensó que aunque le debían el doble, cincuenta libras era una cifra generosa. El obispo daba una de cal y otra de arena.

Blair estaba tan sudoroso que se le pegaba la ropa al respaldo del asiento.

—¿Cree que me encargaré de ello?

—Creo que está desesperado y sé que desea regresar a África. Es una tarea fácil, un favor personal y también una forma de redención menor.

—¿Qué significa eso?

—¿Usted me cree un hombre duro, Blair? Cualquiera en su caso se hubiera interesado por mi hija, me hubiera preguntado en qué situación se encontraba cuando comprendió que su prometido había desaparecido. ¿Estaba afligida, histérica, tuvo que ser atendida por un doctor? No me ha formulado una sola pregunta.

El obispo aguardó. Blair observaba la lluvia que salpicaba la ventana, se agrupaba en gotas y formaba regueros que se deslizaban hasta el marco.

—Bien, ¿cómo está su hija?

Hannay sonrió: había conseguido el resultado que esperaba.

—Lo resiste bien, gracias. Se sentirá aliviada cuando sepa que usted accede a ayudarnos.

—¿Cómo se llama?

—Aquí está todo.

El obispo cerró el sobre, lo ató y lo depositó en las rodillas de Blair.

—Leveret se pondrá en contacto con usted en el hotel. Es el administrador de mi finca. Buena suerte.

En esta ocasión no le cupo duda de que lo había despedido. Se levantó y se sostuvo en la silla sujetando el sobre y su precioso dinero.

—Gracias.

—No tiene importancia —repuso Hannay.

Blair tuvo que rodear el globo para salir. Se encontraba en la puerta cuando el obispo lo llamó.

—Puesto que trabajará para mí y cerca de mi casa deseo recordarle que muchos lo consideran una especie de explorador. Es usted famoso por acercarse a los nativos, primero en el este de África y luego en la Costa de Oro. Pero aprender su idioma es una cosa, y vestir y comportarse como ellos, algo muy distinto. La gente suele llamarlo *el negro* Blair. No debe permitirlo.

CAPÍTULO DOS

Blair viajaba en un vagón de ferrocarril tan silencioso y encerado como un coche fúnebre, con lámparas de petróleo tenues cual velas. Pensó que sólo le faltaba llevar flores en el pecho. Incluso parecía que lo acompañaba el cortejo funerario porque el resto del compartimento estaba ocupado por dos hombres y una mujer que regresaban de una reunión de la Liga Moral y de Buenas Costumbres y lucían franjas rojas y negras de militantes que decían: «El té anima y no embriaga.» Puesto que aún no se había afeitado esperaba desagradarles para entablar conversación, pero se sentía observado como un león moribundo por una bandada de buitres.

Aunque había invertido en quinina y brandy, la fiebre se presentaba en oleadas que lo dejaban sudoroso y agotado entre cada acceso. No podía quejarse: la malaria era un mal mínimo, el precio de admisión en África. Había desdichados que soportaban recuerdos mucho más espectaculares: la enfermedad del sueño, la fiebre de los pantanos, la fiebre amarilla, anónimas y exóticas enfermedades que provocaban hemorragias y parálisis, o hinchaban la lengua como la vejiga de un cerdo hasta impedir el paso del aire. En comparación con ellas, la malaria era una molestia menor, una bagatela, una nimiedad.

Apoyó la frente contra la fría ventana. Por el exterior discurría el bucólico escenario de un granjero arando tras un percherón. Hombre y animal se sumergían en un mar de barro: el monzón inglés. El barro se levantaba en pardas oleadas que ocultaban al granjero tras de sí. Cerró los ojos y un revisor lo sacudió y le preguntó si estaba enfermo.

«Tengo los ojos tan amarillos como tus botones de latón. ¿Te parece eso normal?», pensó Blair.

—Estoy perfectamente —respondió.

—Si está enfermo, tendrá que apearse —le advirtió el hombre.

Cuando el revisor se alejó se produjo un embarazoso silencio entre los miembros de la Liga. Luego, el viajero que tenía enfrente se humedeció los labios con la lengua y confesó:

—Yo estuve como usted, hermano. Me llamo Smallbone.

La nariz del hombre era como una patata rosada, y su traje negro de lana brillaba por el uso y los lavados. En su frente brillaban líneas azules. Blair sabía que aquéllas eran señales permanentes: el polvo que recogían las heridas de los mineros en los techos de carbón.

—Pero mi marido se salvó —comentó la mujer que estaba a su lado.

Apretó los labios en fina línea y añadió:

—Aunque seamos débiles y míseros.

No podía acceder a otro compartimento a menos que se deslizara por el exterior del tren. Consideró tal perspectiva.

—¿Le importa que recemos por usted? —sugirió la señora Smallbone.

—No, si lo hacen quedamente —repuso Blair.

—Tal vez sea papista —susurró Smallbone a su esposa.

—O un bandido —comentó el otro viajero.

Éste lucía una densa barba y una pelusa negra y rizada que se extendía casi hasta sus ojos. Blair pensó que parecía persa: cualquier seguidor de Zoroastro se hubiera sentido orgulloso de semejante barba.

—Hubiera dicho que era un oficial destituido hasta que abrió la boca y resultó ser americano. Ustedes suelen ir muy bien rasurados, como los artistas, los italianos y los franceses.

—El señor Earnshaw es miembro del Parlamento —informó la mujer del minero a Blair.

—Eso justifica sus modales.

—Se gana enemigos en seguida —repuso Earnshaw.

—Es un don. Buenas noches —dijo Blair.

Y cerró los ojos.

El oro atraía a los británicos. Los ashanti tenían tanto que parecían los incas de África. El oro salpicaba sus ríos, veteaba sus colinas. ¿Qué mejor inversión que un hombre armado de un trípode, un sextante, barrena, gamella y botellas de mercurio? Que los héroes descubrieran las fuentes del Nilo y las montañas de la Luna, que mataran leones y monos y bautizaran lagos y pueblos no tenía importancia, Blair tan sólo buscaba piritas y cuarzo, el destello revelador de la aurora.

Entre un sueño febril se vio transportado a las áureas y arenosas playas de Axim. En esta ocasión lo acompañaba Rowland. Le constaba que el sobrino del obispo estaba loco, pero confiaba que el océano serenaría sus azules ojos. La brisa marina agitaba la barba dorada de Rowland, y la espuma ondulaba siguiendo un ritmo continuado.

—Excelente —murmuró Rowland—. Excelente.

En Axim, las mujeres cribaban el oro en bateas de madera pintadas de negro para descubrirlo a la luz del sol. Vadeaban desnudas por las aguas para filtrar la arena y caían, y se levantaban entre las olas sosteniendo las bateas en lo alto.

—¡Maravillosos patos! —exclamó Rowland al tiempo que apuntaba con su rifle.

Una batea voló por los aires, y la mujer que la sostenía se hundió entre una ola ensangrentada. Al ver que Rowland recargaba su arma, las restantes mujeres se precipitaron hacia la playa. El hombre disparó de nuevo, metódico e indiferente. Se desplomó otra mujer, el polvo dorado cayó entre la arena y Rowland hizo rodar el cuerpo con el pie para que su cuerpo se impregnara de motas brillantes. Blair reunió a las restantes indígenas para ponerlas a salvo y Rowland recargó su arma y apuntó hacia él. Sintió la presión del cañón en su nuca.

Se despertó a medias, preso del terror. Tenía la nuca sudorosa, pero no había rifle alguno contra ella: sólo era un sueño. Rowland jamás había hecho algo semejante, por lo menos en Axim.

«Vivimos en dos mundos por igual —había explicado un africano a Blair—. Despiertos, caminamos pesadamente, con la mirada baja por efecto del sol, y hacemos caso omiso, o dejamos de observar, lo que nos rodea; cuando dormimos, con los ojos abiertos tras los párpados, pasamos por un mundo vibrante donde los hombres se convierten en leones, las mujeres en serpientes y, a través de nuestros sentidos agudizados, los vagos temores de la jornada se revelan y hacen visibles.

»Despiertos, estamos atrapados en el presente como una lagartija en un reloj de arena que reptara eternamente sobre la arena caída; al dormir, volamos desde el pasado hacia el futuro. El tiempo deja de ser un angosto y agotador sendero y se convierte al punto en un inmenso bosque.»

Según el africano, el problema de Blair consistía en que vivía tan sólo en el mundo diurno. Por ello necesitaba los mapas, porque veía muy poco.

Blair había protestado diciendo que raras veces soñaba, lo que provocó una risa paroxística en el africano: los hombres sin memoria no podían soñar. ¿Y sus padres? Aunque estuvieran muy lejos podía visitarlos en sueños. Blair respondió que no los recordaba. Su padre era un ser anónimo; a su madre la enterraron en el mar cuando él tenía cuatro años. ¿Cómo tener recuerdos?

El africano se ofreció a curarlo para que pudiera soñar y recordar.

Pero Blair se negó.

Cuando abrió los ojos descubrió en su regazo un folleto de la Liga Moral. «La bebida ahoga todo sentimiento de vergüenza y de pesar. El alcohol convierte al obrero en holgazán, al padre amante en un ser pródigo. ¿Te resulta esto familiar?»

Desde luego que sí. Jamás regresaría a la Costa de Oro. Con los ojos abiertos y con la claridad de la fiebre, comprendía que la promesa de Hannay era como una baratija que se ofrece a una criatura. Los misioneros estaban de moda y ninguno de ellos aceptaría que un hombre de su reputación formara parte de su equipo dijera lo que dijese el obispo, y Hannay lo sabía. De modo que en realidad le ofrecían ciento cincuenta libras, cien de las cuales ya se le debían. Le restaba lo que pudiera sustraer de los gastos.

En cuanto a Wigan, un solo minuto que pasara allí sería malgastar dinero. Blair pensó que incluso podría olvidarse de las cien libras que le debían, seguir en el tren hasta Liverpool y embarcar en el primer vapor que zarpase hacia África occidental. El problema era que, en cuanto desembarcara en la Costa de Oro, el Consulado le obligaría a embarcar de nuevo. Y si se internaba en el monte para buscar a su hija, lo seguirían los soldados como habían hecho anteriormente, en cuyo caso ella estaría mejor sin su padre.

La veía bailar sobre una alfombra, en su casa de Kumasi, cómo se envolvía y despojaba de la túnica dorada de su madre, radiante con aquel tejido. Durante la danza, sus manos expresaban todo un lenguaje que decía: «No, vete; alto, detente ahí; ven: acércate; más cerca, más cerca; baila conmigo.»

Él no tenía habilidad para danzar mientras que los ashanti parecían contar con articulaciones adicionales exclusivas para tal arte. Ella se cubría la boca ante su torpeza. Blair la veía bailar y se preguntaba qué tendría de él. La pequeña había extraído cuanta decencia poseía y se preguntaba qué habría hecho con el resto. Tal vez hubiera otra criatura, negra en el interior. No era el oro lo que la hacía brillar: el resplandor procedía de ella misma. Si era un espejo de él, ¿por qué brillaba mucho más?

—Las prostitutas, por lo menos, desempeñan un papel tradicional en la sociedad. Son mujeres caídas, tal vez débiles o depravadas, por lo común ignorantes y pobres, que empeñan sus más preciados valores por unas monedas. Son criaturas patéticas, pero comprensibles. Sin embargo, las mineras de Wigan constituyen una amenaza mucho mayor y por dos razones.

Al llegar a este punto Earnshaw se interrumpió.

Blair trataba de dormir y, con los ojos cerrados, escuchaba el sonido de las traviesas que cruzaban y que, sobre un puente de pilares, repetían la fórmula interminable *wiganwiganwiganwigan, áfricaáfricaáfrica* y de nuevo *wiganwiganwigan*.

—Por dos razones —prosiguió Earnshaw—. En primer lugar, porque han traicionado su propia sexualidad, la han negado y pervertido. Por lo menos las prostitutas son mujeres, ¿pero qué es una minera? Se venden fotos de ellas por toda Inglaterra, en las que aparecen como monstruos, vestidas con pantalones y mirando a la cámara con aire varonil. Cualquier mujer decente experimenta repulsión y desagrado. Es más, incluso las mujeres caídas reaccionan instintivamente de igual modo.

»La segunda razón es que las mineras realizan un trabajo que deberían desempeñar los hombres. No existe otro ejemplo en la industria de nuestro país donde la mujer asuma trabajos destinados para el sexo más fuerte y responsable. Al obrar así, no sólo privan del pan a los hombres, sino a las familias de esos hombres. Las víctimas son sus esposas e hijos, un sufrimiento ante el cual cierran los ojos los propietarios de las minas porque el salario de las mujeres es inferior.

—El sindicato está de acuerdo con usted —intervino el minero—. Esas muchachas son un peligro para el obrero, y una amenaza para la institución familiar.

—El Parlamento ha intentado expulsarlas en dos ocasiones de las minas y ha fracasado en su empeño, con lo que se han crecido en su insolencia —añadió Earnshaw—. En esta ocasión no podemos fallar. Cristo ha hecho de ello mi cruzada.

Blair lo miró con los párpados entornados. Las cejas de Earnshaw parecían electrificadas, como si Jehová las hubiera ungido con un relámpago. Amén de su barba estropajosa, de los agujeros de su nariz y de sus orejas surgían mechones adicionales de vello. Pensó en sugerirle que utilizara mantequilla para dominar su barba, al igual que las somalíes cuidaban sus cabellos, pero no le pareció un ser receptivo a nuevas ideas.

Al anochecer, el revisor pasó por el vagón para intensificar la luz de las lámparas y Earnshaw y los Smallbone se concentraron en la lectura de sus biblias. A Blair le latía el pulso con excesiva rapidez para poder conciliar el sueño, por lo que abrió su mochila y extrajo el sobre que le dio el obispo Hannay. Había retirado antes el dinero sin molestarse en examinar el resto, que consistía en dos páginas de papel cebolla y una foto donde aparecía un equipo de rugby. Las páginas estaban escritas con los rasgos meticulosos de un contable. Blair examinó la firma que figuraba al final: O. L. Leveret, el empleado de Hannay, y volvió al comienzo.

Escribo estas líneas como amigo y confidente del reverendo John Edward Maypole, cuya desaparición y prolongada ausencia han privado a la parroquia y a la ciudad de Wigan de un espíritu enérgico y sincero.

Como coadjutor de nuestra parroquia, el señor Maypole ayudaba al reverendo Chubb en todos sus deberes parroquiales comunes, tales como los servicios religiosos, la instrucción catequística, la escuela de la Biblia y las visitas a enfermos y pobres. Por su parte, el señor Maypole recogió fondos y fundó el Hogar para Jóvenes Caídas por Vez Primera de Wigan. Durante sus funciones en el Hogar, conoció a Charlotte, su alma gemela, la hija del obispo Hannay, con quien se comprometió. La pareja tenía previsto casarse en julio. La joven se muestra inconsolable. Por otra parte, la clase obrera es la que más se ha resentido de la ausencia del señor Maypole. Era asiduo visitante de los hogares más humildes y, aunque realizaba gran parte de su labor social entre mujeres, era un hombre capaz de enfrentarse a los mineros más vigorosos en el rugby, donde jugaba limpio y se defendía bien.

Me disculpo si el texto siguiente parece el contenido de un registro policial. Se trata simplemente del intento de reconstruir las actividades de John Maypole el 18 de enero, último día en que fue visto. Maypole realizó el servicio matinal en sustitución del reverendo Chubb, que estaba enfermo, y, a partir de entonces, hasta mediodía, visitó a convalecientes. Su almuerzo consistió en pan y té, que tomó en casa de la viuda Mary Jaxon. Por la tarde, dio cla-

ses de Biblia en la parroquia, sirvió comidas en el correccional del municipio y visitó el Hogar Femenino, donde supervisó la instrucción de enfermería y servicio doméstico. Por entonces, su trabajo cotidiano ya había finalizado. El señor Maypole habló con los mineros que regresaban de sus labores y los invitó a un acto social que tendría lugar en la rectoría el sábado siguiente. La última persona a quien invitó fue a Rose Molyneux, una minera; después, ya no lo vio nadie más. Puesto que solía tomar el té solo y acompañado de un libro y no tenía obligaciones durante la velada, sin duda dio por concluida la para él habitual jornada. De igual modo, al día siguiente, dado que sus deberes e intereses eran tan amplios y diversos, su ausencia no fue advertida hasta el atardecer, cuando el reverendo Chubb me pidió que visitara sus habitaciones y, según me informó su ama de llaves, su lecho estaba intacto, sin señales de que hubiera dormido allí. Desde entonces, las investigaciones realizadas por la policía han resultado infructuosas.

La parroquia, la familia Hannay y los amigos de John deseamos que las investigaciones acerca de su paradero se lleven a cabo con discreción, de modo que su modesta y sencilla existencia no se vea vinculada a ningún escándalo.

O. L. Leveret, administrador de la finca Hannay

La fotografía estaba pegada a un cartón y en ella aparecían veinte jugadores de rugby con uniformes improvisados a base de suéters y pantalones cortos que posaban en doble fila, unos sentados y otros de pie, con un telón de fondo pintado que representaba un jardín. Calzaban zuecos con la parte superior de cuero y suelas de madera, tenían anchos hombros y eran vigorosos. Algunos tenían las piernas tan arqueadas como bulldogs. El individuo que estaba en el centro conmemoraba la ocasión sosteniendo una pelota de rugby donde se leía «Wigan 14-Warrington 0» escrito con tinta blanca. Los dos jugadores más altos se situaban en los extremos opuestos de la fila posterior para equilibrar el grupo. Uno era moreno, con densa cabellera, y dirigía una mirada feroz a la cámara; el otro era rubio, con mirada tan plácida como un ternero y, junto a él, Leveret había anotado el nombre del reverendo Maypole. En el dorso aparecía grabado: «Estudio Fotográfico Hotham's - Millgate, Wigan. Retratos, novedades, estereoscopios.»

Aun teniendo en cuenta el dramatismo del escrito, las palabras de Leveret constituían un elogio. Un elogio confuso puesto que ignoraba qué tiempo utilizar al referirse al desaparecido coadjutor, si pasado o presente, y si debía considerarlo vivo o muerto. También sorprendió a Blair que la desaparición de una figura tan pública como Maypole no hubiera tenido mayor trascendencia.

Examinó de nuevo la fotografía. Los restantes jugadores parecían agotados; los jóvenes tenían una mirada adusta; los mayores exhibían unas señales características en frentes y manos, que no eran simple suciedad. En cuanto a John Edward Maypole, lucía una frente tersa, con los cabellos pulcramente peinados hacia atrás. La barbilla huidiza deslucía su perfil, pero le daba un aspecto muy sincero.

Blair dejó a un lado la foto y la carta. Maypole: le gustaba aquel nombre. Sonaba a auténtico inglés con remembranzas bucólicas y eróticas, una alusión a doncellas que adoraban a dioses paganos mientras trenzaban guirnaldas en torno a un antiguo símbolo de fertilidad. Dudaba que semejante imagen hubiera pasado jamás por la mente del coadjutor, al igual que pensamiento alguno podría traspasar un denso mármol. Y a buen seguro que lo mismo podría decirse de su inconsolable «alma gemela», la señorita Charlotte Hannay. Blair imaginaba sus posibles y diversas personalidades: la doncella virtuosa con corsé y moño, tal vez enlutada; la linda y alocada señorita Hannay que visitaría a los pobres en un coche tirado por un poni, o una persona práctica, provista de vendas y remedios, como una Florence Nightingale local.

El cielo se oscureció aún más, no a causa de las nubes, sino por un elemento más denso. Desde la ventanilla, Blair distinguió algo semejante al altísimo penacho de un volcán, salvo que no existían conos volcánicos en erupción ni montañas a la vista. En realidad, entre los montes Peninos hacia el este y el mar al oeste, sólo se extendían terrenos pantanosos y colinas en un prolongado declive de depósitos carboníferos subterráneos. El humo no se remontaba desde un solo punto, sino igual que un negro velo hacia el norte del horizonte, como si a lo lejos se propagase un incendio. Era preciso aproximarse para descubrir que el horizonte consistía en una línea ininterrumpida de chimeneas.

Las chimeneas se reunían en torno a las fábricas textiles, químicas y vidrieras, fundiciones, tintorerías y ladrillares. Pero las chimeneas más grandiosas se encontraban en las minas de carbón, como si la propia tierra se hubiera convertido en una inmensa factoría. Cuando Blake aludía a «satánicas y siniestras fábricas», se refería a las chimeneas.

Aunque anochecía, la oscuridad era prematura. Incluso Earnshaw miraba por la ventanilla algo sobrecogido. Cuando hubieron dejado atrás una tras otra bastantes chimeneas, el cielo se tornó ceniciento como en un eclipse. A ambos lados, vías privadas conectaban las minas con el canal de la parte delantera. Entre la nube y las líneas férreas se encontraba Wigan que, a primera vista, más parecía unas ruinas incandescentes que una ciudad.

El carbón se trabajaba en la misma ciudad, y producía vertederos consistentes en negras colinas de escoria, de algunos de los cuales escapaban llamitas de gas que se precipitaban de pico en pico, cual duendecillos azules. El tren aminoró su marcha al pasar junto a una mina en el instante en que llegaba a la superficie un montacargas atestado de mineros. Cubiertos de carbonilla, los hombres resultaban casi invisibles salvo por las lámparas de seguridad que llevaban en las manos. El tren pasó junto a una torre coronada por una especie de tocado y, pese a la tenue luz, Blair advirtió que estaba pintado de rojo. En el lado opuesto, los mineros marchaban en fila india por la escoria, acaso tomaban un atajo hacia sus hogares. Blair los distinguió de perfil y advirtió que entre ellos había mujeres, también vestidas con pantalones, y sucias de carbonilla.

La vía atravesaba el canal, sobre gabarras cargadas de carbón. Luego pasaron junto a una fábrica de gas y una sucesión de industrias textiles con altas ventanas iluminadas y chimeneas que expelían el humo de las máquinas de hilar, como castillos saqueados e incendiados. La locomotora se detuvo entre explosiones de vapor. Distintas líneas conducían hacia cobertizos y patios. En medio, como una isla, se encontraba un andén con columnas de hierro y lámparas colgantes. El tren se aproximó con sigilo, profirió una última y convulsa sacudida y se detuvo.

Los Smallbone se levantaron al instante y salieron al pasillo dispuestos a internarse en las fuerzas de la oscuridad. Earnshaw recogió una bolsa del portaequipajes superior.

—¿No se apea usted? —preguntó a Blair.

—No. Creo que seguiré hasta el final de la línea.

—¿De verdad? Pensé que su destino era Wigan.

—Se equivocaba.

—Eso parece.

Earnshaw se reunió con los Smallbone en el andén, donde fueron saludados por un sacerdote con sotana y formaron un círculo feliz y fantasmal. Ante unas palabras de Earnshaw, el sacerdote dirigió una huidiza mirada hacia el tren. Blair se recostó en su asiento y el grupo desvió su atención ante la llegada de un hombre alto con sombrero hongo.

Blair tenía doscientas libras en perspectiva, es decir, cien. El pasaje desde Liverpool a la Costa de Oro costaba diez libras y sabía que tendría que usar diferente nombre y desembarcar en el norte de Accra, ¿pero acaso los médicos no le prescribían siempre viajes al océano? Por lo tanto se recuperaría por el camino. Con suerte, al día siguiente podría irse.

Se caló el sombrero sobre los ojos e intentaba ponerse cómodo cuando alguien le dio un golpecito en el hombro. Echó atrás el sombrero y alzó la mirada: ante él se encontraban el revisor y el hombre alto del andén.

—¿El señor Blair?

—Sí. ¿Es usted Leveret? —aventuró Blair.

El silencio del desconocido parecía una forma de asentimiento. Pensó que era joven y contradictorio. Leveret llevaba el sombrero cepillado, pero su chaqueta estaba arrugada y se mostraba incómodo con su chaleco de seda rayado. Sus graves ojos de profunda mirada reflejaban asombro ante la inercia de Blair.

—Esto es Wigan —dijo.

—Cierto —convino Blair.

—No tiene buen aspecto.

—Es un observador astuto, Leveret. No me siento bastante bien para levantarme.

—Tengo entendido que no pensaba apearse.

—Se me ocurrió esa idea.

—El obispo Hannay le anticipó fondos para realizar una tarea. Si no lo hace, tendré que reclamarle tales fondos.

—Descansaré en Liverpool y regresaré —dijo Blair.

«¡Al diablo con ello! —pensó—. Embarcaré hacia África.»

—Entonces, tendrá que comprar otro billete en la estación —intervino el revisor.

—Se lo compraré a usted.

—Acaso funcionan así las cosas en América —repuso Leveret—, pero aquí los billetes se adquieren en la estación.

Al levantarse, Blair descubrió que tenía débiles las piernas y que se sentía inseguro. Dio un traspiés, cayó en el andén y se apresuró a levantarse con cierta dignidad. Los últimos viajeros que se apeaban —dependientas con sombrereras— se apartaron y lo dejaron pasar como si fuera un leproso cuando entraba tambaleándose en la estación. Entre dos asientos vacíos había una estufa. No se veía a nadie en la ventanilla, de modo que se apoyó en la repisa y pulsó el timbre. El sonido le produjo un estremecimiento, se volvió y vio partir el tren del andén.

Leveret estaba en la puerta con su mochila bajo el brazo.

—Tengo entendido que lleva mucho tiempo ausente de Wigan —dijo.

Leveret tenía el rostro alargado y triste de un caballo desnutrido y su altura lo obligaba a inclinarse al pasar bajo los letreros de las tiendas. Condujo a Blair por la escalera de la estación hasta una calle de grasientos ladrillos rojos con tiendas. Pese a la penumbra de las lámparas de gas, las aceras estaban atestadas de tenderetes y exposiciones al aire libre de impermeables, botas, pañuelos de seda, cintas de satén, cristal de Pilkington y aceite de parafina. En unos puestos se ofrecían cuartos de vaca australiana, callos gelatinosos, arenques y bacalao dispuestos en hileras, y cubos de ostras con hielo. Los olores de té y café se insinuaban como perfumes exóticos. Todo yacía bajo una tenue y brillante capa de hollín. Blair pensó que si el infierno tuviera una floreciente calle principal, sería como aquélla.

Redujeron su marcha ante un escaparate donde aparecía un rótulo con la inscripción LONDON SLASHER.

—Es el periódico local —comentó Leveret, como si se tratara de un burdel.

El hotel Minorca se encontraba en el mismo edificio. Leveret acompañó a Blair hasta una suite de la primera planta, decorada con terciopelo y artesonados oscuros.

—Incluso una planta de caucho —dijo Blair—. Me siento en casa.

—Reservé la suite por si recibe visitas durante su investigación. De ese modo dispondrá de un despacho.

—¿Un despacho? Leveret, tengo la sensación de que usted sabe más que yo mismo acerca de lo que se supone que debo hacer.

—Me importa más esta investigación que a usted. Soy amigo de la familia.

—Eso es muy agradable, pero le agradecería que dejara de calificarlo como una *investigación*. Yo no soy un policía. Formularé algunas preguntas que usted probablemente ya habrá hecho, y luego seguiré mi camino.

—¿Lo intentará? Ha aceptado dinero por ello.

Blair sintió que comenzaban a flaquearle las piernas.

—Haré algo.

—Pensé que querría comenzar cuanto antes. Ahora le presentaré al reverendo Chubb, a quien ya vio en la estación.

—Y que al parecer es más divertido que un orfeón de monos.

Blair se dirigió hacia una silla y se dejó caer en ella.

—Usted me encontró en el tren y me ha arrastrado hasta aquí, Leveret. Ahora, puede irse.

—El reverendo Chubb...

—¿Sabe Chubb dónde está Maypole?

—No.

—¿Qué objeto tiene entonces hablar con él?

—Es cuestión de cortesía.

—No tengo tiempo para esas fórmulas.

—Debo informarle de que hemos avisado a los capitanes de barco de Liverpool de que si aparece usted por allí con dinero, es robado.

—Bien, gracias por su amabilidad —repuso Blair con amplia sonrisa—. Los ingleses son unos estúpidos, es penoso trabajar con ellos. Una nación tan pequeña y tan pagada de sí misma.

Hablar le resultaba agotador, echó atrás la cabeza y cerró los ojos. Oyó cómo Leveret garabateaba unas notas.

—Le anoto unas direcciones —dijo—. No trataba de ofenderlo con mi comentario, pero queremos que permanezca aquí.

—Y será un gran placer.

Blair sentía una confortable y creciente sensación de olvido. Advirtió que se abría la puerta.

—Aguarde —le dijo a Leveret despertando un momento de su apatía—. ¿Qué edad tiene Maypole?

—Veintitrés —repuso Leveret tras meditar un momento.

—¿Estatura?

—Metro ochenta y tres. Usted ya tiene la foto.

—Sí, una foto excelente. ¿Peso aproximado?

—Ochenta y nueve quilos.

—Es rubio —recordó Blair—. ¿De qué color son sus ojos?

—Azules.

—Es por si me tropezara con él por la escalera. Gracias.

Los párpados se le cerraron como si fueran de plomo. Se quedó dormido antes de que Leveret saliera de la estancia.

Cuando despertó, tardó unos momentos en comprender dónde se encontraba. La fiebre había decrecido pero, en la oscuridad, el mobiliario desconocido parecía sospechosamente animado, en especial las sillas y las mesas, tan cubiertas de borlas y paños que estaban casi vestidas. Al levantarse, se sintió mareado. Le pareció que pasaban caballos por la calle, pero cuando se acercó a la ventana a comprobarlo le asombró distinguir tan sólo personas hasta que comprendió que la mitad de ellas calzaban zuecos. Los zuecos consistían en un calzado de cuero con suelas de madera protegidas por perfiles de hierro que a un obrero le podían durar diez años. El sonido perfecto para Wigan: la gente calzaba como cuadrúpedos.

Consultó su reloj: eran las ocho. A su parecer, lo más conveniente era hablar con el menor número posible de lugareños en el más breve espacio de tiempo e irse de la ciudad. De África se había marchado con los ojos cerrados por la infección, y los pies llagados: superaría unos pequeños escalofríos para largarse de Wigan.

Leyó la nota que Leveret había dejado en la mesa. El reverendo Chubb se alojaba en la rectoría; el domicilio de John Maypole le parecía más próximo; la viuda Mary Jaxon vivía en Shaw's Court, y Rose Molyneux, en Candle Court. En cuanto a la señorita Charlotte Hannay, no figuraba su dirección.

Consideró más acertado comenzar por la viuda Jaxon, que con toda probabilidad estaría en su casa y dispuesta a charlar. Cuando recogía el papel, tras la puerta entreabierta de la habitación descubrió en un espejo su imagen con el sombrero caído, sin rasurar y que le devolvía una mirada tenue como la luz de una vela.

Blair no estaba tan preparado como imaginaba para aquella excursión. En cuanto entró en el coche, se desmayó. Entre breves accesos de lucidez advirtió vagamente que las calles comerciales daban paso a fundiciones, a los negros humos de las fábricas de tintes, a un puente y luego a hileras de casas de ladrillos. Se reanimó en cuanto el coche se detuvo.

—Estamos en Candle Court —dijo el conductor.

—Yo quería ir a Shaw's Court —protestó Blair.

—Usted dijo Candle Court.

Si Blair se había equivocado no tenía fuerzas para rectificar. Se apeó y ordenó al hombre que lo esperase.

—Aquí, no. Estaré en el otro lado del puente.

Viró rápidamente el vehículo y se alejó.

La calle consistía en una zanja pavimentada entre casas

adosadas construidas para mineros por los propietarios de las minas, dos plantas unidas en una sola línea, con tejados de pizarra galesa, de modo que resultaba imposible distinguirlas entre sí salvo por sus puertas. Era un laberinto de sombras y ladrillos. Las luces de gas de la calle estaban muy alejadas entre sí y la mayor iluminación procedía de las lámparas de parafina de cervecerías y bares o de los escaparates donde se ofrecían a la venta salchichas, ostras o jamón. La gente parecía estar cenando, se distinguía un mar de voces en el interior de las viviendas.

Según Leveret, la tal Molyneux vivía en el número veintiuno. Al llamar a la puerta, ésta se abrió.

—¿Rose Molyneux? ¿La señorita Molyneux?

Cuando entró en la salita, la puerta se cerró tras él. Llegaba una débil luz desde la calle, suficiente para que pudiera distinguir las sillas, la mesa y un armario que llenaban el angosto espacio. Había imaginado que sería peor. Los hogares de los mineros solían estar constituidos por diez o más miembros de familia, amén de huéspedes que pasaban unos por encima de otros y tropezaban entre sí. Aquella casa era más tranquila que un santuario, e incluso parecía relativamente próspera. El armario exhibía jarras decorativas: una cerámica del duque de Wellington, con su nariz ganchuda, fue la única que logró identificar.

La habitación contigua estaba iluminada por una ventana trasera. De la cocina económica surgía calor y olor a leche y azúcar y, sobre ella, se veía una gran cacerola de agua caliente. Blair abrió el horno y levantó la tapa de la cacerola donde se cocía un pastel de arroz. Sobre la mesa se veían dos platos. En un rincón se amontonaban unas tinas y, singularmente, un espejo de cuerpo entero. Cubría el entarimado una alfombra de nudos. En la pared, frente a la cocina, un tramo de escalera conducía a un tranquilo dormitorio en la planta superior.

Blair distinguió un rumor de pasos en el exterior. Miró por la ventana que daba a un diminuto patio con una caldera de lavado, una piedra ladeada para lavar y un cerdo que se rascaba contra las tablillas de su corral. El animal alzó los ojos ansioso: esperaban a alguien en la casa.

Blair sabía que aguardar fuera sería contraproducente porque, hasta que se descubriera lo contrario, cualquier desconocido que merodeara era un acreedor que debía evitarse. Entró en el salón y se sentó, pero los vecinos pasaban por la ventana delantera y no podía bajar la cortina sin llamar la atención: entre los mineros, una cortina echada anunciaba la muerte de alguien. Pensó cuán extraño era que recordase tal cosa.

Se retiró a la cocina y se dejó caer en una silla a la sombra de la escalera. La fiebre le llegaba en oleadas y lo dejaba inerme. Se dijo que cuando oyera abrirse la puerta principal regresaría al salón. Se inclinó entre la sombra y la pared le empujó el sombrero sobre el rostro. Cerró los ojos por un momento. El dulce aroma del pastel perfumaba la oscuridad.

Abrió los ojos cuando ella se metía en el baño. Había encendido una lámpara, pero con la mecha muy baja. La mujer estaba ennegrecida, tenía destellos plateados de mica y llevaba los cabellos enroscados y recogidos sobre la cabeza.

Se lavaba con una esponja y un paño y se contemplaba en un espejo de cuerpo entero, no para admirarse, sino porque el polvillo del carbón se había infiltrado pertinazmente en sus poros. A medida que se lavaba pasaba del ébano al azul y de éste a un tono oliváceo, como una acuarela que se destiñe.

Se metió en otra tina y se echó chorros de agua por la cara y los hombros con una jarra. Al volverse entre los límites de la tina sus movimientos eran como una danza personal e íntima. El vapor aureolaba su rostro y el agua caía a chorros por su espalda y entre sus senos. Se transformaba por momentos del negro al gris y luego a un rosa nacarado, aunque sus ojos demostraban fría indiferencia por la carne, como si fuera otra mujer la que se bañase.

Cuando hubo concluido, salió de la tina, sobre la alfombra. Por vez primera, Blair reparó en que había una toalla y ropas en una silla. La mujer se secó, alzó los brazos para pasarse una camisa por la cabeza y, a continuación, una falda de lino, que era tenue, pero de excelente calidad, como la que una doncella robaría a su señora. Por fin, se soltó la cabellera cobriza, densa y vigorosa.

Mientras Blair adelantaba su silla ella miró entre las sombras, como un zorro sorprendido en su guarida. Blair sabía que si ella gritaba pidiendo auxilio la casa se llenaría rápidamente de mineros dispuestos a imponer un castigo al desconocido que violaba la intimidad de sus casuchas.

—¿Es usted Rose Molyneux?

—Sí.

—El obispo Hannay me pidió que investigara el caso de John Maypole. Su puerta estaba abierta, entré y me dormí. Le ruego que me disculpe.

—¿Cuándo ha despertado? Si fuese un caballero habría dicho algo en seguida.

—No soy un caballero.

—Es evidente.

Miró hacia la puerta principal, pero sin intención de ir hacia ella y aunque la camisa se pegaba húmeda a su cuerpo, dejó su vestido sobre la silla.

—No sé nada acerca del sacerdote —repuso con franca mirada de sus ojos negros.

—El 18 de enero Maypole fue visto hablando con usted y luego nadie más volvió a verlo. ¿Dónde sucedió eso?

—En el puente Scholes: ya se lo dije a la policía. Me invitó a un acto social. Un baile con cánticos y limonada.

—¿Eran amigos?

—No. Invitaba a todas las muchachas. Recurría siempre a nosotras para una u otra cosa.

—¿Qué clase de cosas?

—Relativas a la Iglesia. Trataba de salvarnos constantemente.

—¿De qué?

—De nuestras debilidades.

Lo miró a los ojos.

—Me he caído en un vagón de carbón: por eso he tenido que lavarme.

—¿Asistió usted al acto?

—No se celebró.

—¿Por la ausencia de Maypole?

Ella se echó a reír.

—Porque se produjo una explosión en la mina en la que perdieron la vida setenta y seis hombres. A nadie le importaba un bledo el sacerdote.

Blair sintió como si se hubiera soltado el fondo de su silla.

¿Habían muerto setenta y seis hombres el mismo día que Maypole desapareció sin que Leveret se lo hubiera mencionado?

Desde la puerta contigua se distinguió la descarga de unos zuecos que bajaban la escalera. Los tabiques que separaban las casas formaban una membrana tan tenue que la estampida sonó como si hubiera descendido sobre la cabeza de Blair. Una gota de agua como una bola luminosa descendió por la mejilla de la muchacha, siguió por su cuello y desapareció. Por lo demás, la joven estaba inmóvil.

—¿Más preguntas? —inquirió ella.

—No.

Aún trataba de asimilar la noticia de la explosión.

—Usted no es un caballero, ¿verdad?

—En absoluto.

—¿Cómo conoce entonces al obispo?

—No es preciso ser un caballero para conocerlo.

Se levantó dispuesto a marcharse.

—¿Cómo se llama? —preguntó Rose—. Sabe mi nombre y yo desconozco el suyo.

—Blair.

—Es un canalla, señor Blair.

—Eso dicen. Adiós.

Estaba tan mareado que le pareció que el suelo se ladeaba. Al pasar por la sala se apoyó en los respaldos de las sillas para llegar a la puerta. Rose Molyneux lo siguió hasta la cocina, más para asegurarse de que se iba que para despedirlo. Su figura se recortaba entre el marco y la luz de la cocina, blanca muselina y pelo rojo. Desde la casa vecina llegó un portazo estrepitoso seguido de increpaciones domésticas junto con el llanto de un bebé.

—¿Es éste un mundo pequeño? —preguntó Blair.

—Es un negro agujero —respondió Rose.

CAPÍTULO TRES

Por la mañana, Blair se sintió mucho mejor. La malaria tenía esas cosas: iba y venía como el visitante de una casa. Lo celebró con un baño, se rasuró y, cuando llegó Leveret, estaba desayunando una tostada fría y cecina.

—Ahí tiene un café estupendo —le ofreció Blair.

—Ya he desayunado.

Blair siguió comiendo. Hacía una semana que sólo ingería sopa o ginebra y se proponía apurar los restos de su plato.

Leveret se quitó el sombrero con aire respetuoso.

—El obispo Hannay ha llegado de Londres y lo invita a cenar esta noche. Lo recogeré a las siete.

—Lo siento: no tengo ropa apropiada.

—El obispo supuso que usted diría eso y me anticipó que no debía preocuparse. Puesto que es americano, la gente comprende que no sabe vestirse para las ocasiones.

—Muy bien, puede decir a Su Gracia que ya me ha transmitido su insulto. Nos veremos a las siete.

Y siguió dando buena cuenta de la carne, que tenía la textura de una soga quemada. De pronto reparó en que el administrador no se había movido.

—¿Piensa seguir ahí como un pasmarote? —lo increpó.

Leveret se instaló en una silla.

—Me proponía acompañarlo esta mañana.

—¿Acompañarme?

—Yo era el mejor amigo de John Maypole: quien puede informarle de más cosas acerca de él.

—¿Ayudó usted a la policía?

—No se ha realizado una auténtica investigación. Pensamos que se había ido y luego... Bien, aún puede estar ausente. El obispo no desea que intervenga la policía.

—Usted, como administrador de la finca Hannay, tendrá otras cosas que hacer. ¿Vigilar el ganado? ¿Desahuciar inquilinos?

—¡Yo no des..!

—¿Cuál es su nombre, Leveret?

—Oliver.

—Oliver. Ollie. Los rusos que conocí en California lo llamarían Olyosha.

—Leveret está bien.

—¿Cuántos años tiene?

El hombre hizo una pausa, como si tanteara el terreno que pisaba.

—Veinticinco.

—Dirigir la finca Hannay debe de ser una gran responsabilidad. ¿Desahucia usted mismo a los inquilinos o designa a un alguacil para ello?

—Trato de no desahuciar a nadie.

—Pero lo hace, ¿comprende? Nadie hablará conmigo confidencialmente, si lo ve a mi lado.

Leveret parecía apenado: amén de hacerse entender, Blair se proponía ofenderlo. Si al apartarlo con un zarpazo pretendía herirlo, lo había conseguido. Pero el hombre parecía asumir la acusación como su propia falta, lo que irritó aún más a Blair. Leveret mostraba una expresión muy introvertida, como si los fallos del mundo fueran culpa suya.

—Yo también estuve en África, en cabo Colony —dijo.

—¿Sí?

—Y cuando me enteré de que usted venía, estuve entusiasmado.

Blair visitó la oficina del periódico próxima al hotel acompañado de Leveret.

En la pared se exhibían ocho páginas del *Wigan Observer* donde se anunciaban subastas de remanentes agrarios y de aserraderos, pantomimas eclesiásticas en vivo, horarios completos de ferrocarril y, desde luego, productos: «El almidón Glenfield es el único utilizado en la lavandería de Su Majestad.» También se exponía el *Illustrated London News*, cuya primera plana estaba dedicada al *Slasher* de Lambeth.

—Habrá advertido que ese *Slasher* no elogia sistemas de lavado —señaló Blair—. Eso sería un buen respaldo.

Punch, Coal Question y *Miners' Advocate* estaban destinados a los hombres; *Self-Help, Hints on Household Taste* y *English-woman's Review*, a las damas. Había publicaciones locales como *Los católicos de Lancashire, espíritus obstinados* y, para los lectores populares, una selección de novelas sensacionalistas sobre los vaqueros del salvaje Oeste y de aventuras. En las vitrinas se exhibían objetos de escritorio, plumas estilográficas, cajas de sellos, plumillas de acero y tinta china. Una valla de madera separaba el despacho de un editor con visera instalado ante un escritorio. En las paredes que lo rodeaban se veían fotos enmarcadas de locomotoras descarriladas, casas destruidas y funerales en masa.

Blair atrajo la atención de Leveret sobre el horario de ferrocarriles que aparecía en el periódico.

—¿Se ha fijado en esto? Los horarios son la información más tranquilizante de la vida moderna. Sin embargo, en la misma página, el *Observer* anuncia que cinco lugareños encontraron la muerte en distintos accidentes ferroviarios la noche del sábado. ¿Se programan con regularidad tales ejecuciones?

—Los sábados por la noche los obreros beben y para encontrar el camino de sus hogares, siguen las vías.

—¡Fíjese! Aquí aparecen anuncios de navieras que ofrecen transporte gratuito a Australia para el servicio doméstico femenino. ¿Qué otra nación regalaría un billete para desplazarse a un desierto al otro extremo del mundo?

—Usted no admira a Inglaterra.

Semejante descubrimiento afligía tanto a Leveret que tartamudeó ligeramente.

—¡Lárguese, Leveret! Cuente las ovejas del obispo, prepare trampas, haga lo que suela hacer, pero déjeme solo.

—¿En qué puedo servirlos? —dijo el editor con pronunciado acento de Lancashire.

Blair empujó el batiente para examinar más de cerca las fotos. Siempre resultaba instructivo comprobar los efectos del gas y del vapor en el metal y el ladrillo. En una instantánea se veía la fachada de un edificio cercenada como la parte delantera de una casa de muñecas y aparecía a la vista una mesa dispuesta para el té y rodeada de sillas; en otra, una locomotora se había incrustado como un cohete en el techo de una fábrica de cerveza. Dos fotos estaban tituladas «Desdichadas víctimas de la explosión minera de Hannay». La primera había sido tomada en el patio de la mina y se veían unas figuras borrosas de pie mientras que los cadáveres que yacían en el suelo aparecían enfocados. En la otra, se veía una larga hilera de coches fúnebres tirados por caballos con negros penachos.

41

—Los mineros son aficionados a las ceremonias ostentosas. El *Illustrated London News* cubrió ésta. Hasta ahora es el mayor desastre del año. Despertó enorme interés: usted debió de enterarse de ello.

—No —respondió Blair.

—Tuvo una gran difusión.

—¿Le quedan ejemplares de esta edición?

El hombre sacó un cajón de periódicos que colgaba de unas guías.

—La mayor parte de la encuesta es casi literal. Para otros aspectos tendrá que consultar el informe oficial del inspector de Minas. Parece usted familiarizado con el tema.

Blair hojeó los periódicos. No le interesaba la explosión de la mina Hannay, pero los artículos que cubrían el accidente, los intentos de rescate y las encuestas acerca del desastre comprendían las semanas posteriores a la desaparición de John Maypole.

Por ejemplo, en el ejemplar del 10 de marzo, se decía: «Tras la ausencia del reverendo Maypole se celebrará una reunión de patrocinadores del Hogar para las Jóvenes Caídas por Vez Primera. Al parecer, el reverendo Maypole se ha ausentado por asuntos familiares urgentes.»

En el ejemplar del 7 de febrero se leía lo siguiente: «El reverendo Chubb dirigió las oraciones por las almas de los feligreses que perdieron trágicamente sus vidas en la explosión de la mina Hannay y que se han reunido con Cristo. También pidió a la congregación que rezara por la salvación del reverendo Maypole, de quien desde hace dos semanas no se tienen noticias.»

Y, el 23 de febrero: «Parroquia de Todos los Santos, 21-St. Helen's, 6, marcados dos tantos por William Jaxon. La victoria estuvo dedicada al reverendo John Maypole.»

El resto de las columnas de los periódicos estaban dedicadas al desastre. Una ilustración exhibía a la brigada de rescate reunida en torno a la base de una torre de la mina, decorada en lo alto con una rosa de Lancashire.

—¿Puedo comprarlos?

—¡Oh, sí! Hicimos ediciones especiales.

—Las pagaré yo —dijo Leveret.

—Deme también una agenda, tinta roja y negra y el mejor mapa local que tenga —dijo Blair.

—¿Quiere el del Servicio Oficial de Topografía y Cartografía?

—Estupendo.

El editor envolvió las compras sin apartar los ojos de Blair.

—La explosión de la mina Hannay fue una terrible desgracia. Cosas como éstas ponen a Wigan en órbita.

Al salir del establecimiento, entre los libros en venta, Blair descubrió uno titulado *El negro Blair* en cuya cubierta aparecía él mismo matando a un gorila. Jamás se había dejado bigote y nunca había visto a un gorila. Pero sí llevaba el sombrero ladeado.

Un nuevo país se distinguía mejor desde una posición elevada. Blair trepó por una trampilla hasta el tejado de la torre parroquial ahuyentando a las palomas que estaban en los pináculos. Leveret lo siguió con dificultades y recogió plumas y polvo en su sombrero hongo. Aunque era mediodía, el cielo estaba tan ceniciento como en el crepúsculo. En cuanto Blair abrió y extendió su mapa aparecieron en el papel visibles motas de polvo.

Blair adoraba los mapas. Le encantaba la latitud, longitud y altura. Lo maravillaba la sensación de tomar como punto de enfoque el sol y determinar su posición en cualquier lugar de la Tierra con un sextante y un sencillo reloj; y valiéndose de un transportador y un pantómetro, cartografiar su posición de modo que cualquier otra persona que utilizara su mapa pudiera seguir sus huellas hasta el mismo lugar, con exactitud, sin apartarse un segundo ni un milímetro. Amaba la topografía, los pliegues y recovecos de la tierra, las plataformas que se convertían en montañas, montañas que eran islas. Amaba la inconstancia del planeta: playas cuyas aguas retrocedían, volcanes que estallaban en las llanuras, ríos que formaban recodos hacia uno y otro lado. Sin duda que un mapa no era más que un instante entre tanta mudanza, pero como visualización del tiempo constituía una obra de arte.

—¿Qué hace? —inquirió Leveret.

Blair extrajo un telescopio de su funda de franela: era un refractor alemán con un ocular Ramsden, sin lugar a dudas su única y más preciada posesión. Giró trescientos sesenta grados con lentitud desviándose del sol y comprobó una brújula.

—Me oriento —dijo—. En el mapa no se indica el norte, pero creo haberlo localizado.

Trazó una flecha en el mapa, acto que le comportó una breve e íntima satisfacción.

Leveret seguía de pie y asía su sombrero para evitar que se lo arrebatara el viento.

—Nunca había estado aquí —dijo—. Fíjese en las nubes: parecen barcos que naveguen en el mar.

—Muy poético. Mire hacia abajo, Leveret, y pregúntese por qué las calles forman un revoltijo caótico. Observe el mapa y comprobará que el antiguo pueblo de Wigan consistía en la iglesia, la plaza del mercado y las callejuelas medievales, aunque las hierbas estén ahora cubiertas de adoquines y las calles se hayan convertido en patios de fundición. Los antiguos comercios tienen las fachadas más estrechas porque todos querían estar en la única calle.

Leveret comparó el mapa con la perspectiva visual, como Blair esperaba. La gente no podía resistirse a contemplar los mapas de los lugares donde vivía, como si fueran autorretratos.

—Pero usted mira en otras direcciones —advirtió Leveret.

—El cartógrafo trabaja a base de triangulación. Si se conoce la posición y la altura de dos lugares cualquiera y se busca un tercero, se logra calcular su posición y altura. Eso son los mapas: triángulos invisibles.

Blair localizó el puente Scholes, que había cruzado la noche anterior. En la oscuridad, y presa de fiebre, no había advertido que el puente dividía por completo la ciudad. En la parte occidental estaba el Wigan próspero e importante, un núcleo de oficinas, comercios, hoteles y almacenes coronados por los cañones de terracota de las chimeneas. Al este del puente existía una comunidad más nueva y densa de viviendas adosadas de mineros, con muros de ladrillo y tejados azules en vertiente. Al norte de la iglesia y evitando por completo el puente, se extendía un bulevar de prósperas mansiones con espléndidos jardines hasta una espesa zona boscosa. En el mapa, una nota indicaba «A la residencia Hannay». Hacia el sur, se encontraba el campo de batalla envuelto en humo de las minas de carbón.

Invisible a simple vista, pero evidente en el mapa, Wigan estaba diseccionada y reunificada por vías ferroviarias: las líneas London y Northwest; Wigan y Southport; Liverpool y Bury y Lancashire Union se extendían en amplias curvas geométricas en todas direcciones y enlazaban con las vías privadas que conducían a las minas. La neblina velaba el horizonte por el sur pero, sobre el mapa, Blair distinguió más de cincuenta minas activas, un número increíble en cualquier ciudad.

Giró sus lentes hacia las casas de los mineros, al otro lado del puente. Tal vez fueron construidas en hileras rectas, pero como se levantaron sobre antiguas minas agotadas, donde los entibos subterráneos se corrompían y los túneles cedían, los muros y techados de la superficie se habían desplazado a su vez y las casas ofrecían un paisaje ondulante que se tambaleaba y derrumbaba lentamente, tanto por efectos naturales como por intervención humana.

—Estoy enterado de la historia de los fondos de la Biblia y del...

—¿Libertinaje?

—De su agitada vida. Sin embargo, tras un examen detenido de los hechos, parece haber sido un paladín de los africanos.

—No crea todo cuanto le digan. La gente tiene muchas razones para obrar como lo hace.

—Pero es importante que se enteren. De otro modo, lo juzgarán de modo erróneo. Y ello sirve de ejemplo.

—¿Como Hannay? Ahí tiene a un obispo excéntrico.

—El obispo Hannay es... diferente. Los obispos no suelen subvencionar costosas expediciones a los puntos más lejanos del planeta.

—Es un lujo que puede permitirse.

—Un lujo que usted necesita —observó Leveret con discreción—. De todos modos, pese a las razones privadas que usted tenga para obrar bien en África, no permita que la gente lo pinte tan mal.

—No se preocupe por mi reputación, Leveret. ¿Por qué no mencionó la explosión de la mina en el informe de John Maypole?

Leveret tardó unos momentos en asimilar el nuevo giro de la conversación.

—El obispo Hannay pensó que esa información no concernía. Salvo que todos estábamos tan ocupados con la explosión que al principio no nos dimos cuenta de que John había desaparecido.

—¿Le gusta Dickens? —inquirió Blair.

—Me entusiasma.

—¿Y no le preocupan las coincidencias milagrosas?

—¿No le gusta Dickens?

—No me gustan las coincidencias. No me agrada que Maypole desapareciera el mismo día en que se produjo la explosión de una mina, sobre todo si el obispo me ha escogido a mí, un ingeniero especializado en ellas, para encontrarlo.

—Sencillamente no concedimos mucha atención a la desaparición de Maypole por causa de la explosión. Pienso que el obispo lo escogió a usted porque deseaba confiar en alguien del exterior. Al fin y al cabo, su experiencia profesional resultaba apropiada en Wigan.

Blair aún no estaba convencido.

—¿Había bajado Maypole alguna vez a la mina?

—No está permitido.

—¿Sólo podía predicar a los mineros cuando subían?

—Así es.

—¿Pero les predicaba?

—Sí, en cuanto salían a la superficie. Y también a las mujeres. John era un auténtico evangelista. Era desinteresado: un ser inmaculado.

—Yo cruzaría calles de profundo barro para evitar a alguien así.

Anotó con tinta roja las direcciones de John Maypole, la viuda Mary Jaxon y Rose Molyneux.

Se detuvo a pensar en Rose. ¿Por qué no habría pedido auxilio? ¿Por qué ni siquiera se había vestido? Tenía sus ropas en la silla, pero había seguido con la camisa mojada. Cuando miró hacia la puerta ¿temía ella ser descubierta tanto como él?

La residencia de John Maypole estaba próxima al puente Scholes, en una callejuela de muros de piedra tan próximos que las hileras de tejados casi se tocaban. Entre ellos se infiltraba una masa de aire gris sobre Leveret y Blair. Maypole era, sin duda, un predicador decidido a mezclarse con su congregación día y noche, un hombre que no sólo deseaba sumirse en las profundidades, sino dormir en ellas.

Accedieron a una estancia provista de lecho, mesa y sillas, cocina económica de hierro fundido, cómoda, lavabo y un orinal en un suelo oscuro de linóleo de dibujo indescifrable. Blair encendió una lámpara de petróleo que pendía de la pared, cuya tenue iluminación descubrió la joya de la sala: un óleo que representaba a Cristo como carpintero, un ser delicado, poco habituado al trabajo duro y, según le pareció, demasiado abstraído para manejar una sierra. Las virutas se le enroscaban en los pies y por la ventana se vislumbraban olivos, matorrales espinosos y el mar de Galilea.

—Dejamos la habitación intacta por si regresaba —dijo Leveret.

Un crucifijo de peltre colgaba del centro de otra pared. En un estante se veía una Biblia inclinada, libros teológicos muy hojeados, y un único y delgado volumen de Wordsworth. Blair abrió la cómoda y rebuscó entre las sotanas de lana y las ropas de un humilde sacerdote.

—A John no le interesaban los bienes materiales —intervino Leveret—. Sólo tenía dos trajes.

—Y ambos están aquí.

Blair regresó al estante, hojeó la Biblia y los libros, los enderezó y permanecieron levantados. Hacía poco tiempo que estaban ladeados y la encuadernación aún no se había deformado.

—¿Falta algo? —se interesó.

—Un diario donde John anotaba sus pensamientos. Es lo único que ha desaparecido y fue lo primero que traté de encontrar —repuso Leveret con un profundo suspiro.

—¿Por qué?

—Por si podía informarme de su paradero o de sus intenciones.

—¿Lo ha leído alguna vez?

—No: era privado.

Blair paseó por la habitación y se dirigió hacia la ventana, bastante sucia y que aislaba del exterior como una pantalla.

—¿Recibía visitas?

—John presidía aquí las reuniones de los Fondos para Explosiones y la Sociedad para la Mejora de las Clases Obreras, además del Hogar Femenino.

—Era prácticamente un radical —resopló Blair—. ¿No fumaba?

—No, ni permitía que aquí se fumara.

—En su carta usted no sólo se describía como amigo de Maypole, sino como su confidente. Lo que sugiere que confiaba en usted. ¿Qué le contaba?

—Asuntos personales.

—¿No cree que ha llegado el momento de revelarlos cuando ya hace dos meses que ha desaparecido?

—Si pensara que los sentimientos que John compartía conmigo por nuestra íntima amistad tuvieran algo que ver con su desaparición, naturalmente que se los confiaría.

—¿Eran muy íntimos? ¿Como Damon y Pythias o Jesús y Juan?

—¿Trata de provocarme?

—Trato de provocar la verdad. La clase de santo que usted describe no existe. No escribo su lápida: trato de encontrar a un hijo de perra.

—Le agradecería que no utilizara ese lenguaje.

—Es usted un ejemplar raro de verdad, Leveret.

Pese a la penumbra reinante, Blair advirtió el sonrojo del administrador. Levantó el cuadro y palpó el dorso de la tela. Paseó por el pavimento de linóleo de tres por seis metros limitado por paredes encaladas. Tanteó el techo de yeso de metro ochenta de altura en un extremo por dos diez en el otro. Fue al centro de la habitación y se arrodilló.

—¿Qué hace? —inquirió Leveret.

—Los bosquimanos enseñan a sus hijos a rastrear dándoles tortugas como animales domésticos. El padre pone en libertad a la tortuga y el niño tiene que encontrarla, siguiendo los surcos que las garras del animal dejan en la roca desnuda.

—¿Busca surcos?

—En realidad, busco sangre. Pero los surcos servirían.

—¿Qué ve?

—Nada en absoluto: no soy un bosquimano.

Leveret consultó su reloj.

—Voy a dejarlo: tengo que invitar al reverendo Chubb a la cena de esta noche.

—¿También él asistirá?

—El reverendo Chubb ha expresado ciertas preocupaciones sobre su idoneidad —repuso Leveret de mala gana.

—¿Mi idoneidad?

—No me refiero a su inteligencia —se apresuró a aclararle—. Su idoneidad moral.

—Gracias. Promete ser una cena encantadora. ¿Habrá otros invitados preocupados por mi moral?

Leveret retrocedió hacia la puerta.

—Algunos.

—Bien. Trataré de mantenerme sobrio.

—El obispo confía en usted.

—¿El obispo? —repuso Blair sin poder contener una carcajada.

La noche anterior la oscuridad había desdibujado las casas adosadas de la parte oriental del puente Scholes; a la sazón, la luz diurna y el hollín acentuaban ladrillos y pizarras. El misterio proyectado por las lámparas de gas había sido sustituido por la sordidez de los sucesivos bloques de construcciones que se revelaba en la inclinación de los muros y el hedor de los excusados. Los sonidos diurnos eran distintos, porque mujeres y niños andaban por las calles con zuecos y el estrépito que producían en el empedrado se imponía sobre las cantinelas de vendedores y caldereros. En Scholes, los mineros, los obreros de las fábricas, todos calzaban zuecos. Wigan no era un negro agujero, como dijera Rose Molyneux, sino un agujero ruidoso.

John Maypole se había encontrado con ella en el puente. Era un lugar lógico donde seguir las huellas del mártir.

No era en modo alguno una vía dolorosa. La cervecería de la esquina consistía en un salón con largas mesas, barriles de cerveza y sidra, y la comercial hospitalidad de los huevos encurtidos. Blair se presentó al propietario como primo de Maypole y sugirió que la familia gratificaría la información que recibiera del sacerdote a quien se vio por última vez hacía dos meses en el puente.

El cervecero recordó a Blair que en marzo oscurecía temprano.

Y, como dijo el hombre:

—El tal Maypole acaso fuese un sacerdote: podía ser el mismo papa con una campanilla, pero a menos que entrara en el local a beber con sus compañeros, sería casi invisible en este extremo de Wigan.

En la manzana siguiente había una carnicería. El propietario era católico, pero reconoció a Maypole del rugby. Dijo que lo había visto pasar muy agitado con Rose Molyneux, como si la sermoneara o fuese sermoneado por ella.

—Ella es católica y se le enfrentaba. Advertí que Maypole se quitó el cuello, ya sabe el alzacuellos eclesiástico.

Hizo una pausa y añadió en tono significativo:

—Con aire furtivo.

—¡Ah! —exclamó Blair al tiempo que apartaba a una mosca.

La mosca se unió a un enjambre que se amontonaba sobre lo que parecía una toalla desgarrada: eran callos. Se veían pies de cerdo y un negro pastel bajo un mugriento cristal. El carnicero se adelantó hacia él y le susurró:

—Los sacerdotes son seres humanos y la carne es débil. A los hombres nunca les perjudica mojar el rabo.

Blair miró a su alrededor: no le hubiera sorprendido ver algún rabo colgado de los ganchos.

—¿Se comportaban entonces como amigos? ¿Ha dicho que parecían sermonearse mutuamente?

—Así es Rose, a la que no faltan espinas, como dicen.

El carnicero era la última persona que recordaba haber visto a Maypole. Pensó que aquellas cosas sucedían en África —los misioneros desaparecían en todo momento—, ¿por qué no podía ocurrir lo mismo en el siniestro Wigan?

Blair pasó la tarde preguntando sobre su desaparecido primo John Maypole en Angel, Harp, George, Cetro y Corona, Cisne Negro, Cisne Blanco, Balcarres, Vellón, Cofradía de Tejedores, Cofradía de Carreteros, Molino de Viento y Estacha y Áncora. Por el camino compró ropas usadas en un ropavejero. Los trajes que allí se vendían eran tan viejos que estaban en condiciones de ser destruidos y utilizados como abono: en realidad, eran más útiles para este fin que para ponérselos. Una ropa perfecta para los mineros.

Hacia las seis estaba en un bar llamado El Joven Príncipe. En el exterior, el establecimiento parecía desmoronarse; los ladrillos de la esquina se habían desprendido como dientes podridos, y le faltaban algunas tejas. Sin embargo, en el interior se exhibía una barra de caoba, un confortable hogar y al propio joven príncipe montado en un pedestal, junto a la puerta. Al parecer, el príncipe era un perro luchador de cierto renombre, un bullterrier blanco en vida y disecado en la actualidad, que griseaba en la inmortalidad.

Los mineros iban llegando. Algunos habían pasado por sus casas, se habían lavado y regresaban con gorras limpias, y con blancas bufandas de seda. No obstante, la mayoría se detenía allí al regresar de la mina para tomar primero un trago. Con las gorras echadas hacia atrás, se atisbaba un ribete de piel blanca y el nacimiento del pelo tatuado con cicatrices de carbón. Los más ancianos fumaban largas pipas de arcilla y las cicatrices de sus frentes eran tan azules como las venas del queso Stilton. Blair encargó una ginebra caliente para combatir su fiebre, que retornaba maligna como si lo hubiera abandonado demasiado tiempo, y escuchaba discusiones sobre palomas mensajeras, la decadencia del rugby y si perros o hurones podían matar más ratas. Pensó que era una compañía muy edificante. En una ocasión, un etíope se pasó todo un día describiéndole los diferentes modos de pelar y cocinar una serpiente, casi un discurso socrático comparado con aquello.

Pensó que no era un trabajo apropiado para él. Había hablado muy en serio con Leveret: Maypole y él eran muy diferentes. ¿Cómo seguir las huellas de un santo varón, casi un mártir? El sacerdote era un inglés que veía el mundo como una pugna entre cielo e infierno, mientras que él tenía su propia perspectiva teológica universal. Maypole consideraba a Inglaterra como una luz que resplandecía sobre todas las naciones, lo que para Blair sería pretender que el mundo fuese plano.

De pronto, advirtió que en su mesa, frente a él, había un rostro familiar. Se trataba del señor Smallbone que viajaba con él en el tren, salvo que había cambiado su traje por una chaqueta de molesquín de minero, y que de su hombro colgaba una bolsa de cuero de las que usan los corredores de apuestas en los hipódromos. Su prominente nariz, que destacaba entre las pálidas mejillas, estaba carmesí.

—No bebo —dijo Smallbone.

—Ya lo veo.

—He venido con los muchachos y no he gastado ni un penique. Sólo trataba de mostrarme sociable. Hay un ambiente muy agradable en El Joven Príncipe.

—¿Opina así la señora Smallbone?

—La señora Smallbone es otra historia.

El hombre suspiró como si su mujer fuese un ejemplar especial. Luego se animó.

—Ha venido al lugar adecuado, en especial esta noche. ¡Oh si hubiese ido al Harp!

—Estuve en el Harp.

—Es irlandés. ¿Me lo parece o estamos secos?

Blair llamó al camarero y alzó dos dedos.

—Los combates se celebran en el Harp. Cada noche un irlandés le arranca la nariz a otro. Es buena gente. ¡Oh los irlandeses son los mejores para abrir agujeros! Pero para extraer carbón cada día, nadie como los de Lancashire.

Smallbone suspiró ante la llegada de las ginebras y tomó la suya antes de que la depositaran en la mesa.

—Los galeses, los de Yorkshire, pero sobre todo los de Lancashire.

—¿Bajo tierra?

—Es un decir. A su salud.

Bebieron. Blair apuró la mitad de su vaso de golpe; Smallbone sorbió con cuidado y parsimonia: quería hacerlo durar.

—Usted debía de conocer a los hombres que fallecieron en el accidente.

—Los conocía a todos. Trabajé con ellos treinta años, padres e hijos. Amigos ausentes —se lamentó Smallbone.

Tomó un trago y rectificó:

—Bueno, no a todos. Siempre hay mineros que no son de Wigan. Obreros a jornal cuyos apellidos jamás se conocen. Los apodamos de distintos modos, ya sean galeses o irlandeses, y si les faltan dos dedos los llamamos *Dos pintas*. Lo único que importa es que sepan extraer carbón.

Entró un grupo de mujeres. Las féminas respetables quedaban relegadas a una zona llamada *el acomodo*. Si hubieran intentado llegar hasta la barra, hubieran volcado los vasos con su estrépito. Sin embargo, aquellas cuatro lo consiguieron. La diferencia no consistía tan sólo en su audacia: de cintura hacia arriba llevaban camisas de franela y se cubrían la cabeza con chales de lana. Pero enrollaban y cosían en la cintura como fajas sus faldas de saco de modo que exhibían pantalones de pana. Tenían las manos azules por un lado y rosadas por el otro y los rostros enrojecidos y húmedos de restregarlos enérgicamente.

El camarero no pareció sorprenderse.

—¿Cervezas? —dijo.

—Ale —repuso una corpulenta pelirroja.

Y dirigiéndose a las restantes, comentó:

—Olvidaría las pelotas si no las llevara en una bolsa.

Paseó la mirada por el recinto hasta reparar en Blair.

—¿Es usted fotógrafo?

—No.

—Mi amiga Rose y yo posamos para los fotógrafos con ropas de trabajo o con los trajes de los domingos: somos muy populares.

—¿Rose qué?

—Mi amiga Rose. Nada de poses artísticas: ya me entiende.

—Sé lo que quiere decir —repuso Blair.

—Llámeme Flo.

Se acercó a su mesa cerveza en mano. Sus rasgos eran vulgares, pero se había pintado los labios, llevaba colorete en las mejillas y parecía una foto coloreada.

—¿Es americano?

—Tiene buen oído, Flo.

El elogio la sonrojó ligeramente. Sus cabellos parecían surgir electrizados bajo su chal. Le recordó a Boadicea, la intrépida reina de los britanos, que casi logró arrojar al mar a las tropas de César.

—Me gustan los americanos porque no se andan con cumplidos —dijo la muchacha.

—No me ando en absoluto con cumplidos —le aseguró Blair.

—No como algunos londinenses.

Se expresaba con especial reticencia. Era evidente que, para Flo, Londres equivalía a un enjambre de piojos.

—Los miembros del Parlamento desean despedir a las jóvenes honradas de sus puestos de trabajo.

Dirigió una despectiva mirada a Smallbone.

—Y algunos tiralevitas los ayudan.

El hombre permaneció imperturbable, como una porción de mantequilla sin deshacerse en el horno. Entonces, ella centró de nuevo su atención en Blair.

—¿Usted me ve en una fábrica? ¿Ir de un lado para otro con

faldas y controlar bobinas por aquí y por allá? ¿Y volverme pálida, sorda y atada a una máquina? ¡Eso no es para mí! Ni para usted, porque nunca he visto a fotógrafos en las fábricas. La gente sólo quiere comprar fotos de mujeres en las minas.

—No es un fotógrafo —dijo alguien tras de ellos.

Blair se encontró ante un joven minero con chaqueta de cuello de terciopelo y pañuelo de seda con lunares marrones. Reconoció a Bill Jaxon por la foto del equipo de rugby.

—Anoche él visitó a Rose —dijo Jaxon.

El público del local estaba silencioso, como petrificado. A Blair le sorprendió comprender que esperaban la llegada de Jaxon, que disfrutaban con su presencia. Incluso los ojos de cristal del joven príncipe parecían mostrar un nuevo resplandor.

—¿No llamaste, verdad? —dijo Jaxon suavemente—. Dijo que por fortuna estaba vestida.

—Me disculpé.

—Está bebido, Bill —intervino Flo—. Y, además, no lleva zuecos. No sería deportivo.

—¡Cierra el pico, Flo! —dijo Jaxon.

Blair no comprendía qué tendrían que ver los zuecos con el deporte.

Jaxon centró de nuevo su atención en él.

—Rose dice que te envía el obispo.

—Al parecer es pariente del reverendo Maypole —intervino Smallbone.

—Las dos cosas.

—¿Un pariente lejano? —se interesó Jaxon.

—Mucho.

Cuando Blair giró en su asiento para mirar a Jaxon, tuvo la incómoda sensación de sentirse atrapado, como un ratón en un puño enorme. Bill Jaxon tenía cutis claro, cabellos muy negros y peinados, y lucía un pañuelo tornasolado bajo una mandíbula como la reja de un arado. Era un tipo que habría hecho carrera como actor.

—Interrogué a Rose acerca del reverendo Maypole. ¿Jugabais en el mismo equipo de rugby?

—Sí.

—Tal vez podrías ayudarme.

Ante una señal inadvertida, Smallbone se levantó de su asiento y Jaxon se instaló en él. Blair pensó que el hombre era el centro de la atención, como un sol en el sombrío universo del local. Recordaba que, en la foto, Maypole lo miraba a él en lugar de a la cámara. Los ojos de su interlocutor decían que se tomaba las preguntas tan en serio como si fueran charadas.

—Pregunta.

—¿Viste al reverendo Maypole el último día?

—No.

—¿Tienes alguna idea de lo que le sucedió?

—No.

—¿Parecía desdichado?

—No.

Pensó que aquello parecía cubrirlo todo. Para quedar bien, añadió:

—¿De qué hablabas con John Maypole?

—De deporte.

—¿Alguna vez tratasteis de religión?

—El reverendo decía que Jesús hubiera sido un campeón de rugby.

—¿De verdad?

Aquélla era una revelación, una contribución a la teología atlética: Cristo en una melé, o rompía placajes y salía disparado campo arriba entre centuriones.

—El reverendo decía que Jesús, como obrero, era carpintero y estaba en forma. ¿Por qué no puede decirse también que fuera un gran atleta? También decía que la competición cristiana era un deleite para Dios, que él prefería estar en el campo con nuestro equipo que en la iglesia con todos los profesores de Oxford.

—Lo comprendo.

—Según el reverendo, los discípulos eran obreros, pescadores y gente sencilla. Decía que los pensamientos impuros desgastan tanto al atleta como a cualquier arzobispo y que era un deber especial de los fuertes ser pacientes con los débiles.

—Me alegra oírlo.

Blair no se sentía en su mejor momento físico.

—¿Qué posiciones tomaban exactamente los discípulos? —inquirió.

—¿Qué quieres decir?

—¿Qué puestos en el equipo? ¿Crees que Pedro y Pablo serían extremos? ¿Y san Juan Bautista? Lo imagino muy fornido. Supongo que sería extremo derecha.

En el local reinaba el silencio. A Jaxon le gustaba ridiculizar al visitante, no verse ridiculizado por él.

—No deberías bromear.

—No, tienes razón.

Blair captó un resplandor en los ojos de su interlocutor. Como cuando se atizan unos rescoldos.

—De modo que mi desaparecido primo John era un teólogo y un santo.

—Es un modo de decirlo.

—Dos, en realidad.

Blair decidió que debía marcharse mientras pudiera mantenerse en pie. Recogió su mochila.

—No puede decirse que me hayas sido muy útil.

—¿Regresa ya a América? —se interesó Flo.

—Tal vez. En cualquier caso, me iré de Wigan.

—¿Te parece demasiado tranquilo? —inquirió Jaxon.

—Eso creo.

Se abrió camino hacia la puerta. En el exterior, un temprano crepúsculo convertía la oscuridad en una cueva. La calle era un túnel flanqueado por lámparas de gas y las puertas de las cervecerías. Recordó, tardíamente, el temor expresado por el cochero la noche anterior: el hombre sin duda había exagerado, pero no se veía un coche a la vista.

Obreras con chales de lana, vestidos de algodón y fiambreras pasaban rápidas por su lado entre el ensordecedor sonido de sus zuecos. Sintió circular perezosamente la ginebra por su cerebro. Sin embargo, cuando había atravesado un par de manzanas, comprendió lo que Bill Jaxon había —o no había— dicho. Al preguntarle si había visto a Maypole el último día, su respuesta no debía haber sido negativa, debió inquirir a qué fecha se refería.

Aunque aquél era un detalle insignificante, pues le constaba que debía reunirse cuanto antes con Leveret, giró en redondo y regresó a El Joven Príncipe. Al llegar, se preguntó si habría entrado en un lugar equivocado porque la sala que antes estaba llena, a la sazón se encontraba vacía. El joven príncipe presidía la estancia envarado desde su pedestal, sobre sillas, hogar y mostrador abandonados.

Blair era consciente de no haberse cruzado con ninguna multitud. A través de la puerta del fondo del local se oían gritos. La abrió, bordeó cuidadosamente un agujero utilizado como urinario y llegó a un cruce de callejuelas traseras. Aquel lugar carecía de alumbrado, se iluminaba con linternas sostenidas sobre postes y reinaba el clamor de unas doscientas personas, comprendidos los clientes y empleados de El Joven Príncipe, mineros, mujeres con faldas, mineras con pantalones y familias con bebés, todos ellos alegres como en una feria.

Le recordó una escena de *El jardín de las delicias*, del Bosco, o una antigua competición olímpica. Permaneció entre las sombras sin ser visto, aunque distinguía a Bill Jaxon desnudo en medio de la multitud. Su cuerpo de minero tenía formas muy definidas, con estrecha cintura y fuertes músculos, consecuencia de su duro trabajo entre extremo calor. Su cutis, pálido como mármol pulido, contrastaba con sus negros cabellos, que en aquel momento estaban revueltos y alborotados. Se veía otro hombre también desnudo, de menor estatura, más viejo, con poderoso pecho y piernas arqueadas. Llevaba afeitada la cabeza y, a contraluz, sus hombros estaban cubiertos de rizado vello. Tras él ondeaba un estandarte de satén verde donde aparecía bordada un arpa irlandesa.

Jaxon se inclinó para asegurar los cordones de su calzado. Los zuecos de trabajo de Lancashire tenían la parte superior de cuero y suelas de fresno reforzadas con metal, a modo de herraduras. Las de John llevaban tacos metálicos en las punteras. Se envolvía el cuello con un pañuelo, y se exhibía como un pura sangre en un corral.

Su contrincante se movía con los andares ondulantes y amenazadores de un bulldog. Tenía las espinillas entrecruzadas de cicatrices y sus zuecos también estaban reforzados con hierro.

Pensó que aquello era inhumano: más bien parecía una pelea de gallos entre hombres armados con hojas de afeitar. En California, boxearían con los puños, lo que en comparación resultaba afeminado. Estaba familiarizado con tales conductas del ámbito minero: un trabajo agotador aliviado con deportes sangrientos. Las apuestas también eran habituales: la bolsa de dinero de Smallbone tenía sentido.

El camarero de El Joven Príncipe anunció:

—Se prohíben las patadas altas, los puñetazos, los mordiscos y derribar al contrario durante la lucha. Cuando un hombre cae, interrumpe la lucha, o anuncia que abandona, el encuentro ha terminado.

—Hombre grande, polla pequeña —dijo a Jaxon su contrario, un irlandés.

—¡Al diablo las normas! —exclamó Jaxon con aire audaz y sonrisa jubilosa.

Ambos contrincantes retrocedieron un instante. Los zuecos con refuerzos metálicos eran como porras contundentes, en especial cuando los mineros los impulsaban con todas sus fuerzas, y más aún contra carne indefensa. Se podía derribar una puerta de madera con semejantes zuecos.

Entre el silencio, Blair reparó en la rutilante blancura de los delantales que llevaban los camareros y en la palidez de los dos hombres a las oscilantes luces de las linternas. Pensó que era una orgía, que aquello no era en absoluto inglés. Por la expresión de los rostros de Flo y de sus compañeras, era evidente que Jaxon era su favorito y, en aquellos momentos, el objeto de su inquietud.

Los contendientes apoyaron las manos en los hombros del contrario y juntaron sus frentes. Mientras que el camarero los enlazaba ligeramente por el cuello con el pañuelo de Jaxon, comenzaron a empujarse y a tomar posiciones. Considerada de cerca, la situación era más favorable para el hombre bajito y más experto. Blair pensó que la provocación del irlandés era un truco de veteranos. Si Jaxon trataba de proteger su virilidad, y luchaba con una pierna, era más probable que fuese derribado con un miembro destrozado que con un testículo reventado.

El camarero levantó un pañuelo y ambos luchadores se inclinaron y juntaron las cabezas. Flo y sus amigas unieron las manos en muda oración.

El camarero dejó caer el pañuelo.

Blair pensó que aquél era un ballet al estilo de Wigan. Los primeros puntapiés fueron tan rápidos que no pudo seguirlos. Los hombres sangraban de rodillas hacia abajo. A cada impacto, un escandaloso hematoma se extendía por su piel. El irlandés trataba de acertar de soslayo en la rodilla de Bill Jaxon. Mientras Jaxon se escabullía, el irlandés le golpeó con el zueco en lo alto y le produjo un corte desde la rodilla a la ingle.

Jaxon se echó hacia atrás y golpeó con la frente a su adversario, cuya cabeza rasurada estalló sangrientamente como un cuenco de porcelana y, a continuación, esquivó un impacto de desquite a ciegas y movió la pierna desde el exterior de modo que envió al hombrecillo por los aires. Cuando el irlandés se desplomaba en el suelo, Jaxon le propinó una fuerte patada. El zueco se estrelló en las costillas con un chasquido. Los hombres que estaban bajo el estandarte del arpa profirieron un gemido.

El irlandés rodó por los suelos, y escupió negras flemas en el polvo. Al ponerse en pie, devolvió el ataque arrancando la piel del costado de Jaxon. El siguiente golpe de su adversario alcanzó al irlandés en el estómago y lo levantó de nuevo por los aires. El hombre cayó seguidamente de rodillas y se balanceó. De su boca surgía un chorro de sangre. En aquel momento, la lucha estaba casi concluida. Pero no fue así.

—El hombre que molestó a Rose me ha puesto de mal humor —anunció Jaxon.

Y le propinó una última patada, como el aleteo de un ave.

CAPÍTULO CUATRO

La sala de ampelita era el comedor más singular que Blair había visto.

El obispo Hannay presidía la mesa y, a su alrededor, se encontraban su cuñada lady Rowland; el reverendo Chubb; un sindicalista llamado Fellowes; Lydia, la hija de lady Rowland; Earnshaw, el miembro del Parlamento que viajaba en el tren; Leveret y Blair. Al pie de la mesa quedaba una silla vacía.

El techo del salón, las paredes y el artesonado consistían en paneles de piedra negra pulida. La mesa y las sillas, estilo reina Ana y torneadas a mano, eran del mismo material. La araña y los candelabros parecían tallados en ébano. Sin embargo, en las paredes no se apreciaban vetas marmóreas. El peso de las sillas era engañoso así como la temperatura: el mármol parecía más frío que el aire que lo rodeaba, pero cuando Blair puso su mano en la mesa le pareció casi cálida. Muy apropiado, puesto que la ampelita era como el azabache, una clase de carbón muy refinado y limpio con el que se realizaban esculturas valiosas. El salón era la única estancia totalmente realizada en piedra y sus efectos se realzaban a base de contrastes: el resplandor de la plata y el cristal sobre la negra mesa, el intenso morado del vestido de lady Rowland y el color camelia que lucía la señorita Lydia.

Los hombres, desde luego salvo Blair, vestían todos de negro. Hannay y Chubb, sotanas. Asistían al mayordomo cuatro sirvientes con libreas de negro satén. El suelo estaba alfombrado con fieltro para amortiguar el sonido de sus pasos. Era como cenar en un elegante salón, en las profundidades de la tierra. Blair pasó la mano por la mesa y contempló su palma limpia, sin la menor mota de polvo.

—¿A qué se dedica exactamente, señor Blair? —inquirió lady Rowland.

Entre intensas oleadas de ginebra y la fiebre que invadía su cerebro, advirtió que Leveret lo observaba con ansiedad. Deseó que la habitación no fuera tan alucinante: la única nota tranquilizadora y real eran los cubos de arena que estaban junto a los criados para prevenir posibles incendios.

—Los Hannay poseen diversas clases de minas en distintas partes del mundo: Norteamérica, Sudamérica, Inglaterra... Trabajo en ellas como ingeniero.

—Sí, lo sé.

Lady Rowland tenía la impresionante cualidad de una flor que ha superado ligeramente la sazón, aún hermosa y provocativa. Imponía el antiguo derecho de *décolletage* aristocrático, y jugueteaba displicente con la sarta de perlas que lucía en el escote.

—Me refiero a lo que hacía usted en África. Estoy al corriente de la presencia allí de exploradores y misioneros. Me parece muy importante que los primeros contactos que los africanos realicen con los hombres blancos sean adecuados. Así formarán una impresión positiva desde el primer momento, ¿no cree?

—Bien dicho —convino Hannay, un anfitrión al que agradaba intervenir en la conversación.

Lady Rowland era la madre del joven lord Rowland, aquel que Blair había descrito a Hannay como un «estúpido asesino». Blair pensó que tal vez el comentario fuese una gentileza familiar.

Llenó de nuevo su vaso de vino, lo que hizo reaccionar a un sirviente que trajo otra botella. Leveret bajó los ojos ante semejante espectáculo. El administrador de la finca había intentado comportarse como un moderador social, y era evidente que le aturdía la brillante personalidad de lady Rowland, pero que no estaba habituado a sostener conversaciones triviales, por muy adecuadas que fuesen sus ropas para la ocasión: era como esperar que un bastón de paseo se convirtiera en un paraguas.

—Verá, los exploradores son expertos en cubrir lagos y los misioneros en cantar salmos, pero ninguno de ellos está facultado para descubrir oro —repuso Blair—. Por eso fui a África occidental: para investigar las localizaciones más probables. Allí está, ésa es la razón por la que la denominan Costa de Oro. En cuanto a los primeros hombres blancos, los ashanti ya habían conocido a los esclavistas árabes, portugueses e ingleses, por lo que, sin duda, no contribuí demasiado a menguar su respeto hacia la raza blanca.

Calculó que Lydia Rowland tendría unos diecisiete años y

era tan fresca y nívea como su vestido. Recogía atrás sus dorados cabellos con lazos de terciopelo y exponía sus comentarios con una emocionada sensación de descubrimiento.

—Tengo entendido que es el único hombre en Inglaterra que conoce a las mujeres ashanti. ¿Ha tenido muchas aventuras?

—No seas ridícula, querida —la reconvino su madre.

—Es precipitado enviar allí a personas que carezcan de una base moral —comentó el reverendo Chubb—. Los misioneros no se limitan a cantar salmos, señor Blair. También procuran la salvación de las almas e introducen la civilización. Eso nunca exige confraternización.

—Uno siempre puede desentenderse de aquellos a quienes se supone que debe salvar —repuso Blair—. De todos modos, los misioneros ingleses están allí para fomentar negocios, no civilización.

—Sin duda que el segundo elemento blanco importante en esos lugares son los científicos —dijo Earnshaw—. Los patrocinadores de la Royal Society envían expediciones botánicas por todo el mundo, ¿no es cierto Su Gracia?

—Los rododendros de los jardines Kew están espectaculares este año —comentó lady Rowland.

—Sí —repuso Blair—. Pero los botánicos que traen rododendros del Tíbet también sacan de contrabando plantas de té, y los botánicos obtienen orquídeas del Brasil y árboles de caucho, y ésa es la razón de que haya plantaciones de té y de caucho en la India y de que los botánicos sean nombrados caballeros, no por descubrir flores.

—Ésa es una perspectiva muy corrosiva del mundo, ¿no es cierto? —dijo Earnshaw con sibilina mirada.

Si en el tren el hombre había contemplado a Blair con suspicacia, ahora tenía la certera expresión de haber identificado a una serpiente por su especie y tamaño.

—Acaso sea un punto de vista diferente, pero es muy emocionante —repuso Lydia Rowland.

—No es emocionante apoyar la esclavitud. ¿Era eso lo que usted hacía en la Costa de Oro? —preguntó Earnshaw.

—Creo que las historias que hemos oído del señor Blair son sólo eso... historias —dijo Leveret.

—Pero son muchas —repuso Earnshaw—. ¿Cómo adquirió ese interesante apodo de *negro* Blair? ¿De su íntima relación con los africanos?

—Resulta divertida su pregunta —dijo Blair—. En la Costa de Oro si llamara negro a un africano libre podría demandarlo.

Allí negro significa simplemente esclavo. Él lo acusaría de libelo ante un tribunal civil de la Costa de Oro y ganaría el pleito. El apodo me ha sido atribuido por los periódicos londinenses: eso es todo. Y aquí no puedo demandarlos.

—¿Tienen abogados allí? —inquirió Lydia.

—Abogados africanos, la primera cosecha de la civilización —repuso Blair.

—¿De modo que usted no se ofende cuando alguien lo llama *el negro* Blair? —insistió Earnshaw.

—No, lo mismo que si alguien llamara gacela a un perro de aguas por no distinguir la diferencia. No puede ofenderme que la gente no esté informada, aunque se trate de un miembro del Parlamento.

Blair estaba tan complacido consigo mismo ante tan moderada respuesta que aceptó otro vaso de vino.

Earnshaw exhibió una sonrisa forzada.

—El interior de la Costa de Oro no está civilizado: es el reino de los ashanti —dijo—. ¿A favor de quién estuvo usted durante la guerra?

—No hubo guerra —repuso Blair.

—¿Cómo?

—Que no hubo conflicto alguno —repitió Blair.

—La noticia apareció en *The Times* —insistió Earnshaw.

—Marcharon dispuestos a luchar, pero sufrieron disentería y no llegaron a enfrentarse.

—¿Por causa de la enfermedad? —trató de asegurarse Lydia.

—Fue una epidemia que aniquiló a poblados enteros y atacó también a los ejércitos británico y ashanti. Ambos estaban demasiado enfermos para luchar. Y perdió la vida mucha gente.

—Dicen que usted ayudó a huir a los indígenas —insinuó Earnshaw.

—Los miembros de la familia real estaban enfermos, algunos moribundos: las mujeres y los niños. Y los acompañé en su marcha.

—De manera que era, prácticamente, miembro del séquito de los ashanti. De otro modo no le hubieran confiado a sus mujeres.

—No se preocupe, Earnshaw. Habrá otra guerra con ellos y en esa ocasión ustedes conseguirán acabar con el rey y su familia. O quizá podamos contagiarles la sífilis.

—Este hombre es, realmente, tan espantoso como aseguró mi hijo —dijo lady Rowland al obispo.

—Entonces, no te habrá decepcionado —repuso Hannay.

La sopa de tortuga estuvo seguida de truchas. La gelatina producía náuseas a Blair. Bebió de nuevo y se preguntó si alguien ocuparía la silla que seguía vacía al extremo de la mesa.

—Me he enterado de algo fascinante —dijo Lydia—. El explorador africano Samuel Baker compró a su esposa en una subasta turca de esclavos. Ella es húngara, es decir, blanca. ¡Imagínense!

El obispo Hannay también se sirvió más vino.

—¿En eso pensáis las jóvenes de tu posición, Lydia? —dijo.

—Es que me parece terrible. La mujer habla cuatro o cinco idiomas, lo acompaña a África y mata leones.

—Bien, como has dicho, es húngara.

—Y él es famoso y un hombre de éxito. Fue recibido en la Corte por la Reina.

—Pero su esposa no, querida, ésa es la cuestión —repuso lady Rowland.

—No tiene que ver a quién se recibe en la Corte y a quiénes destinamos a África —intervino Hannay—. Podríamos enviar a un corcel pura sangre, por ejemplo, pero sería un absoluto derroche. La mayor parte de África central está llena de moscas, insectos transmisores de cierta enfermedad que extermina a los caballos, incluso a los mejores, en pocas semanas. Basta con cualquier cuadrúpedo que haya quedado inmunizado tras ser mordido por las moscas y que haya sobrevivido. Y lo mismo sucede con los hombres. La Royal Society escoge a sus exploradores entre valientes oficiales que se internan en la jungla y se pudren de fiebre o se levantan la tapa de los sesos. Pero a Blair podrían arrancarle una pierna y andaría con la otra. Y si le cortaran ambas, caminaría sobre sus muñones: ése es su don, superar todas las adversidades.

—¿Y si dejáramos el tema de África? —propuso lady Rowland—. ¿Qué le ha traído a Wigan, señor Earnshaw?

Earnshaw depositó sus cubiertos en la mesa.

—Le agradezco su interés. Soy miembro de un comité parlamentario que investiga el empleo de las llamadas *mineras* en las minas de carbón, mujeres que trabajan en la superficie, que clasifican y trasladan el carbón cuando sale. En realidad, somos el tercer comité parlamentario que ha intentado apartarlas de ese trabajo, pero son muy obstinadas. En ese sentido he mantenido conversaciones con el reverendo Chubb y el señor Fellowes.

Fellowes, que se pasaba la velada tratando de escoger entre los diferentes tenedores y cuchillos, se expresó por vez primera en el tono que utilizaba en las reuniones sindicales.

—Se trata de una cuestión económica, señoría. Los hombres

deben realizar ese trabajo y obtener unos honorarios decentes y las mujeres quedarse en casa. O, si desean trabajar, que se coloquen en las fábricas de algodón, como las muchachas decentes.

—Es una cuestión moral —intervino el reverendo Chubb—. La triste realidad es que Wigan es la ciudad más degradada de toda Inglaterra. Y no son culpables los hombres, el sexo fuerte. Las causantes son las mujeres, tan diferentes de sus congéneres de cualquier otro lugar, mucho más delicadas, salvo quizá en África o en las orillas del Amazonas. Earnshaw dice que ha visto vender tarjetas en Londres, sórdidas reproducciones para gente de mal gusto, de *modelos* francesas y de mineras de Wigan. Su notoriedad contribuye a aumentar su audacia.

—¿Por qué Wigan? —inquirió lady Rowland—. A buen seguro que también trabajan mujeres en las minas de Gales y en otras partes el país.

—Pero no con pantalones —intervino Chubb.

Lady Rowland y su hija expresaron una súbita y unánime repugnancia, por un instante una fue el espejo de la otra.

—¿No llevan vestidos? —se sorprendió la muchacha.

—Una parodia de falda enrollada y prendida sobre los pantalones —dijo Fellowes.

—Alegan que por razones de seguridad —intervino Earnshaw—, pero lo cierto es que las muchachas que trabajan con faldas en las fábricas están sometidas a intenso calor y se mueven entre las máquinas de hilar. De modo que nos preguntamos por qué las mineras deciden perder su feminidad. Parece una provocación intencionada.

—Un insulto a cualquier mujer decente —dijo Fellowes.

—Y que perjudica a la propia institución conyugal —dijo Earnshaw—. La comisión ha recogido informes de expertos en medicina, comprendido el doctor Acton, autor de *Funciones y desórdenes de los órganos reproductores*. ¿Da usted su permiso?

Ante una señal de asentimiento de lady Rowland prosiguió:

—El doctor Acton, una autoridad en la materia, dice que, por desdicha, los jóvenes suelen formar sus ideas de la sensibilidad femenina entre las mujeres más bajas y vulgares. De ahí que tengan la errónea impresión de que los sentimientos sexuales de las hembras son tan intensos como los suyos, un error que sólo conduce a desolación al formar una unión con una mujer decente.

Lydia Rowland bajó los ojos, contuvo el aliento, y se sonrojó con delicadeza, lo que produjo el efecto de una débil mancha sobre una fina porcelana. Blair se quedó maravillado de que alguien pudiera prescindir del lenguaje y disponer tan hábilmente del color de sus mejillas.

—A fuer de sincero, parece existir una correlación científica entre vestuario y comportamiento —añadió Earnshaw—, porque, en términos estadísticos, las mineras tienen el mayor promedio de hijos ilegítimos del país.

—Por las noches salen de juerga desnudas a las cervecerías —dijo Chubb.

—¿Las mineras? —preguntó Blair.

—Sí —repuso Chubb.

—¿Completamente desnudas?

—Con los brazos al aire —dijo Chubb.

—¡Ah! —exclamó Blair.

El plato principal consistía en sillar de carnero acompañado de remolacha y mostaza. La silla seguía desocupada.

—En realidad, además de sus brazos desnudos, presencié una lucha entre mineros a base de patadas —comentó Blair.

—La llaman *zumbido* —dijo Hannay—, Dios sabrá por qué. Es un deporte tradicional en la localidad. A los mineros les entusiasma. Resulta bárbaro, ¿verdad?

—Así liberan tensiones —comentó Fellowes.

—Y, asimismo, liberan tensiones entre sus mujeres —dijo Hannay—. Quitar los zuecos a un minero borracho es como descargar un arma de fuego.

—¡Qué horrible! —exclamó Lydia.

—También hay mineras que saben usar sus zuecos —intervino Fellowes.

—Una escena doméstica digna de contemplar, ¿no es cierto? —prosiguió Hannay.

—¿Qué opinaba John Maypole de las mineras? —inquirió Blair.

Se produjo un absoluto silencio en la sala.

—¿Maypole? —preguntó Earnshaw.

El reverendo Chubb comentó la ausencia del coadjutor en la parroquia.

—Confiamos conocer en breve el paradero de John. Entretanto el obispo ha hecho venir al señor Blair para que realice una investigación privada.

—¿Para buscar a John? —preguntó Lydia a su madre.

—Es como enviar una oveja negra detrás de una blanca —repuso Earnshaw.

—¿Está Charlotte al corriente de esto? —preguntó lady Rowland a su hermano.

Chubb depositó su tenedor en la mesa con el estrépito que transmitía la furia de su cuerpo.

—Lo cierto es que John Maypole era bastante ingenuo acerca de la naturaleza de las mineras. El hecho de que nazcan más criaturas ilegítimas aquí incluso que en Irlanda, convierte a Wigan en un pozo negro de la moral. Son mujeres que rebasan por completo los límites de la decencia y del control social. Por ejemplo, es mi deber desembolsar fondos de la iglesia para las madres solteras que lo solicitan, pero me aseguro de no entregarlo pródigamente para no estimular un comportamiento animal. Sería una lección retenerles ese dinero, pero puesto que se niegan a pedir ayuda, la lección es por completo inútil.

Tras la explosión de Chubb se produjo un silencio.

—¿Cree que encontrarán un lago en África para la princesa Beatriz? —preguntó Lydia por fin a Blair.

—¿Para la princesa?

—Sí. Han descubierto lagos y cascadas que han bautizado con el nombre del resto de la familia real. La reina y Alberto, desde luego; Alejandra; el príncipe de Gales; Alicia; Alfredo; Elena; Luisa; Arturo, incluso para el pobre Leopoldo. Creo que han adjudicado el nombre de todos ellos a algún descubrimiento geográfico. A todos, menos a la pequeña Beatriz. La pobre debe de sentirse excluida. ¿Cree que quedará algo que valga la pena descubrir y darle su nombre? Resulta más personal si uno puede encontrar su propio lago en el mapa.

Lady Rowland acarició con maternal preocupación la mano de su hija.

—No importa lo que el señor Blair piense, querida —le dijo.

La carne estuvo seguida de ave de corral. Fellowes persiguió por su plato con cuchillo y cuchara un huevo de chorlito. A la vacilante luz de las velas, Blair distinguió un dibujo de Paisley en la pared de enfrente, como una filigrana sobre la negra piedra, hasta que comprendió que en realidad se trataba de helechos fosilizados. Movió el candelabro y descubrió otra fronda pequeña, graciosa y delicadamente intrincada, que se distinguía mejor de reojo. En otra pared lo que primero imaginó que se trataba de estrías irregulares, comprobó que era asimismo un fantasmal pez fosilizado. En otro punto de la pared, se veían las huellas de un gran anfibio en sentido diagonal.

—Si no hay inconveniente, quisiera visitar la mina donde se produjo la explosión —dijo.

—Como guste —repuso Hannay—. Aunque parece una pérdida de tiempo puesto que Maypole nunca estuvo en ella. No permitimos que los predicadores bajen al pozo donde ya es muy difícil y peligroso el trabajo de los hombres. Pero si lo desea, Leveret le facilitará la visita.

—¿Mañana?

Hannay meditó unos momentos.

—¿Por qué no? También puede recorrer la superficie y ver a las famosas mineras en acción.

Earnshaw aprovechó la ocasión.

—Me sorprende que tolere la presencia de esas mujeres considerando la reputación que dan a Wigan, señor. No creo que se trate de que unas cuantas mujeres lleven o no faldas, sino de si Wigan se incorpora o no al mundo moderno.

—¿Qué sabe usted del mundo moderno? —inquirió Hannay.

—Como miembro del Parlamento, conozco el espíritu del tiempo.

—¿Por ejemplo?

—La naciente reforma política, la conciencia social reflejada en el teatro y la literatura moderna, la búsqueda de temas elevados en las artes.

—¿Ruskin?

—Sí, John Ruskin es un ejemplo perfecto —convino Earnshaw—. Ruskin es el crítico de arte más grande de nuestro tiempo y asimismo amigo del obrero.

—Cuénteselo, Leveret —dijo Hannay.

—¿De qué se trata? —inquirió Earnshaw precavido.

—Invitamos a Ruskin —Leveret se expresaba con la mayor deferencia posible—, lo invitamos a dar una conferencia sobre arte a los obreros. Pero cuando el tren se detuvo, miró por la ventanilla y se negó a apearse. Sin ceder a ruegos ni súplicas permaneció en el tren hasta que partió.

—Es de público conocimiento que Ruskin tampoco consumó su matrimonio —dijo Hannay—. Parece escandalizarse fácilmente.

Lady Rowland se sonrojó de modo visible.

—Si insisten en estos temas, abandonaremos la sala.

Hannay hizo caso omiso de sus palabras.

—Le agradezco que, a diferencia de otros visitantes de Londres, tenga el valor de apearse del tren, Earnshaw. Pero antes de que nos adoctrine sobre el lugar que Wigan debe ocupar en el mundo moderno, permítame sugerirle que no es cuestión de política ni de arte, sino de potencia industrial. Y la mejor medida de ello se centra en las máquinas de vapor existentes per cápita. Entre las minas y las fábricas hay más máquinas de vapor por persona en Wigan que en Londres, Pittsburgh, Essen o cualquier otro lugar, porque resulta que el aceite de palma que importamos de África para lubricar esos motores es el más adecuado. El mundo funciona a base de carbón y Wigan marcha a la cabeza. Y mientras tengamos carbón, la situación se mantendrá así.

—¿Y qué me dice de la religión? —inquirió Chubb.

—Eso es cosa del otro mundo —repuso Hannay—. Tal vez allí también haya carbón.

—¿Y ello significa que insistirá en emplear a muchachas? —preguntó Earnshaw.

Hannay se encogió de hombros.

—Desde luego, mientras que alguien clasifique el mineral.

—¿Cuánto tiempo durará el carbón en Wigan? —se interesó lady Rowland.

Era la primera vez que imaginaba tal eventualidad.

—Un milenio —la tranquilizó Leveret.

—¿De verdad? El año pasado se disparó su precio por una supuesta escasez. En Londres, decían que las minas inglesas se agotaban —dijo Earnshaw.

—Pues bien, por suerte no ha sido así —repuso Hannay con suavidad.

Como postre sirvieron crema de piña y un merengue que formaba un pico nevado en el centro de la mesa.

—La importancia de la familia —comentó lady Rowland.

—La reforma social —dijo Fellowes.

—La moral —intervino Chubb.

—¿Saben cuál ha sido el mayor don de la reina a Inglaterra? —inquirió Hannay.

—El cloroformo —exclamó una voz desconocida sin darle tiempo a responder.

La recién llegada había aparecido por la puerta de servicio. Aunque no tendría más de veinte años, vestía un sobrio traje de matrona de color morado y largos guantes y, al parecer, acababa de llegar a la casa porque aún llevaba recogidos los cabellos de un severo rojo céltico bajo una toca negra que ensombrecía un rostro de rasgos afilados, y unos ojillos de mirada severa. A Blair le recordó a un feroz gorrión.

Todos los hombres se levantaron a excepción de Hannay.

—Es un honor que te reúnas con nosotros, Charlotte —dijo Hannay.

La joven saludó a su padre, ocupó la silla que había permanecido vacía frente a él y despidió a un sirviente que le ofrecía vino.

Los hombres se sentaron.

—¿El cloroformo? —se asombró Blair.

—El hecho de que la reina utilice cloroformo en los partos para evitar los consiguientes sufrimientos trascenderá a la historia como su mayor don —repuso Charlotte, que en aquel momento fijaba ya la mirada en Lydia.

—Pareces un melocotón recién cogido, prima —le dijo.

—Gracias —respondió la muchacha insegura.

Hannay presentó a su hija a los reunidos.

—Charlotte no suele reunirse con nosotros para comer, aunque siempre confiamos que lo haga. Quítate el sombrero y quédate.

—Sólo quería ver a tu africano blanco —dijo Charlotte.

—Americano —la rectificó Blair.

—Pero su fama procede de África —repuso ella—. ¿No se ha hecho célebre por los esclavos y las nativas? ¿Qué sentía con semejante poder? ¿Lo hacía creerse un dios?

—No.

—Tal vez posea usted un encanto que sólo funcione con las negras.

—Tal vez.

—El señor Blair es muy agradable —intervino Lydia.

—¿De verdad? —repuso Charlotte—. Espero comprobarlo.

—Muchos lo esperamos —repuso Earnshaw secamente.

—¿Y ha sido contratado por mi padre para investigar acerca de John Maypole? ¡Singular propuesta! —dijo Charlotte.

—Ordénale que se vaya, Charlotte —dijo lady Rowland.

—Estoy seguro de que mi hija desea saber qué le ha sucedido a Maypole. Al fin y al cabo era su prometido —intervino Hannay.

—Lo es, según tengo entendido —replicó Charlotte.

—Estoy segura de que recibiremos una carta del reverendo Maypole que lo explicará todo. Tienes que comportarte —dijo Lydia Rowland.

—Ya lo hago, pero no me comporto como tú.

Lydia parpadeó como si hubiera recibido una bofetada y por vez primera Blair sintió simpatía hacia la muchacha. Acaso fuese una necia, pero en contraste con Charlotte Hannay, sin duda resultaba atractiva. En un instante vio el futuro de Charlotte: en su boca jamás asomaría una sonrisa, sus ojos nunca suavizarían su mirada ni liberaría su cuerpo del luto. Había llegado tarde, pero era la dama perfecta para la sala de ampelita.

—Me parece que tu devoción hacia Maypole decrece en proporción a su ausencia —dijo Hannay desde la cabecera de la mesa.

—O en proporción a tu inconveniencia —sugirió ella.

—Tal vez Blair ponga fin a ambos —replicó su padre.

Charlotte miró a Blair, con mayor hostilidad si cabe.

—¿Haría usted cualquier cosa por regresar a África?

—Sí.

—Te felicito —dijo a su padre—. Desde luego has encontrado a tu hombre. Y usted, Blair, ¿es recompensado adecuadamente?

—Eso espero.

—No debería abrigar tantas esperanzas —dijo Charlotte—. Mi padre es como Saturno, salvo que no devora a todos sus hijos. Los deja eliminarse entre ellos y luego engulle al superviviente.

Lydia se cubrió la boca con la mano.

—Bien, ha sido una reunión muy agradable —comentó Hannay al tiempo que se ponía en pie.

Los hombres se dirigieron a la biblioteca, tan compacta e importante como la de la Royal Society. Constaba de dos plantas de libros y cajones de gráficos con una balconada de hierro rodeada de aves del Paraíso protegidas por campanas, mesas con fósiles y meteroritos, un hogar de mármol rosa, un escritorio de madera de ébano y mobiliario tapizado en lujosa piel. Blair advirtió las lámparas de gas de la pared. Al parecer, sólo la sala de ampelita se iluminaba con velas.

—Las mujeres están más a gusto en el estudio —comentó Hannay que servía oporto de izquierda a derecha—. Nuestra familia ha construido esta mansión desde hace ochocientos años y resulta un perfecto monstruo. Se pasa de una galería gótica a un salón de baile georgiano, sales de una biblioteca Restauración y te encuentras con las tuberías de un aseo moderno. La trascocina se remonta a los tiempos del Príncipe Negro. Lo siento por las desgraciadas que trabajan allí.

—Mi tía es una de ellas —repuso Fellowes.

—Excelente: brindemos por su tía —propuso Hannay.

—Muy amable, señor —dijo Fellowes.

—¿Quiere decir que aún hay otra biblioteca? —repuso Blair tras tomar un trago.

—Sí. Esto era una capilla —explicó Hannay.

—Católico-romana —susurró Chubb.

Hannay señaló un pequeño retrato al óleo de un hombre de largos cabellos que lucía un pendiente y un vistoso cuello isabelino.

—Los Hannay eran católicos convencidos que ocultaban y ayudaban a huir a los sacerdotes, a los Highlands. El décimo conde, aquí presente, fue un cobarde abyecto que se convirtió por salvar el pellejo y sus propiedades, por lo que sus descendientes le estamos eternamente agradecidos. La capilla se abandonó y arruinó. Arrancaron el plomo, y se derrumbaron techo y ventanas. Como se encontraba en un patio trasero, casi nadie reparó en ello. Yo decidí aprovecharla.

Earnshaw y Chubb contemplaban con reverencia un manuscrito latino con marco dorado, adornado con caracteres célticos. Leveret y Blair examinaban los fósiles: un helecho curviforme como el arco de un violonchelo, un árbol fosilizado en sección transversal tan iridiscente como la cola de un pavo real.

Hannay abrió cajones que contenían mapas en griego, persa y árabe trazados sobre cortezas de árbol, papiros y vitelas, y gráficos piloto con inscripciones en holandés y portugués donde África se extendía creciente desde el delta egipcio al imperio cartaginés. Se veían masas de terreno indefinidas, protegidas por aguas hirvientes, se leían los nombres de santos de un continente recién surcado, pero aún amenazador, y un litoral moderno y bien trazado, con un interior atractivo.

—África parece interesarle en especial —observó Earnshaw.

—No por completo. Ésta es la joya de la biblioteca —repuso Hannay.

Abrió un estuche de terciopelo del que, con tanto cuidado como si manipulara una joya, extrajo un libro con funda de cuero muy deslucida de un malva descolorido, y levantó la parte delantera lo suficiente para que Blair y Earnshaw pudieran leer manuscrito en el frontis: *Roman de la Rose*.

—Todas las damas distinguidas tenían su ejemplar del *Roman de la Rose* —dijo—. Éste fue copiado en 1323 con bastante dignidad para Céline, señora de Hannay.

—¿De qué trata? —inquirió Fellowes.

—Asuntos cortesanos, espirituales, sensuales y de misterio.

—Parece interesante.

—¿Quiere llevárselo a su casa y examinarlo con su esposa? —le ofreció Hannay.

—¡No, no! —rechazó Fellowes horrorizado.

—Bien —repuso Hannay al tiempo que lo recogía.

—Ella no sabe francés —explicó Fellowes a Blair.

Las puertas de la biblioteca se abrieron. El libro profirió un tenue perfume a rosas mientras la estancia era invadida por Charlotte, aún con sombrero y como endemoniada, a quien precedían su tía y su prima.

—Deseo saber qué nuevos acuerdos tomas a mis espaldas. Tu Blair quizá tiene la peor reputación del mundo y lo has contratado para ensuciar el nombre de un hombre excelente so pretexto de acometer una investigación. No responderé a ninguna de sus preguntas como tampoco me sentaría voluntariamente en un hediondo basurero —anunció la joven.

—¡Sí que responderás! —respondió Hannay.

—¡Cuando te pudras en el infierno, padre! Y puesto que eres un obispo, eso no es muy probable, ¿verdad?

Paseó entre los presentes una desdeñosa y dura mirada y se retiró. Blair pensó que si fuese Juana de Arco, él encendería gustoso la primera antorcha.

CAPÍTULO CINCO

Lo despertó el estrépito de los zuecos sobre el adoquinado, como si fueran aldabonazos. A la luz de las farolas distinguió a los hombres y mujeres que se dirigían a las minas de la parte oeste de la ciudad y a las obreras de las fábricas, quienes, con sus vestidos y chales, se apresuraban en dirección opuesta.

Cuando llegó Leveret, vestía las ropas usadas que se había procurado el día anterior y se había tomado un café. Montaron en una sencilla calesa tirada por un caballo del administrador, y se encaminaron hacia la mina Hannay. En los oscuros campos, a ambos lados del camino, Blair distinguía a los mineros por el resplandor de sus pipas y el vapor de su respiración. La tierra olía a estiércol y el aire, a ceniza. Al frente, una alta chimenea profería una plateada columna de humo cuya cúspide coloreaba el amanecer.

—La presencia de Charlotte anoche fue extraordinaria —dijo Leveret—. Pasamos semanas sin verla y de pronto irrumpe en escena. Lamento que se comportara con tanta rudeza.

—Es el monstruo más horrible que he encontrado. ¿La conoce bien?

—Nos criamos juntos. En realidad, juntos, no, sino en la misma finca. Mi padre era el anterior administrador. Luego yo fui el mejor amigo de John cuando vino aquí y Charlotte y él se convirtieron en aliados. Pienso que es muy obstinada.

—¿Es hija única?

—Su hermano mayor falleció en un accidente de caza. Fue una tragedia.

—De modo que en la casa sólo están el obispo, ella y ciento cuarenta criados.

—No. Los Rowland residen en la mansión, pero Charlotte ocupa una casita anexa. En realidad, muy linda y muy antigua. Vive su propia vida.

—Desde luego.

—Siempre ha sido distinta.

—Lo es —puntualizó Blair.

Leveret rió tímidamente y mudó de conversación.

—Me sorprende que se entretenga en bajar a la mina. Tenía mucha prisa por encontrar a John.

—Y la tengo.

No existía ninguna verja ni una demarcación clara entre las tierras de labranza y la mina Hannay. Los mineros acudían por doquier y Blair se halló de pronto en un patio iluminado con lámparas de gas y rodeado por cobertizos que parecían haber almacenado la luz y el sonido y haberlos desencadenado en aquel momento: el denso aliento y el sonido de los cascos de los caballos que arrastraban las vagonetas sobre las piedras; el resplandor ambarino y el ritmo de los herreros que moldeaban el hierro; los chispazos y chirridos de los picos al ser afilados. Pequeñas locomotoras surgían humeantes de los cobertizos del ferrocarril; trenes de vagonetas unidas por cadenas en lugar de enganchadas, chocaban entre sí. Apenas audible, en lo alto, como un arco tensado sobre un violonchelo, llegaba la vibración de los cables extendidos desde los cabrestantes de la torre que se levantaba sobre el pozo.

Carretas metálicas repletas de carbón salían rodando del montacargas hasta una báscula conectada a una cadena sin fin y se deslizaban mecánicamente sobre raíles hasta el cobertizo donde el carbón sería cribado y clasificado.

Blair saltó de la calesa y siguió el ritmo de la sucesión de carretas, todas ellas repletas y que, según la báscula, pesaban por lo menos noventa quilos.

El cobertizo carecía de paredes, estaba más destinado a proteger el carbón del agua y de las inclemencias del tiempo, que a las obreras que allí trabajaban. Las que estaban en lo alto soltaban las carretas que llegaban, las empujaban hasta una cribadora, las ajustaban y soltaban lentamente un resorte de freno que agitaba la cribadora de modo que expulsaban un negro raudal de carbón a una cinta transportadora donde, a la luz de una lámpara, otras mujeres limpiaban el mineral de piedras y de tierra.

Las mujeres vestían camisas de franela, pantalones de pana y unas faldas rudimentarias y mugrientas. Se protegían los cabellos con chales, tenían las manos negras y sus rostros se confundían entre las nubes de carbonilla que se formaban cuando el material que trasladaba la cinta se deslizaba por una decantadora metálica o se filtraba por otras cribas más sutiles.

El carbón, limpio y clasificado, se deslizaba por una tolva hasta el cobertizo del apartadero del tren, donde otras dos mineras dirigían el mineral sobre las vagonetas. Una de ellas era Flo, la muchacha de El Joven Príncipe, y la otra, Rose Molyneux.

—¡Es él! —exclamó Flo haciéndose oír entre el estrépito.

—Deseo hablar con usted —gritó Blair a Rose.

La muchacha se volvió hacia él con la mano en la cadera. Sus ojos eran como sendos prismas de concentración, acentuados por el negro polvo que cubría su rostro. Era la mirada imperiosa que dirigiría una gata cómodamente instalada en un sillón a quien pretendiera sentarse en él, y en la que incluía a Blair y a los maquinistas, transportistas y mineros con igual menosprecio.

—Estás atractivo —comentó.

Blair contempló su chaqueta y sus pantalones raídos.

—Me he vestido a tono con las circunstancias.

En cierto modo ella lucía con elegante insolencia su sucio ropaje.

—¿Bajas a la mina? Cuando regreses estarás más negro que un limpiapipas.

—Tenemos que hablar.

—¿Tan fascinante fue nuestra primera conversación?

—Resultó interesante.

Fijó en él su mirada y Blair comprendió cuán consciente era de atraer su atención siempre que se lo propusiera.

—A Bill no le gustará esto —dijo Flo.

—¿Te refieres a Bill Jaxon? —preguntó Blair.

Rose se echó a reír ante su reacción.

—¿Se te arruga el pajarito?

—¡Blair! —lo llamó Leveret desde un cobertizo situado al otro extremo del patio.

Allí recibían los mineros sus lámparas de seguridad y, por lo tanto, resplandecía como una lujosa araña. En los estantes inferiores había aceite, rollos de mecha y latas de brea con inscripciones relativas a la excelencia de su uso por la Armada Real. En el muro posterior pendían seis jaulas de canarios que formaban un coro y asomaban sus amarillas cabezas por las rejas.

—Sería mejor que aguardase aquí —dijo Blair a Leveret.

Entre tanta iluminación advirtió que, bajo una sencilla chaqueta de cuero, el administrador vestía chaleco de seda y camisa blanca y que se cubría la cabeza con un elegante bombín.

—No: siempre he deseado tener una experiencia minera. Nunca he logrado descender más de tres metros en una vieja mina.

—Podría meterse en un saco de carbón y saltar arriba y abajo —sugirió Blair.

Las lámparas de los mineros tenían veinte centímetros de altura, con cabezales y bases de latón y, en el centro, un cilindro de gasa metálica que enfriaba el calor de la llama bajo el punto de ignición del gas explosivo. El encargado de facilitarlas preparó y encendió dos de ellas para Leveret y Blair. Protegidas por la gasa, las llamas eran como tenues rescoldos. En la base llevaban marcado un número que el hombre anotó en un libro y luego les mostró.

—Así controlamos quiénes bajan a la mina y quiénes regresan, por si acaso. Deseo advertirles, caballeros, que la mina Hannay está a mil quinientos metros bajo tierra, es la más profunda de Lancashire. Si padecen claustrofobia, será mejor que se lo piensen dos veces.

Volvieron a la oscuridad, a reunirse con los hombres que aguardaban bajo la torre, en la boca de la mina. Los mineros llevaban sucias chaquetas de lana y pantalones de molesquín, material que no producía pelusa, algo incómodo bajo tierra, y, desde luego, gorras de paño y zuecos. Y de sus hombros, con correas, colgaban fiambreras metálicas que contenían sus alimentos. Los hombres charlaban ociosamente, con la espontaneidad propia de soldados, atletas y mineros. Blair comprendió que se sentía a gusto entre ellos, a diferencia de Leveret, que mostraba una incomodidad característica de la clase media. El aire soplaba pozo abajo —era el acceso de ventilación para doce quilómetros de conducciones subterráneas— y el viento hacía temblar las llamas de las lámparas. Blair distinguió la valla blanca de advertencia en torno a la parte superior de la cámara, a unos cincuenta metros; en el fondo había un horno que expulsaba el aire enrarecido del pozo y lo renovaba, al menos en teoría.

El viento se paró al mismo tiempo que bajo tierra se advertía un sonido similar a un tren de carga que se aproximara. Blair observó que la maquinaria amortiguaba su movimiento, y la línea vertical del cable se agitaba mientras la carga se reducía y emergía un gancho seguido de una jaula. Ésta consistía en un cuadrado metálico con dos costados de madera y los extremos abiertos unidos por sendas cadenas. Los hombres las soltaron al instante y empujaron las carretas del brillante carbón desde la jaula a la báscula. Con igual rapidez entraron los mineros en el montacargas y ocuparon el espacio que había quedado libre poniendo los pies en torno a los raíles. Blair y Leveret se unieron a ellos.

La gente se apretujaba: a los mineros se les pagaba por el carbón que conseguían, no por el tiempo que perdían aguardando. No los obligaron a instalarse en los extremos descubiertos, lo que Blair consideró una muestra de cortesía. Al resplandor de las lámparas, más tenues que las velas, advirtió que Leveret llevaba carbonilla en el cuello y comprendió que tampoco él se habría librado de las inevitables manchas.

—Es su última oportunidad. Cuando regresemos parecerá un limpiapipas —dijo Blair.

Le había agradado la expresión de Rose. Otro hubiera dicho deshollinador. Leveret era alto, por lo que le iba perfectamente el adjetivo.

La bravata de Leveret se perdió entre el ensordecedor estrépito de una campana, un aviso que significaba el descenso.

La jaula se puso lentamente en marcha y pasó a través de la abertura superior del pozo reforzada con ladrillos, por los círculos de guirnaldas de hierro de Yorkshire, tan consistente como el acero, hasta un pozo esgrafiado de piedra y madera, y luego, más abajo, por un oscuro abismo, a treinta, cuarenta, sesenta quilómetros por hora. Se precipitaba a mayor velocidad de la que viajaría cualquiera por tierra, con tanta rapidez que el aliento escapaba de los pulmones y obturaba los oídos; tan deprisa que nada podía verse en el extremo abierto de la jaula, salvo un fondo borroso que arrancaría una mano o una pierna a cualquiera que se distrajese en aquel descenso al parecer eterno.

Pasaron junto a la lámpara de un antiguo apeadero como si fuera una luciérnaga. Blair advirtió que Leveret se persignaba y movió la cabeza con aire reprobatorio: cuantos menos movimientos, mejor. Al alcanzar su mayor velocidad, la jaula comenzó a descender con tal suavidad que los hombres casi flotaron. En los pozos, aquél siempre era el momento de mayor peligro y mayor placer. Blair pensó que con sus lámparas amontonadas acaso parecieran un meteoro a cualquier espectador o gusano deslumbrados.

Brunel, el gran ingeniero de ferrocarriles, sostenía que los conductores de trenes deberían ser analfabetos, porque sólo así «prestarían atención». Blair pensó que los mineros estaban muy atentos. Los rostros de quienes compartían la jaula estaban más concentrados que los discípulos de Platón por el modo en que escuchaban el sonido del grueso cable de acero al desenrollarse, los menores crujidos de la jaula y la creciente presión de las suelas de madera de sus zuecos.

La marcha comenzó a aminorar. Al cabo de dos minutos, según el reloj de Blair a un promedio de unos cinco quilómetros por hora, la jaula se posó en el fondo del pozo subterráneo, a mil quinientos metros, y se detuvo. Los mineros se apearon al momento seguidos de Blair y Leveret, el último sumido en profunda confusión.

Había tráfico convergente de las galerías subterráneas de las que emergían ponis con pesados arreos y muchachos con gorras y chaquetas, tanto animales como guardianes aún más encanijados por las tenues luces que colgaban de las vigas. Cada poni arrastraba una hilera de carretas cargadas sobre raíles. Además se percibía un olor procedente de una larga hilera de pequeños establos para los caballos. Los establos siempre se instalaban en la parte inferior del pozo y sobre tablas, pero nunca estaban secos. En lugar de ello, el penetrante olor a excrementos y orines de los animales parecía añejo y concentrado. Y, por añadidura, la especie de vendaval de aire fresco que descendía hasta el fondo se viciaba al circular por aquella zona. Y estaba el calor, en absoluto comparable con el de una cueva húmeda. Un calor sofocante impregnado de sudor, mugre y carbonilla, recuerdo de que la tierra era un organismo vivo con un núcleo ardiente.

El visitante captaba todas aquellas evidencias sensoriales, las clasificaba y ordenaba. Tardaba unos instantes en comprender que el ojo del pozo estaba a unos cien metros de distancia. Lo que sencillamente debía ignorar era el más sutil e intenso informe de sus sentidos de que sobre su cabeza había casi dos quilómetros de tierra o que se encontraba tan lejos de la huida. De todos modos, Blair comprobó su brújula.

Al igual que en la superficie, también abajo había un capataz en una oficina, una sencilla habitación cuadrada de ladrillos. Se llamaba Battie y parecía un feliz Vulcano en mangas de camisa, sombrero hongo y tirantes.

El hombre los esperaba. Había despejado su escritorio y extendido un mapa sobre él cuyas esquinas sujetaba con lámparas. En el extremo norte del plano se encontraban el montacargas y los pozos del horno, y el sur era una parrilla de galerías, grandes y pequeñas, que se extendían hasta una frontera irregular.

Battie examinó con aparente indiferencia los distintos estilos de vestimenta de sus visitantes.

—¿Tienen la amabilidad de vaciar sus bolsillos, señores?

Blair sacó su reloj, una brújula, un pañuelo, un cortaplumas y moneda de cambio; Leveret exhibió un contenido más extenso: reloj, monedero, cartera, relicario, peine, tarjetas de visita, pipa de brezo, tabaco y cerillas. Battie guardó la pipa, el tabaco y las cerillas en su escritorio.

—Está prohibido fumar, señor Leveret. No queremos que piense siquiera en ello.

En el mapa figuraba la fecha de la explosión y aparecían círculos con números de uno a tres dígitos. Números de lámparas, según comprobó Blair. El incendio ocasionó setenta y seis víctimas y aquél era el total que figuraba. No resultaba difícil porque en una galería central se concentraba mucha gente, mientras los demás se distribuían de modo equitativo por toda la superficie restante. Sin embargo, uno de aquellos números figuraba exactamente ante la puerta del capataz.

—¿Qué sucedió aquí? —inquirió Blair.

—La jaula estaba arriba. El pozo sigue más abajo, ya sabe. Un muchacho acababa de llegar con su poni y las carretas. Cuando el humo llegó hasta aquí, el poni retrocedió hacia el borde. El muchacho trató de salvarlo. Y así fue como todos se fueron abajo, el poni, las carretas y el chico.

Hizo una pausa. Levantó las lámparas de modo que el mapa se enrolló y lo introdujo en una cartera de cuero junto con un libro. Sustituyó su sombrero hongo por un pañuelo rojo que se ató en la frente. Al cabo de un instante había recobrado su aplomo, como si se dispusiera a pasear por un parque.

—Bien, caballeros, tengo que hacer mis rondas. Si aún están dispuestos, nos espera un largo camino.

—Puede esperar aquí o subir con el montacargas —propuso de nuevo Blair a Leveret.

—Lo acompaño —dijo Leveret.

—¿Adelante, soldados de Cristo? —inquirió Blair.

—No me quedaré atrás —prometió el administrador.

Battie abrió la marcha por el pozo y balanceando su cartera se internó por la galería de la derecha.

—A las galerías las llamamos *calles* —dijo volviendo la cabeza—. Cuando son tan anchas como ésta, se consideran calles principales.

Sin embargo, aquélla no era en absoluto grande y, en cuanto entraron, Leveret se encontró con dificultades. La única luz consistía en las lámparas de seguridad, tres llamas tan mitigadas por la pantalla de alambre que apenas iluminaban los raíles del suelo, ni los tablones del techo, y si el administrador intentaba evitar uno de ellos, tropezaba con el otro y no sabía dónde pisar ni cuándo debía agacharse.

Battie redujo su marcha, pero no se detuvo.

—Si desea volver atrás, busque un letrero que diga SALIDA, señor Leveret. Y si no lo encuentra, siga el aire que le da en el rostro. Si tiene el viento de espaldas, se está adentrando. Usted no es la primera vez que pisa una mina, señor Blair.

Blair reparó en que, instintivamente, había adoptado el paso de los mineros: semiagachado, con la cabeza levantada y midiendo de modo inconsciente con sus pasos las traviesas de la vía.

—¿Cuándo llegaremos al carbón? —inquirió Leveret.

—Ya estamos en él. Nos encontramos en medio de la veta Hannay, una de las más ricas de Inglaterra —repuso Battie—. Eso es lo que sostiene el techo.

«Negras paredes, y techo también negro», pensó Blair, porque el carbón reforzaba más las maderas que la piedra. El iris de sus ojos se había dilatado de modo que la oscuridad se convertía en sombras, y las sombras tomaban formas. Delante de Battie, en dirección opuesta, se acercaban una mole peluda y una lámpara.

—Es un poni —dijo el capataz al tiempo que se metía en un agujero-refugio que ni siquiera Blair había visto.

Blair lo siguió, y arrastraron al sobresaltado Leveret un instante antes de que pasara el animal, un Shetland con pelaje sucio de hollín, conducido por un muchacho con su lámpara y que arrastraba cuatro carretas llenas. Leveret parecía algo más pequeño.

—¿Ha perdido su sombrero? —inquirió Blair.

—Al parecer, sí —repuso Leveret que veía pasar las carretas junto a ellos con aire preocupado.

—Usted adivina quién visita una mina por vez primera según sea su atavío, ¿verdad? —preguntó Blair al capataz.

—En cuanto dan el primer paso y aunque estén bebidos. Y si lo están, los obligo a regresar. Sería suicida exponerse a peligros innecesarios.

—¿Por qué calzan zuecos? —intervino Leveret—. Me consta que los usan casi todos en Wigan, pero pensaba que en una mina resultarían engorrosos.

—Por los desprendimientos de roca, señor —le explicó Battie—. Cuando se desploma un techo, la suela no se aplasta como en un zapato, y también resulta más fácil escurrir el pie y sacarlo.

El administrador guardó silencio.

«Caminar bajo tierra se llamaba *viajar.*» Viajaron veinte minutos y en su camino sólo encontraron ponis y trenes de carretas. La calle se volvía más baja, más estrecha y formaba pendiente hacia abajo, y el sonido de los trenes quedaba sofocado por el opresivo impulso del viento y la carga de las vigas de madera. Battie se detenía con regularidad y acercaba su lámpara a los puntos donde las piedras se amontonaban en muros secos o a los maderos que sostenían el techo.

—Cuando cortamos el carbón, se produce grisú. Una palabra curiosa, ¿verdad, caballeros?

—Realmente —convino Leveret.

—Es como si provocara fuego —prosiguió Battie, que inspeccionaba una hornacina.

—¿Y es así?

—Consiste en un gas explosivo.

—¡Ah! —exclamó Leveret.

—Se trata de metano, que suele ocultarse en las rendijas y por el techo. Lo importante de una lámpara de seguridad es que la gasa que la protege reduce el calor, por lo que no hace estallar el gas. Aun así, el mejor modo de descubrirlo es con una llama.

Levantó la lámpara junto a una tosca columna de la roca y examinó la fluctuante luz tras la pantalla metálica.

—Observen cómo azulea y se hace más alargada: es el metano que se quema.

—¿Debemos retirarnos? —preguntó Leveret.

La llama iluminó la sonrisa de Battie, mientras se quitaba el chaleco y abanicaba la roca. Retrocedió a la galería y regresó al cabo de unos momentos con un bastidor plegado de lona y madera con el que formó un panel vertical que reconducía el flujo del aire a la piedra.

—Si cerráramos un pozo cada vez que descubrimos un atisbo de grisú, Inglaterra se helaría, señor Leveret.

Extrajo el libro de su mochila y anotó la hora, la localización y la cantidad de gas.

—Vigilamos el grisú, lo ahuyentamos y no le permitimos que nos mande al otro barrio.

En adelante, el camino empeoró sin que por ello Battie redujera su marcha.

—Esto es un *asiento* —dijo.

Habían llegado a un lugar donde el techo se combaba e hizo una anotación en su libro.

—Y esto un *riachuelo*.

En aquel punto el suelo se levantaba y elevaba la vía.

—Existen presiones superiores e inferiores. Tenemos piedra caliza arriba y arenisca debajo, aunque todavía no hemos perdido el carbón.

Cuanto más se adentraban, más comprendía Blair que Battie no necesitaba ningún plano. El hombre conocía la veta Hannay como un barquero el río. A buen seguro que su padre y su abuelo habían trabajado el mismo carbón. Un hombre como él sabía dónde giraban los negros bancos a la izquierda, a la derecha, arriba y abajo, o se sumergían hasta perderse de vista en una falla geográfica. Conocía la densidad de la veta, su cohesión, contenido de agua, brillo, punto de iluminación y cenizas y podía recorrerla en la oscuridad.

Leveret se demoraba tras ellos. Blair se disponía a pedir a Battie que se detuviese cuando el encargado así lo hizo tras depositar su lámpara junto a una columna de carbón. Extendió el mapa en el suelo, y señaló dos números allí consignados pertenecientes a otras tantas lámparas.

—Aquí encontramos a los dos jóvenes. Fueron las víctimas más próximas a la jaula, con la excepción del muchacho y el poni.

Un rastro de números conducía a la cara oeste del frente de arranque del carbón, doble distancia de la recorrida hasta el momento. Las víctimas de la calle principal habían sucumbido en grupos, algunas apretujadas en refugios.

Leveret llegó jadeante y cubierto de carbonilla como si hubiera sido arrastrado por un poni.

—Estoy... perfectamente —dijo.

Y cayó de rodillas.

Blair y Battie concentraron de nuevo su atención en el mapa.

—¿Murieron abrasados? —inquirió Blair.

—No. Nadie se quemó hasta que llegamos al extremo de la calle principal, cerca del frente. Los muchachos estaban tendidos como si durmieran.

—¿Pero hacia arriba? ¿Corrían cuando cayeron?

—Así es —repuso Battie con sombría satisfacción—. Su amigo sabe mucho de carbón, señor Leveret.

—¿Fueron aplastados? —preguntó el administrador.

—No —repuso Battie—. Cuando estalla el grisú queda un remanente de gas: monóxido de carbono. El hombre más fuerte del mundo podría correr a toda velocidad, pero le bastaría con respirar dos veces esa emanación para caer desplomado. Y, a menos que lo sacaran al exterior, moriría. En realidad, he visto intentos de rescate en que uno, dos o tres hombres sucumbieron tratando de salvar a otro.

El suelo vibró, seguido de un estrépito que se extendió desde un extremo al otro de la galería y llovieron guijarros entre la oscuridad.

—¡Fuego! —exclamó el administrador levantándose bruscamente.

—Sólo es un barreno, señor Leveret, algo muy diferente. Si se tratara de una explosión, la oirían hasta en Wigan. Ya lo informaré.

Enrolló el mapa y añadió:

—Confío en que no haya más demostraciones como ésta, señor Leveret. Me refiero entre los hombres.

Reemprendió la marcha y los guió con su lámpara. Tan sólo se detenía cuando señalaba el lugar donde habían sucumbido los mineros que trataban de huir del monóxido de carbono. Blair pensó que, por lo que a minas se refería, aquélla parecía segura. Sin duda que el ambiente resultaba sucio, agobiante e incómodo, pero las galerías estaban despejadas, las vías bien conservadas y Battie era un supervisor concienzudo. Sucedía que todas las minas eran una inversión del orden natural y las de carbón, en particular, mortales y absurdas.

La galería comenzó a sumergirse. Blair pensó que profundizaría cada vez más mientras que los estratos subterráneos se ladearan hacia el sur. La veta, probablemente, había sido trabajada como un fácil afloramiento al norte de Wigan. Las tropas romanas acaso se habían secado sus sandalias con el carbón de Hannay.

A cada paso que descendía era más consciente del calor. El aire de la mina secaba la garganta mientras la piel se cubría con una costra de negro sudor.

La galería desembocaba en una cámara a modo de cripta donde un muchacho paseaba a un poni por una vía circular formando un carrusel fantasmal. Cuando el animal se detuvo, un hombre con el cuerpo perlado de carbonilla, cubierto únicamente por improvisadas rodilleras y calzado con zuecos, surgió de una galería inferior y enganchó carretas repletas a los arreos del caballo. Saludó a Battie con una brevísima inclinación y desapareció de nuevo por donde había venido empujando ante sí una carreta vacía. El poni y el muchacho desaparecieron en dirección opuesta.

—¡Qué calor! —exclamó Leveret con un hilo de voz.

—¿Quiere un poco de té, señor? —dijo Battie ofreciéndole una petaca metálica que llevaba en la mochila.

Leveret, agotado, negó con la cabeza y se dejó caer en el suelo. Blair pensó que por muy en forma que uno estuviera, la primera vez que se bajaba a una mina era siempre la peor. Pese a los efectos de la malaria, él se limitaba a repetir lo que había hecho toda su vida.

—Lamento ser tan torpe —se disculpó Leveret.

—No se preocupe, señor —repuso Battie—. Los mineros están demasiado confiados. Saben que un simple chispazo es peligroso, pero patinan por los raíles con los metales de sus zuecos y las chispas vuelan como fuegos artificiales. O se escabullen del trabajo en alguna galería secundaria y duermen como ratones.

—Parece muy acogedor —repuso Leveret.

—A veces —dijo Battie—. El día del incendio, en este lugar cayó un poni y bloqueó la galería: al otro lado encontramos diez cadáveres.

—¿Por el grisú? —preguntó Blair.

—Sí. Ya sabe. Un periódico londinense decía que el mayor temor actual de la gente consiste en ser enterrado vivo. Y aparecían anuncios de ataúdes con tubos para poder hablar y semáforos. ¿Por qué preocuparse de ser enterrado vivo en Londres?

Se volvió hacia Leveret.

—¿Se siente mejor?

—Estoy en condiciones de moverme.

—Estupendo.

Se internaron en la galería por la que había desaparecido el minero. Había raíles y suficiente espacio para que un hombre agachado pudiera maniobrar una carreta por un reducto con entibos. A través del túnel llegaba un estrépito terrible, que recordaba a un maremoto.

—¿Qué es eso? —se interesó Leveret.

—El techo se ha desplomado —repuso Battie.

—¡Gran Dios! —exclamó el hombre.

E intentó retroceder.

—No se preocupe, es algo normal, señor Leveret. Tal es el sistema.

—¿El sistema?

—Verá, un hundimiento es un ruido más agudo, suele ser

como una mezcla de maderas y piedras —dijo Battie—. Ya verá lo que quiero decir.

En aquellos momentos sus lámparas no iluminaban galerías, sino una especie de panal de columnas de carbón similares a una mezquita negra. En el límite de su audición consciente Blair captó un nuevo sonido: cristalino, resonante, distorsionado y ampliado por los caprichos de la roca. Battie abrió la marcha durante otros diez minutos y, de pronto, Blair y él se introdujeron a rastras por una estrecha galería poblada en toda su extensión por figuras confusas vestidas tan sólo con pantalones y que calzaban zuecos, o que llevaban tan sólo zuecos y estaban cubiertas por una película de polvo brillante, y que golpeaban con picos cortos, de doble punta. Los hombres tenían cinturas estrechas y hombros musculosos como caballos, pero, bajo la luz proyectada por sus lámparas, más bien parecían autómatas brillantes, objetos mecánicos que golpearan infatigables las columnas de carbón que sostenían el negro techo sobre sus cabezas. El mineral se quebraba con un sonido similar a un campanilleo. Cuando la veta carbonífera descendía, los hombres trabajaban arrodillados, protegidos con trapos. Otros cargaban carretas o las empujaban apoyando en ellas sus espaldas y despedían una niebla de condensación y carbonilla.

Blair consultó su brújula.

—Trabajan hacia atrás.

—Cierto —repuso Battie.

Los mineros atacaban el muro interior del frente occidental, trabajando en sentido inverso, hacia el ojo de la mina y no a lo largo del muro exterior, como Blair había esperado. El muro exterior no existía, era un espacio bajo que retrocedía entre sombras impenetrables.

Battie extendió su mapa.

—Creo que usted lo comprenderá, señor Blair. Es el sistema de Lancashire. Abrimos las galerías principales, las calles, a través del carbón hasta el límite de la veta. Practicamos galerías más pequeñas para conectar las calles y hacer circular el aire y, entonces, comenzamos a trabajar retrospectivamente, como usted dice, para conseguir el resto del mineral, y tan sólo dejamos las columnas de piedra y los entibos necesarios para sostener el techo hasta concluir nuestro trabajo. Los entibos se desploman así como los techos, ése es el sonido que hemos oído, pero, en ese momento, ya nos hemos marchado.

—¿Fue aquí donde sucumbieron las víctimas? —preguntó Blair.

—A lo largo de este frente de carbón, pero unos quince metros más adentro.

Battie se encontraba ante el vacío que dejaban los mineros a su paso.

—Ahí estábamos hace dos meses. Extrajimos dos mil toneladas de carbón. De todos modos a nadie se le permite el acceso a los núcleos abandonados. Son las normas de las minas.

La hilera de mineros manejaba sus picos a un ritmo implacable. Blair había contemplado el mismo fenómeno por todo el mundo: los hombres que trabajaban en las profundidades se afanaban como si el puro esfuerzo físico lograra aturdir su mente. En ese caso, tal vez también tuvieran la sensación de que se abrían camino de regreso al pozo. Una linterna hubiera podido atravesar las sombras, pero el tenue resplandor de la lámpara de seguridad apenas superaba a unas ascuas ni iluminaba a quien la sostenía. Más allá del perímetro del frente de arranque resultaba imposible intuir hasta qué extremo se extendía la zona ya abandonada tras los mineros o si el techo estaba a dos metros o a quince centímetros de altura. Blair cogió una piedra y la tiró en sentido lateral. El proyectil se sumió en la oscuridad y el sonido se perdió entre el estrépito de los picos.

—¿A qué altura está el techo? —preguntó.

—A diez metros en algunos lugares; a cien en otros. Puede sostenerse un mes, un año o derrumbarse mientras estemos aquí —repuso Battie.

Leveret los alcanzó, jadeante y agotado tras el último tramo de su trayecto. Tenía la frente manchada de sangre, y el sudor y la carbonilla formaban una negra pasta en torno a sus ojos.

—¿Qué puede derrumbarse? —preguntó.

—Nada, Leveret. No me sentiría más orgulloso si usted hubiera encontrado a Livingstone.

Le entregó un pañuelo.

—Dentro de poco regresaremos.

Por cada hombre que empuñaba un pico, otro cargaba el carbón con una pala en las carretas. Cada veinte metros el camino se dividía en breves líneas paralelas a fin de dar paso a los vehículos. En una columna de mineral un hombre manejaba una perforadora consistente en un cañón dentado sostenido por una abrazadera metálica que iba desde el suelo al techo. El hombre sobrepasaba la cabeza a los demás allí presentes y, aunque la máquina pesaría unos dieciocho quilos, la manejaba con facilidad. Por el agujero surgía negro polvo y el vástago giraba con tanta suavidad como si el hombre perforara queso.

Debido a la escasa luz y a que todos estaban ennegrecidos, Blair, al principio, no advirtió que el minero llevaba las piernas vendadas. Al reparar en Blair, el hombre interrumpió su trabajo.

—¿Sigues buscando al reverendo Maypole? —inquirió Bill Jaxon, pues de él se trataba.

—Nunca se sabe —repuso Blair.

Le sorprendió que Jaxon pudiese andar tras la lucha librada la noche anterior en El Joven Príncipe, pero se recordó a sí mismo que a los mineros les gusta jactarse del dolor que son capaces de soportar. Con sus largos cabellos recogidos atrás, Jaxon parecía una estatua de Miguel Ángel tallada en carbón en lugar de mármol.

—¿Aún llevas los zuecos? —preguntó Blair.

—¿Deseas probarlos? —repuso Jaxon.

Junto a él apareció una figura enana que Blair reconoció como una versión en ébano de Smallbone, su compañero de bebida en El Joven Príncipe. Smallbone sostenía una gran caja metálica. Jaxon desenroscó la parte superior de la abrazadera, y extrajo el vástago del taladro. Smallbone sacó una boquilla de la caja que deslizó en el agujero y por la que sopló con los ojos cerrados expulsando un chorro de polvo. Blair disfrutaba al ver a un especialista entregado a su trabajo. A continuación Smallbone sacó de la caja un cartucho de papel encerado de veinticinco centímetros.

—¿Qué...? —barbotó Leveret.

—Es pólvora: prepara él mismo los cartuchos —le informó Jaxon.

—Smallbone es bombero —intervino Battie—. En tierra, los bomberos apagan los incendios: aquí, provocan las voladuras.

El agujero del taladro se inclinaba hacia abajo. Con un vástago de madera, Smallbone empujó el cartucho lo más lejos posible, pinchó cuidadosamente su extremo con una aguja de cobre e introdujo una mecha, una cerilla lenta de tosca cuerda de algodón empapada en salitre. Dejó colgar la cuerda y apisonó el agujero con barro de modo que pendiera libremente un palmo de mecha. A Blair le pareció muy rudimentario. Entretanto, Battie había pasado su lámpara por el techo para detectar la posible presencia de grisú.

—Parece limpio —dijo.

—¡Dispara! —gritó Jaxon.

La exclamación circuló entre todos los presentes, que recogieron sus instrumentos, y se trasladaron a la galería principal, lejos de la línea de fuego. Battie condujo a Leveret y a Blair. Jaxon los siguió con su perforadora, mientras Smallbone se quedaba solo ante el agujero.

—Mire hacia el lado opuesto y abra la boca, señor —aconsejo Battie a Leveret.

Blair observó a Smallbone que pasaba, lentamente, la lámpara por el techo y la pared para asegurarse de que no había gas, una señal de inteligencia preferible a cualquier examen por escrito. El hombre se arrodilló junto a la mecha oscilante y sopló para avivar la llama de su lámpara hasta que ardió con mayor viveza y se ladeó hacia su gasa protectora. Sopló con más fuerza y la llama se intensificó de tal modo que una lengua de fuego atravesó la pantalla de alambre y alcanzó la cuerda. Cuando volvió a soplar, el extremo de la mecha le respondió con un destello de luz anaranjado.

El bombero se volvió con pasos cortos y rápidos, y, apenas cinco segundos después de reunirse con el grupo, estalló la galería a sus espaldas con el estrépito de un trueno formando remolinos de negro polvo. La explosión había sido más potente de lo que Blair esperaba. Los mineros se balancearon como si estuvieran en un barco mientras que el estampido se dividía en ecos que se subdividían a su vez por otras galerías. Uno a uno los hombres agitaron las cabezas y abrieron sus ojos enrojecidos.

—¡Ha duplicado la carga, señor Smallbone! —exclamó Battie—. Si vuelve a hacerlo tendrá que buscarse empleo en otra mina.

Era el primer asomo de hipocresía que Blair descubría en el capataz, y Battie parecía incómodo ante su propia protesta. Todos —propietarios y encargados— sabían que a los mineros se les pagaba tan sólo por las carretas que llenaban, no por el tiempo que pasaban en deshacer el duro mineral, razón por la cual los bomberos barrenaban a pesar del grisú. La explosión de Smallbone había derribado al suelo un amplio saliente de carbón y fracturado además la pared. Los mineros sacaron estimulante rapé de sus latas, y reanudaron su trabajo. Jaxon cargó con la perforadora y su soporte y se trasladó por la galería para practicar el siguiente agujero. A su paso despertaba una oleada de admiración.

Smallbone, en absoluto mortificado, merodeó por el saliente caído y abordó a Leveret:

—Su dinamita alemana es como un pedo al viento.

—La creí más potente —replicó Leveret—. Así lo decían las revistas científicas.

—Funcionará con carbón alemán —dijo Smallbone despectivo—. Pero éste es inglés.

Blair pensó que en una mina se olvidaban las diferencias sociales. ¿En qué otro lugar discutiría un administrador la calidad de los explosivos con un minero desnudo? Advirtió que Battie contemplaba de nuevo el hueco practicado donde aún flotaba el polvo desplazado por la explosión.

—Unos veinte metros más a lo largo del frente, ahí creo que se produjo la explosión. Aunque ignoro hasta qué extremo, señor Blair. He pensado en ello miles de veces.

—¿Cree usted que fue alcanzado por alguna detonación?

—No. Smallbone era el único que barrenaba en este extremo. Él y Jaxon, el hombre que manejaba la perforadora, hubieran muerto también y, gracias a Dios, vivieron para salvar a media docena de hombres. Se produjo un chispazo. Alguien hizo algo increíblemente estúpido: abrir su lámpara para encender una pipa o desprender la parte superior para iluminarse mejor y trabajar con el pico. Había gas: un auténtico escape, y se produjeron complicaciones. La explosión desplazó algunos desechos, piedras y carboncillos, que habíamos tapiado. El gas se alimenta de desperdicios. Cuando ventilamos el escape, los restos desprendían gas hasta que volvimos a tapiarlo. Tuvimos que hacerlo si deseábamos traer lámparas para escudriñar.

—¿Cuánto medía el sector que volvieron a tapiar?

—Unos sesenta centímetros de alto por noventa de ancho.

—Muéstremelo.

Battie miró al vacío.

—El inspector de Minas estuvo aquí, y efectuó una investigación. Todo ha concluido, señor Blair. ¿Se puede saber qué busca? Es evidente que sabe desplazarse por una mina, pero no logro adivinar qué hace en *ésta*. ¿Qué busca?

—Ha desaparecido un hombre.

—Aquí, no. Después del incendio se encontraron setenta y seis lámparas y setenta y seis cadáveres. Me aseguré de ello.

—¿Fueron identificados todos y cada uno de ellos? ¿Podían identificarse en el estado en que los encontraron?

—Fueron identificados, oficialmente, por el juez de instrucción... Todos ellos, señor Blair.

—¿Eran de Wigan? He visto algunos irlandeses por la ciudad.

—Había algunos trabajadores eventuales de fuera.

—¿Y no ha estado nadie ahí desde entonces?

—Va contra las normas. De todos modos, nadie lo acompañaría.

—Odio las minas de carbón —murmuró Blair.

Aplicó su lámpara a los opacos remolinos de polvo en suspensión.

—¿Podría comprobar el mapa de nuevo?

Mientras Battie se distraía buscando el mapa en su mochila, Blair se adentró entre la oscuridad.

El camino estaba sorprendentemente despejado en los primeros pasos y la oscuridad lo envolvía. Pero tras un escaso avance, el techo descendió de repente y lo obligó a agacharse primero, y, más adelante, a andar a gatas y arrastrarse por el suelo de modo que la escasa luz de la lámpara y él mismo quedaban invisibles a sus espaldas. Los furiosos gritos y maldiciones de Battie lo persiguieron en vano.

El polvo rodaba como olas ante la lámpara. Por encima de ella se distinguía un tenue nimbo, como un anillo alrededor de una luna. Hasta allí alcanzaba la visión y conocimiento de Blair. Sostuvo su brújula a la luz, en dirección oeste.

En una ocasión, se detuvo al percibir el sonido de una viga abandonada que cedía con un leve tic-tac, como un reloj. El techo se estaba asentando, pero descendía. Los mineros preferían que los entibos fuesen de madera en lugar de metálicos, porque avisaban.

En dos ocasiones tuvo que rectificar su camino en torno a sendas columnas pétreas. Una vez tuvo que arrastrarse pegado a la tierra por un deslizamiento, pero en el otro extremo estaba despejado hasta un punto donde un sector entero del techo subterráneo se había desprendido y el aire estaba enrarecido de modo que la llama de su lámpara comenzó a chisporrotear. Retrocedió y siguió la línea sur del desprendimiento. Sobre su cabeza, el techo estaba húmedo y brillaba como si estuviera estrellado. Pensó que era como navegar por un mundo en el que todo fuese sólido.

Su avance se vio entorpecido por las losas de piedra arenisca que surgían del suelo. Deseaba evitar caerse en un hoyo y verse desprovisto de su lámpara.

Se le enganchó el pie. Cuando trataba de liberarlo oyó muy próximo a él a Battie.

—Usted es minero, señor Blair.

—Lo he sido.

Permaneció inmóvil hasta que el hombre llegó a su altura. Aunque el capataz tenía una lámpara, lo único que Blair distinguía con la luz eran sus ojos.

—Dicen que es usted el hombre del obispo. Al parecer, deseaba echar un vistazo: no es tan insólito. Cuando la junta directiva viene por aquí, da media vuelta antes de que nos hayamos internado cien metros en una galería... por fortuna. En cuanto a otros visitantes, no visten de modo adecuado. Pero usted, sí.

—De modo que he quebrantado las normas —dijo Blair.

—No se le permitirá volver a bajar a este pozo.

—Ya veremos.

Battie permaneció en silencio unos momentos, luego se incorporó apoyado en los codos.

—¡Cabrones! —murmuró—. ¡Sígame!

Pese a su robusta complexión, Battie se deslizaba escurridizo como una anguila sobre y en torno a los deslizamientos, rocas prominentes y hoyos. Blair se esforzó por no perder de vista las suelas metálicas de sus zuecos hasta que el hombre redujo su avance y pareció inseguro.

—Tiene que ser por aquí. Pero cambia continuamente. No puedo...

Se interrumpió. Blair se aproximó a él y depositó su lámpara junto a la de Battie. El doble resplandor reveló la existencia de un hueco de un metro de profundidad entre el techo y los escombros, relleno por un muro de ladrillos de la tonalidad granate utilizada en las casas de Wigan. En total, unos cuarenta ladrillos. La argamasa se veía chapucera, más bien colocada con premura.

—¿Ha tenido que volver a colocar ladrillos tras una explosión, señor Blair? —dijo Battie—. Uno no sabe lo que acecha en el otro lado: puede ser grisú, monóxido de carbono, o ambos. El trabajo se realiza por turnos, se contiene el aliento. Alguien coloca un ladrillo, retrocede y su compañero coloca otro. En este caso se trató de Jaxon y Smallbone, ambos con una cuerda en la cintura.

—¿Se produjo aquí la explosión?

—Podríamos decir que lo más próximo a ella.

Battie estiró el cuello para observar el techo.

—En cualquier momento caerá. No tardará mucho, según creo.

Como una filigrana aparecían impresas las palabras LADRILLOS HANNAY en cada uno de ellos. Blair captó un olor putrefacto a grisú, como gas de los pantanos. Al observar que la luz de las lámparas se intensificaba comprendió que la argamasa de los ladrillos superiores se había agrietado, tal vez por la reciente explosión provocada por Smallbone o por alguna de días precedentes. A Battie le brilló el rostro y se le desorbitaron los ojos.

Las llamas de las lámparas se alargaron y formaron columnas azules. Las propias mechas se apagaron, pero ya se había infiltrado suficiente gas para encenderse y flotar en la malla como plasma. Blair pensó que aquella luz le inspiraba tres pensamientos: apagar las lámparas sería empujar el fluido tras la malla de seguridad y hacer estallar el gas circundante; aguardar era inútil, porque a medida que la malla protectora se calentaba, el propio metal comenzaba a fulgurar como una telaraña anaranjada de mechas; en tercer lugar, se había esforzado demasiado para suicidarse.

Como no sucedería inmediatamente, recordó que el metano es más ligero que el aire. Comenzó a excavar los escombros de la base del muro de ladrillo y extrajo piedras sueltas y polvo hasta más de un palmo de profundidad. Cogió una lámpara por la base, hizo oscilar la llama y la depositó en el agujero lo más recta y hundida posible quemándose el vello de las manos al hacerlo así. Battie comprendió lo que hacía y con idéntico cuidado hizo lo mismo con la lámpara restante, de modo que quedaron una junto a otra en la pequeña excavación, como dos brillantes lanzas azules coronadas por los rojos y erizados alambres.

Las lanzas ardieron con intensidad durante un minuto, luego fluctuaron y se redujeron poco a poco, desde el fondo hasta lo alto. Los alambres amortiguaron su tono dorado y se agrisaron. La primera llama pareció absorbida en una bocanada de humo alquitranado. La otra desapareció al cabo de un segundo y Blair y Battie quedaron sumidos en la más profunda oscuridad.

—Esto no se le hubiera ocurrido a ningún caballero —dijo Battie.

Blair oyó que Leveret lo llamaba desesperado: había olvidado por completo al administrador. Los mineros también gritaban sus nombres. Entumecidos, cual si nadaran entre tinieblas, ambos siguieron aquellos sonidos.

CAPÍTULO SEIS

La mansión Hannay apenas resultaba visible a través de las espesas ramas. Entre las raíces de los árboles proliferaban los macizos de violetas. Como siempre al salir de una mina, el color de las flores le pareció tan intenso como brillantes gemas. La mayoría de mineros experimentaban lo mismo y, a veces, Blair pensaba que podían considerarse afortunados de ir y venir entre las sombras sin atormentarse por los estímulos que despertaban las privaciones.

Siguió un sendero de grava junto a un seto de tejos y en torno a un macizo de lilas hasta llegar al conservatorio, un pabellón oriental de vidrio y metal. En cuanto entró, dejó atrás al instante la fría Inglaterra y se halló sumergido en un mundo pletórico de palmeras, mangos y árboles frutales. Hibiscos rosados florecían exuberantes; orquídeas moteadas pendían de nidos de musgo y un sendero bordeado de jazmines aromáticos y flores anaranjadas conducía hasta el obispo Hannay, sentado ante una mesa de jardín sobre la que se veían algunos periódicos y una taza de café turco. Con su camisa de hilo, Hannay parecía un virrey que disfrutara de placidez colonial y a cuyo alrededor se desplegaba una leve actividad. Los jardineros daban golpecitos a las macetas para comprobar su humedad; los ayudantes regaban con jeringuillas grandes como rifles. Por encima de su cabeza, un bosque de palmeras datileras levantaba una fronda satinada, a modo de grandes abanicos.

—Sólo le falta un murciélago fructífago —dijo Blair.

Hannay lo observó con detenimiento.

—Leveret me ha dicho que bajaron a la mina. Parecía regresar de las cruzadas. Lo autoricé a visitarla, no a emprender una persecución por ella. ¿Qué diablos hizo allí?

—Aquello por lo que me contrató.

—Le pedí que buscara a John Maypole.

—Eso hice.

—¿En la mina?

—¿No se le había ocurrido? —inquirió Blair—. ¿Desaparece un sacerdote casualmente el mismo día que mueren otros setenta y seis hombres y no cree que el hecho esté relacionado? Entonces se le ocurre contratar a un ingeniero de minas para que busque a ese hombre. Me pareció que me indicaba adónde debía ir y así lo hice.

A discreta distancia un muchacho lanzaba un irisado chorro de agua sobre las palmeras. Cada gota destellaba con una luminosa miscelánea de matices.

—¿Y encontró a Maypole? —preguntó Hannay.

—No.

—O sea, que él nunca estuvo allí.

—No puedo asegurarlo. Battie es un capataz competente, pero no puede identificar a todos los que bajan en una jaula al comenzar un turno dada la negrura de sus rostros.

—Esos hombres se han criado juntos y se conocen entre la oscuridad.

—Pero también hay trabajadores eventuales que no son de Wigan y cuyos verdaderos nombres nadie conoce. Esos obreros vienen de Gales, de Irlanda, de todas partes. Llegan aquí, alquilan una habitación y buscan trabajo. ¿Acaso Maypole no predicaba en la superficie de la mina?

—Era un fanático —dijo Hannay—, peor que si fuera metodista.

—Bien, acaso emprendió su predicación abajo. Al salir de la mina releí las informaciones aparecidas en los periódicos: doce de los fallecidos eran obreros eventuales; otros diez sufrían horribles quemaduras. Tal vez alguno de ellos fuera Maypole, pero a menos que se exhumen los cadáveres, no se sabrá.

—La gente de Wigan espera tener un buen entierro cuando le llega su hora, Blair. Se aprietan el cinturón para disfrutar de un coche fúnebre adecuado con penachos y un par de caballos negros. ¿Y sugiere que el obispo ordene exhumar a los recién enterrados?

—Si Maypole se encuentra en una de esas tumbas, cuanto antes los extraigamos, mejor.

—Es una perspectiva agradable. Los últimos disturbios de Wigan se produjeron hace menos de veinte años. Los mineros saquearon la ciudad y la policía se mantuvo encerrada en las celdas hasta que llegó la milicia. Y todo ello por una simple cuestión de salarios, imagínese cómo se comportarían si hubiera profanación de tumbas. Gracias.

—O...

—¿O qué?

—O Maypole se largó y gasta felizmente sus Fondos de la Biblia en Nueva York o Nueva Gales del Sur, en cuyo caso jamás lo encontrará. Por lo menos puede estar seguro de algo: ahora no está en su mina. Supongo que de eso se trataba. Usted no quería que se investigara de nuevo la explosión, pero tampoco que se descubra que su sacerdote murió en la mina. Y al ordenar a Leveret que omitiera información tan preciosa como un desastre que acabó con setenta y seis personas el mismo día, parece corroborar mi idea.

Hannay escuchaba sin mudar de expresión. «No, no parece un virrey ni, desde luego, un obispo —pensó Blair—, sino alguien mucho más poderoso: un Hannay en sus dominios.» Tras un sonido apenas perceptible, el hombre miró su periódico donde había caído una gota y se extendía y contempló los cristales del techo, turbios de condensación.

—Humedad... Tal vez deberíamos traer un murciélago fructífago.

—O un tapir que hozara alrededor de las macetas —sugirió Blair.

—Sí. Sería muy divertido que usted se quedara aquí. ¿No cree que podría instalarse e investigar sus antecedentes familiares?

—No, gracias.

—Según recuerdo de nuestra conversación en el campamento, su padre era desconocido y su madre falleció cuando usted era pequeño. Blair no es un apellido característico de Wigan.

—No era el suyo. Cuidó de mí un americano y tomé su apellido. No tengo idea de cómo se llamaba mi madre.

—Lo que lo convierte en algo curioso. No tiene idea de qué o quién es: como una pizarra en blanco. A veces creo que por ello tiene tanta obsesión con los mapas, por lo menos así sabe dónde está. Bien, a usted le parecerá divertido, ¿pero qué me dice de la pobre Charlotte? Ella deseará más pruebas que simples especulaciones.

—He hecho lo que haría un ingeniero de minas. Deseo que me pague y regresar a África. Ése fue nuestro trato.

—Acordamos que usted realizaría una investigación exhaustiva por arriba, al igual que por abajo. Creo que actúa muy bien, pero que debería encontrar algo más concluyente.

—¿Desea que desenterremos a los muertos?

—¡No, por Dios! No somos macabros ni creyentes resurreccionistas. Siga adelante con discreción. Consuele a Charlotte; hable con Chubb. Yo le informaré cuando todo haya acabado.

Al regresar, Blair pasó junto a la luminosa alfombra de violetas. En esta ocasión advirtió que también los troncos de las hayas estaban negros de carbonilla. En la corteza había polillas tan negras como los mineros.

Al salir de la mansión Hannay fue a Wigan y visitó la vivienda de John Maypole en la callejuela próxima al puente Scholes.

Había conocido a traficantes portugueses en Sierra Leona, los peores hombres del mundo, que tenían altares con santos de escayola sobre sus cómodas. Aunque aquellos hombres vendían licor, rifles y algún que otro esclavo, se sentían identificados con tan virtuosos varones que antes de verse iluminados, solían vivir entre profunda venalidad. Al fin y al cabo, entre ellos había asesinos, prostitutas, esclavos y negreros. Las estatuas eran el recuerdo de que nadie es perfecto, incapaz de redimirse.

Sin embargo, poseer un retrato de Cristo era algo distinto. ¿Quién podría considerarse a su altura? No obstante, Maypole se había levantado cada día del lecho sometido al inconsciente escrutinio del protagonista del cuadro. Los olivos y espinos que se veían tras la ventana y las virutas de madera en torno a sus pies estaban realizados con precisión fotográfica. El Salvador más bien parecía un oficinista londinense subalimentado y de ojos azules que un carpintero judío, pero su mirada inundaba la habitación de puras e imposibles esperanzas.

Blair registró el contenido de la habitación en el mismo orden que siguiera con Leveret. El armario con los dos trajes, la cocina económica, la cómoda, el lavabo. La Biblia y los libros. Sencillas posesiones de un sacerdote. Sin embargo, en aquella ocasión lo impulsaba una resolución asesina: nada mejor que una visita al obispo para aumentar la confianza en su propio cinismo.

Había aceptado como inmaculada la reputación de Maypole, pero nadie era tan bueno. Todos tenían secretos. San Francisco debió comerse algún gorrión; san Jerónimo, en su cueva de ermitaño, probablemente pasaría horas entregado a algún vicio solitario.

Hojeó las obras: *Releer, la Biblia; Primeros poetas italianos; Sésamo y lirios; El cristiano utilitario; Cristo atlético; Llevar el*

Evangelio a África... y le parecieron lecturas convenientes para gente de sentimientos elevados, pero inútiles para él. Registró a fondo y examinó las partes inferiores y posteriores de los cajones. Vació en el seco fregadero la taza, el cuchillo, el tenedor y las cucharas de metal y de madera. Abrió el horno y palpó su interior; descubrió la cama y levantó el borde del linóleo. Volvió los cuadros para tantear los marcos con un cortaplumas. Con lo que sólo le quedaron los ladrillos de la pared.

Blair reconoció que no era diferente. Si alguien examinaba su historia ¿qué encontraría? Él no tenía historia, sólo una localización geográfica. Su memoria no estaba en blanco, pero sus recuerdos de Inglaterra y de América eran cual una sala vacía comparados con la riqueza de su experiencia africana. Los mineros ingleses recorrían dificultosamente las galerías de las minas de carbón; los mineros negros de Brasil cantaban siguiendo el martilleo de sus taladros en busca de oro.

El clima africano le producía un efecto hipnótico. Las estaciones seca y húmeda tenían ritmos —una de insectos, otra de lluvia— que lo esclavizaban. Su condición de blanco entre los ashanti mantenía, en lugar adecuado, la vinculación emocional, primero poner a prueba y luego aceptar, pero nunca una auténtica inclusión, siempre a distancia.

La aparente sencillez de su trabajo —levantar mapas de ríos y examinar rocas— ocultaba su verdadera intención a los ashanti. Tal vez aquella mentira lo impulsaba a ayudarlos, saber que los misioneros no constituían una amenaza: la amenaza real eran sus reconocimientos que lo conducían a canales áureos, ríos navegables y pasos a nivel de ferrocarril y que cambiaría a los indígenas más que la Biblia.

Inglaterra, país de ladrillos. Había ladrillos Tudor blanqueados, rojos Elizabeth, anaranjados georgianos, los ladrillos azules del ferrocarril y los ennegrecidos de las casas de Wigan. Maypole había fregado las paredes y puesto de relieve sus colores manchados y su desigual superficie. Podía reseguir sus líneas defectuosas al pasar de uno a otro, pero comprobar cada uno de ellos a mano acaso le ocupara todo un día y una noche.

Recordó a los jardineros del invernadero que daban golpecitos a las macetas. Con la cuchara de madera de Maypole comenzó a tantear una hilera tras otra y uno y otro muro. Aquellos que estaban colocados con firmeza respondían con sonido consistente mientras que los más flojos permanecían casi en silencio. Aunque muchos de ellos estaban algo sueltos, no ocultaban nada.

Blair prosiguió hasta la última pared, donde tuvo que retirar el cuadro y dejarlo sobre el lecho para continuar. Bajo el clavo, un ladrillo del centro sonaba a hueco. Dejó caer la cuchara, apoyó los dedos en las esquinas y lo extrajo.

Ante él se abría un espacio libre: la caja fuerte de un hombre pobre.

No se veían monedas, billetes, joyas ni reliquias familiares: sólo aparecía una agenda de cuero sujeta con un cierre. La abrió y contempló la parte central donde, con rasgos sencillos y concretos, se leía: «Propiedad del reverendo John Thos. Maypole, doctor en Teología. Si alguien lo encontrara, devuélvalo por favor a la iglesia parroquial de Wigan, en Lancashire.»

Hojeó las páginas. El diario comprendía desde junio anterior hasta enero y cada semana mostraba las mismas actividades religiosas. Los lunes: servicio matinal, visita a enfermos y necesitados en la parroquia, servicio vespertino; los martes: servicio matinal, estudio de la Biblia para muchachos, servicio vespertino, reunión de la Liga de Moral; los miércoles, servicio matinal, rezos vespertinos en el Hogar Femenino; los jueves: servicio matinal, estudio de la Biblia en la Escuela de Menesterosos, misa vespertina, Sociedad para la Mejora de la Clase Obrera; los viernes: servicio matinal, visitas a los enfermos, oraciones en el seminario, servicio vespertino; los sábados: servicio matinal, bautizos y entierros, oraciones con los mineros, rugby, reunión vespertina social obrera; y los domingos: comunión, estudio de la Biblia, té con los pensionistas, «cena con C.».

Una semana de escasos placeres carnales, según Blair. Interpretó que «cenar con C.» consistiría en cenar con Charlotte Hannay, y pensó que sería el supremo de ellos.

En el margen de cada página aparecían anotaciones enigmáticas de diferente orden: TAL-1p, P-2p, To-2p. Como también él había pasado épocas de gran penuria, le resultó fácil descifrar las claves. Té con leche y azúcar, un penique; pan, dos peniques; tocino, dos peniques. Entre tantas buenas obras y aunque prometido a una de las mujeres más ricas de Inglaterra, el reverendo John Maypole había vivido con grandes privaciones.

Maypole también había utilizado el truco de los pobres de escribir horizontal y verticalmente, llenando de modo económico cada hoja de papel con un denso entretejido de palabras que convertían el acto de releer en desenmarañar un enigma. Blair, armado de paciencia, extrajo severas recriminaciones, como: «pensamientos indignos, vanidad, rechazo». La especie de ducha fría a que se suponía debía de someterse un cura.

Sin embargo, durante la primera semana de diciembre aquella rutina había cambiado.

Miércoles. C. enferma y postrada en el lecho, por lo que en lugar de rezar en el Hogar reunión en la mina, brevs. palbs. sobre Jesús obrero. Se confirman mis sospechas.
Jueves. Misa. Esc. de Menest., Soc. para la Mej. Servicio vespertino. En la reunión, Oliver me preguntó si me encontraba bien (Blair dedujo que se referiría a Leveret). Mentí. Difícil mantener concentración. En absoluta confusión y vergüenza.
Domingo. Tras el servicio matinal enfrentamiento con ella. Es por completo culpable ¡y me acusa de hipocresía! Conversamos, pero no puedo confesar, por lo menos con Chubb. Pasé un día infernal.

Maypole no explicaba lo sucedido en la reunión, ni quiénes eran las mujeres a las que se había enfrentado. Sin embargo, el diario era bastante claro.

Sábado. Misa. Ella tiene sus razones: no se puede andar entre la gente como un romano o un fariseo.
Domingo. Chubb enfermo por lo que se me permitió dar el sermón que creo fue el mejor que he pronunciado. De Job 30:
«He andado denegrido sin ardor del sol... Mi piel se ha ennegrecido sobre mí y mis huesos se han quemado por la fiebre.» ¡Como en el lugar de trabajo de los mineros! Ella tenía razón.
¡Navidad! El infante Salvador, día nevado, noche estrellada. Primero una inocente pantomima para los hijos de los mineros y luego el servicio de medianoche. Ni siquiera Chubb pudo explayarse sobre la muerte ante tan gran acontecimiento. Me siento renacer, por lo menos para reflexionar. Una confusión provechosa para el alma.
Sábado. Misa. Rugby contra Haydock, jugando entre barro y nieve. Bill magnífico como de costumbre. Después me abordó un supuesto tahúr llamado Silcock, al que he visto anteriormente, en nuestros encuentros. El hecho de que yo fuera un sacerdote que disfruta con juegos sencillos pareció insinuarle que también me interesarían entretenimientos más sórdidos, por lo que me ofreció introducirme en vicios dignos de mi interés. Yo, a mi vez, le ofrecí conducirlo a la policía y se marchó agitando el puño y amenazando con arrancarme la cabeza «desde el dogal del cuello».
Lunes. Misa. Visitas parroquiales. Año nuevo y Chubb me advierte contra la «sima de contaminación» donde me hundo. ¡Esa sima es la humanidad desesperada!

Jueves. Misa. Esc. de menest. He estado practicando en el agujero. A solas, tan sólo durante una hora cada vez, pero jamás había conocido tal agonía, y apenas pude conducir el servicio vespertino.

Viernes. Chubb furioso por mi «insubordinación», por ejemplo, mi visita a Londres para hablar con un miembro del Parlamento donde unos reformistas intrigantes y el sindicato de los mineros tratan de «salvar» a las mujeres de los empleos en las minas, por lo que, en consecuencia, se verán obligadas a colocarse en las fábricas o a prostituirse. Conocí a Earnschaw en Londres y ahora es un enérgico parlamentario. Por desdicha, su interés no hacía pareja con su simpatía.

Domingo: Chubb sufrió otro ataque de garrotillo, y me confió la lectura del sermón. Busqué al azar en la Biblia y el primer pasaje que encontré fue Isaías 45:3, de modo que hablé sobre un mensaje divinamente inspirado: «Te daré los tesoros de las tinieblas y los depósitos escondidos para que conozcas que soy Yo, el Señor, el que te ha llamado por tu nombre, el Dios de Israel.»

Fuese cual fuese el salmo, las anotaciones de los días siguientes aparecían en clave y en tan agitada maraña de líneas que resultaban ilegibles. Más bien recordaban los garabatos de un conspirador que un diario. Cuando Blair volvió la página, se encontró en el lugar donde había comenzado, la última semana que Maypole fue visto en Wigan, que comenzaba el 15 de enero.

Lunes. El Cantar de Salomón nunca ha sido más adecuado que ahora:

> *Soy negra, pero hermosa,*
> *oh hijas de Jerusalén,*
> *como las tiendas de Qedar,*
> *cual los pabellones de Salomón.*
> *No reparéis en que soy morena,*
> *pues que me ha tostado el sol.*

La reina de Saba puso a prueba a Salomón, que respondió a todas sus preguntas y ella le entregó oro, especias y piedras preciosas. Era africana y Salomón, como es natural, tenía concubinas negras.

Martes. «Nada mejor para un hombre que poder comer y beber y que solace su alma en su trabajo», dice Salomón.

¿Por qué el reverendo Chubb arroja el fuego del infierno a los mineros que apagan su sed con cerveza?

En otros tiempos yo era como Chubb: admiraba la erudición y la preparación decidida para el otro mundo. Pero en Wigan me he vuelto distinto. Ahora diría que por encima de todo está el calor de la familia, la amistad y la luz que se halla al final del túnel. ¡Todo lo demás es vanidad!

Aquí tenemos dos mundos. Un mundo iluminado con la luz del día donde existen casas con criados y carruajes, ir de compras con guantes de cabritilla y sombreros de moda, festejos y paseos a caballo por el campo, y otro mundo donde reside una tribu que labora bajo tierra o en los patios de la mina, tan ennegrecida por el vapor y la carbonilla que cada hora parece el crepúsculo. En circunstancias de peligro mortal y con el sudor de enormes esfuerzos físicos, el segundo mundo consigue riqueza y comodidades para el primero. Sin embargo, para los habitantes del primer mundo, el segundo es literalmente invisible, salvo por el diario desfile de hombres y mujeres que regresan negros y agotados por las callejuelas de Scholes. (De nuevo la escritura resultaba casi imposible de descifrar). *¿Cómo entrar en ese segundo mundo? Ésa es la clave.*

El ufano abogado puede tener casa y salón. Pero el minero, según palabras del Salmo «fue creado en secreto y curiosamente forjado en las partes más sombrías de la tierra». La dama espera los elogios de su doncella. En lugar de ello, la minera eleva sus ojos al Señor y canta: «Te alabaré a Ti, porque soy temerosa y milagrosamente creada.» Es un salmo maravilloso, secreto, mi preferido.

Miércoles. Visita a Mary Jaxon, viuda. Hogar Femenino. De repente, los deberes de un sacerdote parecen sencillos e inocuos. Me siento como si saliera de un mundo de cómodas verdades y viajara a otro país más auténtico. ¡Mañana será la gran aventura!»

Las páginas restantes estaban en blanco. En el interior de la tapa posterior Blair encontró una fotografía del tamaño de una tarjeta donde aparecía una joven con un chal de franela ladeado, al estilo gitano, que sólo dejaba entrever la mitad de su rostro teatralmente sucio. Vestía una burda camisa de trabajo masculina y pantalones, una falda enrollada y cosida a la cintura y apoyaba las manos en una pala. A su espalda se veía un paisaje toscamente pintado de colinas, pastores y ganado e impreso al dorso se leía: «Estudio fotográfico Hotham's, Millgate, Wigan.»

El flash del fotógrafo había captado el descaro de los ojos de la modelo. En realidad, las ropas informes ponían de relieve el esbelto cuerpo, y el sencillo chal sólo enmarcaba la brillante curva de su frente y, aunque estaba semiescondida y no aparecía identificación alguna ni por parte del fotógrafo ni de Maypole, Blair no reconoció en ella a ninguna reina de Saba, sino a Rose Molyneux que fijaba su rostro en la cámara.

CAPÍTULO SIETE

Rose y su amiga Flo salían de casa. Aunque no se habían quitado la carbonilla del rostro, habían cambiado sus chales por sombreros de terciopelo. Flo se apostó en la puerta para interceptarle el camino, pero miraba con impaciencia por encima de su hombro atraída por el sonoro clarín de algún vendedor callejero.

—Es el explorador africano —dijo Rose.

—¡Ah, anoche creí que se trataba de un fotógrafo! —exclamó Flo.

—¿Puedo acompañaros? —inquirió Blair—. ¿Invitaros a una copa?

Las mujeres cambiaron una mirada y luego, con la fría autoridad de una reina, Rose dijo a Flo:

—Vete, Flo. Hablaré un momento con el señor Blair y me reuniré contigo.

—¿Estás segura?

—Vete —insistió Rose dándole un empujón.

—No tardes.

Flo hizo equilibrios para limpiarse un zueco en la pernera del pantalón. Se los había cambiado por otros más lujosos, con clavos de latón, y engalanaba su sombrero un alegre ramillete de geranios de seda. Blair le dejó paso y, al verla dirigirse pesadamente hacia la calle, le recordó un hipopótamo que chapoteara en las aguas con vistoso atavío.

En cuanto Blair entró, Rose cerró rápidamente la puerta. La habitación delantera estaba a oscuras y en la chimenea refulgían unos tenues rescoldos anaranjados.

—¿Temes que Bill Jaxon te vea conmigo? —inquirió él.

—Eres tú quien debe sentir miedo, no yo —repuso Rose.

Tenía acento de Lancashire, pero era evidente que podía

prescindir del dialecto cuando quisiera; de otro modo hubiera seguido utilizando matices más significativos. Por consiguiente, había recibido cierta educación. En la mayoría de hogares obreros sólo había una Biblia: ella tenía libros en los estantes del salón que sin duda habían sido leídos. Los rescoldos producían un suave sonido. Pese a ellos, Blair se estremeció.

—Tienes mal aspecto —comentó Rose.

—Ha sido un día muy pesado —respondió Blair.

La joven colgó su sombrero en la percha. Sus cabellos sueltos formaban una espléndida melena céltica. La carbonilla daba a su rostro un tenue brillo y cual extravagante maquillaje engrandecía aún más sus ojos. Sin decir palabra se volvió y entró en la cocina, la misma cocina donde él la había encontrado hacía dos noches.

—¿Debo seguirte? —preguntó él.

—El salón es para recibir —respondió Rose.

El hombre vaciló ante el umbral. Había una tetera en el fuego: en los hogares de los mineros siempre había una tetera con abundante té en un horno caliente. Rose encendió una lámpara de petróleo y bajó la mecha.

—¿Y qué soy yo? —preguntó él.

—Ésa es una pregunta oportuna. ¿Un *voyeur*? ¿Policía? ¿El primo del reverendo Maypole? El hombre del periódico dice que te ha reconocido y que eres un explorador africano.

Sirvió té y ginebra en una taza y la depositó en la mesa.

—Y bien, señor Blair, ¿qué es usted?

Rose mantenía la luz tan baja que el aire era como cristal ahumado y persistía en ella un aroma a carbón. Fijaba los ojos en él como si leyera su mente: era muy probable que pudiera predecir los pensamientos de la mayoría de moradores de su pequeño mundo. Sin duda era la criatura más seductora de él y la más desconcertante también y ello le inspiraba confianza.

Blair añadió quinina a la taza.

—Es una medicina. No tengo nada contagioso. Sólo un recuerdo para todos de que no se debe dormir en ciénagas tropicales.

—Georgie Battie dice que eres minero. O que quizá vienes de la oficina de inspectores de Minas.

Blair apuró la taza: la fiebre le hacía sentirse como si estuviera algo cargado de electricidad. Lo último que permitiría era que Rose formulara las preguntas.

—Me dijiste que el reverendo Maypole hablaba a las mineras.

Rose se encogió de hombros. Su camisa de franela estaba tan rígida por causa del hollín que parecía la cáscara de un caracol.

—El reverendo Maypole era muy evangélico —repuso—. Una amenaza habitual que comenzara a predicar en cualquier momento. Siempre andaba por el patio de la mina. Los hombres no deseaban subir por temor a recibir un sermón sobre la santidad del trabajo y se quedaban abajo. No sólo en la mina Hannay, sino en todas las demás.

—Me refiero a las mujeres, no a los hombres.

—Él predicaba a las mineras, a las empleadas de las fábricas, a las camareras y a las dependientas. Era un tipo fanático, pero bien debes conocer a tu primo, ¿no es cierto? Me refiero a que te has apresurado a venir desde África preocupado por él.

—Pertenezco a la rama californiana de la familia.

—La gente dice que naciste en Wigan. Sin duda visitarás todos los lugares preferidos de tu infancia para encontrarte con tus parientes.

—Aún no.

—¿Cómo se llamaba tu madre?

—Creo que nos apartamos de la cuestión.

—¿Existe alguna cuestión?

—Cuando comenzamos ibas un poco como a contracorriente, ¿no es cierto, Rose? ¿No hay modo de entenderse contigo?

—¿Por qué tendría que ser así?

Blair comprendió que no sería tan sencillo como había imaginado.

—Ahora que has regresado, ¿te parece Wigan más pequeño de lo que recordabas? ¿O se ha convertido en el Jardín del Edén? —inquirió ella.

—No recuerdo, Rose. Wigan, como Pittsburgh, está sumergida en eternas sombras, ¿te satisface esto? No es el Jardín del Edén ni una ciudad sumergida en un pozo volcánico o en las afueras del infierno.

—Eres muy directo.

—Respondo a tus preguntas.

—En realidad, Liverpool es como las afueras del infierno —dijo ella.

Blair movió la cabeza.

—Rose, Rose Molyneux.

Le parecía verla en el infierno riendo y luciendo una guirnalda.

—Permíteme insistir sobre Maypole.

—¿Hay predicadores en California?

—¡Oh, sí! Predicadores camorristas que irrumpen en manadas por las sierras. Todos los fanáticos de América acaban en California. Dijiste que Maypole quería predicar en la mina.

—Maypole predicaba en partidos de rugby, en carreras de palomas, en pantomimas. ¿Te gusta el rugby?

—Creo que es como ver correr a los hombres por el barro en persecución de un cerdo, salvo que no hay cerdo. Era eso todo cuanto quería Maypole, ¿sólo predicarte a ti?

—Predicaba a todas las muchachas. Yo sólo era un sucio rostro más para él.

—No, Rose. Tenía un interés especial por ti.

Puso la foto sobre la mesa.

—Estaba en la habitación de John Maypole.

Rose se sorprendió tan visiblemente que Blair se preguntó si se entregaría a la indignación o confesaría. En lugar de ello la joven se echó a reír.

—¡Qué foto más absurda! ¿Has intentado alguna vez posar con una pala? Esa tarjeta se vende por toda Inglaterra.

—Los hombres son raros —reconoció Blair—. A algunos les gustan las fotos de mujeres desnudas; a otros, con pantalones. Sin embargo el reverendo tan sólo tenía una foto y era tuya.

—No se puede impedir a nadie que tenga una foto mía. Flo mencionó un libro acerca de ti donde te apodan *el negro* Blair. ¿Por qué te llaman así?

—Escribir obras truculentas es una forma inferior de vida. No puedo impedirlo ni hay modo de controlarlo.

—Es lo mismo, ellos no entran en tu casa y te interrogan sobre tu vida personal como si fueran policías. ¿Qué eres? Aún no lo veo con claridad. ¿Por qué tengo que hablar contigo?

—Trabajo para el obispo.

—No deberías hacerlo.

Blair no supo qué responder. Hasta el momento no se había enterado de nada y aquella muchacha, aquella *minera*, dominaba la situación.

—No soy policía, ni primo de Maypole, ni un inspector de minas. Soy ingeniero y he estado en África, eso es todo.

—No basta —repuso Rose al tiempo que se ponía en pie—. Bill y Flo me están esperando.

—¿Qué esperabas oír?

—Si consideramos tu primera visita, sabes más sobre mí que yo de ti.

Blair recordó haber abierto los ojos al encontrarla bañándose. Admitió que tenía razón.

—¿A qué te refieres? —inquirió.

—Dame alguna razón para hablar.

—¿Una razón? Acaso Maypole esté muerto...

Al ver que Rose se levantaba y se dirigía hacia el salón, intentó asirla del brazo. Pero ella fue más rápida y tan sólo la cogió por las puntas de los dedos, que eran ásperos y estaban negros de manejar carbón, aunque su mano era delgada. La soltó.

—Tengo que regresar a África.

—¿Por qué?

—Tengo una hija allí.

Rose sonrió triunfante.

—Eso está mejor —dijo—. ¿Es blanca la madre? ¿O por ello te llaman *el negro* Blair?

—En la Costa de Oro las mujeres criban las arenas. Usan bateas pintadas de negro y hacen remolinos en el agua, por lo general en los lechos de los ríos, al igual que en cualquier lugar del mundo, salvo que ellas no tienen mercurio para atraer el oro. Aún así, consiguen cantidades sorprendentes. Mi trabajo consistía en levantar el trazado de los ríos, determinar su navegabilidad, y descubrir desde dónde llegaba el metal. El problema era que los ashanti no confiaban en los ingleses porque no son necios. ¿Te resulta aburrido?

Rose añadió ginebra a su té y tomó un sorbo de su taza. Sus labios enrojecieron por el calor de la bebida.

—Todavía no —dijo.

—La capital de los ashanti es Kumasi. Un terreno anaranjado, de tierra ferruginosa, con afloramientos de cuarzo rosado. Muy agradable. Cabañas, guayabas y bananas. El palacio del rey es el único edificio grande. Me quedé con los árabes porque son comerciantes: oro, aceite de palma, esclavos...

—¿Esclavos para América? —preguntó Rose.

—Esclavos para África. Así se cosecha todo, se hace todo: con esclavos. Ese árabe comerciaba con oro y esclavos. Tenía una muchacha de quince años que había sido capturada en el norte, de rasgos singularmente delicados. Creyeron que conseguiría un buen precio en Kumasi. Era evidente que no sería vendida para transportar bananas. Pero lloraba, lloraba sin cesar. Por lo general, los africanos aceptan su destino. Le pegaban, mas sin excederse para no estropear la mercancía. Ella no dejaba de llorar y, por fin, el árabe me dijo que pensaba renunciar y revenderla a los ladrones para que se entretuvieran con ella en su camino hacia el sur. No me pareció nada conveniente y la compré. ¿Seguro que no te aburro? Tal vez hayas oído historias semejantes anteriormente.

—No en Wigan —repuso Rose.

—La dejé en libertad. ¿Pero cómo iba a regresar a casa? ¿De qué viviría? A menos que yo cuidase de ella, tendría que volver a venderse como esclava. La contraté como cocinera, traté de enseñarle a guisar, a limpiar. No había nada que pudiera hacer y temí tener que dejarla sola en Kumasi, por lo que me casé con ella.

—¿Dejó la muchacha de llorar?

—Por el momento, sí. No sé cuán legal fue el matrimonio, una mezcla islámica, metodista y fetichista.

—¿Estaba allí el árabe? ¿El comerciante?

—¡Oh, sí! Actuó como padrino de boda. De todos modos ella se tomó muy en serio convertirse en esposa e insistió en que también yo me lo tomara, pues de no ser así se sentiría avergonzada. Si los demás se enteraban, la gente no la consideraría más que una esclava. De modo que se quedó embarazada.

—¿Era tuyo?

—¡Oh, sin duda! ¿Una niña morena con ojos verdes? Los metodistas dijeron que yo había manchado la reputación del hombre blanco y cerraron su misión. Tal vez si tuvieran mujeres aún seguirían en Kumasi.

—¿Echaste a los metodistas?

—En cierto modo.

—¡Eres peor que el diablo!

Blair se preguntó hasta qué punto comprendía Rose. ¿Sabía dónde estaba la Costa de Oro o qué aspecto tenía un ashanti? ¿Y habría visto alguna vez una pepita de oro? Había comenzado a hablar de Kumasi porque ella estaba a punto de irse y no sabía qué más decir. Ahora que había comenzado aquella desastrosa carrera en su desastrosa vida, le resultaba difícil detenerse.

—Nunca fui explorador en la Costa de Oro. Había carreteras ashanti, caravanas y cobradores de peaje, a menos que uno insistiera en abrirse camino por los piélagos. Hay leones, pero los peligros reales consisten en los gusanos, los mosquitos y las moscas. Estuve tres años con ellos. Eran curiosos y suspicaces, porque no podían imaginar que un hombre deseara contemplar las rocas. Los ashanti creen que encontrarán oro donde haya babuinos gigantescos, humo o unos helechos especiales. Yo buscaba arrecifes de cuarzo y diorita. Levantaba mapas y los entregaba en la costa al correo marítimo para que pudieran remitirlos a Liverpool y luego aquí. Pero el año pasado estalló una guerra, y con ella una epidemia de disentería. En África todas las enfermedades son como una plaga. Mi esposa murió: la pequeña sobrevivió.

—¿Querías a tu mujer?

Blair no podía adivinar si Rose hablaba en serio. Pese a la tenue luz distinguía cada rasgo de su rostro de modo individual, tal vez demasiado atrevido, como una composición en la que se mantuviera un equilibrio, y sus ojos brillaban como dos velas.

—No —dijo—. Pero se convirtió en un hecho por su perseverancia.

—¿Por qué la dejaste entonces?

—Tuve que ir a la costa porque me había quedado sin medicinas y dinero. Sin embargo los fondos que suponía me esperaban en la oficina del comisario del distrito habían sido desviados para celebrar la llegada de un distinguido visitante procedente de Londres que había contribuido a provocar la guerra. Necesitaba el dinero en especial porque había gastado los Fondos de la Biblia en mis mozos, los hombres que transportaban mi equipaje, quienes se habían apresurado todo lo posible y soportado cincuenta quilos más de peso. De todos modos, me descubrieron y ello me convirtió en algo peor que un criminal en la Costa de Oro.

—¿La oveja negra?

—Exactamente. De modo que aquí estoy para recobrar mi buena suerte, complacer a mi amo, desempeñar esa pequeña misión y ser rehabilitado.

—¿Dónde está la pequeña?

—Con el árabe.

—Podías haberte quedado allí.

Blair contempló su taza, en aquel momento había menos té que ginebra.

—Cuando un blanco cae en desgracia en África, se hunde rápidamente.

—Tú encontrabas oro: debes de ser rico. ¿Qué ha sido de todo ello? —dijo Rose.

—Sirvió para pagar por el cuidado de la niña. El árabe no hace nada gratis, pero es un hombre de negocios relativamente honrado.

Enarcó las cejas y la miró.

—Ahora háblame de John Maypole.

—El reverendo no sabía cuándo marcharse. Estaba con nosotras cuando íbamos a trabajar y aparecía cuando regresábamos, según decía, para compartir nuestra carga. Pero se irritaba muchísimo. Luego, cuando concluía el trabajo, acudía a nuestras puertas.

—A la tuya en especial —observó Blair.

—Le dije que yo me emparejaba con Bill Jaxon y que sería mejor que se mantuviera al margen. Bill no comprendía al principio, pero luego se entendieron. Maypole era como un muchacho. Por eso era tan moral, no conocía la maldad.

—¿Lo veías con frecuencia?

—No: soy católica. No asisto a su iglesia ni a sus clubes benéficos.

—Pero él te buscaba. La última vez que alguien lo vio, el día anterior al desastre, se reunió contigo en el puente Scholes. ¿Cuánto rato caminasteis juntos?

—Yo iba a casa y él me siguió.

—Estuvisteis hablando. ¿De qué?

—Yo bromeaba con él: era fácil de engañar.

—Mientras hablaba contigo se quitó su alzacuellos. ¿Recuerdas por qué?

—No recuerdo que hiciera nada semejante. Pregúntame por la explosión, eso sí que lo recuerdo. La tierra que saltaba, el humo. Tal vez hizo desaparecer de mi cabeza al señor Maypole.

—Pero la última vez que lo viste, ¿ibas a tu casa?

—Iba a reunirme con Bill.

—¿Ha visto luchar a Bill? ¡Es muy cruento!

—¿No le parece jodidamente magnífico?

—¿Jodidamente magnífico?

—Sí —repuso Rose.

La imaginó viendo luchar a Bill, el sonido de las suelas de madera contra la carne desnuda, la piel manchada de sangre. ¿Cómo lo celebrarían después Rose y Bill? Una interesante combinación de palabras «jodidamente magnífico». Y pensó que consideraban salvajes a los africanos.

—¿Amenazó Bill alguna vez a Maypole?

—No. El reverendo sólo deseaba salvar mi alma, no le interesaba el resto de mi persona.

—Eso es lo que dices.

Volvió la postal sobre la mesa para que ella la viese mejor.

—Pero ésta no es una fotografía del alma.

Rose la examinó con más detenimiento.

—Me lavé muy a fondo y luego fui al estudio y allí me pusieron mugre en el rostro. Parezco una campesina irlandesa.

—Tienes un aspecto feroz con esa pala, muy peligroso.

—Bien, jamás le toqué un pelo al reverendo Maypole. No sé por qué tenía una foto mía.

—Me gusta, incluso con la pala. Es mucho más interesante que una sombrilla.

—Los caballeros no cruzan la calle para saludar a una muchacha que blande una pala.

—Yo he cruzado la jungla para encontrarme con mujeres que llevaban platos en los labios.

—¿Besaste a alguna de ellas?

—No.

—¡Fíjate!

El carbón, al caer, despidió una lluvia de chispas por la chimenea. Rose se quedó mirando el fuego. Pensó que era menuda para mover carretas de acero. Su rostro era tan delicado en reposo como salvaje cuando estaba animado.

¿Qué clase de vida esperaba a una criatura con su aspecto? ¿Ginebra, niños, palizas de un hombre como Bill? Aquél era un florecer demasiado breve y ella parecía decidida a sacarle el mayor partido.

—Tengo que encontrarme con Bill y Flo —dijo ella—. Y no creo que le gustes a Bill.

—A Bill no le importaba Maypole.

—A Bill le gusta dominar el cotarro y a Maypole no le importaba.

—Bien, jugaban juntos.

—Oyendo las prédicas de Maypole se hubiera dicho que Cristo estableció las normas del rugby.

—¿Qué predicaba a las muchachas?

—Castidad y amor elevado. Todas las madres tenían que ser como la Virgen María; aquellas que se divertían eran María Magdalena. No creo que hubiera tenido una auténtica mujer.

—Verás, yo no soy un caballero...

—Lo sabemos perfectamente.

—... pero tengo la sensación de que para un hombre como Maypole no había nada más atractivo que una mujer necesitada de salvación.

—Tal vez.

—¿Te llamó alguna vez *Rosa de Sharon*?

—¿Dónde has oído eso?

La pregunta era tan despreocupada que persistió como un clavo medio colocado, como un breve desliz.

—¿Lo hizo?

—No.

—Dijiste que él nunca había tenido una auténtica mujer. ¿No cuentas con su prometida, la señorita Hannay?

—No.

—¿La conoces?

—No conozco a los Hannay, como tampoco he estado en la luna. Pero he visto la luna y tengo una opinión sobre ella. ¿La conoces tú?

—Sí.

—¿Y qué opinas de ella?

—Escasean sus encantos.

—Escasea en todo, pero tiene dinero, vestidos, carruajes. ¿Volverás a verla?

—Mañana.

—Parece como si no pudieras resistirla.

—Comparada contigo es como una espina, un carámbano y vino amargo.

Rose lo observó en silencio desde el lado opuesto de la mesa. Le hubiera gustado ver su rostro limpio. La había visto bañarse, pero sólo recordaba su cuerpo con una brillante capa de agua. Confiaba que la imagen no se desvaneciera de sus ojos.

—Tendrás que marcharte —dijo Rose—. No estás tan enfermo como dices.

Más tarde, en su hotel, Blair se preguntó si estaría loco. Había ocultado a todos cuantos tenían derecho a conocerla la razón de su regreso a África: al obispo Hannay, a la Royal Society, incluso al inofensivo Leveret, y se lo había confiado a una muchacha que difundiría aquella irresistible historia por todos los bares de Wigan, de donde recorrería rápidamente su destructivo camino hacia la mansión Hannay. ¡Vaya combinación le había dado: esclavitud y mezcla racial! La tragedia de la joven esposa negra, el patetismo de un padre blanco y de su progenie de media raza, contrapuesta al barbarismo de la jungla africana y la codicia de los traficantes árabes. La propia Inglaterra entraría en guerra por salvar a esa criatura si fuera blanca. ¿Qué había pensado? ¿Impresionar a una coqueta como Rose Molyneux contándole la verdad?

Había que ver las mentiras que ella le había dicho a cambio. El único tesoro que John Maypole poseía era una foto de ella. ¡Y afirmaba que él sólo deseaba salvar su alma!

¿Y en cuanto a su casa? ¿Cómo era posible que mientras todos los hogares de Candle Court estaban atestados de familias y huéspedes diurnos como sardinas en lata, Rose y su amiga Flo dispusieran de una casa entera y bien amueblada para ellas solas? ¿Cómo podían satisfacer semejante gasto unas muchachas honradas?

Aquél era su secreto. Rose le hizo salir solo de la casa y dijo que aguardaría a que se perdiera de vista para marchar a su vez.

¿Sería acaso la venganza de la muchacha por su primera visita, cuando la encontró en el baño? ¿Era por causa de su fiebre? Aunque él no se sentía tan enfermo. A veces un cerebro calenturiento tenía elecciones inspiradas. La razón de que no le hubiera mencionado su hallazgo del diario de Maypole era por ser la única ventaja que tenía sobre ella.

Aunque podía reírse. Si a él podía hacerle algo semejante, ¿qué habría hecho con Maypole?

CAPÍTULO OCHO

—¿Una onza de quinina?

—Que sean dos —dijo Blair.

—¿Está seguro?

—La quinina mantiene en marcha al Imperio Británico.

—Ciertamente, señor.

El farmacético añadió un segundo peso a un lado del platillo de la balanza y echó un poco más del blanco polvo en el otro.

—Puedo dividir esto en un número determinado de dosis envueltas en papel de arroz para facilitar su administración.

—Lo tomo con ginebra: pasa muy fácilmente.

—Apuesto a que sí.

El farmacéutico vertió la quinina en un sobre. Frunció el entrecejo y añadió:

—¿Puedo preguntarle si está aumentando la cantidad?

—Un poco.

—¿Ha considerado tomar las gotas Warburg? Es una combinación de quinina, opio y endrinas. Una ganga para usted, señor. Pasa con mucha facilidad.

—Resultará algo sedante.

—Si lo que desea es un reconstituyente, me permito sugerirle arsénico. Aclara la cabeza de un modo maravilloso. Algunos de nuestros veteranos han obtenido excelentes resultados.

—Ya lo he probado, señor —repuso Blair.

El arsénico podía utilizarse para casi todo; malaria, melancolía, impotencia.

—Desde luego, también tomaré algo de eso.

—¿Dice que es por cuenta del obispo?

—Sí.

El farmacéutico limpió la balanza con su delantal y de la serie de cajones que tenía tras el mostrador-dispensario donde guardaba las drogas extrajo un tarro de un verde ultravioleta que lo identificaba como el color del veneno. El propio establecimiento tenía un matiz de tono submarino por las botellas de color azul cobalto que se exhibían en el escaparate. Hierbas medicinales secas perfumaban el aire y las dos urnas de loza color crema con tapas perforadas para sanguijuelas proyectaban cierta frialdad en el ambiente. El farmacéutico vertió una pirámide de un polvo similar a la creta. Blair hundió el dedo en él, lo chupó y sintió en la lengua un picante y amargo sabor.

—¿Conoce la importancia de una dosificación prudente, señor?

—Sí.

Pensó cuán prudente podía ser un hombre que tomaba arsénico frente a él.

—¿Desea algún extracto de coca para aumentar sus energías?

—Tal vez regrese a por ello. Por el momento bastará con quinina y arsénico.

El farmacéutico llenó un segundo sobre y se los entregó a Blair después de que la balanza oscilara y los topes de cristal se inmovilizaran. Desde las estanterías superiores y hasta el final, medidas de latón y morteros de piedra, frascos de venenos y tarros de perfumes comenzaron a temblar mientras una intensa resonancia agitaba la fachada de cristal de la puerta. En el exterior un furgón movido a vapor pasaba pesadamente, una especie de locomotora de dos pisos con caldera, negra carga y ruedas de caucho que hacía crujir los adoquines. Tras su mostrador, el farmacéutico se movió rápidamente de uno a otro lado para sujetar e impedir que volcasen las dos urnas que contenían las sanguijuelas.

Blair abrió los sobres, extendió unas líneas de arsénico y quinina por su palma y se las echó a la boca. Mientras pasaba el furgón, distinguió el carruaje de Leveret ante la puerta del hotel. Se guardó los sobres en el bolsillo y se marchó.

—Hoy parece muy animado —comentó Leveret.

—Sí.

«Y motivado», pensó Blair. Tenía que demostrar que había conseguido progresos antes de que Rose Molyneux difundiera rumores. Si había comenzado a comentar con sus amigos los espeluznantes informes de su hija semiafricana, la noticia no tardaría en llegar a los preceptores de la moral de Wigan y, entonces, ni siquiera el obispo Hannay podría ignorar el escándalo del mestizaje. ¿Qué le había dicho acerca del apodo del *negro* Blair? ¿Que debía desautorizarlo? El obispo lo abandonaría sin soltar un centavo.

—¿Es miércoles? —dijo Blair mientras se instalaba en el asiento del carruaje.

—Así es —repuso Leveret.

—Maypole fue visto por última vez un miércoles. Tal día por la tarde solía acudir al Hogar Femenino. Usted deseaba que yo hiciera una visita de cortesía al reverendo Chubb, pues bien, la haremos. Luego hablaré con la policía. Al parecer debemos ver a un tal Moon, jefe de policía.

—Por lo menos tendríamos que informar a Charlotte de que nos dirigimos al Hogar.

—La sorprenderemos.

Por el camino Blair se dio cuenta de que además de sentirse incómodo acerca de la etiqueta, Leveret parecía algo tenso.

—¿Se siente bien?

—Me temo que la visita de ayer a la mina se cobró su impuesto. Mi abuelo era minero y siempre contaba historias, pero ahora sé a qué se refería: explosiones, desprendimientos de rocas —levantó el sombrero para mostrar las vendas que llevaba—, techos bajos.

—Muy bonito. Le confiere a usted cierta apostura.

Más allá de la entrada de la mansión Hannay había un pequeño acceso y un sendero serpenteante. A medida que avanzaban por él, Blair advirtió que habían entrado en un parque privado. Los árboles —plátanos, castaños y hayas— estaban plantados de modo regular; los senderos, bordeados con azafranes morados, y el carruaje se incorporó a una limpia avenida al extremo de la cual se levantaba una pequeña fortaleza. Un simulacro de fortaleza, según comprobó a medida que se acercaban. Constaba de tres plantas de ladrillo con parapetos de piedra caliza, torres decorativas y lagunas llenas de cristal manchado. El conjunto estaba rodeado no por un foso, sino por parterres de prímulas de variopintos colores. Dos jóvenes con sencillos vestidos grises, sin polisón, estaban sentadas en un cenador del jardín; otra muchacha, también en gris, surgió por la puerta con un bebé envuelto en pañales.

—Es el Hogar Femenino —le informó Leveret—. Era la casa de campo de los invitados.

—¿Una casa de campo?

—En una ocasión se alojó aquí el príncipe de Gales. Los Hannay siempre han hecho las cosas con mucha elegancia. Aguarde aquí.

Leveret entró. Por una ventana abierta, Blair distinguió a jóvenes uniformadas en torno a una pizarra en la que aparecían hileras de anotaciones aritméticas. Era consciente de ser un intruso de sexo equivocado y se preguntaba cómo se habría sentido Maypole pese a la armadura de su cuello de clérigo. Por la ventana contigua también abierta vio una clase amontonada en torno a miembros protésicos vendados. Algunas estudiantes eran de complexión robusta y tenían las mejillas rojas de las mineras, otras eran de cutis cetrinos por la vida pasada en las fábricas. Se sentaban con rigidez y escasa naturalidad vestidas con sus uniformes, como muchachas que posaran con alas de papel para una representación navideña.

Leveret regresó, y siguió la mirada de Blair.

—Charlotte desea que aprendan profesiones, la enfermería es una de ellas, e insiste en que también sepan leer.

—¿Poesía?

—Principalmente economía e higiene.

—Eso parece muy propio de ella.

Leveret se expresaba en tono vacilante, como si estuviera a punto de cometer un acto que temía lamentar más tarde.

—Está en el jardín de los rosales.

Rodearon un lado del Hogar, donde el terreno cubierto de césped se inclinaba entre redondeadas masas de rododendros hasta el extremo de un seto de boj. Desde el otro lado, se oían dos voces agudas y familiares.

—Sencillamente, estoy convencido de que la caridad puede ser exagerada y que las mejores intenciones suelen conducir a los peores resultados, señorita Hannay —decía Earnshaw—. Su padre me dice que han discutido acerca de pagar a las mineras y a las obreras de las fábricas para que no trabajen durante la última etapa de su embarazo. ¿Acaso no es eso una invitación a la inmoralidad y a la pereza? ¿No cree que las mujeres, al igual que los hombres, deben sufrir las consecuencias de sus actos?

—Los hombres no quedan embarazados.

—Entonces considere el inevitable resultado de educar a las mujeres para que sean más instruidas que sus esposos y por encima de la clase social a que pertenecen.

—¿Para que puedan sentirse insatisfechas de vivir con un patán borracho e ignorante?

—O con un hombre sobrio y perfectamente aceptable.

—¿Aceptable para quién? ¿Para usted? ¡Cásese usted con él! Habla de esas mujeres como si fuesen vacas esperando un toro con sus cuatro patas.

Blair rodeó el seto, y llegó a un jardín con senderos de gravilla y rosales tan desnudos y en extremo podados que parecían barras metálicas. Charlotte Hannay y Earnshaw estaban en el macizo circular central. ¿Era aquélla la mujer «negra y hermosa» que había obsesionado a John Maypole, la figura que inducía al sacerdote a sospechar que una minera vestida de pana tenía más vida que una dama? Blair lo dudaba. Charlotte era un ejemplo de cómo la seda puede contener a una mujer pequeña. El corsé apretaba su seno, sus piernas flotaban en algún punto entre un despliegue de seda morada y sostenía las tijeras de podar con un espantoso guante morado. Blair se descubrió la cabeza. ¿Acaso había arqueado las cejas al verlo o las enarcaba al peinar tan tensamente sus cabellos cubiertos con un sombrero negro como crespón? Distinguió una llamarada cobriza en la nuca, pero podía haber sido una novicia por cuanto se discernía del color de su cabello. A su lado, la barba de Earnshaw brillaba a la luz del sol. Detrás de ellos, a respetuosa distancia, se encontraba un jardinero con blusón y sombrero de paja que sostenía un saco de goteante estiércol líquido.

—Les ruego que nos disculpen, Blair deseaba formular algunas preguntas —dijo Leveret.

—Si lo desea volveré más tarde —sugirió Earnshaw—. ¿O prefiere que me quede?

—Quédese, pero puedo atender yo sola a mis visitas —repuso Charlotte.

—Probablemente se bastaría para castrar a sus visitantes —murmuró Blair a Leveret.

—¿Qué decía? —inquirió Earnshaw.

Blair hizo un vago ademán en dirección al edificio.

—Sólo comentaba que debe de ser una oportunidad fabulosa para todas esas mujeres.

—Si usted fuera un reformista o un pedagogo, la señorita Hannay tal vez sentiría algún interés por su criterio. Puesto que es un confeso asiduo de los traficantes de carne, su opinión no puede ser muy bien acogida.

—Se equivoca —dijo Charlotte—. Dado que el señor Blair es un individuo tan depravado, su opinión es muy valiosa. Blair: considerando su amplia experiencia, ¿qué mantendrá más probablemente a las jóvenes en condiciones de necesidad financiera y peligro sexual? ¿La capacidad de pensar como personas independientes o, como insiste el señor Earnshaw, la preparación para el servicio doméstico para que las ignorantes y pobretonas doncellas lleven el brandy a su amo a la cama?

Blair tuvo que reconocer que era extraordinaria: como un gorrión que persiguiera a los hombres por el jardín.

—Nunca he tenido doncella —respondió.

—Sin duda que en África tendría sirvientas femeninas. Debe de haberse aprovechado de ellas.

Blair se preguntó si ya habrían llegado a sus oídos los rumores de Rose.

—Lo siento, no.

—Pero usted tiene fama de haberlo probado todo, al menos una vez, desde los huevos de avestruz hasta la carne de serpiente. A buen seguro que nadie en Inglaterra conoce mejor que usted a las africanas. El señor Earnshaw, que nada sabe de africanas ni de inglesas, dice que es antinatural educar a las mujeres por encima de sus posibilidades.

—Sería impropio de su estatus social y se convertirían en unas desdichadas —explicó Earnshaw—. Es injusto con ellas y perjudicial para Inglaterra.

—Igual que Dios, el señor Earnshaw propone hacer a las mujeres tan sólo aptas para un estatus social. En su calidad de político imagina hablar en nombre de Inglaterra, cuando en realidad lo hace únicamente en nombre de aquellos a quienes se permite votar: los hombres.

—¿Me permite preguntar qué tiene esto que ver con Blair? —dijo Earnshaw.

—¿Existe otra tribu en algún lugar que degrade a las mujeres tanto como los ingleses, Blair? —inquirió Charlotte.

—¡Señorita Hannay, piense en los musulmanes que practican la poligamia y visten a sus mujeres como tiendas de campaña! —protestó Earnshaw.

—Mientras que en Inglaterra la ley permite a los hombres pegar a las mujeres, forzarlas físicamente y disponer de sus bienes como si fueran propios —prosiguió Charlotte—. Usted que ha estado en África, Blair, ¿puede el más indigno musulmán hacer algo así de modo legal?

—No.

—¿Qué mejor testigo que un hombre que ha utilizado de modo infame a las mujeres de todas las razas? —preguntó Charlotte—. ¡Es el testimonio del diablo!

Se aproximó a los siguientes tallos desnudos y preguntó al encargado del vivero:

—¿Qué tenemos aquí, Joseph?

—Rosas de té, señora. Carrière rosadas, Vibert doble-blancas, General Jacqueminot rojas. Con pajote y salsa.

Señaló el saco que sostenía.

—Excrementos de vaca empapados con cascos de tierra y polvo de asta. ¡Será magnífico, señora!

Blanco, rojo, amarillo, rosa: era sorprendente las futuras flores que se esperaban. Sin embargo, a Blair le resultaba evidente que Charlotte desde muy joven ya era tal como debía ser: una árida y espinosa armadura.

La mujer volvió la cabeza e inquirió:

—¿Por qué va vendado como un veterano de Crimea, Oliver?

—Ayer bajé a la mina con Blair.

—Puede sentirse satisfecho de no ser una muchacha.

—¿Por qué le soy tan antipático, señorita Hannay? —se interesó Blair—. Ni siquiera he tenido la oportunidad de granjearme tanto desprecio.

—Si viera usted una babosa en el pétalo de un flor; ¿cuánto tardaría en quitarla de allí, señor Blair?

—No he hecho nada...

—Está aquí. Le dije que no viniera y lo ha hecho. O carece de educación o es sordo.

—Su padre...

—Mi padre amenaza con cerrar el Hogar al primer indicio de escándalo, pero es capaz de contratarlo a usted, un hombre que ha malversado los Fondos de la Biblia. La anécdota es bien conocida junto con las historias de sus horribles costumbres y harenes de negras. Mi padre no lo escogió para esta tarea porque posea habilidades para investigar, sino porque es el individuo más detestable que existe y no en uno, sino en dos continentes. Lo escogió porque tal hecho en sí representa un insulto para John Maypole y para mí.

Blair se sintió prendido en la red de una laboriosa araña.

—¿Dónde cree, pues, que se encuentra Maypole?

Charlotte guardó las tijeras en un bolsillo de su falda y se volvió a Earnshaw.

—Voy a tener que acabar con esto, si no, nos seguirá eternamente como un comerciante con su cigarro.

A continuación espetó a Blair:

—No tengo idea del actual paradero del reverendo John Maypole. Hasta que no se demuestre lo contrario, supongo que está bien y que justificará su ausencia cuando lo considere adecuado. Entretanto, yo proseguiré la labor que iniciamos juntos con la plena esperanza de que regrese.

—Fue visto por última vez un miércoles. Los miércoles se celebran las reuniones del Hogar. ¿No se vieron allí?

—No. Aquel día yo estaba enferma.

—La señorita Hannay es de frágil constitución —dijo Leveret.

A Blair no se lo parecía. De estructura menuda, pero no frágil.

—¿Cuándo lo vio por última vez? —preguntó.

—En los servicios religiosos dominicales.

—Parece romántico. ¿Y no ha tenido noticias suyas desde entonces?

—No.

—¿Le habló a usted alguna vez de sus visitas a las minas de carbón? ¿A la mina Hannay?

—No.

—¿De las muchachas que trabajan allí?

—No.

—¿O le sugirió su frustración por no poder extender su misión hasta la propia mina?

—No.

—Le gustaba predicar, ¿verdad? ¿En cualquier situación?

—Sentía que tenía vocación para ello —replicó Charlotte.

—¿Y deseaba formar parte de la clase obrera, por lo menos hasta el punto de predicar? ¿Le mencionó alguna vez a un minero llamado Bill Jaxon?

—No.

—¿Tenía algún ramalazo de melancolía?

—No.

—¿Le gustaba vagar por el campo? ¿Nadar en el canal? ¿Dar paseos solitarios por montones de escoria o altos acantilados?

—No. Su único pasatiempo era el rugby y sólo por contactar con los hombres.

—Pero usted no pasaba mucho tiempo con él, aparte de las reuniones, ¿verdad? Mantenían una relación espiritual.

—Así lo creo.

—De modo que podía haber tenido un tatuaje de la Marina Real y usted desconocerlo.

—Lo mismo que usted no podría saber si alguna mujer con las que se ha depravado tenía cerebro o alma.

Charlotte respondía con apasionamiento, haciéndole frente. Pensó que si calzara zuecos sería una criatura peligrosa. Earnshaw y Leveret desaparecieron de su visión consciente.

—¿Diría usted que Maypole era inteligente?

—Inteligente y sensible.

—De modo que sabía que le destrozaría el corazón si desaparecía sin dejarle siquiera una nota.

—Sabía que yo comprendería lo que hiciese.

—Un hombre afortunado. Ésa es la clase de mujer que siempre he necesitado.

—¡Basta! —exclamó Earnshaw desde el vacío.

Pero Blair sentía un ritmo acelerado, de mutuo aborrecimiento, y sabía que Charlotte experimentaba lo mismo, como un crescendo que oyeran sólo ellos.

—¿Mencionó alguna vez a parientes ricos y enfermos? —preguntó.

—No.

—¿Pleitos pendientes?

—No.

—¿Crisis espirituales?

—Imposible en John.

—¿Algún asunto pendiente aparte de su boda?

—No.

—El correo se entrega dos veces al día. Se dice que los amantes se envían cartas cada una de las veces. ¿Conserva las de él?

—Si así fuera, antes se las entregaría a un leproso que a usted.

—¿No imagina que él pudiera echar de menos sencillos placeres?

—¿Sencillos como un animal? No, esas bajas pasiones quedan a su nivel, señor Blair.

—Me refiero sencillas a nivel humano.

—No sé qué quiere decir.

—Debilidades humanas. Éste es el Hogar de las Jóvenes Caídas, señorita Hannay, por lo que debe haber algún ser humano. Tal vez Maypole conociera algo de ello.

Charlotte se inclinó a recoger un largo tallo con sus tijeras. Con fuerza y rapidez inesperadas se levantó y azotó el rostro de Blair que lo sintió arder.

—¡Márchese ahora mismo! —exclamó—. Si se atreve a volver, la próxima vez lanzaré perros contra usted.

—Yo mismo lo atacaré si regresa —dijo Earnshaw.

Blair sintió correr la sangre por su mejilla. Se echó hacia atrás el sombrero.

—Bien, lamentablemente, debo irme. Gracias por su ayuda. Salude a su padre de mi parte.

Al salir se detuvo junto al encargado del vivero.

—En la Costa de Oro conocí a un hombre que cultivaba rosas. Era un sargento mayor retirado. Sus rosas eran como platos y usaba guano: ésa es la clave.

Leveret se retiraba de espaldas entre disculpas.

—No tenía idea, no podía imaginar... Lo siento.

Mientras rodeaban el seto, Blair se enjugó el rostro con un pañuelo e hizo señas a Leveret para que se detuviera y guardara silencio. Desde el otro lado distinguieron la voz enfurecida de Charlotte Hannay.

—¡Y usted, señor Earnshaw, no puede imaginar cuán desagradable es ofrecer una protección que nadie le ha pedido!

—Tan sólo le daba mi apoyo.

—Cuando me sienta tan débil para necesitarlo, le informaré.

Blair cruzó el césped sonriendo pese a su herida.

—Ahora los deja discutiendo —dijo Leveret.

—No importa que disfruten discutiendo. Son moralistas: están hechos el uno para el otro.

Cuando llegaron al río, Blair se lavó el rostro. Las nubes se desviaban en sentido lateral por causa del sol y, aunque le escocían los cortes del rostro, se sentía singularmente estimulado.

Leveret estaba muy afligido.

—¡No puede hablar a personas como Charlotte de ese modo! ¡Ha sido una escena terrible! Se ha expresado de un modo imperdonable, Blair. Usted la obligó a reaccionar de ese modo.

Blair se extrajo una espina. En su reflejo en la superficie del agua distinguió tres surcos y algunos arañazos y experimentó un sentimiento de profunda satisfacción.

—¿Que yo la obligué? Es como acusar a alguien de azuzar a un áspid.

—Fue muy cruel. ¿Qué se proponía con sus insinuaciones de que John fuese humano?

Blair se secó en su chaqueta y se puso en la palma una pizca de arsénico.

—Somos un compendio de nuestros pecados, Leveret. Eso es lo que nos hace humanos en lugar de santos. Una superficie perfectamente plana no tiene personalidad. Deje que aparezcan algunas grietas, algunas carencias y defectos, y entonces surgirá el contraste. Ese contraste con la perfección imposible constituye nuestra personalidad.

—¿Usted tiene personalidad? —inquirió Leveret.

—Toneladas.

Echó atrás la cabeza y se metió el polvo en la boca.

—Resulta que también Maypole podía haberla tenido de un modo demencial y religioso.

—Cuestiones como ésta pueden arruinar la reputación de un hombre.

—No me interesa su reputación. Soy más que un geólogo, busco los pies de barro. De modo que me resulta interesante que un pobre sacerdote consiguiera relacionarse con una muchacha tan adinerada.

—En Wigan todo se relaciona con los Hannay: la mitad de la población trabaja para ellos. Además de las minas, las acererías Hannay fabrican calderas, chapas metálicas y locomotoras. Están las fábricas de algodón y de ladrillos Hannay que construyen sus propias chimeneas para quemar su propio carbón e hilar su propio hilo en un cuarto de millón de husos. Yo no he viajado como usted por el mundo, pero me atrevería a decir que Hannay es uno de los complejos industriales más eficaces que existen.

—Y hacen una fortuna.

—Y facilitan empleo. Empleos bien pagados en comparación con los sueldos medios. Pero para los Hannay existe algo más que el comercio. La familia apoya a la Iglesia, lo que significa pagar a clérigos, órganos y bancos. Las escuelas para niños menesterosos, la enseñanza nocturna para adultos; los dispensarios para los enfermos; los fondos para explosiones, viudas y huérfanos, y la Sociedad de Vestido fueron todas iniciadas por el propio obispo Hannay. Sin los Hannay, habría menos trabajo en Wigan y muy poca caridad. Todos están relacionados con ellos, incluso usted mismo. ¿O acaso lo ha olvidado?

—El obispo no me lo permite.

—Charlotte probablemente ya habrá acudido a verlo y le habrá hablado de su desastrosa visita. En estos momentos tendrá que despedirlo.

—¿No pasaré más días encantadores con la santurrona señorita Hannay? Cogeré mi dinero y me largaré.

—No comprende su situación.

—Comprendo que es una joven rica cuya afición favorita consiste en ejercer la caridad con las pobres que viste de gris cuáquero. Sin duda conoce tanto sobre la vida auténtica de Wigan como acerca de la luna. Eso no le importa porque será la criatura malcriada más rica de Inglaterra cuando fallezca su padre.

—No exactamente.

El tono empleado por Leveret le obligó a interrumpirse.

—Acaba de describirme el imperio de los Hannay.

—Sí, pero el obispo Hannay es asimismo lord Hannay y cuando fallezca, la propiedad será transmitida con el título que no pueden heredar las mujeres. Todo, tierras y propiedades, será transmitido a su heredero varón más próximo, el primo de Charlotte, lord Rowland, que se convertirá en el siguiente lord Hannay. Aunque, desde luego, Charlotte quedará bien acomodada.

—Querrá decir rica.

—Sí, pero aquel con quien se case, John Maypole o quien sea, tendrá plena disposición de lo que ella herede.

Blair observó revolotear a las abejas con dorados saquitos de polen. Pensó que aquello explicaba la presencia de Earnshaw, aunque él más bien revoloteaba junto a Charlotte como una cucaracha que como una abeja.

La visita del Comité Municipal para la Salud y la Sanidad a Albert Court, un edificio en forma de U de dos pisos de ladrillo rojo, fue una especie de combate. Todos los residentes se encontraban en medio del patio mientras que los encargados de la desinfección, con blusones blancos, arrastraban cajones con fumigadores brillantes y latas metálicas. Cada tres o cuatro casas, uno de aquellos hombres manejaba el aspersor y su compañero desenrollaba la manga, se precipitaba por la puerta principal, y difundía una venenosa mezcla de estricnina y amoníaco. El hedor era sofocante, pero el reverendo Chubb, que estaba al frente —con una faja roja del Comité en su sotana—, daba órdenes como un general, indiferente al humo de la batalla. Los residentes eran mujeres y niños; Blair advirtió que algunos llevaban jaulas de pájaros. Entre las matronas del Comité que lucían las fajas oficiales reconoció a la señora Smallbone, cuya falda de negro bombasí añadía una amenazadora oscilación a cada paso. La mujer hundió un peine en la cabeza de un muchacho e hizo señas a otros dos miembros del Comité para que le echaran encima agua y jabón desinfectante. La llegada de Leveret y Blair al patio interrumpió por un instante la concentración de Chubb.

Blair recordó cómo lo habían rapado y pelado sujetándolo por el cuello para inmovilizarlo, como si fuera un perro. El olor del jabón se lo había traído a la memoria.

—Las medicinas no saben bien —dijo Chubb.

—No serían medicinas si no, ¿verdad? —replicó Blair—. ¿No supervisa la acción ningún médico?

—Está enfermo y la fumigación no puede esperar. Si esta gente insiste en acostarse cinco personas en una cama, con las sábanas cargadas de piojos, y ni siquiera se molestan en utilizar los recursos sanitarios que el casero facilita, se crea un miasma de donde se difunde el cólera, el tifus y la viruela, por lo que debemos recurrir a las medidas de la comunidad. Un foco de peste nos amenaza a todos. Piense en las mordeduras de ratas.

—¿Mordeduras de ratas?

No deseaba pensar en ellas.

—Algunas casas tendrán que ser selladas y habrá que dejar en ellas velas de azufre.

—¿Y adónde irán los residentes?

Chubb marchaba adelante.

—Los niños estarán en la escuela, donde serán debidamente revisados.

Algunos residentes iban descalzos, con talones encallecidos, y vestían harapos, y muchas casas tenían las puertas agrietadas y con paneles rotos. Sin embargo, la mayoría tan sólo parecían irritados al verse expulsados de casas que lucían cortinas de encaje en las ventanas, y cuyos umbrales habían sido escrupulosamente fregados con piedra. Chubb parecía enviar a los fumigadores de un modo arbitrario.

—¿Cómo sabe qué casas debe atacar? —preguntó Blair a Leveret.

—Muy sencillo. Él no se atrevería a entrar en el hogar de un minero pues ellos, a su vez, irrumpirían en el Ayuntamiento —susurró Leveret—. En defensa de esta gente, hay que reconocer que sólo hay dos retretes para doscientos ocupantes.

—Suficiente, si existe disciplina social —replicó Chubb—. Fíjense en sus ropas: harapos, a buen seguro infestados. Si dependiera de mí, los quemaría a todos.

—Lástima que no tenga un auto de fe —dijo Blair.

—Ésa es una práctica papista. Siempre ha habido un pertinaz núcleo de ellos. La familia Hannay, como le explicó el obispo, fue católico-romana hace mucho tiempo. Y, como es natural, entre los mineros hay irlandeses, y cerdos.

—¿Están juntos?

—Suciedad e inmoralidad van de la mano. La miseria engendra enfermedades. Sin duda, en sus viajes a los sumideros del mundo habrá advertido ese hedor pestilente, señor Blair. Sé que con el tiempo esta gente llegará a apreciar el esfuerzo que hacemos por ellos.

—¿Solía hacer esto Maypole?

—Estuvo un tiempo en el Comité.

El carro seguía adelante dejando en el aire un acre sabor que se pegaba a los labios.

—Usted es un misionero nato, reverendo. Quiere decir que Maypole se fue.

—Era desobediente; era joven. En lugar de erradicar la contaminación, la protegía.

—¿Se refiere al Hogar Femenino?

—El Hogar para las Mujeres Caídas por Vez Primera —rectificó Chubb—. Como si en Wigan hubiera algo semejante a mujeres que sólo han caído una vez. Es peligroso salvar a una mujer caída, incluso para el hombre más endurecido. El interés de un joven sacerdote en tal propósito tiene que resultar sospechoso. La filantropía ha encubierto la debilidad en más de una ocasión. No se salva a la mujer sino es el salvador quien sucumbe.

—¿Piensa en alguna mujer en especial?

—No conozco a ninguna mujer tan *especial*. Me lavé las manos con Maypole y sus *magdalenas*.

Blair se adelantó para mantenerse al paso con Chubb y con los carros de desinfección.

—Pero, en lo demás ¿era satisfactorio? ¿Dirigía los servicios, visitaba a los enfermos, todas esas cosas?

—Sí.

—Parecía disponer de poco dinero.

—Los hombres no se incorporan a la Iglesia para hacer dinero. No es un negocio.

—Estaba sin blanca.

—Aún no tenía un medio de vida, un cargo como párroco y la remuneración aneja al mismo. Era de buena familia, según tengo entendido, pero sus padres murieron cuando era joven y le dejaron muy poco. ¿Qué importaba? Estaba a punto de casarse de modo muy ventajoso.

—¿Le hizo a usted insinuaciones acerca de que considerase alguna especie de aventura, de que pudiera marcharse?

—¿Marcharse? ¿Cuando estaba comprometido con la hija del obispo?

—¿Parecía feliz?

—¿Por qué no iba a serlo? En cuanto se hubieran casado estaba previsto que ascendería a los más elevados grados de la Iglesia.

—¿Por qué se dedicaba a predicar en las minas? ¿Tiene alguna idea de ello?

—Le advertí que esa clase de campaña al aire libre era más propia de metodistas. Por desdicha, Maypole tenía inclinaciones de iglesia baja, como jugar al rugby. Lo que yo necesitaba era un hombre que diese la comunión, visitara a los enfermos, llevase alimentos a los pobres que los necesitasen. Eso es suficiente trabajo para dos.

—¿Qué cree que le sucedió?

—No lo sé.

—¿Preguntó usted a la policía?

—No nos gusta molestar a la policía ni que se produzca un escándalo a menos que no podamos evitarlo. Si el jefe de policía Moon se entera de algo, nos lo dirá.

—Dígame ¿todavía espera encontrarlo?

—No sé si me interesa. El santo Maypole: estuvo y desapareció. Yo trato de complacer al obispo, desde luego, todos lo hacemos. Pero cuando lo vea, dígale que ya lo he esperado bastante. Necesito otro ayudante.

El carro se adelantó, la luz del sol se mitigó sobre el latón y Chubb se apresuró a seguir sus pasos.

El jefe de policía Moon tenía una cicatriz en medio de la frente.

—Un ladrillo —aclaró.

Levantó una manga y mostró una señal blanca que discurría a lo largo del fornido antebrazo.

—Una pala.

Levantó una pernera. Tenía la espinilla cruzada de cicatrices, y perforada como si le hubieran disparado un balazo.

—Zuecos. Baste con decir que, actualmente, cuando hay una pelea con mineros, llevamos perneras rígidas de cuero. ¿Y a usted qué le ha sucedido? —concluyó observando los arañazos del rostro de Blair.

—Una rosa.

—¡Oh, vamos, no podemos aceptar una denuncia por eso, señor!

—No.

El uniforme de Moon era azul, con bordados de plata en el cuello y los puños, y tenía rasgos móviles que sugerían que disfrutaba exhibiendo su autoridad a base de guiños y codazos. El propio Blair se encontraba en el infortunado estado mental del hombre que no tiene nada que perder. El arsénico circulaba por sus venas como una fiebre secundaria. Leveret se había marchado para abogar por Blair ante el obispo. A la sazón, Charlotte debía de haber acudido a su padre a exigirle que lo despidiera. Surgían gemidos de las celdas de piedra encalada y paja instaladas al otro lado del pasillo, pero la oficina del jefe contaba con la comodidad de una chimenea de azulejos, una mesa de caoba, mullidos asientos de cuero ruso, y lámparas de gas que iluminaban mapas de los territorios de Lancashire y Wigan. En la oficina de Moon se exhibía la prosperidad de un negocio nuevo.

—Es bonito, ¿verdad? Hace unos años hubo disturbios y la antigua comisaría y el Ayuntamiento fueron dañados por los obreros. Desde luego, los Hannay fueron quienes contribuyeron a las mejoras.

Hizo una pausa.

—Deseamos tranquilizar al obispo. Sólo que es algo tarde. Con la explosión Hannay, el rescate, la identificación de cadáveres, la investigación del accidente y los funerales, nadie nos mencionó a Maypole hasta mucho después. Bien, creo que deseaban mantener reserva sobre ello, ¿no le parece? El joven sacerdote comprometido con la hija del obispo. Mejor solucionarlo en privado. Nunca se ha formulado una queja formal, ninguna denuncia.

—¿Pero usted ha hecho indagaciones?

—Con gran discreción. En la estación de ferrocarril, por si compró algún billete, y recorrimos las zanjas y los canales. Mal asunto, pero nunca se sabe. No debemos olvidar que éste es un país de carbón, y por doquier hay antiguos pozos. Si alguien camina en la oscuridad y no sabe dónde detenerse, acaso nunca se le encuentre.

—Maypole tuvo dificultades con un hombre llamado Silcock. ¿Le resulta familiar?

—Un experto con la porra. Sus presas eran los huéspedes de los hoteles, caballeros que habían bebido demasiado. Es rubio y su aspecto es fornido.

—¿Como Maypole?

—Ahora que lo dice, sí, en líneas generales. De todos modos, lo tenemos controlado. Lo echamos de Wigan el mismo día que lo vimos molestar al reverendo.

—¿Lo arrestaron?

—No, pero lo presionamos. Tuvimos que avisarle dos veces y luego desapareció.

—¿Lo han localizado desde entonces?

—No.

—¿No cree que deberían haberlo hecho?

—No es nuestro problema.

Moon se frotó la barbilla.

—¿No ha podido acompañarlo el señor Leveret?

—Ha ido a la mansión Hannay a dar cuenta de los progresos realizados. ¿Recuerda haber visto a Maypole el día anterior a la explosión?

—Formula tantas preguntas como si fuera un detective. No.

—¿Cuándo habló con él por última vez?

—La semana anterior. Siempre ofrecía alguna excusa para justificar a mineros borrachos. Yo lo comprendía. Al fin y al cabo, el perdón es propio de un joven sacerdote.

Moon se expresaba como si fuese la actitud propia de un bebé. Blair se sintió disgustado.

—¿Recuerda de qué minero se trataba en aquella ocasión?

—De Bill Jaxon.

—Jaxon y Maypole jugaban en el mismo equipo de rugby, ¿verdad?

—¡Ah, sí! ¡Bill es un tipo famoso! Siempre está lleno de rasguños, como todos los mineros. Por ello son tan buenos en rugby, ¿qué les importa una nariz rota? Se dice que si se desea un buen equipo de rugby en Lancashire basta con recurrir a una mina.

—¿Qué había hecho Bill para llamar la atención de la ley?

—Le partió la cabeza a un hombre por abrazar a una muchacha. Por mi parte, no se lo censuro. Verá, aquí llegan viajeros que no conocen las normas de Wigan y se confunden.

—¿Con qué?

—Con las mineras.

—¿Cómo es eso?

Moon sólo tenía los dientes frontales, por lo que su sonrisa tenía un aire viscoso.

—Bien, hacen lo que quieren, ¿no es cierto? Beben como los hombres, trabajan y viven como ellos. Y atraen a cierta clase de caballeros que viene aquí en tren para ver amazonas con pantalones. Esa clase de individuos creen que pueden tomarse libertades y, finalmente, se encuentran enfrentándose a alguien como Bill.

—¿Cuál era la amazona en el caso de Bill?

—Una muchacha llamada Molyneux.

—¿Rose?

—La misma. Una minera atractiva, con aire de mujerzuela. Una recién llegada a Wigan.

De pronto parecía sorprendido.

—¿Cómo la conoce?

—Figuraba en la lista que usted facilitó a Leveret de las últimas personas que vieron a Maypole.

—Es cierto. Nunca me gustó que el reverendo Maypole perdiera el tiempo con ella. Le advertí que no debía excederse en socializar con los mineros y dejar que se mantuvieran en su nivel.

—¿Qué nivel es ése?

—Son buena gente, pero primitivos. Ni más ni menos, señor.

Moon desvió su atención a la mejilla de Blair.

—¿Sabe con qué suelen limpiar sus heridas? Con carbonilla. De ese modo acaban tatuados como salvajes. No querrá parecerse a ellos, ¿verdad?

Desde la comisaría, Blair estuvo paseando para que Leveret tuviera tiempo de transmitirle su despido al hotel.

El empleado nocturno revisó el apartado de mensajes.

—Lo siento, señor: no hay nada para usted.

—Tiene que haberlo.

Blair no podía creer que el obispo no lo amonestara, siquiera tras el informe de Leveret o las quejas de Charlotte.

—Vuelva a mirar, por favor.

El empleado se agachó bajo el mostrador.

—Hay algo, señor.

Sacó un pesado e informe paquete envuelto en papel marrón y atado con una cuerda en el que alguien había escrito con gruesos trazos de lápiz: «Para el señor Blair. De un amigo.»

—¿Sabe quién lo trajo?

—No: estaba aquí cuando llegué. Supongo que se trata de un regalo. Parece constar de dos piezas.

El empleado aguardó expectante a que abriera el paquete, pero él se lo llevó a su habitación, lo depositó en la mesa de la salita, encendió las lámparas, y se preparó una dosis de quinina y ginebra. Se dijo que se había esforzado todo lo posible, por lo menos tanto como la policía, por el piadoso John Maypole. Al día siguiente, estaría en Liverpool reservando su pasaje, aunque fuese en tercera clase, para huir. Dentro de un año las tres noches pasadas en Wigan le parecerían un sueño.

Reforzado con otra ginebra, Blair aflojó la cuerda del paquete y lo desenvolvió. Apareció un par de zapatos, en realidad no eran zapatos sino zuecos, con resistentes partes superiores de cuero unidas con clavos de latón a sólidas suelas de fresno bordeadas en la parte inferior con refuerzos metálicos. Había unos tréboles, simbolo de Irlanda, cosidos en el cuero y los dedos estaban bordeados con punteras de latón. Eran los zuecos que Bill Jaxon le había ganado al irlandés.

Con gran curiosidad, Blair se sentó y se descalzó. Se puso los zuecos, cerró los broches y se puso en pie. Como la madera no se doblaba, los pies oscilaron y se levantaron los talones. El sonido de los zuecos en el suelo mientras andaba era como bolas rodantes. Pero le iban perfectamente.

CAPÍTULO NUEVE

Cuando Blair llegó al patio de la mina, los mineros del turno de día ya estaban abajo, pero Battie, el capataz, había subido en la jaula para supervisar el descenso de un poni, una yegua con crines y cola blancos como la nieve. El animal llevaba anteojeras, y arrastraba unos arreos con dos cinchas sumamente largas. Mientras Battie unía una cadena y un gancho al fondo de la jaula, un mozo de establos atraía al caballito con heno hacia la plataforma.

El capataz advirtió la presencia de Blair.

—¿Se propone dar otra vuelta por la mina? Esta vez no andaremos a gatas, ¿verdad?

—No —repuso Blair.

Y dejó caer su mochila en el suelo.

Battie acabó de enganchar la cadena y retrocedió. Estaba cubierto por una capa de carbonilla. Se protegió los ojos del sol para examinar el rostro del visitante.

—¿Se ha arrastrado entre zarzas?

—Me encontré con zarzas humanas.

—¿Lo acompaña el señor Leveret? No veo su coche.

—He venido yo solo.

—¿Y trae a cuestas la mochila? ¿Ya no pregunta por el reverendo Maypole?

—Sigo haciéndolo —repuso Blair.

Pero había dejado una nota en la recepción del hotel indicando adónde se dirigía y confiaba que Leveret aparecería por el patio de la mina en cualquier momento para comunicarle que el obispo lo había despedido.

—¿Solía venir por aquí Maypole?

—Sí. Predicaba en cualquier ocasión que se le presentaba,

era muy bueno buscando paralelismos con la Biblia: hombres que trabajan en la viña y mineros, esas cosas. Ahora me sabe mal.

—¿Por qué?

—Lamento haberle dicho que el patio de una mina no era una iglesia, que no se puede predicar entre las vagonetas y las carretas que circulan y que era bien recibido como amigo de los Hannay, pero no como ministro. Eso fue la semana anterior a la explosión. Debía haber mantenido el pico cerrado.

La jaula subió arrastrando su gancho adicional mientras los hombres tendían planchas sobre el pozo. El mozo de establos era enjuto y fuerte como un muchacho, tenía la nariz aguileña y el bigote poblado. Condujo al poni hasta las planchas y lo obligó a arrodillarse y luego a tumbarse de costado. Introdujo sus patas delanteras en la cincha y las ató con fuerza y luego hizo lo mismo con las traseras con otra cuerda, de modo que sólo le quedaron libres los cuatro cascos. Tiró de las cinchas para comprobar su tensión y después conectó una anilla en los arreos con el gancho colgando de la jaula. A un grito suyo, el montacargas subió y levantó al poni en posición sentada y luego sobre el agujero. Los hombres retiraron a un lado las planchas para abrir el pozo.

—¡Qué lindo caballito! —dijo Blair.

Battie asintió.

—Y caro. Me gustan los ponis galeses, pero andan muy escasos. Éste procede de Islandia.

—Y es blanco como la proverbial nieve.

—Bueno, no lo será por mucho tiempo.

El poni colgaba sujeto entre la jaula y el pozo. Aunque el mozo de establo le ponía heno bajo el hocico y sostenía sus riendas, el animal tenía los ojos en blanco. La sombra del caballo, la jaula y la torre se extendían por el patio.

—Es la primera vez. Ya se tranquilizará —dijo el mozo—. No queremos que se encabrite cuando lo enviemos abajo.

—Algunos ponis mueren durante el primer mes que pasan en la mina —explicó Battie a Blair—. Tal vez por falta de luz, aire o limpieza. Es un misterio. ¿Ha olvidado algo?

Blair se instaló en la plataforma.

—No, sólo se trata de algo que dijo usted el otro día. Me mostró dónde encontraron a las víctimas de la explosión, las que se asfixiaron y las que quedaron destrozadas. Dijo que había «pensado en ello miles de veces».

—Cualquiera lo haría, con semejante fuego.

—Fue la palabra *pensado*. Como si fuese algo que tratara de imaginar, algo que da vueltas en su mente. No dijo *recordar* sino *pensar*.

—No veo la diferencia —repuso Battie.

—Tal vez no la haya.

—¿Vino usted por eso?

—Es una de las razones. ¿Había algo en lo que usted estuviera pensando? —inquirió Blair.

El poni no se tranquilizaba. En lugar de ello comenzó a agitarse hasta que la jaula que estaba sobre él osciló contra los cables guía como un péndulo articulado. Cayó el heno, pajas de oro que se sumergieron en la profundidad del pozo. Cuando un poni bajaba a una mina sólo volvía a subir una vez al año durante una semana hasta que por fin quedaba cojo y lo devolvían para el carro del matarife. Pese a las riendas y los tirones del mozo, el animal retorcía la cabeza para morder la cincha. La jaula golpeaba los entibos de madera de la torre.

—Pienso en todo lo que sucede abajo. Eso hace un capataz —dijo Battie.

—No hablo de acusaciones, sino de algo que quizá no tuviera sentido.

—Señor Blair, tal vez usted no lo haya advertido, pero en un negro túnel de las profundidades de la tierra no se encuentran hombres sensatos.

La cincha se rompió. El poni coceaba libremente, giró sobre sí y propinó coces más violentas. El mozo de cuadra esquivó sus cascos, y trató de hacerlo retroceder hasta la plataforma, sujetándolo por las riendas, de modo que si se liberaba de la cincha posterior o se encabritaba no se precipitase por el pozo abierto.

—Tire hacia afuera —gritó Battie.

Pero el peso del animal comenzaba a arrastrar al mozo hacia el pozo. Los metales de sus zuecos patinaban sobre la plataforma. Battie lo asió por la cintura. Blair se quitó la chaqueta, la echó sobre la cabeza del poni y luego sujetó a Battie.

Los tres hombres se aferraron a las riendas mientras el animal se agitaba con violencia y trataba de liberarse de la chaqueta. Poco a poco, dejó de cocear. Giraba sobre sí mismo, pero cada vez con menos energía, sedado por la ceguera. Battie tomó las riendas mientras el mozo asía una capucha que, expertamente, colocó sobre la cabeza del poni al tiempo que retiraba la chaqueta de Blair que éste cogió mientras avanzaba tambaleándose hacia un entibo. La actividad se había interrumpido en el patio por causa del espectáculo. A Blair le palpitaba el corazón de modo tumultuoso. Estaba tan cubierto de espuma del animal como si hubiera rodado entre ella.

El mozo estaba furioso.

—¡No debía haber hecho eso! —exclamó—. ¿Cree que no conozco mi trabajo?

—Lo siento —dijo Blair.

—Lo ha hecho quedar como un necio —intervino Battie—. Hubiese preferido morir.

Acudieron otros mozos para arrastrar al animal a la plataforma y colocarle otra cincha nueva. En el lado opuesto, los hombres volvían a pesar las carretas, los conductores a unir las máquinas a los vagones, y los herreros a golpear el hierro. Battie gritó hacia la casa de máquinas. Un estremecimiento recorrió el cable a medida que subía, pero el animal estaba tranquilo con su capucha. Cuando el cable invirtió su marcha y se desenrolló, el animal se perdió de vista por el agujero seguido por la jaula que se detuvo, momentáneamente, a nivel de la plataforma para que Battie subiese.

—Las cifras concuerdan, señor Blair —dijo Battie al tiempo que pulsaba el timbre de bajada—. Setenta y seis lámparas, setenta y seis hombres: eso es lo que cuenta.

Blair trataba de normalizar su aliento.

—No es ningún misterio.

—¿Qué? —respondió Battie.

—Los ponis mueren de miedo.

Battie exhibió una triste sonrisa y desapareció en lo alto de la jaula que descendía ganando velocidad, pero con suavidad, anclada por el animal que pendía debajo.

Blair acudió al cobertizo de clasificación. Una locomotora sacaba un tren de vagones cargados del apartadero. Unidos sólo con cadenas, los vagones chocaban entre sí, mientras transmitían el ir y venir de la máquina. Las mineras marchaban al lado y recogían los trozos más grandes de carbón que caían.

Sobre el propio cobertizo una nube de carbonilla brillaba al sol. Blair no vio a Rose en la cribadora del apartadero ni entre las mujeres que recogían piedras y tierra de la cinta o cuidaban del carbón que caía en cascada por las rejillas. La primera vez las había visto trabajar en la oscuridad; a la luz diurna con sus uniformes —camisas y pantalones de trabajo, cabezas cubiertas con chales de franela y faldas enrolladas en la cintura— no parecían masculinas ni femeninas, sino una especie de esclavos hermafroditas. Reconoció la gran humanidad de Flo, la amiga de Rose, que se separaba de otras mujeres del fondo de la tolva y acudía a su encuentro.

—Es un caballero visitante —dijo. Y señaló hacia la torre—.
Te he visto dirigir el espectáculo.
Blair soltó la mochila de su hombro.
—Tengo algo para Rose. ¿Está aquí?
—Estaba, pero se ha lastimado. No es nada grave. Volverá
más tarde. No sé cuándo.
Extendió su negra mano.
—Dámelo: yo se lo entregaré.
—Quiero dárselo yo: tengo que hablar con ella.
—Bien. No sé cuándo regresará.
—¿Cuándo concluís el trabajo? Hablaré entonces con ella.
—A las cinco. Pero en aquel momento, cuando los hombres
salen, no es conveniente.
—Entonces, la visitaré en la ciudad.
—No: el mejor lugar es el bosque de los Canarios, el más
próximo a la mina. Se reunirá allí contigo después de trabajar.
—Si no estuviera, la buscaré en Wigan.
—Estará.
Flo se mostraba complacida con la negociación. De pronto
también parecía temerosa de seguir hablando.
—Debo regresar al trabajo —dijo.
—Si debes, hazlo.
—De acuerdo.
Se dirigió hacia la tolva del carbón. Aunque su excesiva cor-
pulencia le restaba agilidad, ni el chal ni sus negras manchas
podían disimular su satisfacción cuando se volvió a mirarlo.

Blair se detuvo a mitad de camino de Wigan. Gran parte de
la carretera discurría junto a campos de tierra recién removida.
Se proponía encontrar a la señora Jaxon, la viuda, a quien, según el diario, Maypole había visitado el día que desapareció.
Más tarde lo vieron otras personas, pero quizás hubiera dicho
algo a la mujer.
Sin embargo, descubrió que se había detenido, como si sus
piernas hubieran perdido la facultad de moverse. En lugar de
los negros campos, veía al poni que se debatía violentamente
entre sus cadenas. El miedo lo inundó como la oscuridad del
pozo, pero no era el temor a caer. Algo peor que el modo en que
la yegua agitaba su cabeza, como si pugnase por huir. Aún le cubría el sudor que semejante terror le había producido.
De pronto, se hincó de rodillas. No era la malaria. El caballo
había desaparecido, sustituido por el recuerdo de un vapor de

palas que avanzaba entre negros mares y un cielo gris. El ronco sonido de las olas competía con la desigual agitación de las ruedas laterales, mientras el barco surcaba las aguas, se balanceaba y seguía su camino. El capitán sostenía con desgana la Biblia que leía entre un fuerte viento que agitaba a los pájaros. Seis marineros sujetaban una plancha en la que yacía un cadáver envuelto en una sábana de muselina. Los hombres alzaron la plancha y el cuerpo salió disparado por los aires, como un ángel sin alas. El muchachito se asomó a la barandilla para mirar.

El fardo se detuvo sobre el mar. La sábana se había enganchado en la plancha y formado un flotante y blanco arco hasta el nudo que aseguraba el cuerpo en el primer giro de la ropa. A medida que el barco avanzaba pesadamente, el cadáver se hundió en una ola, reapareció, se balanceó junto al costado del buque y, tras sumergirse en otra ola, reapareció de nuevo. Como estaba cargado de plomo, golpeó contra el buque.

Un marino cortó la sábana que, al soltarse, siguió en seguida en pos y cayó con una sacudida, como si se liberara de todas sus sujeciones. El cuerpo, cubierto por una ola espumosa, se perdió rápidamente de vista, aunque él creyó ver la sábana en las aguas durante otro minuto. Blair, un minero a quien el muchacho y su madre habían conocido en cubierta, le dio un golpecito en la cabeza y dijo:

—Son cosas que pasan.

A medida que el joven Blair creció, la experiencia le enseñó que aquellas cosas sucedían constantemente.

Se inclinó y sollozó. Se dijo que la culpa la tenía el condenado poni; la jaula que chocaba contra los cables que servían de guía y contra el costado del barco. No recordaba cuándo había llorado por última vez, salvo que en aquel momento el recuerdo surgía doloroso de su interior. ¡El condenado poni!

—¿Está bien?

Blair alzó la cabeza y distinguió la confusa figura de Leveret que lo observaba desde el carruaje. No lo había oído llegar.

—Desde luego.

—Parece trastornado.

—Es muy observador, Leveret.

Se balanceó hacia atrás. No le hubiera sorprendido estar llorando. Tenía las costillas doloridas como si no estuviera acostumbrado a aquel tipo de ejercicio. Había caminado mucho, recordado aquel entierro en el mar y, de pronto, se había convertido en una fuente.

—¿Puedo ayudarlo?

—Si desea ayudarme, dígame que me han despedido, que la familia Hannay ya no necesita mis servicios.

—No, el obispo dice que está muy satisfecho de su trabajo. Desea que prosiga tal como lo está haciendo.

Blair se incorporó.

—¿Y qué hay de Charlotte Hannay? ¿Quiere que me mantenga alejado de ella?

—Todo lo contrario: el obispo insiste en que vuelva a hablar con su hija.

—¿Le contó usted lo sucedido?

—Dice que tiene que presentar usted la otra mejilla.

Al verlo reír entre lágrimas, Leveret añadió:

—Sin embargo, el obispo ha añadido que si no posee suficiente simpatía para hacerlo así, debe sentirse en libertad para defenderse de cualquier ataque.

—¿El obispo dijo eso? ¿Sabe que su hija no puede verme?

—Le conté lo sucedido. Charlotte y Earnshaw también lo habían informado con todo detalle. El desagradable episodio del jardín había sido escrupulosamente descrito.

«¡El episodio del jardín!» Blair pensó que era un modo muy inglés de describir cualquier cosa, desde un asesinato a un pedo. Se levantó.

—Hannay está loco —dijo.

—El obispo dice que la desaparición del reverendo Maypole es un asunto demasiado urgente e importante para que se interfiera cualquier consideración personal. Parece estar más convencido que nunca de que usted es el hombre adecuado para ese trabajo. Dijo que tal vez le conceda alguna gratificación adicional.

Blair tiró disgustado su mochila en el carruaje y ocupó el asiento contiguo a Leveret.

—No deseo ninguna gratificación ni tengo idea de cómo hacer *el trabajo*. El jefe de policía Moon cree que Maypole no aparecerá nunca. Y acaso tiene razón.

Leveret resopló.

—¿Ha estado cabalgando? ¿Lo tiró algún caballo?

Blair ponderó la pregunta.

—Algo parecido —respondió.

Se cambió de ropa en el hotel. Se sentía singularmente estimulado y limpio. Los colores eran más vibrantes, más naturales y más vivos a sus ojos. Compró una lente de aumento en una papelería para leer el diario de Maypole. Incluso tenía apetito y pidió a Leveret que visitaran una casa de comidas de Scholes para probar el pastel de conejo y la anguila encurtida.

En el interior del local había una nube de humo de pipa tan intensa que le escocieron los ojos. Se veían unas muletas y una silla de inválido junto a mesas donde ancianos con gorras y sucias bufandas jugaban a dominó y discutían, mezclados con obreros más jóvenes que se tomaban el día libre. Comían sus pasteles con navajas de bolsillo, una etiqueta que volvió remilgado y distante a Leveret. Blair estaba acostumbrado a los árabes y los africanos que comían con las manos. También sentía debilidad por aquella clase de cuadro viviente, aquella escena eterna de desdichados jugando, al igual que en Accra o Sacramento. Con los juegos llegaron dos corros rítmicos, las breves explosiones de los hombres que chupaban su pipas y los chasquidos de las fichas de marfil.

La cerveza era negra y desplegaba una onda casi visible en Leveret. Aún llevaba huellas de esparadrapo y parecía algo encorvado, como si hubiera viajado en posta.

—No había estado en ninguno de estos lugares desde que venía a escondidas con Charlotte —susurró.

—¿Venía ella aquí?

—Cuando éramos niños: nos encantaba el pastel de anguila.

—¿Charlotte Hannay? ¡No puedo imaginarlo!

—Usted no conoce a Charlotte.

—Es cerrada como un molusco.

—No. Es... por lo menos era todo lo contrario.

—¿Un pescado?

—Aventurera. Llena de vida.

—Ahora está cargada de opiniones. ¿No es demasiado joven para ser mucho más inteligente que nadie?

—Es culta.

—¿Qué significa eso?

—Que conoce a los clásicos, sabe ciencias, francés, latín, un poco de griego...

—Me hago a la idea. ¿Sabe algo sobre los mineros de ambos sexos?

—Es tradición de los Hannay escapar a la ciudad. Cuando era joven, el propio obispo estaba siempre en la parte obrera de Wigan. Los muchachos solían saltar sobre los antiguos pozos. Era una osadía, ¿sabe? Algunos no saltaban, pero Hannay era el campeón.

—Bien, eran sus pozos, ¿no es cierto? Tal vez fuera una exigencia del derecho de propiedad saltar sobre ellos. ¿Venía aquí Maypole?

—Durante un tiempo. Deseaba comer como los mineros y sufrir con ellos. Pero me confesó haber descubierto que los mineros comían muy bien: rosbif, cordero y jamón y que tomaban grandes cantidades de cerveza. John no podía permitírselo y volvió a vivir como un sacerdote.

—¿Acudía mucha gente a su iglesia?

—No. No sé si repararía en ello, pero en la oficina del periódico había un libro titulado *Los católicos de Lancashire: espíritus obstinados*. Y ello se debe a que, pese a la Reforma, Lancashire sigue siendo un condado muy católico. Y muchos también somos metodistas. Somos lo máximo en cualquier cosa. En la Edad Media, Wigan era un refugio para esclavos fugitivos: durante la guerra civil fuimos monárquicos, no como los sureños.

—¿Los sureños?

—Los londinenses. Los sureños son gente práctica que hacen lo más adecuado. La minería no es una ocupación adecuada.

—¿Calzó Maypole zuecos alguna vez?

—Para jugar a rugby porque los demás lo hacían.

—No los vi en su habitación. ¿Se los pone usted alguna vez?

—¡No, por Dios!

—¿Los llevaba cuando era pequeño?

—Mi padre nunca me lo permitió. Recuerde que fue administrador antes que yo. Por ser hijo de un minero, fue un gran progreso para él. Comenzó como oficinista, ascendió a ayudante del administrador y luego ocupó ese cargo. Decía: «¡Basta de piernas arqueadas en esta familia!» Mi abuelo tenía las piernas como arcos por acarrear carbón en su infancia, cuando sus huesos eran tiernos. Los Leveret prosperamos mucho en una generación.

—¿Como una evolución?

Leveret permaneció pensativo.

—Superación, decía mi padre. Mi abuelo materno era esclusero y yo pasaba todo el día en el canal, un canal es un lugar fascinante para un niño, entre peces, caballos y barcos, hasta que mi padre puso fin a mis visitas. Era gran amigo del jefe de policía Moon y éste siempre creyó en la superación de los obreros en general y de los mineros en particular. Aunque Moon dice que la superación comienza en el extremo de una porra firme. Es un hombre intimidante. Un jefe de policía es una persona importante en una ciudad como Wigan.

—Moon es un tonto uniformado.

—Y bastante insidioso —añadió Leveret que reprimía una sonrisa.

Blair señaló con la cabeza una mesa del rincón.

—¿Ve a ese hombre que corta las salchichas? Tiene el rostro ennegrecido de carbón, carbón en los cabellos, en las uñas y en cada rendija de su cuerpo. El chaleco de molesquín le cae por la espalda, se expresa en un lenguaje ininteligible para cualquier otro inglés y calza zuecos. Tráigalo dentro de una hora lavado, afeitado, con ropas londinenses y hablando como tal y con zapatos y no creería que es el mismo hombre. Acaso a usted no le convenciera, pero ¿es eso superación?

—¿La ropa hace al hombre?

—Y el jabón —repuso Blair.

—¿Sabe lo que piensa aquí la gente? La gente cree que la lana inglesa es el mejor aislamiento para el calor tropical. Lo piensan sinceramente. Creen que es una ventaja para los exploradores ingleses: hay que ser inglés para comprenderlo.

—Sin duda. Por eso no entiendo que el obispo esté más convencido que nunca de que soy el hombre adecuado para el trabajo. Si no encuentro a Maypole, ¿qué hago correctamente?

Leveret se esforzó por hallar una respuesta positiva.

—No lo sé —confesó—. Aunque pienso que sus enfoques son imaginativos, no creo que nos aproximen a John ni a descubrir qué le sucedió. Tras la discusión que usted tuvo con Charlotte estaba seguro de que Hannay lo dejaría marchar; en lugar de ello, le dijo, con toda claridad, que su deber era colaborar. En realidad, me ordenó que le dijera que aunque en principio Charlotte se resista, no debe desanimarse.

—Tal vez pueda encontrar a su hija desarmada o lejos de las rosas.

—Charlotte acaso parezca difícil porque defiende muchas causas y se las toma muy seriamente.

—Como Maypole. Dígame qué clase de relación tenía con él.

—Compartían los mismos ideales: mejorar Wigan por medio de la educación, la sobriedad y la sanidad.

—Si así no se gana el corazón de una muchacha, ¿con qué será? Me refiero si se cogían de las manos, se besaban o bailaban.

—No, nada ordinario ni físico.

A veces Blair se preguntaba si Leveret y él hablaban el mismo lenguaje.

—¿Eran felices? No me refiero a la elevada satisfacción de obrar bien, sino a la más baja de sentir el calor de otro cuerpo.

—No pensaban de ese modo. Eran aliados, correligionarios que luchaban por el mismo objetivo social.

Blair intentó una táctica diferente.

—Dígame, ¿advirtió usted alguna vez un desacuerdo entre ellos? Hablamos de una mujer de, digamos, temperamento inflamable.

Leveret vaciló un instante.

—Charlotte podía mostrarse impaciente con John, pero era porque deseaba ayudar a mucha gente.

—¿Tal vez también porque era hija de un obispo y él un humilde sacerdote?

—No, sólo sentía desdén por las diferencias sociales. Por ello no vive en la mansión Hannay y se niega a tener criada.

—Exactamente: da órdenes a todos los que la rodean. ¿Cómo se llevaba John Maypole con Hannay? ¿Qué pensaba el obispo de que su hija no se casara con un aristócrata?

—Un obispo y un sacerdote no suelen tener mucho que ver entre sí. Además, John es un reformista, algo que Hannay no aprueba necesariamente. El matrimonio representaría un enorme descenso social para Charlotte. Sin embargo, puesto que no podía heredar el título ni las propiedades, la cuestión de quién fuese su marido no era tan importante.

—Dígame, ¿cómo es que Hannay es al mismo tiempo obispo y señor?

—Verá, eran tres hermanos. Al ser el segundo, fue destinado a la Iglesia y el padre de Rowland, el más joven, hizo carrera en el ejército. Cuando el primogénito murió sin descendencia, masculina me refiero, el obispo le sucedió en el título.

—¿Y después del obispo?

—El hermano de Charlotte hubiera sido el siguiente en la línea sucesoria, pero falleció en un accidente de equitación hace dos años. El padre de Rowland murió en la India hace doce años, de modo que parece que Rowland será el siguiente lord Hannay.

—¿Charlotte queda excluida?

—Como mujer, sí. ¿El obispo nunca le mencionó todo esto?

—¿Por qué iba a hacerlo?

—La muerte de su hijo lo dejó trastornado. Fue entonces cuando marchó a África con usted. Tal vez por eso le tiene tanto afecto.

—¿Afecto?

Blair se echó a reír ante estas palabras.

—Charlotte también cambió. Acompañaba a su hermano

cuando sufrió el accidente. Después se convirtió en una persona más seria y eso fue lo que atrajo a John cuando vino a Wigan.

—Desde luego.

Blair comenzaba a sentir cierta simpatía hasta que Leveret añadió:

—En cierto modo usted no se diferencia de su hermano. No comprendo por qué lo desprecia tanto.

—Es el destino. ¿Escogió Maypole a Charlotte o ella a él? No tiene que explicarme rituales de apareamiento, sólo decirme quién buscó a quién.

—Considerando sus diferentes estatus sociales, sería imposible que John la abordase. Pero él adoraba a Charlotte.

—¿De modo que no puede usted imaginar a Maypole enamorado de alguien que hubiera conocido en un lugar como éste? ¿Una obrera sucia de Wigan de su misma categoría social?

—Es una pregunta muy peculiar.

—¿Cuál es el alquiler semanal de una casa de la compañía Hannay, por ejemplo en Candle Court?

—Tres libras.

—¿Y los honorarios semanales de una minera?

—Diez peniques, sin deducciones. Con ellas, menos de cinco chelines semanales.

—¿Quién dijo que Inglaterra era contraria a la esclavitud? Con lo que les queda a un par de mineras les faltarán tres libras para satisfacer el alquiler, y eso sin contar con medios para alimentarse y vestirse. ¿Está seguro de que Maypole nunca ayudó a alguna muchacha en situación semejante?

—No había nadie más que Charlotte. Debe haber otras vías de investigación, Blair.

—¿Otras líneas? Interrogar realmente a la gente representaría una campaña policial, lo que sería público y como Hannay se niega a hacerlo así, debo seguir las tenues líneas que tengo.

—¿Que son?

—La envidia. El reverendo Chubb tiene evidente aversión a su en exceso afortunado subalterno, por lo que le rompe la crisma con un candelabro y lo esconde en una cripta.

—No.

—Tampoco yo lo creo. El dinero. El señor Earnshaw, miembro del Parlamento, se entera de la apasionada campaña de Maypole en pro de las mineras, pero lo que le llama realmente la atención es que su amigo está comprometido con una mujer rica. Toma en secreto el tren hasta Wigan, le corta el gaznate a Maypole, regresa a Londres y luego vuelve a Wigan como paladín de la moral y las buenas costumbres para cortejar a la afligida señorita Hannay.

—No.

—Probablemente no. Entonces está usted, el honrado Oliver Leveret, que siempre ha amado a Charlotte y que debió de sentirse herido cuando ella, de modo perverso, escogió a su mejor amigo para compartir lecho y cuenta bancaria. Usted, que se supone que debe ayudarme y se ha limitado a describirme a un santo que nunca existió, ese Maypole que no puedo encontrar. Pero John Maypole no era un santo. Desobedeció a Chubb, y deseaba a las mineras. Es muy probable que considerase a Charlotte una arpía sustituible. Usted sospechaba que algo ocurría. Una semana antes de que desapareciera le interrogó sobre ello y aunque respondió que todo iba bien, usted comprendió que mentía. Usted es mi última línea, Leveret.

El hombre se sonrojó como si lo hubiesen abofeteado.

—John me dijo que no me preocupara. ¿Cómo sabe qué le pregunté?

—¿Por qué lo hizo?

—Estaba muy agitado.

—¿Qué le respondió con exactitud?

—Que sufría una crisis espiritual, que los mineros estaban más cerca que los sacerdotes del ideal de los Cielos, que pasaba de momentos de éxtasis a la desesperación. Pero me aseguró que estaba perfectamente.

—¿Y así se lo pareció a usted?

—Sabía que John era humano como también lo soy yo. Si amé a Charlotte, nunca aspiré a ella. Nadie se alegró más que yo por John cuando anunciaron su compromiso.

—Volvamos al éxtasis y a la desesperación. ¿Era el éxtasis una obrera y la desesperación Charlotte Hannay?

—Sólo existía Charlotte.

—¿Para los dos? ¡Vaya mujer!

—¿Sospecha realmente de mí, Blair?

—No, pero creo que es hora de que comience a ayudarme. ¿Puede hacerlo?

Leveret enrojeció hasta las raíces del cabello.

—¿Cómo?

—Consígame el sumario de la explosión de Hannay.

—Eso consiste en el informe del juez de instrucción. Ya hablamos de ello. Tenemos una copia en nuestras oficinas de la ciudad pero, como le dije, deben permanecer allí en todo momento.

—Tráigamela al hotel.

—¿Por qué?

—Me dará la sensación de que hago algo. No comprendo a Inglaterra: comprendo las minas.

—¿Algo más?

—Necesito su coche.

—¿Eso es todo?

Blair recordó al rey Salomón.

—Sí, ¿no han pasado nunca mujeres negras por Wigan? ¿Alguna africana?

—No.

—Era una ocurrencia sin importancia.

Mientras Blair se dirigía hacia la torre Hannay, se cruzaba con mineros de ambos sexos que regresaban con aire cansino a sus hogares, junto a la carretera. Viajar en el coche de Leveret lo situaba literalmente en una clase superior. No vio a Flo ni a Bill Jaxon: nadie levantó los ojos. Podía haberse tratado de un rebaño a la luz crepuscular.

Echaba de menos el sol ecuatorial y una profunda división entre noche y día, pero reconocía que la luz inglesa tenía encantos singulares. Gruesas masas de cúmulos previos a la tormenta se remontaban tan altas que un tren con vagones cargados de carbón parecía un pliegue del paisaje. Gorriones que bajaban en picado desde lo alto, de la luz a la oscuridad, en torno a los setos y a las torres de las chimeneas. Reinaba una tranquilidad que ninguna locomotora podía alterar y se percibía una agitación que no encubriría un velo de carbonilla.

Todo eran contradicciones. El obispo Hannay, a quien no le importaba Maypole, deseaba que él lo encontrase; Charlotte Hannay, la prometida de Maypole, no colaboraba, y cuanto más la exasperaba él, más satisfecho parecía el obispo. Leveret no se equivocaba al decir que Blair no comprendía. Cada día que pasaba comprendía menos.

Cerca del patio Hannay, había un grupo de sauces y robles sin hojas y de color pardo que oscilaban al viento sobre un dosel inferior de zarzas y tojos. Los endrinos mostraban blancos brotes. Por lo demás, el último vestigio del bosque de Wigan era tan monótono como un plumero. No había ningún acceso por carretera ni rastro alguno de Rose Molyneux. Blair ató el caballo y descubrió un sendero que se perdía entre los arbustos. Para salvaguardarse de las espinas, las apartó con su mochila de cuero.

En el bosque se refugiaban topos, zorros y armiños; quedaba escasa vegetación silvestre alrededor de las minas y Blair casi sentía a su alrededor la actividad animal concentrada. Al cabo de unos minutos llegó a lo que consideró el centro de aquel bosquecillo, un pequeño claro en torno a un abedul plateado, y distinguió a un pinzón instalado en una rama que profería un chorro de notas musicales. Enmudeció asombrado, como si al visitar una ruina urbana se hubiera encontrado con una antigua capilla en miniatura y el propio pinzón tirara de las cuerdas de la campana.

—Es un canario —dijo Rose.

Había surgido de la sombra de un sauce, aunque a la luz menguante con su chal y la carbonilla que le cubría el rostro parecía una sombra de sí misma. Llevaba una fiambrera en la mano.

—¿Cómo es eso? —preguntó Blair.

—Se escapan de la mina o a veces los sueltan y éste es el primer bosque que encuentran en su vuelo. Entonces, se mezclan con los pájaros que hay aquí.

—Resulta difícil de creer.

—A mí, no.

Llevaba el cabello suelto en tirabuzones castaño rojizos, su chaqueta de pana parecía de terciopelo por la carbonilla y lucía una cinta de satén en el cuello para equilibrar el conjunto. Al ver su mano vendada, Blair recordó que, según dijera Flo, había sufrido un accidente.

—¿Estás herida?

—No servimos té, clasificamos carbón. A veces aparece alguna piedra afilada en la cinta. ¿Qué tenías que decirme?

El abedul se iluminó. El pájaro, sorprendido, huyó volando seguido por el estallido de un trueno. En aquel instante de claridad Blair comprendió que era la primera vez que veía a Rose con buena luz. Siempre estaba semicubierta de polvo o iluminada débilmente con una vela o una lámpara. El relámpago mostró una frente tan alta como la de Charlotte Hannay, pero sobre unos ojos más brillantes, y una nariz igualmente fina sobre una boca más relajada y más plena, roja contra la negra mejilla. Parecía más alta que Charlotte, pero aparte de eso, su presencia física era más viva, una civeta comparada con un gato doméstico.

—Deseo que devuelvas algo en mi nombre —dijo Blair.

Y sacó de su mochila los zuecos que le habían sido entregados en el hotel.

—Me los envió Bill Jaxon. Lo vi ganárselos a un irlandés a quien dejó medio muerto. Me consta que Jaxon es tu novio. Creo que él imagina que tengo las miras puestas en ti y estos zuecos son una advertencia de que si no te dejo en paz irá a por mí. Dile que he recibido el mensaje y que no necesito zuecos.

—Son preciosos, con los tréboles —repuso Rose.

Y contempló la costura y las punteras reforzadas con latón.

—Pues al irlandés no le reportaron ninguna suerte.

Tendió los zuecos a Rose que seguía sin cogerlos.

—¿Temes a Bill?

—Desde luego. Es violento y ni la mitad de necio de lo que aparenta.

—¡Oh, le gustará esta descripción!

—No tienes por qué repetírsela.

—¿Tal vez te molestan los zuecos? ¿Te has vuelto distinguido y prefieres pistolas o espadas?

—Prefiero no tener ningún problema. La única razón de que hablara contigo la primera vez fue para preguntarte por John Maypole.

—Viniste dos veces —observó Rose.

—La segunda, por la foto que Maypole conservaba de ti.

—Y prometiste no volver a molestarme.

—Y trato de no molestarte, créeme.

Comenzaban a caer unas gotas de lluvia entre los árboles. Rose se mostraba indiferente; representaba su papel como una actriz en escena.

—Si yo fuese la señorita Hannay sería diferente. Si fuese una dama, no vendrías a tirarme los zuecos a la cara, ni me agobiarías con preguntas como un inspector muerto de hambre.

—Rose, tu amiga Flo dispuso que nos encontrásemos aquí. No te tiro los zuecos: intento dártelos. Y en cuanto a la señorita Hannay, eres mucho más dama que ella.

—Reconoce que eres un cobarde. No me digas dulces palabras.

Blair perdió la paciencia.

—¿Te llevas los condenados zuecos?

—¿Lo ves? ¿Hablarías así a una dama?

Con Rose nada sucedía como esperaba. Mientras la lluvia caía con más fuerza y se le pegaban los cabellos a la sucia frente, aún era él quien se sentía sucio y mojado.

—Por favor —insistió.

Ella se puso las manos en la espalda.

—No sé. Un famoso explorador como tú podría responder a Bill en persona. Tienes todo el mundo para ocultarte si en Wigan no te sientes bastante a salvo.

—¿Qué quieres, Rose?

—Dos cosas. Primero que me lleves a la ciudad en el coche: me apearé cuando estemos próximos. Luego debes prometerme que jamás volverás a mi casa ni me molestarás cuando esté en el trabajo. No necesito a otro Maypole.

La comparación con Maypole le escoció en lo vivo.

—Llévate estos zuecos y no volveré a molestarte, Rose.

—Me los llevaré tan sólo con esa condición.

Mientras Blair la acompañaba llegó la tormenta agitando las ramas de los árboles. Se preguntó por qué llevaba la marcha cuando Rose conocía el camino por el bosque mejor que él, pero ella parecía esperarlo así, como la princesa de un pequeño reino.

CAPÍTULO DIEZ

—Bajé al pozo cuando tenía seis años. Nos subían y bajaban en cestas. Trabajaba con un soporte de lona y su marco para que entrase el aire: de otro modo la gente que estaba abajo no podría respirar y moriría.

»Cuando cumplí los ocho, ya estaba bastante crecida para arrastrar el carbón. Me pasaban una cadena por el cuello y entre las piernas para tirar de él, al igual que a mi madre y a todas mis hermanas. Era una muchacha fuerte y arrastraba unos veinte quilos. En aquel pozo no había ponis. Era tan estrecho que uno apenas podía moverse.

»¿Si hacía calor? Arriba, donde cogían el carbón, todos iban desnudos, como Adán y Eva. Nos arrastrábamos entre agua y mugre. Y a las muchachas les sucedían cosas. Entonces llegó la gran Reforma y el Parlamento ordenó que las mujeres estuvieran en la parte superior de la mina; no por causa de nuestro trabajo, sino por nuestra moral. Y así me convertí en minera.

»¡Ah, no me importaba trabajar: clasificar el carbón, vaciar carretas en los vagones! En invierno hacía frío y la gente bailaba para mantenerse caliente. No hay nada peor que helarse. Mi primera hija entró a trabajar en la fábrica de cerveza, quedó atrapada entre dos vagones y murió aplastada. Tenía diez años. Los propietarios y los administradores nos dieron cinco chelines por ella. Tal era la prima en caso de muerte: cinco chelines para la hija mayor y tres para cualquiera que la siguiese.

—¿Qué hizo usted? —inquirió Blair.

—Una reverencia y decir: «Sí, señor; no señor, tres bolsas llenas, señor.»

La tetera comenzó a hervir y Mary Jaxon la pasó a un quemador frío y metió en ella una pelota de té. El núcleo hogareño de cualquier minero se centraba en su cocina económica. La pantalla estaba bruñida como un espejo y del horno surgía olor a pan. La distribución de la casa era idéntica a la de Rose Molyneux, pero en la cocina de Mary Jaxon había una docena de chiquillos amontonados en la escalera que no apartaban sus ojos del visitante.

En torno a la mesa estaba Blair y un círculo de vecinos, mineros de cuellos negros y ojos enrojecidos, todos ellos desconocidos para él, salvo el pequeño mozo de establos que lo había maldecido en la mina Hannay. Tras ellos estaban sus mujeres: se comprendía que los hombres que regresaban del trabajo tenían preferencia para ocupar las sillas. Aunque las mujeres cubrían sus raídos vestidos con sus mejores chales, por el modo en que doblaban sus nervudos brazos y entornaban los ojos detectó Blair un nivel general muy elevado de sospechas. Al igual que Mary Jaxon, habían salido de la mina para instalarse en una casa adosada y parido niños cada año, mientras que los salarios de sus esposos se reducían en verano cuando menguaban los precios del carbón o cesaban por completo durante las huelgas. Mary Jaxon era una anfitriona singular, como la madre de una manada de lobeznos, una combinación de ferocidad y hospitalidad. Blair había devuelto el carruaje a Leveret y acudido a pie para no llamar la atención, pero Mary Jaxon había salido en seguida por la parte posterior de su casa y avisado a los vecinos de toda la callejuela. Dijo que Scholes era una especie de comunidad donde se compartían las visitas interesantes.

—¿Le gusta el té? —preguntó Mary.

—Sí, un poco, gracias —repuso Blair.

—¿Es americano de verdad? —preguntó una niña desde el peldaño de en medio.

—Sí.

—¿Un piel roja? —insistió un muchacho desde el fondo de la escalera.

—No.

Lo observaron con fijeza, sin desalentarse, como si pudiera convertirse en uno de ellos.

—¿De qué hablaron la última vez que el reverendo Maypole vino por aquí? —preguntó Blair a la señora Jaxon.

—De los beneficios que Dios da a los obreros: paciencia, sufrimiento y cuanto los ángeles nos suministran. Para las mujeres los beneficios son dobles.

Los mineros se removieron incómodos en sus asientos, pero las señales de asentimiento de las mujeres afirmaron que Mary Jaxon había hablado por ellas.

—¿Algo más? —preguntó Blair.

—El reverendo Maypole quería que todos nos arrodilláramos y rezáramos por la salud del príncipe de Gales que estaba resfriado. Tenemos a la reina con su inmensa familia alemana y no los colgamos, me parece que pueden considerarse afortunados.

Por la escalera sonaron risitas contenidas.

—Era estupendo en deportes cristianos —intervino uno de los presentes.

—¿Como por ejemplo? —se interesó Blair.

—En cricket —exclamó un pequeño desde la escalera.

—En rugby —añadió un muchacho mayor al tiempo que daba un puñetazo en el aire.

—Recordad, a la mañana siguiente setenta y seis hombres yacían como cerillas consumidas en el pozo de la mina Hannay y nadie advirtió la presencia de ningún sacerdote —intervino Mary Jaxon—. Por lo menos que pudiera levantar a los muertos. ¿Comprende cuanto le digo?

—Sí —repuso Blair.

También comprendía que no conseguiría más información. Pensó que tal vez fuese por causa de la explosión. Cada familia había perdido a un hijo, padre, hermano o, por lo menos, a un amigo. Tal vez por eso estaban en la cocina, porque los salones se utilizaban para exponer a los muertos. Probablemente a la señora Jaxon y a sus vecinos les disgustaban sus preguntas. En todo caso, se disponía a marcharse aunque cuantos se encontraban en la cocina lo seguían mirando mudos y expectantes.

—Háblenos de África —dijo Mary Jaxon.

—¿De África?

—Sí.

La mujer miró hacia la escalera.

—Los niños no saben nada del mundo. Serán ignorantes toda su vida. Creen que no pueden entretenerse en leer o escribir porque tendrán que bajar a la mina.

—¿Una conferencia para los niños? —preguntó Blair.

—Si no le importa.

Blair sabía que en Wigan disfrutaban de pocas diversiones. Le constaba que había un mundo donde una sinfonía reunía a una multitud. Aun así, también le sorprendía que otros viajeros que regresaban de África pronunciaran sus charlas en la sala cartográfica de la Royal Society. Se trataba de caballeros, desde luego, de exploradores famosos, con trajes de etiqueta, invitados oficiales, champaña, brindis y una medalla de plata de la

Sociedad. Blair nunca imaginó que le dieran ninguna, pero la disparidad era manifiesta. La Sociedad tenía mapas e informes suyos, incluso una o dos monografías, y allí se encontraba él en su debut en Wigan, en una cocina bañada en los densos olores de coles y lanas mojadas, acompañado por algún que otro golpe de zueco de los niños contra la escalera.

Se levantó.

—Tengo que irme. Gracias por el té.

—¿Es el Blair de África? —preguntó un minero.

—Tal vez no. Buena noches.

—Lo sabía: es un impostor —dijo la mujer del minero.

Al atravesar el oscuro salón hacia la puerta principal tropezó con una mesa. Se detuvo bruscamente, se contempló en un espejo ovalado que estaba junto al perchero y vio a un hombre enjuto, dispuesto a marcharse a toda prisa, como un ladrón, aunque él no había cogido nada salvo la opinión honesta de aquella gente sobre él. Desde luego que una opinión honesta nada tenía que ver con él. Era un don, puesto que ellos poco más tenían que dar. ¿Qué importaba? Aquello no tenía nada que ver con él, en absoluto.

—Se me ocurre algo —dijo mientras regresaba a la cocina.

Los adultos aún cambiaban expresiones indignadas por su marcha. La mitad de los niños habían salido en tropel por la escalera, pero regresaron al oírlo. Blair se sentó como si no se hubiera marchado.

—Si van a África o a algún otro lugar del mundo tienen que saber escribir de un modo legible y leer de manera que comprendan la lectura. Un perfecto ejemplo de ello lo constituye el difunto gobernador de Sierra Leona, sir Charles Macarthy, que dirigió a un millar de soldados fanti contra los ashanti de la Costa de Oro. Aunque los exploradores advirtieron al valiente Macarthy de cuán superiores eran las tropas enemigas, se negó a ordenar la retirada y los dos ejércitos se enfrentaron en la batalla de Assamacow.

Su público, incluso el mozo de cuadras, volvieron a ocupar sus asientos y posiciones. Mary Jaxon sirvió más té.

—Los fanti eran soldados leales adiestrados al estilo británico, pero los ashanti pertenecían a un reino que no sólo había conquistado a otras tribus africanas, sino que había resistido a daneses, holandeses y portugueses. El destino de África occidental se hallaba en juego. Aunque Macarthy era un valeroso general, las huestes enemigas brotaban por todas partes. La lucha era reñida, primero con rifles, luego con lanzas y espadas.

Entonces le sucedió a Macarthy lo peor que podía ocurrirle: se le agotaron las municiones.

Blair hizo una pausa para tomar un trago de té. Desde la escalera, una diagonal de ojos seguían todos sus movimientos.

—Por fortuna, contaba con un excelente mensajero. Macarthy escribió un mensaje al oficial encargado del armamento solicitando municiones y el mensajero partió corriendo precipitándose entre una momentánea brecha de las filas enemigas. Macarthy y sus aliados fanti resistieron inexorables, economizando sus disparos. Pueden imaginar el alivio que sintieron cuando el hombre regresó siguiendo la orilla del río y conduciendo dos mulas cargadas con cajas. E imaginen, después, su desencanto e incredulidad cuando, al abrir las cajas, se encontraron con que no había municiones sino macarrones. El oficial no había leído correctamente la petición de su superior. Agazapado bajo las balas enemigas, Macarthy escribió una segunda nota. De nuevo el mensajero se escabulló entre mudantes nubes de humo. Y Macarthy y sus leales y menguantes tropas resistieron una vez más, en esta ocasión sin municiones, defendiéndose sólo con el acero. Y una vez más el mensajero atravesó el asedio y regresó con otras dos mulas y cajas que se apresuraron a abrir.

Blair bebió de nuevo, con gran lentitud, y depositó su taza en la mesa.

—Más macarrones. Sencillamente, el oficial no lograba entender la escritura de Macarthy. El resto de la historia es bastante desagradable. Los ashanti los arrasaron por completo. Los fanti fueron exterminados hasta el último hombre. Macarthy combatió hasta el final, se apoyó en un árbol y se pegó un tiro antes de ser capturado. Probablemente actuó de modo sensato. Los ashanti lo decapitaron y cocieron sus sesos, asaron el resto y se llevaron su cráneo a la capital de su país para adorarlo junto con otro montón de cráneos de enemigos que habían admirado, porque Macarthy había sido un valeroso combatiente, aunque un calígrafo muy malo.

Reinó un profundo silencio. Alrededor de la mesa los rostros estaban enrojecidos y con expresiones cálidas.

—¡Diablos, ha sido fascinante! —exclamó un hombre y se reclinó en su asiento.

—Y toda la historia consistía en los macarrones —añadió una mujer.

—¿Es cierta? —inquirió el hombre.

—Desde luego, para tratarse de una historia africana. En

realidad, es una de las más auténticas que conozco —repuso Blair.

—¡Coño! —exclamó un muchacho.

—¡Cuida lo que dices! —lo amonestó su madre.

—¿Hay minas de oro en la Costa de Oro? —se interesó un minero adelántandose en su asiento.

—Sí, y depósitos de granito, gneis y cuarzo que sugieren que existe mucha más cantidad de oro sin descubrir. Una persona que aprendiera algo de geología tendría muchas ventajas.

—Cuando se trata de carbón aquí todos somos geólogos.

—Es cierto —dijo Blair.

—¿Ha matado usted algún gorila? —preguntó el niño más pequeño.

—No, nunca he visto a un gorila.

—¿Y elefantes?

—No he cazado ninguno.

—Los exploradores de verdad lo hacen —aseguró el niño.

—Lo he advertido. Los exploradores de verdad viajan por lo menos con cien mozos que transportan jabón y vinos delicados, pero el explorador está obligado a conseguir carne fresca para la expedición. Además, él tiene rifles. Puesto que me acompañaban pocos hombres sólo maté antílopes, que son como los ciervos.

Por fin tomó la palabra el mozo de cuadras.

—Así pues, allí un hombre podría hacer una fortuna en oro.

—Sin duda alguna. Aunque es más probable que fallezca de malaria, parásitos o fiebre amarilla. Yo no enviaría allí a nadie que tuviera familia o posibilidad de ser feliz más cerca de su hogar.

—Tú fuiste.

—Con anteojeras, si sabes lo que eso significa.

—Lo sé —repuso el mozo con una sonrisa.

Blair les explicó cómo preparar ratas y murciélagos secos, beber vino de palma, resistir a los vientos de la estación seca y a los tornados de las lluvias, despertar con los gritos de los monos y acostarse con las locas risas de las hienas. Cómo dirigirse al rey de los ashanti, a través de un intermediario, mientras que el rey permanece sentado en un trono de oro bajo un parasol también áureo y simula no oír nada. Cómo retirarse de la presencia real retrocediendo e inclinado. Que el rey se mueve lenta y majestuosamente como la reina Victoria, pero que es más grande y oscuro y viste ropas más ostentosas.

Las preguntas que brotaban por la cocina no tenían la malicia de un salón. Su interés era tan puro e intenso que iluminaba los rostros de padres e hijos como si se hubiera abierto una ventana al sol. Aunque sus respuestas no eran el discurso que él hubiera imaginado dar, sino más bien la especie de equipaje informe de impresiones que un viajero abre para unos parientes reunidos, la experiencia seguía siendo singularmente grata.

Cuando una hora después salió de casa de Mary Jaxon, descubrió que se había olvidado de la lluvia, un frío e intenso diluvio que caía como una cortina de la línea de tejados. Las tiendas habían cerrado sus persianas, cervecerías y bares quedaban ocultos bajo el aguacero. Las calles estaban casi limpias de vagonetas y, desde luego, no había coches de alquiler. Se bajó el ala del sombrero y emprendió el camino hacia su hotel.

Las lámparas iluminaban tan sólo las esquinas de largos y oscuros bloques. Se formaban lagos en los puntos donde las calles se habían hundido sobre antiguos pozos de minas. Se encontró dando un rodeo por calles laterales y callejuelas traseras para buscar el camino hasta el centro de la ciudad. Aunque cuanto más se alejaba más estrechas se volvían las callejuelas y más pozos de ceniza y menos gente veía. Le parecía hallarse atrapado en un laberinto de vallas de patios traseros, palomares y pocilgas. Los vecinos, sin duda, conocerían un camino mejor pero, cuando se decidió a preguntar, no encontró a nadie a quien dirigirse.

Había pasado media vida tratando de encontrar el camino. Nunca le había importado preguntar dónde se encontraba. A los africanos les encantaba dar direcciones: la etiqueta africana podía convertir instrucciones sencillas en una hora ineludible de socialización. En aquellos momentos trataba de situarse y ni siquiera había un africano a la vista.

Cuando salía de una callejuela, se encontró en un campo de altas hierbas y cardos que se levantaban hasta un horizonte bordeado con el resplandor sulfúrico de los hornos de las fábricas que aparecían y desaparecían entre la lluvia como una iluminación en cadena. Subió a la cresta y descubrió que concluía bruscamente en una duna negra que se extendía en la oscuridad en todas direcciones. La duna estaba formada por escoria, la montaña de roca y tierra y carbonilla que quedaba cuando concluía la existencia de una mina tras haber sido trabajada, agotada y abandonada. La escoria se había desplomado por su propio peso en los entibos derrumbados de la mina como la caldera de un antiguo volcán. Y al igual que en un volcán persistían allí rastros opalescentes de vida, destellos de velas votivas mientras la carbonilla se calentaba y encendía de modo espontáneo con la escoria produciendo llamas azuladas relativamente inofensivas que se abrían camino por la tierra asomando aquí y acullá, un segundo en cada lugar, como evanescentes, casi animados, diablillos ígneos. La lluvia no podía apagarlos; en realidad, los provocaban las bajas presiones.

Había suficiente iluminación para que Blair distinguiera un horno de piedra abandonado del muñón de una chimenea que asomaba por el borde de la hierba y, en el punto más profundo del pozo de escoria, un charco negro donde el resto de la chimenea se levantaba en diagonal desde el centro. La profundidad de las aguas dependería de lo alta que fuese la chimenea. Incluso había bastante luz para que pudiera utilizar su brújula.

—¿Te has perdido?

Era la voz de Bill Jaxon, la última persona que Blair desearía encontrarse. Acababa de comprobar la brújula y descubrió que había cambiado de dirección y se dirigía hacia el norte. Si sorteaba la escoria hacia el oeste, podría conectar de nuevo con calles que lo devolverían al puente Scholes.

—Te he preguntado si te has perdido.

Bill surgió de la sombra de la callejuela y avanzó hacia la cresta donde Blair se encontraba.

—Ya no, gracias.

Jaxon pasaba a Blair más de media cabeza. Con su gorra y largos cabellos, la chaqueta de lana ajustada y la blanca bufanda que intentaba volar al viento mientras azotaba la fachada de la escoria, parecía aún más alto. ¿O acaso fueran los zuecos? Blair se recordó añadirle tres centímetros por ellos.

—Te dije que no molestaras a Rose Molyneux, pero no dejas de hacerlo. Y ahora te dedicas a mi madre. ¿Por qué haces eso?

—Estoy preguntando por el reverendo Maypole, al igual que te pregunté a ti. Eso es todo.

—¿Crees que Rose o mi madre le hicieron algo al reverendo Maypole?

—No. Sólo pregunto qué dijo Maypole, qué impresión producía, lo mismo que a todo el mundo.

—Pero te dije que no lo hicieras.

Era cierto. Blair confiaba disuadirlo de su postura. Lo principal era no hacer quedar mal a un adversario, ashanti, fanti, mexicano o lo que fuese, y carecer de amor propio. De todos modos, se guardó la brújula en el bolsillo para tener las manos libres.

—El obispo me contrató para hacerlo, Bill. Si no lo hago yo, se encargará otra persona.

—No, no lo harán. Esto no tiene nada que ver con encontrar a Maypole.

—Para mí se trata sólo de Maypole.

—Pero me has puesto en evidencia. La gente se ha enterado de que frecuentas a Rose y me pones en ridículo.

—Lo comprendo. Lo último que deseo es ponerte en ridículo, Bill. Tú eres aquí el campeón, el soberano del infierno. No soy siquiera un contrincante.

—No eres luchador.

—Ni amante. Soy un ingeniero de minas al que le esperan ahora mismo en el otro extremo del mundo, pero no puedo marcharme hasta que descubra qué le sucedió a Maypole.

Regueros de agua se deslizaban por su nuca y bajo su cuello. El rostro de Bill bajo la gorra estaba tan pálido como el mármol. Miró los pies de Blair.

—¿Qué calzas?

—Zuecos, no. No voy a luchar.

—¿Tienes miedo?

—Sí.

Bill pareció ponderar el problema.

—Me gustaría tener otra elección.

—La tienes.

—¿Pero recibiste los zuecos?

—Recibí tu regalo. No, gracias. Se los di a Rose para que te los devolviera.

—Volviste a ver a Rose.

Una pregunta sin respuesta. Blair tuvo la sensación de caer de lo alto de una escarpada escalera, de que las palabras, por mucha labia que tuviera, nunca sustituirían a las alas.

—Para devolverle...

No distinguió la patada. La pierna izquierda le quedó paralizada desde la cadera. Bill saltó atrás rápidamente, con gran ligereza para un hombre tan corpulento y utilizando su otro pie como una guadaña, alcanzó las dos piernas de Blair, que aterrizó de costado y rodó tras esquivar una patada que rastrilló su espalda.

—Te dije que te apartaras de Rose, ¿no es cierto? —dijo Bill.

Blair se hincó de rodillas con la pierna izquierda entumecida. Bill fintó a uno y otro lado, y Blair se agachó a tiempo evitando un zueco dirigido a su rostro y se arrastró hacia atrás para escapar de la patada subsiguiente. Pensó que aquella situación era algo ignominiosa. Había sobrevivido a ataques con lanzas y fusiles en las partes más exóticas del mundo, y estaba a punto de ser pateado mortalmente en una ciudad minera inglesa.

Una patada le alcanzó sobre la oreja y vio volar gotas de sangre hacia un lado. Jaxon saltaba de izquierda a derecha y jugueteaba con Blair hasta hacerlo resbalar por el borde de las hierbas con una rodilla en la escoria. Le escocieron los ojos al recibir una ráfaga de viento cargada de carbonilla.

—Si me matas te buscarán, Bill.

—No será así si desapareces.

—¿Deseas que me marche de Wigan, Bill? Dame un par de días más y me iré.

Por un momento Bill pareció inseguro. Paseó su mirada por la escoria hasta el agua del fondo.

—No te encontrarán —dijo.

Bill simuló retirar el pie. Blair lo esquivó y aquel movimiento lo hizo resbalar sobre el borde de hierba y caer en el vertedero, que estaba caliente, casi tórrido. Al verlo seminadando, a punto de subir, Jaxon le pisó la mano.

—Debías haber traído los zuecos —le dijo.

Blair asió a Jaxon por el tobillo. En lugar de limitarse a retroceder, Bill trató de liberarse y Blair cambió su presión al otro tobillo. Cuanto más se revolvía Bill, más perdía el equilibrio hasta que cayó junto a Blair en el vertedero y ambos resbalaron entre oleadas de negro polvo. Las llamas los tocaron brevemente, de modo inofensivo. Ambos rodaron hasta el fondo de la ladera, junto al borde de las aguas.

El pozo de escoria era como una copa cenagosa en el fondo, peor para quien calzara zuecos que zapatos. La chimenea se elevaba como un cañón hundido que apuntara al cielo. Al levantarse, Blair no permitió que Jaxon tuviera espacio para seguir dándole patadas. Golpeó a su adversario en el rostro, se adelantó y lo siguió golpeando hasta que Bill retrocedió entre las aguas y se hundió en ellas en toda su estatura. Blair pensó que la chimenea era alta.

Jaxon se revolvió entre el líquido al tiempo que balbucía:

—¡No sé nadar!

Blair le dio una mano y, cuando lo sacaba, le golpeó y observó cómo se hundía por segunda vez.

Bill emergió a la superficie.

—¡Por Dios! —exclamó.

Blair lo dejó balancearse unos momentos y lo despidió de nuevo. Le ofreció su ayuda y cuando Jaxon se balanceaba sobre la orilla, le golpeó con más fuerza que antes.

Transcurrió un minuto antes de que Bill flotase de nuevo en la superficie, boca abajo. Blair lo asió por los cabellos y lo arrastró hasta el banco de arena. No respiraba. Lo volvió y le bombeó la espalda hasta hacerle despedir una bocanada de agua pestilente por la boca. Satisfecho al comprobar que seguía con vida, le quitó los zuecos y los arrojó en el charco.

Blair se arrastró por la arena, se revistió de una segunda piel de negro polvo y perdió la mitad de su avance al deslizarse en cada trozo que subía. Las llamas surgían de la escoria a ambos lados como flores y desaparecían con igual rapidez. Su pierna izquierda no funcionaba bien, ni la mano en la que Bill le había pisado. Al final logró avanzar débilmente hacia la misma cresta por la que había caído. Vio que lo aguardaban, ensombrecidas por la lluvia y la oscuridad, la hilera de tejados de las casas adosadas y las chimeneas y lo que parecía una solitaria figura sin cabeza.

—¿Está muerto? —le preguntó aquel personaje.

—No —repuso Blair en cuanto alcanzó la cresta y se puso en pie tambaleante.

Advirtió que su respuesta causaba estupefacción. Se abrió una mirilla y aunque el foco de una linterna sorda lo cegó, logró distinguir a la minera Flo que cubría su cabeza y hombros con un chal brillante bajo la lluvia.

—Entonces será mejor que corras —dijo.

Blair, apoyado en la pierna sana, se imaginó a sí mismo saltando a la pata coja por las callejuelas.

—No creo que pueda correr a ningún sitio.

—Te ayudaré.

Flo le ofreció su espalda para apoyarse: era como sujetarse a una locomotora que lo arrastraba al mismo tiempo que lo conducía alumbrándose con su linterna. Hubiera comprendido que ella escogiera las callejuelas en lugar de permanecer en algún lugar próximo a la arena, pero la mujer prosiguió su marcha entre los patios posteriores sin atajar por las calles, aunque tuvieran ocasión de ello. A través de las planchas de las vallas, Blair distinguió el blanco destello de algún palomar. En aquel punto no necesitaba una brújula para saber que no lo conducía a su hotel.

—¿Adónde vamos?

Flo no respondió. Como una máquina siguió avanzando por un sendero embarrado, con tablillas y giros perpendiculares hasta que abrió una valla en la que Blair ni siquiera había reparado. Un cerdo gruñó y se escabulló hacia un rincón. Peldaños de ladrillo conducían entre tinas hasta una puerta posterior por la que Flo le instó a pasar.

159

Ya en el interior, lo hizo sentarse en una silla. La habitación estaba oscura salvo por la chimenea. Paseó la linterna por él.

—Estás sucio y ensangrentado, pero a salvo.

Tenía una pierna insensible y le latía levemente. Se rozó con suavidad la sien y notó que sus cabellos estaban enmarañados y que le pendía un esponjoso colgajo de cuero cabelludo. Se sentía bien, entre cierta seguridad. Mientras Flo encendía la lámpara, se recostó en el asiento y cerró los ojos. La oyó atizar el fuego. Un olor cálido a azúcar y a leche dulce se infiltró entre su dolor de cabeza. Se adelantó en el asiento y miró. El fuego procedía de un horno y una tetera hervía lentamente sobre la cocina económica. Por la escalera se veía un espejo de cuerpo entero que le resultó familiar. Flo, arrodillada, se volvió al oír unos pasos por la escalera.

Rose Molyneux apareció en la cocina. Llevaba una sencilla blusa de muselina y falda y sus cabellos, despeinados y mojados tras el baño, parecían tirabuzones cobrizos. Su mirada era sombría, cargada de ira.

—¿Qué hace aquí este hombre? —exclamó.

—Seguí a Bill como dijiste. Se pelearon y no supe dónde llevarlo. Está herido.

Blair pensó que era un espectáculo sorprendente: Rose dominaba la estancia de un modo que amedrentaba a aquella mujerona.

—Has sido muy necia al traerlo aquí. El señor Blair está negro como un minero, eso es todo: sólo necesita agua y jabón para cambiar de aspecto.

—Es el último lugar donde quisiera estar. Créeme —dijo Blair.

—Y tú la última persona a quien querría ver: estamos en paz —respondió ella.

—Tan sólo debías devolverle los zuecos a Bill, como te pedí, Rose, y decirle que le perteneces a él en exclusiva, y que yo no deseaba luchar. Entonces Bill no hubiera tratado de matarme y no estaría aquí en estos momentos.

—No soy una doncella para hacer tus recados.

Señaló con el atizador hacia un rincón de la cocina.

—Allí están los zuecos: llévaselos tú mismo.

—No puede ir a ningún sitio —intervino Flo—. Mira cómo tiene la cabeza.

Rose le cogió la linterna a Flo y pasó la mano por la cabeza de Blair, primero con rudeza y luego con más cuidado. Sintió que se ponía en tensión al notar algo.

—Tal vez con agua y ginebra —dijo.

Flo alimentó el fuego para calentar agua. Rose administró la ginebra a Blair. Un artículo de comercio que siempre podía conseguirse en África era excelente ginebra holandesa, de modo que había constantes en la vida.

—¿Por qué no buscáis a un médico? —preguntó.

—Necesitas a un cirujano. A estas horas está borracho y no confiaría en él ni para coser a un gato.

Blair se sintió mareado. La escena de las dos mujeres y el vivo fuego encendido parecía flotar a su alrededor. La tapa de la tetera comenzó a tintinear.

—El agua está preparada —dijo Flo.

Y arrastró una tina de cinc por el suelo hasta el fuego.

Rose se puso un delantal y aguardó con las manos en las caderas.

—¿Y bien? —dijo.

—No puedo bañarme solo.

—Tienes más cosas de las que preocuparte que de la suciedad. De todos modos he visto antes a hombres desnudos y tú me has visto a mí.

Aquello era cierto, aunque Blair estaba seguro de que ella era mucho más atractiva desnuda. Se quitó las botas y los calcetines, se puso en pie tambaleándose y se apoyó en la mesa para quitarse la camisa. Al bajar la vista advirtió cómo se había concentrado la carbonilla en el centro de su pecho. Abrió los pantalones y los calzoncillos y sacó las piernas de ellos sintiéndose más avergonzado que desnudo. En la Costa de Oro siempre había sido consciente de cuán pálido y flaco se veía. Y, en Wigan, resultaba lo mismo.

Moverse lo mareaba. Flo le prestó su brazo para ayudarlo a arrodillarse sobre el fondo acanalado de la tina. Rose abrió la rejilla del horno. Con un paño sacó una sartén metálica de los rescoldos y de ella retiró una aguja al rojo vivo que dejó caer en un cuenco de agua. Blair percibió el silbido del metal al contacto con el agua.

—¿Ganáis realmente diez peniques diarios? La esclavitud no ha concluido todavía.

—Eso no es asunto tuyo —dijo Rose.

—¿Y pagáis tres libras semanales de alquiler? ¿Cómo os las arregláis? Tal vez recojáis algo más que carbón.

—Bébete esto —dijo Flo entregándole una segunda copa de ginebra.

En la mano de Rose aparecieron unas tijeras.

—¿Vas a cortarme el pelo? Esto parece la última indecencia.

—Ahora verás lo que voy a hacer.

Oyó el chasquido de las hojas y advirtió cómo caía al suelo el enmarañado cabello, pero no pareció experimentar sensación alguna en aquel lado de la cabeza. Nada tenía sentido. Pensó que debería encontrarse en un quirófano. ¿No eran una gloria de la civilización los expertos médicos? Advirtió que las lámparas de gas de la cocina de pronto recobraban su luminosidad.

—No irás a llorar como un niño, ¿verdad? —preguntó Rose.

Estaba equivocado, tenía sensaciones en aquel lado de la cabeza. Cuando ella le echó el cuenco de agua fría, él tuvo que sofocar el grito apretando los dientes. Flo le dio un harapo retorcido para que lo mordiera y entregó a Rose una aguja e hilo rojo.

—Piensa en África —dijo Rose.

Blair pensó en Bill Jaxon. Si Jaxon hubiera deseado matarlo antes, en adelante, cuando se enterase dónde lo había llevado Flo, sería un enemigo mucho más implacable. Cuanto más meditaba sobre ello, comprendía que ni siquiera podía recurrir a la policía. El jefe de policía Moon le preguntaría en primer lugar qué había originado la lucha y, después, adónde había ido. Parecería un sórdido romance de Wigan. Mientras se hundía la aguja se aferró a los bordes de la tina.

Flo mezcló agua caliente y fría en un jarro. Rose cortó el hilo, dejó la aguja y de nuevo vació el jarro sobre Blair. El agua cayó sobre él como una descarga eléctrica. Entonces, ella comenzó a lavarle los cabellos, algo tan horrible como masajear una herida. Escupió el trapo de la boca porque no podía respirar mientras el agua le entraba por la nariz. No se estremeció, pero vibraron todos los músculos de su cuerpo.

Flo volvió a llenar la copa de ginebra.

—Será mejor que le busque ropas —dijo.

—Pues apresúrate —repuso Rose.

Cuando Flo salió, Blair cogió la copa y la apuró en dos tragos tratando de acelerar el sedante. Se sentía aislado en una nube de dolor mientras trataba de mantener el equilibrio, inundado de agua negra y roja.

Rose le aclaró los cabellos, vertió una jarra de agua caliente sobre sus hombros y comenzó a frotarlo con una esponja enjabonada. Blair se balanceó por el esfuerzo con que lo frotaba. El vapor flotaba en torno a ellos.

—Flo dice que has apaleado a Bill. No lo parece.

—No lo siento así.

—Dice que podrías haberlo dejado muerto.

—¿Por eso cuidas de mí, porque no lo hice? ¿Está enamorado de ti?

—Calla y siéntate.

Las manos de la muchacha no eran grandes, pero sí fuertes y cuando le lavó el cuello, dejó caer atrás la cabeza embriagado. En el espejo junto a la escalera se vio a sí mismo, a la tina y a ella. La melena de la muchacha estaba suelta y alborotada; pensó que sólo le faltaban unas espinas para ser una musa del verano. Si se añadía un laúd, y un rayo plateado, podría ser una modelo.

Entre el vapor y lavarlo estaba casi tan mojada como él, la muselina húmeda se le pegaba a los brazos. Los cabellos de la muchacha le acariciaban la mejilla. Eran de una tonalidad castaño oscura y se volvían rojos al mirarlos. No de un naranja gaseoso sino como hebras negras, cobrizas, siena y doradas.

Ella le echó más agua para lavarle el pecho. Con el calor del agua y la ginebra que circulaba por sus venas sintió que comenzaba a excitarse. El agua de la tina no estaba muy turbia y ella lo advirtió. Se sintió asombrado y avergonzado. El resto de su cuerpo estaba magullado e insensible, pero aquella pequeña parte seguía inconfundiblemente viva, levantándose como Lázaro, traidora entre las aguas. Se volvió de lado para que resultara menos evidente aquel hecho fisiológico. Rose le lavó alrededor de la magulladura de la cadera, un movimiento circular que repitieron sus senos contra su espalda. Por su contacto advirtió que también se habían endurecido.

Sintió latir con fuerza su sangre, pero Rose no interrumpió el contacto, como si ambos estuvieran hipnotizados y se sintieran cómplices con el movimiento firmemente rítmico de la esponja en su mano y el calor de la estufa.

—Comprenderás que no puedes volver aquí —dijo ella con voz velada.

—¡Qué lástima!

Pretendía mostrarse sarcástico, pero no lo consiguió.

—Bill no descansará hasta que te haya vencido.

—¿Entonces hay algo entre vosotros?

—Eso cree Bill.

—¿Y con ello basta?

—Basta a todos los demás.

—¿Y para ti?

Sintió su respiración en la nuca mientras ella detenía la mano. Se sorprendió de que entre el dolor y la ginebra pudiera ser tan consciente de su contacto o de los latidos de su corazón a través del ligero estremecimiento de sus senos, de su propio aire.

—No deseas conocer la respuesta —dijo Rose.

—Sí.

—En realidad, no. Eres *el negro* Blair. Pasas el tiempo y te marchas. Quizá te burles de los Hannay, pero te burlas de todos. Por lo menos Bill ha dejado su marca en ti. Le reconozco ese mérito.

—No me burlo de ti.

Y así era. Rose le había parecido antes embustera y coqueta: ahora era una persona diferente, se había vuelto real. Al ser real no tenía otra palabra preparada y tampoco él. Estaban atrapados como dos personas que se encuentran en la oscuridad sin desear retroceder. Sentía su suave perfume y la caricia de su pelo que le rozaba la mejilla. La esponja que llevaba en la mano había quedado inmóvil en su muslo. No sabía quién se habría movido primero si Flo no hubiera regresado.

—¡Éxito! —anunció mientras bajaba la escalera.

Llevaba unos pantalones demasiado grandes en una mano y una gorra y una chaqueta informe en la otra.

—Tengo de todo menos una bufanda de seda.

Blair sintió que se sumía, inmediatamente, en un dolor sin complicaciones. Rose se echó hacia atras en silencio, y se enjugó la frente mientras Flo se ajetreaba por la cocina. Blair no comprendía qué había ocurrido, pero intuyó que el momento había pasado y que sin aquella tensión se sentía cada vez más borracho.

Rose se levantó y le dio la esponja a Flo.

—Sécalo, vístelo y acompáñalo a su hotel —dijo.

Se quitó el delantal y subió la escalera por la que Flo acababa de bajar.

—Desde luego.

Aunque a Flo le sorprendió la retirada de Rose, aún seguía llena de ímpetu.

—Tienes los zapatos llenos de porquería, pero puedes llevar zuecos —dijo a Blair.

—Estupendo.

Fue su última palabra coherente.

CAPÍTULO ONCE

Blair despertó a media noche en el hotel y encendió la lámpara de su habitación. La llama despejó parte de su aturdimiento, aunque el sabor en exceso seco de la ginebra le impregnaba la lengua.

La visita a Mary Jaxon y sus vecinos, y el recuerdo de haber sido transportado por Flo constituían más una sensación onírica que real. Recordaba en especial y casi como una alucinación la lucha en el pozo de escoria, salvo que tenía las manos en carne viva y una pierna negra y magullada.

Al acercarse al espejo, vio que le habían rapado los cabellos sobre una oreja. Levantó el cabello y por el rabillo del ojo distinguió un semicírculo cosido con pulcritud, con el borde débilmente azulado por carbonilla que no podía limpiarse. No era la marca de Bill Jaxon, sino de ella.

Entre las vibraciones de su cabeza abrió el diario de Maypole y, por segunda vez, intentó encontrar sentido a las anotaciones que el sacerdote había efectuado la semana anterior a su desaparición. El entretejido de líneas verticales y horizontales era un laberinto de tinta china y aparecía en letras invertidas. Si las líneas simplemente hubieran estado escritas en latín hubieran sido claras para él; los códigos eran algo distinto. Los mineros tenían códigos; el viejo Blair había llevado una agenda de reclamaciones antes de que fueran registradas, encubiertas en una variedad de lenguajes cifrados.

Lo descubrió. El código consistía en el cambio de una letra en bloques de tres: un juego de niños. ¿Y Maypole había estudiado en Oxford? Debería avergonzarse de sí mismo.

Yo soy el narciso de Sharon,
el lirio de los valles.

165

Ha tomado la palabra mi amado y me ha dicho:
«¡Levántate, amada mía,
hermosa mía, y vente!;
muéstrame tu semblante,
hazme oír tu voz;
pues tu voz es dulce
y tu semblante, hermoso.
Cogednos, zorras,
zorras pequeñas,
que devastan los viñedos,
y nuestra viña está en flor.»
Ésas son las palabras que yo le diría a ella.

Puesto que en los alrededores de Wigan no había viñedos, Blair supuso que Maypole había recurrido a la Biblia y aunque le resultaba fácil identificar a Charlotte como «la Judith ejecutora que cortó la cabeza de un asirio y la colgó en un lecho», no la veía como una raposa.

Ella me dice que la gente visita el patio de la mina para mirar tontamente a las mujeres como si fueran de otra raza. ¿Pueden la carbonilla y los pantalones cegar hasta tal punto a las personas? ¿Acaso no brillan tras ese disfraz su inteligencia y su alma? Me acusa de que mi sotana es un traje más extraño que los pantalones que ella pueda ponerse, y pese a que rechazo su acusación, en mi fuero interno comienzo a darle la razón.

Blair recordaba que la última vez que vieron a Maypole corría tras Rose Molyneux y se quitaba su cuello eclesiástico.

Como cinta de escarlata son tus labios...
tus dos pechos son cual dos crías
mellizas de gacela
que pacen entre lirios.
¡Cuánto mejores que el vino son tus caricias!
Y el olor de tus perfumes
supera a todos los bálsamos.

Se preguntó por qué codificaría Maypole lo que aparecía en la Biblia. A menos que tuviera algún poder especial sobre él. Decidió que el Cantar de Salomón no debería dejarse en manos de los sacerdotes jóvenes. El Santo Libro discurría como una locomotora por una vía de crímenes santificados y luego, de impro-

viso, surgían los poemas amorosos de Salomón. Imaginó a los conductores gritando: «¡No miren por las ventanas a hombres y mujeres desnudos! ¡Nos detendremos en Isaías y la degradación de Sión dentro de cinco minutos!»
Las líneas pasaban a un texto sencillo.

Oigo la voz de mi amado, que llama a la puerta:
«¡Ábreme, hermana mía, amiga mía,
mi paloma, mi pura, pues mi cabeza está llena de rocío;
mis guedejas, del sereno de la noche.»
Mi amado ha alargado la mano por la hendidura de la puerta...
Me he levantado para abrir a mi amado;
mis manos han goteado mirra,
y mis dedos mirra abundante
sobre el picaporte de la cerradura.

La siguiente anotación aparecía cifrada de un modo distinto, y resultó excesivo para su jaqueca. Aunque de algo estaba seguro: si aquél era el prometido de Charlotte Hannay, se trataba de un hombre en apuros.

CAPÍTULO DOCE

Blair extrajo una sanguijuela de un tarro, y la añadió a una hilera de compañeras suyas que se alimentaban de su magullada e hinchada cadera. Sólo esperaba que las sanguijuelas extrajeran la hemorragia subcutánea. Yacía tendido de costado para evitar que la sangre del interior formase un charco y vestía únicamente una camisa holgada y calcetines, con la piel enrojecida por la cargada chimenea del saloncito del hotel. Puesto que su sangre circulaba cargada de aspirina, arsénico y brandy, confiaba que los gusanos no tardarían en desprenderse y caer.

Leveret le había entregado un ejemplar encuadernado del informe del juez de instrucción y Blair lo había enviado a buscar una lista de las mineras que asistían al Hogar Femenino. ¿En qué otro lugar podía haber aprendido Rose a coser heridas? ¿Dónde mejor para conocer a John Maypole?

El informe pesaba casi medio quilo.

Investigación judicial del juez de instrucción sobre las circunstancias y causas de la explosión producida en la Mina Hannay, celebrada en la Fonda Real el 21 de enero de 1872.

La localización no le sorprendió. Las investigaciones se celebraban en la sala de algún local público, lo que solía significar cualquier fonda con suficiente espacio para dar cabida a jurado, testigos, familiares desconsolados y partes interesadas.

La primera página consistía en un mapa desplegable de la mina Hannay a escala, donde aparecía señalado con flechas el acceso del aire fresco desde el pozo, su bifurcación por la galería llamada calle principal y su circulación por galerías transversales hasta la periferia extrema del frente carbonífero. La ventilación retornaba por una galería posterior hasta ser finalmente aspirada por un canal diagonal denominado *galería oculta* que se unía a la cámara de ascenso, muy por encima del horno, a fin de que no estallara el aire viciado, cargado de gases. En el mapa también aparecían marcados los números del uno al setenta y seis que señalaban los lugares donde habían sucumbido las víctimas. Las explosiones en las minas tenían una condición caprichosa porque la explosión y el humo subterráneos podían multiplicarse como una docena de locomotoras que se precipitaran por los pasajes, y virar, bruscamente, de una víctima probable para alcanzar a otra menos afortunada a medio quilómetro de distancia. Asimismo, en la insidiosa alquimia de una explosión, el metano que alimentaba un fuego siempre se veía seguido por la presencia de monóxido de carbono y nadie estaba a salvo hasta alcanzar la superficie y dejar atrás el gas propagado.

A continuación, aparecían los certificados de defunción. Blair paseó su mirada por ellos porque eran muchos.

1. Henry Turton, ocho años, conductor de un poni. Intentó ayudar a Duke, *su poni, se enredó en las riendas y fue arrastrado hasta el fondo del pozo...*

23, 24 y 25. Albert Pimblett, sesenta y dos; su hijo Robert Pimblett, cuarenta y uno; y su nieto Albert, dieciocho. Descubiertos uno junto al otro y al parecer sin rasguños en la calle principal. Es de suponer que uno de ellos sucumbió al gas y los otros trataron de ayudarlo, de modo que todos perecieron. Fueron identificados por sus esposas.

45. En la calle principal, un irlandés llamado Paddy, sin apellidos conocidos. Edad desconocida. Fue reconocido por un tatuaje feniano...

48. William Bibby, catorce años. Identificado por su hermano Abel que aquel día no había ido a trabajar porque tenía jaqueca...

53. Bernard Twiss, dieciséis. Calcinado. Recuperado en el frente del carbón por su padre Harvey, que en principio no logró reconocerlo. Más tarde, fue identificado por un trapo rojo con el que solía sujetarse los pantalones...

66. Arnold Carey, treinta y cuatro años. Lo encontraron quemado y desfigurado en el frente del carbón. Fue identificado por su esposa, quien reconoció sus zuecos...

73. Thomas Greenall, cincuenta y cuatro. En el frente carbonífero. Quemado y mutilado, fue reconocido por haber perdido anteriormente un dedo...

74 y 75. George Swift, veintiuno, y John Swift, veinte años.

Quemados y mutilados. Identificados por la hebilla del cinturón de George y el reloj de John...
76. Un trabajador eventual conocido como Taffy. Edad desconocida. Identificado por un diente negro...

La falta de un dedo, un reloj o un tatuaje bastaban para hacer el inventario personal de un ser humano.

En el documento figuraban los trece miembros del jurado: tres banqueros, dos oficiales retirados del ejército, un constructor, un agente de seguros y seis tenderos, todos de una casta social que se inclinaba ante los Hannay como los girasoles hacia el sol. Un jurado de iguales.

George Battie era el primer testigo.

JUEZ.   *Como capataz, es usted uno de los responsables de seguridad cotidiana de la mina Hannay y de los hombres que en ella trabajan, ¿es eso cierto?*

BATTIE.   *Así es, señor.*

JUEZ.   *La semana pasada setenta y seis hombres perdieron la vida en la mina. Un padre, un marido o un hermano de cada hogar de Wigan. Sus viudas están hoy aquí reunidas y se preguntan cómo puede permitirse que ocurra tal calamidad en masa. Escucharemos los testimonios y opiniones de los supervivientes y miembros del equipo de rescate, de los expertos que fueron inmediatamente convocados al escenario del desastre, así como de los peritos que visitaron más tarde la mina; los agentes del propietario de la misma y del sindicato minero y, finalmente, del inspector de Minas de Su Majestad. Sin embargo, acaso sea usted el testigo más importante de todos, puesto que era el individuo encargado de la seguridad de las víctimas.*

A Blair le parecía ver a Battie incómodo con su traje de los domingos enfrentándose a las preguntas, como un poni que mirase el fondo de una mina.

JUEZ.   *¿Qué hizo usted la mañana del 18 de enero para procurar la seguridad de los hombres de la mina Hannay?*

BATTIE.   *Siempre soy el primero en bajar al pozo a las cuatro de la mañana para recibir el informe del capataz nocturno y saber si se han producido accidentes o quejas desde el día anterior: no las había. Entonces, comprobé el barómetro y el termómetro.*

AARON HOPTON, consejero de la mina Hannay.   *¿Con qué finalidad?*

BATTIE. *Si desciende la presión barométrica, el gas escapa del carbón. Cuando esto sucede, advierto a los hombres para que no provoquen detonaciones que puedan encender el gas. Aquella mañana, la presión barométrica había bajado y en tal sentido advertí a los hombres a medida que llegaban abajo. A continuación, visité los puestos de trabajo para comprobar que se habían comprendido mis instrucciones, y dediqué especial atención a los lugares del frente del carbón que me constaba que estaban cargados de gas. Asimismo, examiné el sistema de ventilación para asegurarme de que llegaba aire fresco a todos los puntos de la mina y de que todos los puestos de trabajo tenían dos vías de escape.*

MILES LIPTROT, consejero de la mina Hannay. *¿Examinó usted dónde se originaron las explosiones?*

BATTIE. *Sí, señor. Es decir, creo poder calcular dónde se produjeron y había inspeccionado aquella zona la mañana en que ocurrió el desastre.*

ENOCH NUTTAL, consejero de la mina Hannay. *¿Detectó gas en tal ocasión?*

BATTIE. *Sí.*

ISAAC MEEK, consejero de la mina Hannay. *¿Cómo lo descubrió?*

BATTIE. *Al pasar la lámpara por el frente de extracción observé el alargamiento de la llama. Moví un ademe...*

HOPTON. *¿Un ademe?*

BATTIE. *Una estructura de madera y lona para dirigir la ventilación. Y le dije a Albert Smallbone...*

LIPTROT. *¿Se trata del bombero allí destacado?*

BATTIE. *Sí. Le dije que vigilara el gas y no hiciera voladuras.*

NUTTAL. *¿Hacer estallar la pólvora para conseguir más fácilmente el carbón?*

BATTIE. *Sí, señor.*

MEEK. *Descríbanos dónde, cuándo y qué hizo al darse cuenta de que se había producido una explosión, señor Battie.*

BATTIE. *Yo estaba en mi escritorio al fondo del pozo a las dos cuarenta y cinco de la tarde cuando el suelo se levantó y se proyectaron nubes tórridas de carbonilla desde las galerías. Los ponis se alborotaron. Uno causó la muerte de un muchacho al arrastrarlo a la cisterna que se encuentra bajo el pozo de la jaula. Ésta llegó casi en seguida, pero demasiado tarde para el pobre muchacho.*

HOPTON. *Prosiga.*

BATTIE. *Escribí una nota para el director de la mina donde le explicaba la situación y envié la jaula arriba. Luego, reuní a unos hombres con las herramientas de rescate que siempre tenemos dispuestas —palas, picos, parihuelas, tablillas, ademes, maderos, bloques, aparejos, canarios en sus jaulas...— y nos internamos con ellos por la calle principal por ser la arteria más importante de aire fresco. Los primeros hombres y ponis que encontramos se precipitaban hacia nosotros. No tardé en encontrar ademes que, al salir disparados de sus puestos, interrumpían las corrientes de aire fresco y permitían difundir el monóxido de carbono. Reparamos las lonas para mejorar la ventilación, e hicimos retroceder el gas. Sólo cuando mejoró la calidad del aire seguimos avanzando. Una cosa es que el destino se lleve una vida; otra, que el cabecilla de una partida de rescate arriesgue más vidas por temeridad o apresuramiento.*

»Quinientos metros más adelante encontramos a mineros que habían sido víctimas del gas y yacían inconscientes de bruces en el suelo, señal de que habían caído en su huida. Los volvimos para que pudieran respirar y asistimos a unos veinte hombres así, mientras se creaba una buena ventilación. Todos sobrevivieron. Sin embargo, cincuenta metros más adelante, el canario de la jaula que yo sostenía cayó y entonces comenzamos a encontrar hombres tendidos en el suelo sin huellas de violencia, pero a los que ya no podíamos prestar ningún auxilio. Comenzamos, asimismo, a descubrir corrimientos de tierras y nos vimos obligados a cavar para abrirnos paso entre obstáculos, apuntalando las paredes a medida que avanzábamos, armando bloques y aparejos para desplazar los entibos caídos. Había bolsas de aire limpio al igual que de gas y aún logramos sacar a otros dieciocho hombres con vida, además de descubrir los cadáveres de otros treinta y cinco.

JUEZ. *¿Qué fue del canario? Los canarios son sensibles al monóxido de carbono, de ahí su uso en las minas. Usted dijo que el que llevaba usted en la jaula se había caído. ¿Siguió usted adelante con un canario muerto?*

BATTIE. *Teníamos tres jaulas, pero sólo una iba en cabeza. Cuando cayó el mío, lo entregamos atrás para que lo hicieran revivir y pusimos al frente a otro. Realmente la densa concentración de gas demoraba nuestro avance pues requería que hombres y pájaros se relevaran en vanguardia. Cinco de nosotros sentimos síntomas de asfixia y tuvimos que ser retirados. Sin embargo, nos vimos reforzados por los sobrevivientes que decidieron participar en el rescate en lugar de huir para ponerse a salvo. Smallbone había sido herido por un deslizamiento y lo atendía en mi oficina William Jaxon cuando tuvo lugar la explosión. Ambos se unieron a nosotros al producirse el desastre y se sometieron a riesgos tan extremos que tuve que refrenarlos.*

172

HOPTON. *¿Oyeron voces que pedían socorro?*

BATTIE. *Tras una explosión las maderas producen toda clase de sonidos. Sin embargo, a partir de un quilómetro ya no había más supervivientes.*

LIPTROT. *¿Avanzaban ustedes con rapidez?*

BATTIE. *Eran las cuatro menos cuarto cuando Jaxon y Smallbone se reunieron con nosotros pero, pese a sus esfuerzos, avanzábamos con lentitud. Cuando no puede verse al pájaro en la jaula y la llama de nuestra lámpara se reduce al mínimo, es preciso ordenar que todos retrocedan hasta que el aire fresco reanime de nuevo la llama, porque las patrullas de rescate muertas no son de ninguna utilidad.*

NUTTAL. *Usted ha mencionado el celo de Smallbone y de Jaxon. ¿Por qué cree que se esforzaban tanto?*

BATTIE. *La explosión se produjo en su distrito de trabajo. Cuando salimos al extremo próximo de la zona, los cadáveres estaban carbonizados. A medida que avanzábamos, la destrucción era más grave. A mitad de camino las víctimas estaban quemadas. Algunos se hallaban enterrados bajo carretas de carbón despedidas de la vía; otros habían sido proyectados por la onda explosiva en antiguos núcleos de trabajo. El puesto de Smallbone y Jaxon se encontraba en el extremo más alejado del frente del carbón. Si se hubieran encontrado allí cuando se produjo la explosión, no hubiera quedado nada de ellos.*

MEEK. *¿Cuál fue la última víctima rescatada?*

BATTIE. *Un obrero eventual, un irlandés al que llamábamos Taffy.*

Blair recordó que lo habían identificado por un diente negro.

JUEZ. *Confiamos que, por lo menos, esos hombres encontraran una muerte rápida. El reloj que más tarde identificamos como perteneciente a John Swift, tenía el cristal destrozado y las manecillas se habían detenido a las dos y cuarenta y cuatro, en el mismo instante en que se produjo la explosión.*

Avanzar con un canario muerto era una fiel descripción de la propia vida de Blair. Se arrastró con dificultades por la alfombra para atizar el fuego.

Puesto que las sanguijuelas recorrían caminos en su cuerpo decidió llamarlas, *Hambre, Muerte, Victoria* y *Guerra*, como los cuatro jinetes del Apocalipsis.

Blair era autodidacto. ¿Qué otra cosa hacer en los inviernos pasados en la sierra salvo leer toda la biblioteca de clásicos del viejo? Cuando se hallaba sobrio, el viejo Blair sólo sabía hablar de ingeniería; cuando estaba bebido, se extendía sobre la revelación del divino san Juan. Las mujeres que el muchacho veía eran chinas o prostitutas.

Para atraerse su atención les contaba las historias que se apropiaba. Su preferida era una versión de *Robinson Crusoe* en la que el náufrago era una mujer en lugar de un hombre y Viernes un muchacho en lugar de un nativo. Ambos vivían tan felizmente en la isla que dejaban pasar los barcos sin hacerles señales para que los recogieran.

HOPTON. *Advierto que tanto usted como los restantes miembros del equipo de rescate actuaban sometidos a enorme tensión emocional. ¿Examinaron no obstante en seguida el frente del carbón para comprobar si algún minero había efectuado voladuras haciendo caso omiso de sus instrucciones?*

BATTIE. *No inmediatamente.*

LIPTROT. *¿Por qué no?*

BATTIE. *Había más gas.*

JUEZ. *¿De dónde procedía?*

BATTIE. *De antiguos núcleos de trabajo. Desechos de piedra y pequeños carbones inútiles con los que habíamos formado un muro para sostener el techo. Se trata de una práctica normal pero, por desdicha, en los escombros y las escorias se acumula toda clase de gases. La explosión había agrietado los ladrillos. Cuando nuestras lámparas captaron el fluido, la galería se iluminó. La opción consistía en abandonar el lugar con los cadáveres que pudiera haber allí y que aún no habíamos encontrado o interrumpir la filtración.*

NUTTAL. *¿En que situación se encontraban sus lámparas?*

BATTIE. *Al rojo vivo, señor. Demasiado calientes para sostenerlas.*

NUTTAL. *¿A causa del gas?*

BATTIE. *Sí.*

MEEK. *¿Tenían acceso a esa filtración?*

BATTIE. *Escaso. El fluido surgía de una zona tapiada en lo profundo de la veta de carbón, debajo de un asiento, y el camino se hallaba parcialmente bloqueado por escombros. Mientras tratábamos de ventilar el lugar lo mejor posible, envié a por ladrillos y materiales para cimentar que guardamos en galerías secundarias y, cuando llegaron, los despedí a todos, menos a Smallbone y a Ja-*

xon. Mezclamos argamasa y ambos se turnaban a rastras, con dos ladrillos cada vez y entre una oscuridad casi absoluta, para reparar el muro. Lo lograron y, por consiguiente, pude llevar lámparas a aquella zona que deseaba examinar de modo preferente.

HOPTON. *¿Por qué?*

BATTIE. *Era el lugar donde yo había detectado gas por la mañana.*

HOPTON. *¿Sospechaba que, pese a sus instrucciones, alguien había provocado alguna voladura?*

BATTIE. *No, señor.*

LIPTROT. *¿Tal vez le parecía mezquino especular?*

BATTIE. *No diría eso, señor. Además, el único bombero que se encontraba en aquella zona era Smallbone.*

NUTTAL. *Y estaba con usted. De modo que no era probable que Taffy, los hermanos Swift, Greenall ni ninguna de las víctimas detonase una carga de pólvora en ausencia de Smallbone.*

BATTIE. *Así es, señor.*

MEEK. *Pero si lo hubieran hecho, no serían tan expertos.*

BATTIE. *Sí, señor.*

HOPTON. *¿Es cierto que Greenall había sido reprendido anteriormente por encender una pipa en la mina?*

BATTIE. *Hace diez años.*

LIPTROT. *Pero es cierto, ¿verdad?*

BATTIE. *Sí.*

NUTTAL. *¿Había bebedores empedernidos entre aquellos que se encontraban en el frente del carbón.*

BATTIE. *Yo no los calificaría así.*

NUTTAL. *¿No fueron John y George Swift amonestados por la policía la semana anterior por alborotar en las calles?*

BATTIE. *Celebraban que John acababa de casarse.*

HOPTON. *¿Afecta la bebida el juicio de un minero?*

BATTIE. *Sí.*

HOPTON. *¿Beben los mineros?*

BATTIE. *Algunos.*

NUTTAL. *¿Bebe usted?*

BATTIE. *Me tomo una cerveza cuando vuelvo a casa.*

NUTTAL. *¿Una o dos cervezas?*

BATTIE. *La temperatura bajo la mina es de treinta y ocho grados. Cada día se pierden tres quilos sudando. Cuando salimos, necesitamos beber algo.*

HOPTON. *¿Sugiere que la cerveza es más pura que el agua de Wigan?*

BATTIE. *Lo dice usted, señor, no yo.*

MEEK. *Usted pertenece al sindicato minero, ¿verdad?*
BATTIE. *Soy minero y pertenezco al sindicato.*
MEEK. *Más que eso: es un activo dirigente, un defensor, ¿no es cierto?*
BATTIE. *Supongo que sí.*
MEEK. *Sin intentar insinuación alguna. ¿Sería justo decir que un dirigente sindicalista nunca admitiría que una desdichada víctima se considerase culpable?*
BATTIE. *Ignoro lo que sucedió aquel día en la mina. Me consta que la minería es un trabajo peligroso y duro. Es una realidad que nada logrará cambiar.*

Blair sentía sed y la jaqueca que sufría debilitaba su capacidad de concentración. Se tomó un brandy, lamentando que no fuese cerveza, dejó el informe, se quitó las sanguijuelas y durmió un rato.

Comió carne fría, queso y vino teniendo en cuenta la advertencia de Battie sobre el agua. Las sanguijuelas se alimentaron de él. En aquella ocasión eran cuatro diferentes: *Julieta, Ofelia, Porcia* y *lady Macbeth*.

Odiaba las minas de carbón: el oro era noble e inerte; el carbón había sido un material vivo, lo seguía siendo, y despedía gas mientras se transformaba en roca. Todo el carbón fácil y superficial había desaparecido hacía tiempo. A medida que se profundizaba en las minas, el mineral era más duro, el aire estaba más enrarecido y el monóxido de carbono más intenso. ¿Por qué? No había ninguna pepita de oro.

JUEZ. *Señor Wedge, usted, como director de la mina Hannay, ¿era consciente el día 18 de enero del peligro que existía de una explosión de gas en el frente del carbón?*
WEDGE. *En tal sentido me informó George Battie y respaldé su prohibición de provocar explosiones. Ésa es la función de un capataz: tomar tales precauciones y proteger la propiedad.*
JUEZ. *Como director, ¿dónde estaba usted y qué hizo cuanto se enteró de la explosión?*
WEDGE. *Me encontraba en el patio y casi salté por los aires cuando se produjo. Al recobrar el aliento, envié mensajeros a las minas próximas en busca de asistencia médica y ayuda. Un fuego peligroso requiere el transporte de heridos y muertos a largas distancias bajo tierra en un momento en que los propios mineros es-*

tán incapacitados para ello. A continuación, acudí rápidamente a la jaula que, gracias a Dios, funcionaba aunque subía gran cantidad de humo por el pozo. Battie había enviado un mensajero abajo para avisar de que había comenzado la operación de rescate. Aunque tuvimos que esperar a que el montacargas volviese de nuevo a la superficie, inmediatamente envié voluntarios con lámparas. Es una triste realidad que en los desastres de las minas los encargados del rescate suelen convertirse en víctimas. Por ello controlamos de modo riguroso las lámparas, para saber por simple operación aritmética cuándo han salido todos de la mina. Lo peor para una familia es ignorar si se ha perdido un pariente.

Blair no conocía con exactitud su edad ni el día que había nacido. Sin embargo, el viejo Blair le enseñó geometría y, cuando tenía unos nueve años, calculó con un transportador —valiéndose del promedio de tiempo de una travesía por el Atlántico y considerando los vientos alisios y los mares en invierno— la latitud y longitud aproximadas donde vio por última vez a su madre. Desde entonces sólo había cruzado aquella misma posición una vez y permaneció en la barandilla contemplando con sensación abrumadora de frío y desolación el negro oleaje que se agitaba bajo capas de espuma.

JUEZ. *¿Cuál es su nombre?*
JAXON. *William Jaxon.*
LIPTROT. *¿Es usted el minero que barrenaba los agujeros?*
JAXON. *Sí, señor.*
NUTTAL. *¿Barrenó usted el día de la explosión?*
JAXON. *No, señor. En cuanto el señor Battie advirtió en contra de ello, nadie hizo perforación alguna.*
HOPTON. *Pero usted no se encontraba en aquel lugar cuando se produjo el desastre, ¿no es cierto?*
JAXON. *No, señor. Yo ayudaba a Albert Smallbone a llegar a la jaula porque había golpeado con su pico en un roca que saltó y le hirió la pierna. Estábamos en la calle cuando nuestro entorno sufrió una horrible sacudida. El humo nos envolvió y rodamos por el suelo hasta refugiarnos en un agujero. No podíamos ver ni oír por causa de la carbonilla y porque estábamos contusionados. Conseguimos abrirnos camino por galerías laterales y entonces encontramos a Battie y a los demás.*
MEEK. *¿Y decidieron regresar al frente del carbón con ellos en lugar de ponerse a salvo?*
JAXON. *Usted mismo lo ha dicho.*

JUEZ. *¿Cuál es su nombre?*
SMALLBONE. *Albert Smallbone.*
LIPTROT. *¿Y era el único bombero de esa zona cuando se produjo la explosión?*
SMALLBONE. *Sí, señor.*
LIPTROT. *¿Recibió usted el aviso de la presencia de gas por parte de Battie, Smallbone?*
SMALLBONE. *Sí, señor.*
NUTTAL. *Debe de considerarse afortunado al estar con vida.*
SMALLBONE. *Me sentiría más afortunado si mis amigos también lo estuvieran.*
MEEK. *¿Se malhirió la pierna cuando le golpeó la roca? ¿Cuándo decidió regresar con Jaxon y Battie?*
SMALLBONE. *Con el calor del momento hice caso omiso de ello, señor.*

Pese a la aspirina que había ingerido, a Blair aún le dolía intensamente la cabeza. Aunque la sutura había sido buena, aquello no se le había solucionado. Se sentía como Macarthy de la Costa de Oro cuando le cortaron la cabeza, la cocieron y la amontonaron con los restantes cráneos honorables.

MOLONY. *Me llamo Ivan Molony. Soy director de la mina Mab, a dos quilómetros de distancia de la mina Hannay. La tarde del 18 de enero vi levantarse humo desde allí y comprendí que se había producido alguna explosión subterránea. Reuní a un grupo de voluntarios y marchamos inmediatamente a la mina Hannay.*
NUTTAL. *¿Es tradición entre las minas de Lancashire prestarse ayuda a la primera señal de fuego?*
MOLONY. *Sí, es una especie de ayuda mutua.*
NUTTAL. *¿Y al llegar al patio bajó usted a la mina?*
MOLONY. *Con otros voluntarios.*
HOPTON. *Usted fue el primer experto que llegó al frente del carbón donde se supone que se produjo la explosión. Describa la escena que vio.*
MOLONY. *Una pared lisa en un extremo y una maraña de cuerpos calcinados y vagonetas en el otro. Una carnicería terrible, como soldados segados por la metralla. Y en el centro de todo ello, Battie y dos de sus hombres habían levantado ademes para ventilación y colocaban el último ladrillo en la pared para detener un segundo escape de gas.*
LIPTROT. *Usted se habrá enterado por los anteriores testigos*

de que se había cursado una advertencia en la mina Hannay antes de la explosión. Según su experta opinión, aparte de una detonación de pólvora, ¿qué otra cosa podía desencadenar semejante desastre?

MOLONY. *En la mina Mab registramos a los mineros para evitar que se bajen consigo pipas y cerillas, y cerramos las lámparas y guardamos las llaves. Pero no importa: de todos modos se llevan sus pipas y si un minero no detecta gas y abre su lámpara para encenderla —lo que suelen hacer a pesar de nuestras advertencias— puede causar su propia muerte y la de todos sus compañeros.*

HOPTON. *Me gustaría preguntarle, en su calidad de experto, cuántos mineros siguen las prohibiciones de detonar pólvora en las minas.*

MOLONY. *Esa prohibición no les satisface.*

LIPTROT. *¿Por qué?*

MOLONY. *Una detonación desprende más carbón que una jornada agotadora con el pico. Es una cuestión de economía. A los mineros se les paga por la cantidad de carbón que extraen, no por el tiempo o el trabajo que dedican a ello.*

NUTTAL. *¿Existen otros medios por los que un minero puede malbaratar los esfuerzos del propietario de la mina?*

MOLONY. *Múltiples. El primer impulso de un hombre poco avezado si se encuentra en una galería saturada de gas es echar a correr. Si corre mucho, la llama se filtrará por la pantalla de seguridad de su lámpara y prenderá el propio gas del que trata de huir.*

NUTTAL. *Si consideramos la fuerza de la explosión en la mina Hannay, ¿estaba el túnel necesariamente saturado de gas?*

MOLONY. *No. Bastaría con una pequeña explosión inicial, considerando que los mineros rellenan despreocupadamente todos los frentes de carbón de Lancashire con latas de pólvora a la espera de utilizarlas más tarde. Una vez provocada una detonación, se pueden propagar una serie de explosiones a todo lo largo de la galería.*

HOPTON. *Dada su larga experiencia, ¿cuál cree la causa más probable de la explosión producida en la mina Hannay? ¿Inadecuada supervisión por parte de los propietarios o incumplimiento de las normas de seguridad de los mineros?*

MOLONY. *Puesto que no aparecen deficiencias en las normas ni en la supervisión, sólo nos queda el error por parte de algún minero, ¿no es cierto?*

Según el informe, en aquel momento se produjo un alboroto

entre los asistentes, que se prolongó hasta que autorizaron a hablar a un representante de los mineros. El nombre le resultó familiar a Blair, aunque tan sólo lo había visto una vez en que perseguía guisantes en un plato en la mansión Hannay.

WALTER FELLOWES. *Soy agente del sindicato de mineros y del Fondo de la Seguridad Mutual y en ambas calidades bajé a la mina Hannay al día siguiente de la explosión. Aunque estoy de acuerdo con el señor Molony en que era una escena dantesca y de infernal destrucción, me indigna su intento, con el que ya estamos familiarizados en anteriores investigaciones de igual naturaleza, de culpabilizar del desastre a las propias víctimas que sufrieron sus fatales consecuencias. Me gustaría recordar al señor Molony que no se extraen los propietarios de las minas a la superficie desfigurados y sin vida ante el desconsuelo de sus viudas e hijos, sino los mineros que ellos envían. En cuanto a si existe culpabilidad por parte de los propietarios y se debe una compensación a las familias de las víctimas, es competencia del Tribunal Civil y agradecería al señor Molony que se reservase para sí su opinión, por muy experta que sea. También, quisiera recordarle que un hombre que no extrae cierta cantidad de carbón, no tarda en quedarse sin empleo, por lo que casi nunca es la codicia de los mineros la que los induce a un uso excesivo de pólvora. Quisiera formular una pregunta al señor Molony.*

HOPTON. *Me opongo.*

MEEK. *Fellowes carece de relevancia ante el Tribunal.*

JUEZ. *A pesar de ello, ¿admitiría el señor Molony una pregunta del señor Fellowes?*

MOLONY. *Si tal es su deseo... Adelante.*

FELLOWES. *En las numerosas investigaciones a las que ha honrado con sus opiniones, ¿ha considerado usted alguna vez responsable de una explosión a un acaudalado propietario de minas en lugar de a un pobre minero?*

MOLONY. *No, por la sencilla razón de que los caballeros no manejan un pico ni detonan una carga de explosivos. Sin embargo, los consideraría muy peligrosos si así lo hicieran.*

En el informe se decía: «Risas generales aliviaron la tensión de la sala» y prepararon el camino para la comparecencia del testigo más experto e indiscutible del reino.

JUEZ. *Damos la bienvenida en esta encuesta a los comentarios de Benjamin Thicknesse, inspector de Minas de Su Majestad.*

THICKNESSE. *He escuchado las declaraciones aquí formula-das. He estudiado el mapa de ventilación y los detalles de las secciones transversales de la mina Hannay y, tras meditar sobre todo ello, he llegado a ciertas conclusiones que mi sentido del deber y mi conciencia me instan a compartir.*

»En primer lugar transmito las condolencias de la reina y de la familia real: un desastre de esta envergadura afecta a toda la nación. Su Majestad los acompaña en su dolor.

»En segundo, la búsqueda de carbón en las profundidades de las minas es la ocupación más peligrosa que existe, con la excepción de la guerra; lo ha sido siempre y es probable que lo siga siendo.

»En tercer lugar, las urgentes e inteligentes acciones del capataz George Battie y de los miembros de la partida de rescate fueron la salvación de muchos mineros semiasfixiados por el monóxido de carbono. El rápido tapiado de un segundo escape de gas efectuado por Battie, Smallbone y Jaxon probablemente evitó un posterior desastre.

»Cuarto, no puedo discrepar de las opiniones de algunos expertos que tanto pueden acertar como equivocarse. Nunca sabremos si un minero abrió un instante su lámpara para encender la pipa. Un chispazo, una llama, una lata de pólvora pudieron haber contribuido por sí solos o de manera colectiva a intensificar la explosión. La respuesta está enterrada en el frente del carbón. ¿Bastaba la ventilación para despejar el gas? Al fin y al cabo, el aire fresco tenía que desplazarse casi dos quilómetros desde la superficie y circular después por trece quilómetros de galerías principales y secundarias. Si nos basamos en las normas de seguridad actualmente conocidas, podríamos calcular que la ventilación era suficiente. Sin embargo, un muchacho y su poni pudieron derribar una lona y trastornar todo el sistema cuidadosamente planeado de ventilación. Es una realidad que los campos carboníferos de Lancashire están endiablados, es decir, son en especial proclives a la acumulación de gases explosivos, y este hecho queda agravado por otra circunstancia: cuanto más profundo se encuentre el carbón, más inflamable será. Sin embargo, a mayor profundidad, es más duro y resulta más necesario el uso de la pólvora.

»Por último, existe otro elemento adicional: el propio carbón. La carbonilla que persiste en la atmósfera de una galería, que enrojece los ojos de los mineros y ennegrece sus pulmones es, en la debida proporción al oxígeno, casi tan explosiva como la pólvora. Aunque éste, naturalmente, es un punto muy controvertido. Cabe preguntarse cómo se aventura un hombre a trabajar en cámaras subterráneas tan llenas de peligros conocidos y desconocidos,

cómo puede un padre despedir a sus hijos con un beso por la mañana sabiendo que acaso por la noche serán huérfanos.

»Sin embargo, la respuesta sería sensiblera y de corto alcance, e interrumpiría la industria británica. Las fábricas se quedarían vacías; las locomotoras se oxidarían inmóviles en sus vías y los barcos permanecerían inactivos en los astilleros.

»Y es, asimismo, un insulto para la ciencia. La tecnología británica mejora día a día. A medida que aumentan los conocimientos, surgen medidas de seguridad.

»Un simple error humano, un quebrantamiento de las normas, puede haber sido perfectamente la causa de esta catástrofe.

»La respuesta está enterrada de modo trágico, y lo cierto es que jamás la conoceremos.

Según el registro, el jurado había deliberado durante quince minutos y luego dado a conocer su veredicto.

Nosotros, los miembros del jurado, llegamos a la conclusión de que setenta y seis hombres encontraron la muerte a causa de una explosión de grisú en la mina Hannay el 18 de enero, aunque no disponemos de suficientes evidencias que demuestren quién ni qué medios provocaron la inflamación del gas.

El jurado se muestra asimismo unánime al afirmar que la mina en que sobrevino tal calamidad había sido debidamente dirigida y que no puede atribuirse ninguna responsabilidad a los propietarios de dicha compañía.

Aunque en ningún momento se había indagado acerca de la responsabilidad de la compañía, con una simple frase el jurado había destruido de manera efectiva cualquier posibilidad de que las familias de las víctimas formularan una reclamación contra la mina Hannay.

Blair formuló un amargo brindis de arsénico y brandy. No era ninguna sorpresa.

Como apéndice del informe figuraba una copia del registro de lámparas donde cada uno había firmado al serle entregada el día de la explosión. En la lista figuraban los supervivientes y rescatados, así como las víctimas: Battie, George, 308; Paddy, 081; Pimblett, Albert, 024; Pimblett, Robert, 220; Twiss, Bernard, 278; Jaxon, Bill, 091; Smallbone, Albert, 125.

Los nombres se prolongaban en monótona extensión, pero el caso era, como Battie había dicho, que figuraban setenta y seis lámparas que correspondían a setenta y seis cadáveres.

Blair se había cubierto decentemente con mantas como un pachá turco cuando le sirvió la cena una muchacha de ojos saltones portadora de chuletas asadas y un burdeos.

—Todos comentan lo que usted dijo.

—¿Qué dije?

—Acerca de los africanos y los macarrones. Y no paran de reírse.

—No es una mala historia.

—¿Se siente bien o indispuesto?

—Algo dolorido, gracias. En definitiva, indispuesto.

—Hace una noche horrible, estupenda para quedarse en casa.

—No pienso moverme.

—¡Ah, y también hay una carta para usted!

La muchacha la sacó del bolsillo de su delantal. Manoseó tanto rato el sobre de color crema y monograma en relieve que se le cayó de las manos, pero Blair lo recogió en el aire, antes de que llegase al suelo. Abrió el sobre y extrajo de él una sola hoja de papel que decía: «Venga mañana a mediodía al teatro Real. Prepárese para una ocasión cultural. H.»

Una cita típicamente imperiosa de Hannay, sin ninguna posibilidad de rechazo. ¿Una «ocasión cultural» en Wigan? ¿De qué se trataría?

Al levantar la mirada, descubrió que la muchacha aún tenía los ojos más abiertos y comprendió que al recoger la carta la manta había resbalado y quedaban al descubierto las sanguijuelas que formaban una hilera de gruesas y negras comas en su costado.

—Lo siento: no es un espectáculo agradable. Hemos llegado a un punto que son casi de la familia.

—No.

—Sí. Incluso las he bautizado. Éstas se llaman *Hopton, Liptrot, Nuttal* y *Meek*.

Se cubrió. La muchacha estaba de puntillas como si esperase ver surgir algún rabo o cuerno de su persona.

Cruzó los delgados brazos y se estremeció.

—Me ponen la carne de gallina.

—Supongo. Las chicas a quienes no se les pone la carne de gallina acaban mal.

—¿Es eso cierto?

—Es la última manifestación de decencia.

Blair pensó que prefería las sanguijuelas a los abogados. Pese a las pretensiones del consejo de Hannay, los mineros no solían cometer ciertos errores. Los mineros expertos no abrían las lámparas de seguridad ni corrían temerariamente entre el gas. Si en los últimos segundos hubieran advertido que las llamas de las lámparas comenzaban a flotar, hubieran organizado ademes a toda prisa para despejar el gas. O, de no ser posible, hubieran retrocedido de modo ordenado hacia el aire fresco que aún circulaba por la calle principal.

Lo que suscitaba otras cuestiones. ¿Por qué antes de la explosión Jaxon y el herido Smallbone decidieron retirarse del frente de carbón entre el aire más enrarecido de la calle posterior?

Y aún surgía algo más curioso. George Battie manifestó en la encuesta que su primera reacción tras el desastre había sido enviar mensajeros arriba. Wedge, el director, declaró que cuando el mensajero llegó a la superficie los voluntarios tuvieron que esperar a que la jaula subiera de nuevo. ¿Por qué había bajado? ¿Quién subió en ella? Blair pensó si sería posible vislumbrar la presencia de John Maypole.

Era singularmente agradable abstraerse en un rompecabezas intelectual. Su mente había trabajado con tal celeridad que no había advertido que la camarera aún seguía en la puerta.

—¿Algo más? —le preguntó.

—Todos comentan que pegó a Bill Jaxon, algo que jamás había sucedido.

—¿Es eso cierto?

—Y dicen que lo está buscando.

La investigación desapareció de su mente.

—Ahora soy yo quien tiene la carne de gallina. ¿Algo más?

—Eso era todo —repuso ella al tiempo que se retiraba.

Blair aguardó un momento, apartó la bandeja, se quitó las sanguijuelas una tras otra y se vistió.

CAPÍTULO TRECE

La lluvia sirvió de pretexto a Blair para subirse el cuello. Las cortinas estaban echadas y las aceras vacías salvo por algunos pilluelos que correteaban entre las aguas que caían de los canalones. Golpeó en su puerta para hacerse oír sobre el aguacero.

Cuando por fin Rose le abrió, avanzó cojeando y se apoyó en la jamba, donde descansó su peso en una pierna. La cocina estaba tan sólo iluminada en un ángulo por una lámpara del salón. ¿Por qué mantenía siempre la casa tan oscura? La mujer peinaba sus alborotados cabellos. Tenía el cutis aceitunado por la carbonilla y vestía una falda y una blusa de muselina remendadas con mangas que no le llegaban a las muñecas, al igual que la noche anterior. No se veía rastro de su amiga Flo.

—Te dije que no volvieras —exclamó ella.

—No quería hacerlo, pero por ahí dicen que di una paliza a Bill Jaxon. Preferiría que se dijera que fue Bill quien me pegó o que no hubo pelea alguna.

—A mí no me importaría nada de todo ello.

—Alguien difunde la historia.

—Yo, no. No he pensado en ti ni en Bill en todo el día.

Desde el marco de la puerta, ni dentro ni afuera, Blair miró en torno como si pudiera ver a Bill sentado en una silla de la cocina, entre la oscuridad. La casa parecía tan vacía como siempre, lo que de nuevo carecía de sentido en las condiciones de vida de Scholes, similares a Calcuta.

—Dile a Bill que no soy su rival, que no me guía ningún interés hacia ti.

—Muy lindas palabras. Eres tan poco poeta como caballero.

—Deseo marcharme de Wigan lo antes posible. No quiero complicaciones.

—¿Qué clase de complicaciones?

—Las que sean. Confesé a Bill que era un cobarde.

—Bien, debió haberte escuchado.

—Dile... —comenzó Blair.

De pronto el sonido de la lluvia sobre los techos de pizarra se convirtió en un tamborileo que ahogó sus palabras y sin pensarlo se apartó de la puerta abierta. Inconscientemente se encontró con la mano en la cintura de la muchacha y la atrajo hacia sí. Rose podía haberlo abofeteado o clavarle su peine en la mano. En lugar de ello posó los labios en su boca y le transmitió el sabor del carbón.

—¡Quítate el sombrero! —le dijo.

Lo dejó caer en el suelo. La joven le ladeó la cabeza para ver el trozo afeitado y luego la volvió de nuevo para observar sus ojos. Blair no comprendía cómo había llegado a aquella situación. Sin duda habría existido alguna señal que él no había captado. Se había limitado a obrar de modo instintivo.

—Debe de dolerte —dijo Rose.

—Duele.

A través de su mano sentía los latidos del corazón de la muchacha, tan apresurados como los suyos. No podía distinguir el reloj entre el sonido de la lluvia, pero veía moverse el péndulo junto a la cocina. Si pudiera retroceder un simple minuto y evitar su contacto, lo hubiera hecho. Pero le resultaba imposible. Además, en un momento en que podía esperarse que manifestara su habitual coquetería y lo dejara en libertad, Rose parecía tan asombrada como él. O era mejor actriz.

Arriba, en su habitación, había una lámpara apagada, la sombra de una cómoda, un lecho con sábanas de algodón tan gastadas como batista. Entre sus brazos le parecía más esbelta de lo que había imaginado y más pálida. Captó un destello de su espalda en un espejo de cuerpo entero.

Un año de abstinencia convertía el menor contacto en algo febril, como un ensueño. Pensó que la necesidad era una forma de locura. Entró en ella con desesperación, como un hombre que se ahoga cuando emerge a la superficie. Ella no tendría más de diecinueve o veinte años, pero lo aguardaba paciente. Se sentía como un sátiro sobre aquel cuerpo más joven, hasta que al acoplarse con firmeza se coloreó el rostro de la muchacha y notó que le rodeaba la espalda con las piernas.

¿Cómo sería el primer sorbo de agua después de un año? ¿Qué es el agua para el espíritu? Lo más sorprendente en un acto primitivo es la integración de dos cuerpos y él se asombraba al encontrarse en un lecho y verse satisfecho por una simple minera. Era consciente de sus manos y rostro sucios de hollín y de que también él se oscurecía, pero, pricipalmente, de sus ojos que lo observaban con un resplandor triunfal.

El sudor brillaba en la frente de la muchacha y fluía en torno a sus ojos, oscureciendo sus párpados, resaltando el blanco de los ojos como abiertos a una contemplación que lo absorbía. ¿Sería superficial una muchacha ignorante? Existía una profundidad en Rose para la que no estaba preparado, pero en la que había caído. Más aún, se había sumergido.

El dolor desapareció. O él había llegado a un nivel en que el dolor se interrumpía, un nivel que era todo Rose, donde él se sentía dichoso de desaparecer y reaparecer, sintiendo todo su cuerpo endurecido cual una piedra a la que ella se aferraba y que luego se estremecía para disolverse y convertirse en carne.

—¿Cuántos años tienes? —le preguntó Rose.

—Treinta o treinta y dos, más o menos.

—¿Más o menos? ¿Acaso lo ignoras?

Blair se encogió de hombros.

—Dicen que la gente va a América para empezar de nuevo. No creo que lleguen a olvidar tanto —repuso ella.

—Yo comencé pronto y olvidé mucho.

—¿Sabes dónde estás ahora?

—¡Oh, sí!

Había encendido una pequeñísima llama azul en la lámpara y se sentaba contra las almohadas apoyadas en los tubos del cabezal. Exhibía —si tal era la palabra— una absoluta desvergüenza. Cuantitativamente —al fin y al cabo él era ingeniero— tenía un cuerpo esbelto, casi musculoso, con senos muy puntiagudos y un penacho de vello castaño, no rojo, en la base del vientre. Ella, a su vez, paseó los ojos también por su propio cuerpo y se encontró con su mirada en una afirmación impertérrita de que aún tendría que reconocer y enfrentarse a algo más.

—No me refiero a Wigan —dijo.

—Lo sé.

Se recostó a los pies del lecho, arrastrando la pierna herida por el entarimado del suelo. Según ella le dijo, Flo podía estar ausente otra hora o toda la noche.

—¿Vives sola en una casa? ¿Cómo te las arreglas?

—Es asunto mío.

—No eres una muchacha corriente.

—¿Querías una muchacha corriente?

—No quería ninguna muchacha. No he venido para eso. Al menos, no creí venir por eso.

—¿Qué ha sucedido entonces?

—No lo sé.

No podía explicarse qué lo había impulsado a tocarla.

—Sólo sé que ese insensato de Bill está ahí afuera, entre la lluvia, buscándome.

—Aquí estás a salvo.

—Eso no suena muy verosímil.

—¿Deseas irte?

—No.

—Bien.

En sus voces vibraba la excitación compartida por dos personas que han salido despedidos de una playa en una pequeña embarcación y se encuentran en alta mar a oscuras y sin ningún plan. Se recordó que Rose no era su igual. Había visitado cuatro continentes, mientras que ella había pasado la vida junto a las minas. Sin embargo, desde la plataforma de aquel lecho parecían iguales. En aquel momento sus pretensiones de distinción —como la cinta de terciopelo que llevaba incluso con pantalones— no parecían ridículas. ¿Acaso se engañaba o había inteligencia en sus ojos?

—Vives como un noble. ¿Puedes soportar pasar la noche aquí?

—He vivido como los muertos. Sí, prefiero quedarme aquí.

—¿»Vivido como los muertos»? Me gusta, sé lo que quieres decir. Al trabajar en la mina y clasificar el carbón me siento «como una camarera en el infierno.

—¿Lo odias?

—No. Lo que me disgustaría es trabajar en una fábrica con mucho ruido. Tengo amigas que están casi sordas. El aire está tan lleno de algodón que resulta irrespirable. Y con faldas, entre los telares en movimiento, pueden perder una pierna, asfixiarse o morir de tisis. Y todo ello por menos dinero. Me considero afortunada.

—Podrías dedicarte al servicio doméstico.

—¿Ser una doncella? Sé que es más respetable, pero prefiero mantener mi autorrespeto.

La charla decayó por unos momentos porque, según él, no se conocían bastante. No tenían nada en común, no habían pasado una época de cortejo, sólo se habían sentido atraídos uno hacia el otro, como planetas que entran en un impulso de atracción mutua.

—¿A cuántas muchachas has seducido?

—¿A cuántos hombres has seducido?

Ella sonrió como si de aquel modo eliminase la pregunta.

—¿Ha sido diferente estar de nuevo con una muchacha blanca? ¿O es cierto lo que dicen, que de noche todos los gatos son pardos?

—No he tenido tantas mujeres, pero todas han sido distintas.

—¿En qué?

—El tacto, el olor, el sabor, el movimiento, el calor.

—¡Dios, eres un científico! ¿Y cuál es mi sabor?

Él le pasó la mano por la cadera y luego por el vientre y se lamió la palma.

—Rose, una rosa algo quemada.

Ella se apoyó en un codo. Aunque ocultaba su frente entre la maraña de cabello, la llama que destacaba en sus iris despedía destellos castaños y verdes. Y pese a la carbonilla que persistía como una sombra fija en su rostro, su cuerpo tenía la blancura exagerada de las pelirrojas, con venas tan azules en torno a la curvatura de sus senos que Blair casi podía percibir su pulso.

Ella le pasó la mano por la pierna y la retuvo allí.

—Veo que vuelves a estar vivo —dijo.

Pensó que Rose no era una muchacha vulgar. Había acudido a su lecho con el apetito de un año y, sin embargo, la pasión de la mujer se igualaba a la suya, como si una sola noche pudiera alimentar también el resto de su vida. Mostraba el abandono de la condena voluntaria y conscientemente aceptada si pudiera encontrar a alguien por quien condenarse.

Y era especial. Nada despreciable, no una curiosidad fotográfica para un turista, no una silueta de pie sobre un montón de escoria. Tan real como cualquier Hannay.

¿Sería amor? Blair creía que no. Sus cuerpos latían unidos con una ferocidad más similar a la ira, como enloquecidos y sudorosos platillos. Sentía que se sobresaltaba su mirada y se tensaban los músculos de sus hombros mientras la joven paseaba sus uñas por el surco de su espalda.

Las blancas sábanas manchadas negro se extendían infinitas de uno a otro extremo. Sobre el lecho aparecía el espacio normal. En ella un lugar más profundo. No era Wigan, sino un país completamente distinto.

—Comienzas a sanar.

Estaba a horcajadas sobre él y apartaba sus cabellos del corte que tenía en la cabeza.

—Eso espero —repuso.

—Sería un plan brillante que pudieras mantenerte lejos de Bill.

—Ésa es la parte más importante del plan... por lo menos, lo era.

Se apartó de él de un salto y regresó al cabo de un momento con un chal. Se sentó sobre su pecho y le volvió la cabeza a un lado.

—¿Qué haces? —le preguntó él.

Ella escupió en la herida y sopló carbonilla del chal.

—Lo que haría un minero —respondió.

CAPÍTULO CATORCE

La pieza para piano de Mendelssohn estuvo seguida por la actuación de la banda de metal con *¡Adelante, soldados de Cristo!* mientras niños ataviados con enormes collares de papel y barbas de algodón como mártires de la Reforma entraban en el escenario del teatro Royal.

—Los niños son huérfanos de mineros. Los beneficios que se obtengan están destinados a ellos —susurró Leveret a Blair.

Se encontraban en la parte posterior del teatro, bajo un busto de Shakespeare, pluma en mano. El teatro reverenciaba todas las obras del Bardo, con murales en los que aparecían figuras trágicas y ardientes amantes. En el proscenio, se veía a Otelo el moro navegando en una góndola por el Gran Canal.

Blair había llegado tarde y cubría con su sombrero los azules puntos de su cabeza. Distinguió a Hannay sentado en un palco. El obispo parecía contemplar desde su altura una comedia sencilla, pero muy divertida.

—La reina Elizabeth es la pelirroja que lleva el vestido más lindo —le explicó Leveret—. A la sangrienta Mary la distinguirá por la sangre que ensucia sus manos.

—Me recuerda a Charlotte.

—Wycliff, el mártir, está atado al poste, como es natural. Por ello la mayoría de niños llevan antorchas.

—Es lo que pensaba.

—Habrá dos cuadros, uno religioso y otro cultural.

—Maravilloso, ¿pero por qué me ha hecho venir Hannay?

Leveret se mostró evasivo.

—Tengo la relación que usted me pidió —dijo tras cierta vacilación.

—¿De las Mujeres Caídas por Vez Primera?

—Sí.

191

Leveret le tendió secretamente un sobre como si le entregara tarjetas pornográficas.

Dos verdugos con capuchas negras retiraban del escenario a los mártires. Un cuarteto de cuerda interpretó una nueva pieza. J. B. Fellowes, del sindicato de mineros, informó sobre el estado del Fondo de las Viudas y el cuarteto concluyó la primera parte del programa con *Annie Laurie*.

Durante el entreacto, la alta burguesía de Wigan bajó la escalera en dirección al salón. Eran aquellos cuyos carruajes permanecían afuera, los pañeros y sombrereros de Wallgate y Millgate, con criados que pulían los metales y barrían las aceras cada mañana, que invertían en fondos del gobierno al cinco por ciento; en otras palabras, gente que calzaba zapatos en lugar de zuecos. Cuando Blair pensó en el esfuerzo que representaba vestirse para un acontecimiento benéfico como aquél —atarse los corsés, cerrar los corchetes en corpiños con ballenas, cargar las jaulas del miriñaque a las cinturas comprimidas y colocar las enaguas encima— cada mujer representaba una batería de doncellas con los dedos ensangrentados. El efecto final era una riada de damas con sedas tornasoladas, pañuelos y gorgoranes en matices fucsia y granadina, acompañadas de caballeros con corbatas y trajes negros que parecían tan estáticos como árboles quemados. Algunas de las más jóvenes simulaban la *cojera Alexandra*, por la princesa que se había quedado coja de resultas de unas fiebres reumáticas. Como Blair también tenía la pierna rígida, se sentía bastante elegante.

Estaba perplejo acerca de lo que pudiera ocurrir en el teatro, aunque era consciente de que en torno a él circulaban murmullos de expectación. En el centro de todo, se encontraba lady Rowland, que exhibía el erótico resplandor de la mujer acostumbrada a ser centro de la atención masculina. Coronaba sus negros cabellos con hilos plateados un sombrero con una piedra verde. Blair no podía oír las bromas, pero advirtió cómo las conducía hábilmente con su abanico, premiando cada ocurrencia con su agradecida sonrisa de mujer madura, de singular atractivo. En un extremo núcleo de su sistema solar flotaba el jefe de policía Moon, resplandeciente con su levita adornada con negras trencillas de seda que pendían del hombro hasta el puño y que lucía casco de etiqueta con negra pluma de avestruz. Blair no creía que su visita nocturna a Rose Molyneux hubiera llegado ya a conocimiento de Moon, pero de todos modos se mantenía a distancia del jefe de policía.

Un círculo de jóvenes admiradores rodeaba a Lydia Rowland y, si la madre resplandecía, la hija, con menos esfuerzo, destellaba. Una diadema de blancas rosas enmarcaba sus rubios cabellos y azules ojos, con su mirada de cristalina inocencia. Blair se preguntó si era inocencia o un vacío absoluto.

Estaba tan absorto que tardó unos momentos en reparar en la presencia de Charlotte Hannay y Earnshaw en un rincón. Debía de representar un castigo para ella encontrarse en la misma sala que Lydia Rowland, porque, mientras su prima brillaba, Charlotte era una pálida figura con su austero vestido morado, cuyos cabellos mostraban un margen de violento rojo bajo una maraña de negro encaje. Allí estaba ella, la heredera local, y podía haberse tratado perfectamente de una institutriz o de una emigrante de algún infeliz Estado de Europa central. Earnshaw se encontraba a su lado, con la barba tan cepillada como su traje.

La respuesta de Charlotte a algún comentario de su acompañante fue una mirada como un basilisco que hubiera sumido en silencio a un hombre normal, pero el miembro del Parlamento mantenía un aire satisfecho y confiado. Blair pensó que aquélla era la razón de la que los políticos fueran asesinados, porque nada lograba desconcertarlos.

—¿De modo que los beneficios son para los huérfanos? —preguntó a Leveret.

—Una suscripción especial para su procesión.

Los miembros de la banda habían bajado al salón y se alineaban frente a los cuencos de ponche y a las bandejas de merengues. La sarga azul y los botones de metal de sus uniformes destacaban sus sonrosadas mejillas, tan inglesas. Detrás de la mesa colgaban cuadros de gran tamaño sobre temas inspirados: *El sermón de la montaña*, *La pacificación de las olas*, *Judith con la cabeza de Holofernes*. Blair reparó en la presencia del obispo Hannay y Lydia Rowland a su lado.

—*El sermón* es una pintura tranquila, ¿no le parece, señor Blair? —inquirió Lydia—. La multitud, cielos azules, olivos y Jesús en la distancia.

—La peor para Blair. No es hombre propicio a tiempos apacibles —intervino Hannay—. Él prefiere las tormentas y navajas afiladas. No queremos que se vuelva demasiado dócil. Ojalá tuviéramos algo más que el ponche de la Liga Moral, Blair. Según tengo entendido, se lo ha ganado.

—¿Cómo es eso?

—Me han llegado rumores de que se pelea con la gente para conseguir información.

—Eso sería terrible, Su Gracia, pero no es cierto, se lo prometo —dijo Leveret.

—¿Por qué no? Me parece estupendo que Blair consiga por fin interesarse.

Blair contempló las negras ropas que vestían los restantes invitados.

—Tal vez debía vestirme de otro modo.

—No. Se adapta usted muy bien —dijo Hannay—. Leveret, ¿no tiene algo interesante que ver?

—Sí, Su Gracia —repuso el hombre.

Y se alejó a toda prisa.

Desde diferentes puntos del extremo opuesto de la tribuna, Blair percibía la fría mirada de lady Rowland y el odio electrizante de Charlotte Hannay. Sentía el corte del costado de su cabeza, pero no creía que llegase a sangrar.

Aunque Hannay condujo a Blair a un lado, la presencia del obispo creaba una especie de confusión. Todas las cabezas se volvían hacia él, aunque pocos invitados se sentían bastante seguros de su estatus social para aproximársele. A Blair le sorprendió que mantuviera una conversación privada en un local público.

—Le agradecería que me diera a conocer su opinión —dijo Hannay con despreocupación—. Entre todas estas mujeres, ¿quién diría usted que brilla de modo excepcional? ¿Quién es como un diamante entre toscas piedras?

—Supongo que Lydia Rowland.

—¿Lydia? Lydia es una criatura hermosa, pero muy corriente. El mes que viene, cuando comience la estación londinense, mi hermana la llevará a la capital para presentarla a la Corte, visitar las mansiones adecuadas, pasearla en carruajes apropiados y bailar en los salones más convenientes hasta que conquiste un esposo. Costumbres no muy distintas a las de las tribus que hemos conocido. No, no me refería a Lydia. ¿Qué me importa Lydia?

—¿Se trata de Charlotte?

—¿Lo advierte usted? Desde luego se trata de mi hija. Antes era la criatura más brillante y divertida del mundo, una princesa deslumbrante. Cuando fue a Londres para su debut no quiso saber nada de la Guardia Montada ni de los petimetres presumidos de la Corte y no la censuré por ello. Ahora, apenas la reconozco. Es como si se cubriera de ceniza cada mañana para ocultar cuán brillante es. Fíjese en ella junto a ese saco de pretensiones, Earnshaw. Es un político profesional. Derrotó a un viejo amigo mío, lord Jeremy. Jeremy fue un necio. Se presentaba al Ministerio con el fantasioso programa de que su familia había servido al país desde el Príncipe Negro y que daba empleo a diez mil hombres y pagaba cien mil libras de salarios, mientras que Earnshaw era un don nadie que tan sólo tenía un oficinista a su cargo. Earnshaw ganó y ahora propone que a los nobles no se les permita presentarse a la Cámara de los Comunes y que se vean confinados como reliquias en la Cámara de los Lores. ¡Jeremy lo tiene bien merecido!

—¿Por qué?

—Uno no se enfrenta a los políticos profesionales: los compra.

—¿Earnshaw es venal?

Blair pensó que era una perspectiva muy diferente del campeón de reforma moral.

—Si no lo es, constituiría una gran pérdida de dinero.

—Incluso en un obispo estas palabras parecen cínicas.

—Cuando era joven predicaba la Regla de Oro, a mediana edad trataba de convencer mediante el razonamiento. Ya ha pasado esa época.

—¿Para qué pagó a Earnshaw? Parece un pretendiente de Charlotte.

—Earnshaw no es un pretendiente, es una locomotora. Sopla, resopla y luego, cuando llega el momento, desaparece por la vía.

Hannay se interrumpió para saludar a una anciana matrona envuelta en velos, se interesó por su salud y la dirigió hacia la mesa donde se encontraban los pasteles. Acto seguido se volvió hacia Blair.

—Los huérfanos atraen siempre a una multitud.

—Había muchos huérfanos hoy en escena.

—Los huérfanos son el precio del carbón.

—Leí el informe del juez de instrucción. Murieron setenta y seis hombres y sus abogados consiguieron que se considerase inocente a la mina. Usted no desea que se vuelva a abrir la encuesta.

—Creo que todo ha vuelto ya a la normalidad.

—No en cuanto a los muertos se refiere, ni a las viudas a quienes no se les permitió reclamarle a usted por vía legal.

—Blair, creo recordar que, según el jurado, uno de los mineros fallecidos había sido el responsable. Perdimos la producción de dos semanas y no cursé ninguna reclamación legal contra las viudas por mis pérdidas financieras, que fueron sustanciales.

Por favor, no finja compasión. Usted tan sólo espera que yo me asuste ante la perspectiva de reiniciar la encuesta y decida que ha concluido su trabajo y que puede marcharse felizmente. Pero no pienso hacerlo.

—¿No le preocupa que efectúe más indagaciones acerca de ese informe?

—¿Sobre bases legales? No tengo ninguna inquietud.

Blair captó la rápida mirada que Hannay dirigía entre la multitud hacia cuatro hombres que se agrupaban junto a la escalera. Todos representaban treinta y tantos años, estaban calvos y parecían nerviosos como galgos. No lejos de ellos se veían cuatro damas poco elegantes con trajes floreados.

—¿Se trata de Hopton, Liptrot, Nuttal y Meek? —inquirió.

—Sí, los señores Hopton, Liptrot, Nuttal y Meek. Estupendo. Sí, me siento debidamente representado en los tribunales.

Blair comprendió por las miradas que le devolvían que los abogados no se sentirían tan cómdos con sus preguntas como Hannay aseguraba. Las encuestas, como los difuntos, estaban mejor enterradas. También advirtió la fulminante mirada que les dirigía Charlotte al aproximarse a ellos.

—¿Por qué me has pedido que viniera? ¿Por qué me haces sentir que el espectáculo no lo constituyen los huérfanos, sino yo?

—Bien, tú también lo eres a medias.

Charlotte llegaba acompañada de Leveret, que había regresado.

—Señor Blair, tengo entendido que ha intimidado usted a Oliver para que le facilitara los nombres de las mujeres que han buscado ayuda en el Hogar. ¿No tiene ningún respeto a la intimidad? ¿Qué intenciones puede abrigar un individuo de moral relajada como usted para conseguir tales datos?

—Se trata de encontrar a John —repuso Leveret—. Lo hace por usted.

—¿Por mí? Infórmeme entonces. ¿Qué criminales ha encontrado el famoso Blair en su investigación? ¿Bandoleros, asesinos, salteadores de caminos?

—Sólo mineros —respondió Blair.

—¿Alguna mujer? —intervino Hannay como aquel que deja caer un alfiler seguro de que será oído.

Lydia había regresado a tiempo de quedarse sin respiración.

—Ésta es una sugerencia escandalosa, tío —dijo.

—¿Lo es?

—No era el caso de John —protestó Leveret.

—Deseo que Blair me responda —dijo Hannay—. En calidad de padre de Charlotte y obispo de John Maypole, deseo saber si estaba implicada otra mujer. ¿Qué me dice, Blair?

—Maypole estaba implicado con muchas mujeres, en especial con las que tenían problemas. Ignoro si ello significaba algo más que buenas acciones.

—Usted deseaba nombres, de modo que había alguien —dijo Hannay.

—Es demasiado pronto para decirlo.

—¿Alguna muchacha del Hogar de Charlotte? ¿Una minera, una obrera de las fábricas?

—¿Qué importa?

—Las obreras están tísicas y son etéreas; las mineras son robustas. Considero que Maypole se sentiría más atraído hacia las tísicas.

—Lo cierto es que no lo sé.

—Bien, algo está claro —anunció Hannay—. Blair está progresando. Charlotte, ha llegado el momento de que renuncies a Maypole. Su fantasma o, peor, sus pecados no tardarán en salir a la superficie. Blair tiene ahora el hilo y pienso apremiarlo hasta que encuentre a tu curita o sus huesos. Es hora de que reorganices tu vida.

Transcurrieron unos momentos hasta que los Hannay y los Rowland advirtieron que el resto de los presentes los observaban absortos. No porque les importaran en especial; Blair pensó que el obispo y su familia habían fijado previamente sus propias leyes de conducta y que, para ellos, el resto de la gente sólo existía como rostros pintados en un telón de fondo. En aquel contexto distorsionado, Hannay parecía haber representado de modo especial aquel acontecimiento.

El obispo se volvió hacia los congregados.

—Ahora nos aguarda una sorpresa. En la primera parte del programa, una procesión de niños representaba con gran encanto a los mártires que sufrieron gloriosamente en el desempeño de su misión: difundir la Biblia y la palabra de Dios por Inglaterra. Actualmente Britania tiene la misión de arrancar de su ignorancia a los múltiples pueblos nuevos de la tierra y conducirlos a la misma Palabra. Por fortuna nos vemos bendecidos con nuevos héroes, como verán cuando volvamos a reunirnos arriba.

En mitad del escenario se veía una caja de caoba cerrada tan alta como un hombre. Mientras la banda interpretaba *Rule, Bri-*

tannia!, los huérfanos regresaron al escenario con los rostros pintados de negro, negras alas y *pieles de leopardo* de muselina manchada. Los niños empuñaban espadas de bambú y escudos de cartón y las muchachas, cocos, y les brillaban ojos y dientes.

—Son africanos —informó Lydia a Blair.

—Ya lo veo.

Apareció una niña que lucía una tiara con aire solemne y una capa de armiño consistente en lana trenzada y que se deslizaba por la escena en una barca simulada con lienzo tirada por dos africanos.

—Es la reina —le aclaró Lydia.

—Cierto.

Rule, Britannia! concluyó con un toque trémulo y la reina y su nave se detuvieron también vacilantes junto a la caja. Cuando se redujeron los aplausos, el obispo Hannay se reunió con ella, le dio las gracias así como a los restantes huérfanos y aguardó a que se extinguiera una segunda ronda de aplausos.

—Es el amanecer de una nueva era. Exploramos un nuevo mundo al que aportamos luz a cambio de oscuridad, libertad en lugar de grilletes y, en vez de una supervivencia primitiva, compartir un comercio que aporta té de Ceilán, caucho de Malasia, acero de Sheffield y tejidos de Manchester en vapores de Liverpool que funcionan con carbón de Wigan, sin olvidar jamás que nuestras empresas sólo están bendecidas cuando la Biblia dirige su camino.

»Como sabéis, lord Rowland, mi sobrino, ha demostrado apasionamiento por tan peligrosa tarea. En la Costa de Oro de África occidental en especial, se ha esforzado duramente por redimir a los nativos del yugo de los negreros y acogerlos a la protección de la Corona para librarlos de la ignorancia y las supersticiones con la luz de la Iglesia.

»Esta misma mañana lord Rowland ha llegado a Liverpool en un buque correo del Atlántico procedente de África. En seguida se ha dirigido a Londres para pronunciar una conferencia en la Royal Geographical Society acerca de sus exploraciones en la Costa de Oro y en el Congo, y para informar a la Liga Antiesclavista de sus esfuerzos por erradicar ese comercio inhumano. Se han cursado telegramas en uno y otro sentido hasta que hemos logrado convencerlo de que honrase este acto benéfico no con un discurso formal, sino con su presencia. Cuando salga de este teatro marchará inmediatamente a la estación. Me consta que en Londres lo esperan con expectación, pero lord Rowland comparte el sentimiento familiar de que Wigan está en primer lugar.

»Durante sus viajes por África, lord Rowland ha recogido artefactos y curiosidades que consideraba dignos de estudio por la Royal Society y ha accedido a exponer uno de tales ejemplares públicamente en este acto benéfico antes de llevárselo consigo a Londres. Tal vez me exprese con especial orgullo, pero me consta que hablo en nombre de todos al dar la bienvenida a lord Rowland.

Un hombre delgado y rubio apareció en escena y estrechó la mano de Hannay. Mientras el obispo lo dejaba solo, todos los presentes se levantaron para aplaudirle. Lady Rowland se puso orgullosa de puntillas. El abanico giraba en la muñeca de Lydia mientras aplaudía. La banda volvió a interpretar ruidosamente *Rule, Britannia!*, con más entusiasmo que antes.

—¡Explorador! ¡Liberador! ¡Misionero! —exclamó la pequeña que representaba a la reina interpretando su papel.

El resto de sus palabras quedó sofocado entre las aclamaciones.

Rowland aceptó el homenaje con absoluta impasibilidad, que aún concentró más en él la atención. Blair recordó que era una afectación aparentemente natural que también le había funcionado en África. Había cambiado un poco del robusto individuo que llegó por vez primera a Accra. Pensó que aquél era el efecto que producía África. Primero regresaba al hogar el esqueleto, luego la carne y luego la impresión de dejar el clima ecuatorial por el frío goteo de la primavera inglesa. Casi compadecía al hombre.

A Rowland el cabello le caía en ondas en la frente, a juego con una barba rala. Las luces del escenario parecían proyectarse en él e iluminar un equilibrio de rasgos regulares. Con la mirada fija en el fondo del teatro, tenía la belleza de un ser filosófico, un Hamlet dispuesto a comenzar un soliloquio. Y al igual que Hamlet, al responder con aire ausente a la adulación, como si fuera irrelevante, la magnificaba. Hannay se dirigió a su puesto en primera fila. Rowland fijó su atención en el obispo, observó a su hermana entre la multitud y se centró en ella por un momento y luego en Charlotte, cuyos brazos pendían rígidos a sus costados, y movió incansable la mirada hasta localizar a Blair en la fila posterior. Sus ojos brillaban con una luz movediza.

Rule, Britannia! concluyó con un florilegio de trompas, seguido de murmullos por todo el recinto. Rowland se adelantó frente a la caja de caoba y realizó una leve señal que pareció ser interpretada como la modesta inclinación de un héroe. Los huérfanos, que aún compartían el escenario con él, exhibían una sucesión de blancas sonrisas en negros rostros. Blair pensó que si fueran realmente africanos huirían para salvar sus pellejos.

—Son muy amables, demasiado amables. El obispo me ha pedido que pronuncie unas palabras.

Hizo una pausa como si estuviera poco dispuesto a intervenir. Su voz llenaba el recinto sin esfuerzo alguno. Algo importante en los exploradores: conseguían tanta fama con libros y conferencias como con sus actividades exploratorias. Blair se dijo a sí mismo que tal vez se mostrara mezquino porque él no había sido invitado a hablar ante nadie, salvo en la cocina de Mary Jaxon.

—El viaje en sí no fue notable —dijo Rowland—. La travesía se inició desde Liverpool en un buque correo de la compañía naviera africana con rumbo a Madeira, las Azores, la Costa de Oro y Sierra Leona. Un viaje interminable hasta que nos trasladamos a una fragata de la Marina Real que patrullaba para perseguir el tráfico de esclavos. Y de allí a Accra, en la Costa de Oro, para perseguir a los negreros por tierra.

Rowland se apartó los cabellos de los ojos y reparó por vez primera en los huérfanos *nativos*.

—Por tierra la peor característica es la proliferación de mezclas raciales. Mientras los mestizos portugueses son superficialmente atractivos, los ingleses se mezclan mal con los africanos y producen una raza amarronada, de mente debilitada. Una razón adicional para que los ingleses recuerden que tienen una misión más elevada en África que los portugueses o árabes mercaderes de carne.

Blair pensó qué tal sería una mezcla de celtas, vikingos y normandos.

—Imaginaos, si os es posible —decía Rowland—, un mundo de naturaleza profusa e indómita, poblado de esclavos y negreros, de toda clase de depredadores que Dios en su curiosidad podría crear, infestado por una ignorancia espiritual capaz de adorar al babuino, al camaleón o al cocodrilo.

Tocó la caja de caoba.

—Los animales, en realidad, constituían otro objetivo, con la finalidad de fomentar la ciencia, la ciencia británica, a través del estudio de ejemplares raros. Repito que esta exhibición es puramente científica y confío no ofender a nadie.

Abrió las puertas de la caja. En su interior, apoyadas sobre blanco satén, se veían dos negras manos cercenadas por la muñeca. Un vello erizado cubría el dorso de una de ellas; la otra exhibía la palma, negra, surcada por múltiples arrugas y muy curtida, con dedos planos y triangulares. Las muñecas estaban rematadas por oro batido.

—Son las manos de un gran *soko*, un gorila que maté cerca del río Congo. Lo sorprendí con su grupo cuando se alimentaban. Me siento muy privilegiado al verlas porque, pese a su gran tamaño, se dejan ver escasamente. Este ejemplar es el tercero que llega de África.

—¿Le parece bien? —susurró Charlotte a Earnshaw.

—Por completo —repuso él—. No sólo por razones científicas, sino también por prestigio nacional.

Blair vio reflejarse el asco en los ojos de la mujer.

—¿Qué opina usted Blair? —le interrogó Earnshaw que se había vuelto hacia él.

—Tal vez el resto llegue en otra caja.

—Imagínese a un caballero como él enfrentándose a salvajes y monos —insinuó el jefe de policía Moon que se encontraba junto a Blair—. Parece conocerlo a usted —concluyó.

—Creo que los dos nos conocemos.

—Debió de hacer buen papel en África.

—Excelente porte, hermosos trajes.

—Algo más, sin duda.

Charlotte estaba pendiente de la respuesta de Blair, que en aquel mismo momento vio cómo Rowland miraba abajo del escenario.

—Absolutamente demencial —dijo.

Sus palabras se confundieron con los pomposos acordes de la banda de metal que iniciaban *Home Sweet Home*. Rowland escuchó con el aire distraído de quien oye desde lejos o que está a punto de escapar.

Moon tiró de la manga a Blair.

—¿Qué sucede? —tuvo que gritar éste para hacerse oír.

—Le digo que he encontrado a Silcock —gritó Moon a su vez.

—¿A quién?

—A Silcock, el tipo que usted buscaba. Si aún le interesa. Se trata de su investigación.

CAPÍTULO QUINCE

Marcharon a lo largo del canal en el coche del jefe de policía, lacado en negro y con adornos de latón, como un carruaje de pompas fúnebres. Blair seguía con el sombrero puesto pese al escozor que el roce de la cinta le producía en la herida de la sien. Los acompañaba Leveret a instancias de Moon. El atardecer se había transformado en un túnel de negras nubes. Las chimeneas de las fábricas estaban iluminadas por un lado como las columnas que bordean el Nilo.

Moon aún seguía encantado por el acto que acababan de presenciar.

—¡Vaya espectáculo esas manos! Muy instructivo, como ha dicho el señor Earnshaw. ¿Qué opina usted, señor Leveret? ¿Deberíamos mostrarlas a los niños traviesos de Wigan para conseguir que mejoraran?

—¿Eso haría usted? —preguntó Blair.

—Hizo retroceder a las mujeres, ¿no es cierto? Creo que tener unas manos así mejoraría el comportamiento de todo el mundo.

—Pregúntele a lord Rowland: tal vez le consiga otro par. Quizá la Royal Society tenga uno y usted pueda quedarse con éstas para utilizarlas en la escuela o en el hogar.

—¿Trata de hacerse el gracioso? ¿El señor Blair bromea? —preguntó Moon a Leveret.

El administrador se removió en su asiento como si intentara pasar inadvertido por su excesiva altura.

—Lo que más me gustaba de su padre era su poco sentido del humor —prosiguió Moon.

—Es cierto —convino Leveret.

—Yo siempre sabía cuál era su posición. Y me gustaría pensar que conozco también la de usted.

Leveret miró por la ventanilla y asintió.

—No bromeaba —repuso Blair al jefe de policía—. Es usted tan científico como el propio Rowland.

Moon desvió el centro de su atención de Leveret a Blair.

—Pero los nativos debieron de quedarse muy impresionados cuando Rowland se enfrentó a un mono gigantesco.

—Sin duda alguna. No sólo se enfrentó al mono, sino que le siguió la pista, lo hizo caer en una trampa y le voló la cabeza.

—Tengo entendido que es un gran tirador. Y las muestras, como decía el señor Earnshaw, son el comienzo de la zoología.

—De la taxidermia.

—Bien, llámelo como guste, es el inicio de la ciencia y de la civilización, ¿no es cierto?

Blair no respondió. Había creído que Rowland estaba en Ciudad del Cabo o Zanzíbar, en el otro extremo del mundo. Le había sorprendido verlo en Wigan, ensalzado como el Segundo Advenimiento y, asimismo, sentía resquemor ante la idea de haber interpretado de modo erróneo a Earnshaw. Si el hombre no era un pretendiente, ¿por qué hacía perder el tiempo a Charlotte Hannay? Se echó polvo en la palma de la mano.

—¿Es eso arsénico? —inquirió Moon—. No creo que el doctor Livingstone lo utilice en sus expediciones, ¿verdad?

—Él toma opio.

Blair ingirió la dosis y sintió el amargo sabor difundirse por su boca y su cerebro.

—Hábleme de Silcock.

—Es una especie de matón y salteador. Si no le arrebata su dinero en las cartas, lo atracará después en una callejuela. Lo expulsé de Wigan en enero en dos ocasiones, la segunda, después del incendio. De todos modos, ahora está acorralado.

—¿Lo ha interrogado alguien acerca de Maypole?

—No. ¿Ha tenido usted alguna vez problemas con la ley, señor Blair?

—¿Por qué me lo pregunta?

—Porque tiene aspecto de ello. No parece un lobo con piel de cordero exactamente, sino más bien un lobo con bufanda. Alguien diría. «¡Lleva collar!»; yo diría: «No, se propone comer.» Cuando me enteré de que se había peleado con Bill Jaxon y que había podido con él, pensé que mi instinto no me engañaba.

—¿Dónde oyó esto?

—Por doquier. Al parecer, él cree que usted va tras su chica preferida. No será tan necio, ¿verdad?

Blair sintió un escozor en las suturas que Rose había cosido. Pensó si sería consecuencia del arsénico o de Moon.

—No será tan necio, ¿verdad? —repitió Moon—. Las mujeres son peores que los hombres: es una realidad. ¿Se ha fijado que los hospitales del ejército británico están llenos de enfermos de dolencias venéreas transmitidas por prostitutas y mujeres ligeras?

—Se transmite por ambas partes, ¿no es cierto?

—Pero con inocencia o profesionalidad, ésa es la diferencia.

—En tiempos de paz yo creí que la profesión del soldado era transmitir enfermedades venéreas.

—Ya vuelve a bromear, señor Blair, pero en el sur de Inglaterra las mujeres ligeras están aisladas en hospitales especiales por su propio bien. Aquí, en el norte, no existe control.

—¿Cómo las identificaría? ¿Por llevar los brazos desnudos o pantalones?

—Es un principio.

—¿Se refiere a las mineras?

—Quiero decir que las mineras son mujeres que han retrocedido a un estado salvaje. No es sólo cuestión de vestidos o pantalones. ¿Cree usted que el Parlamento investigaría a esas mujeres si sólo fuera cuestión de ropas? Los pantalones son un simple símbolo de la civilización. ¿Acaso cree que me importa que lleven pantalones, conchas marinas o que vayan en cueros? Ni un bledo. Pero sí me interesa que se cumplan las normas. Puedo confiarle por triste experiencia que la civilización no es otra cosa que una serie de normas adoptadas por el bien general. Ignoro qué sucede en los mares del Sur, pero en cuanto una inglesa se pone los pantalones se divorcia de la decencia, y de las consideraciones debidas a su sexo. Admitamos que se trata sólo de una norma, pero es lo que nos separa de los monos. Las mineras tienen su atractivo, no hay que negarlo. El propio obispo, cuando era joven y antes de tomar el hábito solía escaparse a la ciudad por las antiguas galerías Hannay para visitar a las chicas. ¿No fue san Valentín quien dijo: «Dame castidad, Señor, pero todavía no»?

—Fue san Agustín.

—Bien, pues así era Hannay. Más de una muchacha tuvo que salir de Wigan con el billete picado, supongo que me comprende.

Moon se inclinó hacia él con aire de complicidad.

—¿Puede decirme cómo civilizan los africanos a sus mujeres?

Blair se recostó en su asiento.

—Nunca me lo habían planteado de este modo —repuso—. Es usted un experto antropólogo.

204

—Los policías hemos de tener un espíritu abierto.

—Las escarifican, les ponen clavijas en las narices, platos en los labios, pesos en las piernas y les amputan parte de los órganos sexuales.

Moon se mordió los labios.

—¿Y funciona?

—Ellas lo consideran normal.

—¿Qué le había dicho? —repuso Moon—. ¡La mejor forma de actuar!

El tráfico del canal tenía que detenerse en la esclusa para remontar o descender al siguiente tramo de agua, pero era evidente para Blair mientras marchaba por el camino de sirga que la última esclusa de Wigan no funcionaba en absoluto. Los barcos permanecían inmóviles de proa a popa en largas hileras a ambos lados de la esclusa, y en los senderos de sirga se había congregado una multitud formada por los barqueros y los clientes de las cervecerías próximas mientras que los niños procedentes de los barcos se agolpaban en las orillas.

Los propios barcos eran una maravilla de diseño: de quince metros de eslora, con capacidad para transportar veinticinco toneladas de carbón o, si se trataba de fábricas de cerámica, huesos y sílex. Por añadidura, cada barco constituía un hogar con un camarote de dos metros donde solían apretujarse los siete miembros de una familia, y decoraban las proas con fantásticos castillos blancos o rosas rojas de Lancashire. Pese a la inminente amenaza de lluvia se respiraba el ambiente de una multitud distraída ante una pantomima callejera. Los caballos de arrastre, de Clydesdal, permanecían olvidados en hileras y los perros corrían arriba y abajo de las cubiertas. Moon, Leveret y Blair tuvieron que abrirse paso a empujones.

Un buque enfilado río arriba se encontraba en la esclusa sur. Su tripulación —padre, madre, dos muchachos, tres chicas, un perro muy excitado, una cabra con hinchadas ubres y dos gatos que mudaban el pelo— se hallaban en cubierta mirando sobre la caña del timón de popa a un hombre con el agua hasta el cuello cuyas ropas flotaban a su alrededor.

La esclusa consistía en un ingenio muy sencillo a base de dos cuencas —una para el tráfico superior, la otra para el inferior— cada una con dos pares de puertas. Sin embargo, sus dimensiones eran muy concretas: el barco medía dos metros de ancho y la amplitud de la esclusa era de dos y medio, por lo que quedaban unos veinticinco centímetros de distancia a cada lado. El barco estaba trincado por la parte delantera y la defensa de la proa chocaba contra la puerta, de otro modo no hubiera podido descubrirse al hombre que estaba sumergido en las aguas.

El nivel acuático estaba controlado por sendas ruedas incorporadas en las puertas, que se impulsaban hacia arriba o hacia abajo haciéndolas girar. Pero como aquélla era una esclusa vieja, contra la que cada día chocaban los barcos, por la puerta superior se filtraban chorros ruidosos y el nivel crecía de modo perceptible. Ello no representaría un grave problema en circunstancias normales pues el nivel del agua se igualaría al abrir la puerta inferior. En aquellos momentos el vaivén de las aguas hacía oscilar el barco entre las paredes y golpear contra la compuerta de corriente abajo y el hombre que estaba en las aguas tenía que sumergirse y emerger cada vez asiéndose levemente a la perforada y astillada madera de la compuerta o a los ladrillos enlodados del muro de la esclusa.

—Parece que Silcock se ha cogido el pie en la puerta inferior —comentó Moon—. El espacio es insuficiente para él y el barco, pero si abrimos la puerta superior crecerá el nivel acuático y lo ahogará y no podemos abrir la inferior porque los barcos de la otra parte se hallan demasiado apretujados. El hombre ha quedado atrapado.

—¿Por qué no hacer girar la rueda para liberar el pie? —preguntó Blair.

—Ésa es la solución más evidente —repuso Moon—. Todos los barcos llevan una manivela, una *llave* la llamamos nosotros, según el señor Leveret podrá informarle puesto que es nieto de un esclusero, pero el barquero arrancó la tuerca del trinquete al que corresponde la llave y aunque tengamos otras cien, ninguna funcionará.

Había algunos buceadores en las aguas tras la puerta donde la corriente se deslizaba hacia abajo.

—Los hombres buscan el trinquete —dijo Moon—, pero este canal está tan negro como la laguna Estigia a causa de la carbonilla y esperamos a que traigan otro. Entretanto, como el antiguo refrán: «Por culpa de un clavo se perdió un caballo, por culpa de un caballo se perdió una batalla.»

—¿Cuánto tiempo lleva Silcock ahí?

—Desde las seis de esta mañana. Según le he explicado, lo habíamos expulsado en dos ocasiones y no quiso reconocer quién era hasta poco antes de que comenzasen las ceremonias.

—Podía habérmelo dicho en cuanto llegó allí.

—¿Y perdernos la presencia de lord Rowland? Confío que no olvide informar a Su Señoría y al obispo de cuán útil ha sido el jefe de policía Moon para usted y cómo lo ha ayudado personalmente a llevar a cabo su investigación privada. ¿Puedo contar con ello, señor Leveret?

—Desde luego.

—¿Cómo sucedió? —se interesó Blair.

—Habrá apreciado que aquí no hay ningún puente. Aunque advertimos en contra de ello, algunos necios pasan sobre las puertas, por lo general cuando salen tambaleándose de una cervecería. Eso debió de sucederle a Silcock. Todo un ejemplo, ¿no es cierto?

—Al jefe de policía le gustan los ejemplos —comentó Leveret.

—Es lo que recuerda la gente —dijo Moon.

Sobre los cabellos mojados de Silcock se veía una herida profunda por la que se distinguía el hueso.

—¿Cómo se habrá hecho eso? —preguntó Blair.

—El barco ha estado atado al pairo toda la noche. Debió de golpearse con él en su caída.

—¿No lo vieron los barqueros?

—No.

—¿Quiere decir que el barquero enganchó la pierna de un hombre en la rueda sin darse cuenta?

—Le digo que el tipo estaría tan borracho que no repararía ni en la separación de aguas del mar Rojo. Estaba borracho él así como su mujer y sus hijos. Y, probablemente, el perro y los gatos también lo estarían. ¿No es cierto, señor Leveret?

Pero Leveret había desaparecido. Mientras el barco se balanceaba, un chorro de agua saltaba por la puerta formando un arco a lo largo de la cuenca. Blair comprendió que si Silcock no tuviera la pierna atrapada en la rueda y drenara hasta cierto punto la esclusa, ya hubiera perecido ahogado. Aunque si no estuviera atrapado, tampoco se hubiera ahogado. Era como un antiguo enigma. Y Wigan parecía el lugar apropiado para que la gente se durmiera en las vías y cayera en minas abandonadas. ¿Por qué no nadar en el canal?

—¡Alguien quiere hacerle unas preguntas, Silcock! —gritó Moon hasta hacerse oír por el hombre.

Silcock asomó jadeante entre las aguas, con ojos de pez.

Blair trató de imaginarlo seco, con bombín y una baraja en las manos.

—¿No puede llevarse de aquí a esta gente? —preguntó a Moon.

—Disfrutan de escasas diversiones: no hay procesiones, señores, obispos ni grandes monos.

Ciertamente, era la clase de público que disfrutaba con los dramas públicos, ya fuese el descarrilamiento de un tren o un linchamiento. Un género tribal no mencionado en la Biblia. Hombres con chisteras, descendientes de gitanos y peones irlandeses, oscuros capitanes de vías navegables, y mujeres gordas y zarrapastrosas con faldas blancas de polvo de alfarero o anaranjadas de mineral de hierro. Se habían reunido antes de que llegara Blair y estaban dispuestos a permanecer allí mientras durase la representación, que ya no se prolongaría mucho tiempo.

—Mientras que hablo con él, usted podría encargar que trajeran una bomba de incendios o de alguna mina —dijo Blair a Moon.

—¿Y tratar de reducir el canal Leeds-Liverpool? No me parece aceptable.

—Haga retroceder los barcos y abra la puerta.

—¿Reenganchar veinte caballos y veinte barcos? En estos momentos ya no.

—¡Ampútenlo! —gritó alguien entre la multitud.

—¿Bajo las aguas? —razonó otro desconocido.

—¡Auxilio! —exclamó Silcock que intentó asirse a un buceador y estuvo a punto de sumergirlo.

—Señor Blair, le digo que es el momento oportuno. Si tiene alguna pregunta que formular, ninguna ocasión como ésta —dijo Moon.

—¿Puede procurarme una cuerda por lo menos? —insistió Blair.

Un muchacho se apresuró a ofrecerle una amarra desde cubierta. Blair hizo un nudo y se la tendió a Silcock, que pasó la cabeza y los brazos por ella con lo que ascendió unos centímetros sobre las aguas y apartó la caña del timón que se interponía en su camino.

—Deje el timón —gritó Blair—. No piense en él.

Silcock centró su atención en Blair.

—¿En qué voy a pensar?

—¿Quién le ha hecho eso?

—No lo sé. Regresé anoche a Wigan y supongo que caí y me abrí la cabeza. No lo recuerdo.

—¿Estaba borracho?

—Supongo.

—¿A cuántos bares fue?

—No lo sé. Ya salí borracho del primero.

La respuesta provocó las risas de los hombres que se encontraban en el extremo más alejado de la esclusa, lo que le inspiró más ánimos.

—¿Y tras el último?

—Supongo que me dormí un rato. Entonces me levanté y caí aquí.

—¿Piensa en algún enemigo?

—Se me ocurren muchos —respondió Silcock de cara a la galería.

El barco se ladeó y lo aprisionó debajo. Como centro de la atención general, la familia que se hallaba a bordo se agrupó y observó con gran interés, padre y madre chupando con gravedad sus pipas, las niñas alineadas con lazos en los cabellos y los muchachos acicalándose para los amigos que tenían en la orilla.

—Es un ejemplo maravilloso —comentó Moon—. Un criminal reducido por los riesgos de entrar ilegalmente en una propiedad privada.

Cuando Silcock apareció con la cuerda había perdido el escaso terreno que antes ganara. Blair renunció a toda sutileza.

—¿Qué hay de Maypole?

Aun *in extremis*, Silcock se mostró desconcertado.

—¿Cómo?

—Usted se vio aquí con el reverendo Maypole en diciembre. Lo abordó tras un partido de rugby y atrajo la atención del jefe de policía Moon que lo expulsó de la ciudad.

Silcock miró de reojo al policía.

—No era ningún crimen entablar conversación con el hombre.

—Usted se ofreció a introducirlo en diversos vicios —prosiguió Blair—. ¿Qué vicios en particular?

Silcock tuvo en cuenta de nuevo su gran auditorio: al fin y al cabo era una época de oradores patibularios.

—Tal vez algunas diversiones. Para algunos es carne y, para otros, pescado.

—¿Muchachos o muchachas?

— La sodomía está por encima de mis posibilidades. De todos modos, yo pensaba en los naipes.

—¿Por qué abordar a un clérigo?

—Jugaba a rugby. Es una afición extraña para un sacerdote. Si aquello le gustaba, tal vez tuviera otras inclinaciones.

—Usted lo amenazó si lo denunciaba a la policía.

—Jamás. Creo que le dije «no pasa nada». Ésas fueron mis palabras. Pero al cabo de un momento el jefe de policía aquí presente me echaba la zarpa. Sólo por pasar el tiempo con un sacerdote, ¿es eso justo?

En aquel momento se sumergió. Blair se apuntaló en el suelo y tiró de la cuerda. Cuando Silcock reapareció, la cuerda le atornillaba la cabeza en los hombros y tenía que torcer la cabeza para hablar.

—Es algo difícil ser salvado.

El buceador que estaba fuera de la esclusa apareció en la superficie y se echó hacia atrás, agotado, sobre las aguas.

—¿Sigue usted dispuesto? —preguntó Blair.

—Me estoy ahogando —repuso Silcock.

—¿Sigue dispuesto?

—Sí, lo estoy.

Fijó su mirada en Blair como si fueran sus manos.

—¿Le señaló alguien a Maypole en Wigan?

—La gente con la que me relaciono no asiste a la iglesia. Por lo menos en mis círculos.

—¿Cuáles son sus círculos?

—Viajeros, jugadores, hombres que disfrutan con fantasías.

—¿Con «fantasías» se refiere a círculos de lucha?

—Círculos pugilísticos.

—¿Con guantes?

—Puños desnudos. Los guantes privan a la gente del aspecto teatral.

—¿Sangre?

—Donde hay sangre hay plata. Cuando se interrumpe una lucha por heridas, uno vuelve a apostar y aumenta la acción.

—¿Rugby?

—No es el mejor ni más auténtico deporte. Más propio para mineros. Me gustan los perros, gallos, perros y ratas, hurones y ratas.

—¿Y el zumbido? Ya sabe, la lucha de los mineros con zuecos.

—Eso está bien.

Un buceador salió de las aguas, se acercó a Moon e hizo una señal con la cabeza. Silcock observó que el agua le cubría la nariz y las cuencas de los ojos.

—Haga venir más hombres —dijo Blair a Moon.

—No tiene sentido expulsar a un indeseable si cuando regresa lo trato como a un bebé —repuso Moon.

—Pregúnteme algo más —dijo Silcock.

—¿Quién es el mejor que ha visto luchar?

—Una pregunta difícil. En general, Macarfy en Wigan.

—¿No ha visto nunca a Jaxon?

—No lo he visto en acción, pero he oído hablar de él.

—¿Qué decían?

—Según algunos, que en zumbido es el mejor.

—¿Quién lo dijo?

—Un tal Harvey que según me explicó trabajaba con Jaxon.

—¿Harvey era nombre o apellido?

—No lo sé.

—¿Era un minero con el que usted jugaba?

Silcock se hundió y su cabello surgió como algas. Blair lo izó, aunque sintió como si le separara los brazos del cuerpo.

—No jugaría con un minero —repuso Silcock—: me dejaría las cartas negras y torcidas.

—¿Era Harvey demasiado limpio para ser minero? —insistió Blair.

Y dirigiéndose a Moon insistió:

—Meta más buceadores en el agua.

Moon se limitó a hacer un ademán autoritario para que no se moviera ninguno de los presentes.

—Limpio y poco afortunado —repuso Silcock esbozando una sonrisa—. Nunca vi a nadie con más mala suerte. Me pegué a él como su mejor amigo.

—¿Estaba limpio pero trabajaba en la mina con Jaxon? ¿Cómo conoció a Harvey?

—Por el juego. No estaría aquí si sólo pudiera jugar a cartas con Harvey.

Volvió a sumergirse y burbujas plateadas brotaron de su boca. Blair se ató la cuerda en la espalda y tiró de ella sin resultado. Los ojos del ahogado estaban desorbitados, sus mejillas hinchadas y amoratadas por los tirones.

Blair no advirtió el regreso de Leveret ni reparó en el administrador de la finca Hannay hasta que éste aplicó una llave de fundición del tamaño de una pierna humana en el eje de la tuerca rota y tiró del mango como si manejara un remo. Ajustó los dientes de la llave y tiró de nuevo. Un profundo sonido surgió del fondo de la esclusa y los barcos alineados en el exterior de la puerta se balancearon bruscamente. Moon lo miró y se sonrojó mientras Leveret giraba con más energía la llave.

Otras personas ayudaron a Blair a sacar a Silcock y a extraer el agua de sus pulmones. Fuera de la esclusa Silcock se veía pequeño y empapado, con un harapo aún rodeado por la cuerda. El agua lo había engrandecido.

Leveret cruzó la esclusa con la llave.

—Esto hubiera hecho mi abuelo, el esclusero —dijo.

CAPÍTULO DIECISÉIS

Al regresar al hotel, Blair cogió la botella de brandy que tenía en un velador, junto a la ventana del dormitorio. Como la habitación estaba encendida se halló frente a su reflejo que parecía el de un hombre bajo las aguas.

En sus casi últimos momentos, cuando Silcock había hecho acopio de toda la dignidad posible y bromeado desde el extremo de su cuerda como un marinero en el pañol de un barco que se hundiera, hasta que sólo asomaba su nariz sobre las aguas y luego únicamente sus manos que trataban de escalar la cuerda, había transmitido su temor a Blair y, a la sazón, le temblaban las manos como si aún recibiera el mensaje.

La compuerta estaba tan tensa que había roto el tobillo de Silcock. No era una víctima inocente, desde luego; él mismo reconocía ser ladrón y tramposo y estar borracho al caer en la esclusa. Cuando Blair habló con la familia que estaba a bordo, todos ellos manifestaron que al producirse los hechos se encontraban dentro del camarote porque la esclusa solía llenarse muy lentamente, que estaba oscuro y que no habían oído nada parecido al sonido de una cabeza al chocar con la borda.

Alguien había abierto la cabeza de Silcock, lo había arrojado en las aguas, enganchado la rueda de la puerta en su tobillo como la barra de una ratonera y retirado la manivela. O, según sostenía Moon, Silcock cayó primero de cabeza desde la puerta, se golpeó con la borda al proyectarse hacia el agua y fue arrastrado por la pala de drenaje antes de que pudiera cerrarse. Como Silcock alardeaba tras su rescate, no podía dar una relación de todos sus enemigos. Nunca había visto a Bill Jaxon y Blair sabía por propia experiencia que Bill no sabía nadar. Nada se había ganado por salvar a Silcock salvo que aquel infeliz estaba vivo y que a Blair le ardían las palmas de las manos de sostener la cuerda.

213

Primero, el caballo en la mina; ahora, Silcock. Nada ni nadie estaba a salvo. Ora daban cabriolas sobre un verde césped o se veían sumergidos en las profundidades, como si el agua y las minas estuvieran vivas. Se representaba a sí mismo de un modo muy cómico, enganchado con una cuerda a todo cuanto veía: el santo Blair, patrón de los desaparecidos.

Llevó su copa al salón, donde estaba el informe del juez. No aparecía ningún Harvey, como nombre ni apellido, entre las víctimas relacionadas con la explosión de la mina Hannay, aunque estaba seguro de haber visto antes aquel nombre. Revisó la lista de supervivientes sin encontrar en ella a ningún Harvey. A continuación, examinó la relación de testigos asimismo sin éxito. Lo que indicaba cuán peculiar era que Silcock dijese que alguien que trabajaba con Bill Jaxon fuera bastante limpio para jugar a los naipes. Los hombres que trabajaban en una mina de carbón no estaban limpios. Incluso los que cuidaban de los frenos y de las vagonetas y que trabajaban en la superficie iban manchados de negro.

¿Acaso importaba? Silcock no había tenido nada que ver con Maypole aparte de una simple conversación tras un partido de rugby y formular algunas sugerencias que el sacerdote había rechazado.

Dejó a un lado el informe del juez para examinar la lista que Leveret le había facilitado del Hogar Femenino. La habilidad de Rose Molyneux en suturas quirúrgicas no se aprendía con el preparado anual de un pavo navideño: alguien le había enseñado. Aunque no en el Hogar; allí no aparecía registrada ninguna Molyneux.

Estaba en un callejón sin salida. Un día sin conseguir ningún logro salvo ganarse un nuevo enemigo con el jefe de policía Moon. Aquélla era su habilidad, como Earnshaw había dicho: granjearse enemigos. Un día singular iluminado por la liberación de Silcock y la aún más milagrosa aparición de Rowland, que regresaba de la jungla, ante el que todos se inclinaban y que a la sazón se encontraría en Londres.

Hacía sólo treinta años que se habían descubierto los gorilas. La primera piel había sido embarcada hacía diez. Ahora había unas manos de aquel animal en Wigan. Y el naufragio del *negro* Blair, no arrojado en las arenas de Zanzíbar, sino bajo la correa de un obispo.

¿Por qué preocuparse? A nadie le importaba Maypole. Él no era un detective ni un santo patrón. No era propio de él en absoluto.

Regresó a su dormitorio en busca del brandy. Para no verse reflejado de nuevo en el espejo apagó la luz y contempló un muro de nubes náufragas hechas jirones, sucias y arruinadas que se amontonaban sobre la ciudad. Por la calle, botellas de muestras brillaban en el escaparate de la farmacia, montones de quincalla en un almacén de ferretería, rostros pálidos surgían en el escaparate de la sombrerería. En la callejuela, junto al sombrerero, la luz de la farola se reflejó en un pedazo de metal. Pensó que se trataría de una moneda, hasta que el objeto se movió y reconoció la puntera del zueco de un minero.

Blair retrocedió y observó durante otros diez minutos, lo suficiente para distinguir unas piernas entre las sombras de la callejuela. A un hombre no le costaba tanto tiempo responder a una necesidad fisiológica. No fumaba, pero no deseaba ser visto. Podía ser cualquiera, pero no le importaba que se tratase de Bill Jaxon porque ahora ya sabía dónde se encontraba. Jaxon no echaría abajo las puertas del más respetable hotel de Wigan, mientras Blair se alojase en el Minorca: allí se hallaba a salvo como un barco en puerto seguro.

Se sirvió otra copa y trató de concentrarse en el diario de Maypole. Al contemplar las líneas cruzadas imaginó al sacerdote inclinado sobre las páginas, como un gigante que estuviera bordando. Aún no había descifrado el código de las anotaciones manchadas de tinta correspondientes a los días 13 y 14 de enero, y la única razón de imaginar que valía la pena tal esfuerzo era por saber qué representaban tan auténticas marañas. Una vez aclarado aquel caos, aún seguirían careciendo de sentido, pero se recordó que Maypole sólo era un sacerdote, no un malévolo minero. Las líneas parecían el código César de letras alteradas en bloques de cuatro, lo que sólo representaría una dificultad regular si se comenzaba con las letras usadas con mayor frecuencia, letras duplicadas y combinaciones corrientes. El problema era que algunas combinaciones parecían tan diferentes como si estuvieran vertidas en otro idioma. Olvidó los bloques y releyó de nuevo una y otra vez las líneas para captar el ritmo hasta sentir una voz familiar en su oído interior y entonces las primeras palabras menores facilitaron la vocal evocadora de un nombre que resultó ser la clave que descifraba el resto.

Pero el rey Salomón amó, además de a la hija del faraón, a muchas mujeres extranjeras: moabitas, ammonitas, idumeas, sidonias e hititas.

De modo que su infancia escuchando a fanáticos religiosos no había sido en vano. Y el brandy tampoco.

Sus mujeres inclinaron su corazón en pos de otros dioses. Siguió, pues, a Ashtarté, divinidad de los sidonios, y a Milkom, abominación de los ammonitas.

¿Abominación de los ammonitas? Pensó que aquél parecía un título propio para la tarjeta de un abogado. Tal vez Milkom podría juntarse con Nuttal, Liptrot, Hopton y Meek.

El amor anuló a Salomón, el más sabio de los hombres. ¿Pero es amor o una clara visión? Salomón veía a esas mujeres muy hermosas. Cuando yo tengo los ojos abiertos siento cuán peligrosa puede ser la claridad. ¡Ojalá hubiera estado ciego, como todos en Wigan! Tal vez la ceguera sea la salvación, pero ahora que mis ojos están destapados, ¿qué puedo hacer?

Blair deseó tener los ojos abiertos. ¿En qué punto habría Hannay mudado sus propósitos de una tranquila investigación del paradero de Maypole a la humillación pública de su hija? Charlotte Hannay acaso fuera una carga enojosa, pero aquel proceso lo hacía sentirse mezquino.

Si en lugar de ello, es fruto de mi imaginación y no de mis ojos, ¿seré injusto? ¿Fue pecado de Salomón ver la belleza en otra piel, unos ojos negros, una boca plena? Algún día tal vez C. y yo veremos Tierra Santa, aunque cada noche me visitan los sueños de Salomón. No es la Tierra Santa de la bendita agonía de Nuestro Señor, la que he imaginado como una serie de transparencias, cada escena inmóvil y serena, un progreso impresionante desde Getsemaní al Gólgota que, en realidad, es una contemplación de la muerte. En lugar de ello, todos mis sentidos están vivos y cada sueño tiene el color y la vibración táctil de la revelación.

Para Blair, los personajes de clase media inglesa eran como las monedas. Por la cara, fríos, asexuados; en la cruz, visiones de seres con necesidades sexuales. Si Rose Molyneux agitaba sus pestañas ante Maypole, como una coqueta con cualquier hombre, ¿quién sabe qué romance mental podía crearse un sacerdote? A menos, desde luego, que leyeran su diario.

En mis sueños yo soy tan negro, trabajo tan duro y río con igual libertad. Y escapo con ella, esquivando todo el peso de clase y cultura. Si tuviera el valor de seguirla.

¿Un sacerdote que rechazaba a la hija de un obispo por una belleza minera? No era muy probable, y sin embargo...

Cada mañana, antes de amanecer, los oigo pasar. A ella y a mil personas más, con el sonido de sus zuecos como un río de piedras. Según dicen los Salmos, parece «hecha en secreto y curiosamente forjada en las partes más profundas de la tierra». Es un salmo escrito para Wigan. El sonido de sus pasos me resultó muy extraño cuando llegué, y ahora me parece tan natural como la llegada del amanecer. Más tarde, cuando me preparo para la misa hablada, una marea de ganado fluye en sentido contrario por las calles antes de que comience el tráfico de carruajes. Cristo era carpintero, conocía el trabajo y el sudor de los hombres a quienes predicaba. Cada mañana asisto a mis rondas con la mitad de entusiasmo que debería, avergonzado de no haber compartido nunca el trabajo de los mineros de Wigan. Tengo al hombre y sólo me falta el lugar donde obtener suficiente habilidad para pasar por uno de ellos. Sólo por un día.

Sin embargo, de noche me aguarda una agonía distinta, cuando, como Salomón dijo, «me levanto y voy por las calles de la ciudad en busca de aquélla a quien amo». Si me atreviera, lo haría.

Dos horas después, el brandy había formado un charquito en el fondo de la copa. La última anotación era un entretejido de líneas en un código aún más complejo. Reconocía el mérito. Maypole había recapitulado el progreso de cifras, desde la más primitiva a la más enloquecedora. La última anotación sugería un sistema numérico. Las cifras numéricas eran simples rompecabezas, una cuestión de invertir letras según una pauta como 1-2-3, repetida una y otra vez, pero resultaba imposible adentrarse en ella sin conocer la clave. Al ver que no funcionaba por el recurso de las fechas de nacimiento, Blair comprendió al punto y con todo el dolor de su corazón, que la clave procedería del manantial de la inspiración de Maypole, la Biblia, el número de los Apóstoles, los años de Matusalén, los codos del Sagrado Tabernáculo, o algo más divino, maníacamente enigmático, como el censo de Jerusalén por Nehemías; los hijos de Elam, que ascendían a mil doscientos cincuenta, o los ochocientos cuarenta y cinco hijos de Zatu.

La minutera de su reloj se retorcía bajo el cristal como la flecha de un compás en busca de un nuevo norte.

Blair ocultó el diario en lugar seguro tras el espejo, dejó la lámpara encendida, pasó al vestíbulo y, tras bajar la escalera del restaurante del hotel, salió por la entrada posterior a través de los vapores de la cocina. No se sentía como un lobo, tal como Moon lo había descrito, sino como una cabra que anduviera tras las huellas de otra. ¿No era aquél su método para encontrar a Maypole?

—No puedes venir aquí —dijo Flo.

—Quiero ver a Rose.

—Aguarda.

Apagó la lámpara de la cocina y lo dejó afuera en la oscuridad.

Esperó en el escalón, sobre el barro del patio, rodeado del olor de las aguas sucias y los cenizales. Hacia el oeste, las nubes se habían encendido formando una tormenta eléctrica demasiado lejana para percibir el sonido del trueno. No podía ver las descargas individuales de los relámpagos, sólo la iluminación en un valle de cumulonimbos y luego en otro. Se preguntó si sería la distancia o acaso la pantalla de humo que se levantaba de la línea superpuesta de chimeneas lo que dividía a Wigan de aquel lugar. La ciudad parecía existir como un mundo independiente, y como siempre, estar levemente encendida.

Rose apareció en la puerta de la cocina con tanto sigilo que al principio no advirtió su presencia. Llevaba un vestido mojado en los hombros por causa de los cabellos y comprendió que la razón de no haberla oído acercarse era porque había salido del baño descalza. La rodeaba el perfume del jabón como una aureola de sándalo o mirra.

—He venido por las callejuelas: ahora conozco el camino.

—Eso dijo Flo.

—Flo...

—Se ha ido. Bill aún te busca.

—Me sigo ocultando de él.

—Entonces huye a cualquier otro lugar.

—Quería verte.

—Bill te matará si te encuentra aquí.

—Bill no imaginará que estoy aquí. ¿Te habló Maypole alguna vez de la distintas clases de belleza?

—¿Has venido a preguntarme eso?

—¿Vino él buscándote por la ciudad, errando por las calles para decirte que te amaba?

—¿Quieres irte? —lo empujó Rose.

—No —respondió Blair resistiendo su empuje.

Lo invadió una curiosa apatía y advirtió idéntica lasitud en ella, de modo que se resistía sin fuerza y se apoyaban el uno en el otro. La muchacha llevó la mano a su sien y apartó los cabellos donde lo había cosido.

—Me enteré de que alguien estuvo a punto de ahogarse. Dicen que ayudaste al hombre y echaste a perder el pequeño espectáculo del jefe de policía, lo que te convierte más en necio que en héroe. Ahora Moon o Bill te pillarán y arruinarán mi buen trabajo. ¿Crees que vale la pena?

Tiró con fuerza de sus cabellos de tal modo que le ardió la piel.

—¿O sólo deseas regresar a África?

—Ambas cosas.

—Eres codicioso.

—Es cierto.

Rose lo hizo pasar. Tanto peor para Maypole, pensó. Y también para Salomón.

Encanto era una palabra inanimada. Sensualidad era vida y Rose la rezumaba desde los densos y oscuros rizos de sus cabellos hasta el delicado tono cobrizo en la curvatura de su cuello con el hombro. En el modo en que su sencillo vestido se movía en sus caderas mientras la seguía por la escalera iluminada por el débil fulgor de una lámpara de queroseno reducida a su menor destello. Era una instintiva poesía animal. Mejor que poesía, porque aquella impresión se filtraba en todos los sentidos. Ella representaba la victoria sobre la mente. Los griegos situaban la gracia física a igual nivel que las artes: Rose se las hubiera arreglado bien en la antigua Atenas, en Somalia o el país de los ashanti.

No porque fuera una belleza. Alguien como Lydia Rowland la eclipsaría fácilmente, pero del modo que un diamante puede ser suplantado por el fuego. Un diamante era un simple reflejo, el fuego estaba vivo.

Tampoco era delicada. Tenía los hombros anchos, las pantorrillas musculosas por el ejercicio que realizaba. Ni voluptuosa; en realidad, era más bien esbelta, de formas no redondeadas.

¿En qué consistía, pues? ¿El encanto de las clases bajas? No lo creía así; también él pertenecía a la clase baja para encontrar cualidades eróticas en las manos ásperas o el sencillo algodón.

Pero era una presencia viva. Estaba *presente*. En el salón, él había sentido el calor del entarimado donde ella había pisado.

La muchacha se construyó un pequeño trono de almohadones mientras él se apoyaba contra el cabezal. La habitación tenía más variaciones de sombras que luz real, pero la muchacha le parecía un genio feliz escapado de una botella. Su propio cuerpo extendido era tan pálido y magullado como si hubiera descendido de la cruz.

—¿Qué harías ahora si Bill entrase?

—¿Ahora mismo? Me consta que no podría moverme.

—Bill es grande. Aunque no brillante; no es como tú.

—Soy tan brillante que estoy aquí con su chica.

Ella se abalanzó sobre él y agitó la cabellera en torno a su rostro.

—¡No soy la chica de nadie!

—No eres la chica de nadie.

Mientras estaba sobre él, le hizo girar la cabeza y examinó su sien, en el lugar donde había sido rasurado y suturado.

—¿Dónde aprendiste enfermería? —le preguntó Blair.

—Es conveniente saber suturar cuando se trabaja en una mina.

Lo besó y se recostó en las almohadas encogida con animal despreocupación por hallarse desnuda. Él reparó de nuevo en el hecho de que parecía disfrutar por sí sola de la casa. Pese a su antigüedad, el edificio estaba construido bajo un único techo de pizarra que atravesaba toda la hilera de casas de una a otra esquina, daba a un patio adoquinado y estaba rodeado por las terrazas de otras casas y por patios casi idénticos.

—¿Dónde está Flo? Parece desmaterializarse.

—¡Qué palabra más culta! Se nota que has estudiado.

—También tú. Abajo hay muchos libros.

—No soy gran lectora. En nuestras escuelas todo se aprende de memoria. Recordabas las respuestas o te daban un reglazo. A mí me pegaban constantemente. Nómbrame un país y te diré dónde está. Conozco un centenar de palabras en francés y cincuenta en alemán. Tú me enseñarás ashanti.

—¿Crees que querré hacerlo?

—Estoy segura. Y también bailaré como aquellas mujeres.

Se vio obligado a sonreír al imaginarla entre las inglesas con vestiduras áureas y brazaletes dorados.

—Te ríes —comentó ella.

—No de ti. Me gusta la idea. Dime, ¿conoces al hombre que hoy estuvo a punto de ahogarse? ¿Un tal Silcock?

—«Cuando iba a Saint Ives, conocí a un hombre con siete esposas» —canturreó—. Pero nunca a alguien llamado Silcock.

Era una negativa contundente. Se sintió aliviado.

—Cuéntame el importante acto celebrado hoy en el que, según creo, se encontraban los Hannay, los Rowland y las manos asesinas de un gran mono.

—El asesino no era el mono. Deberían exhibir las manos de los navieros de Liverpool que amasan una fortuna con el tráfico de esclavos y que ahora envían a Rowland a África para que elimine todo cuanto se mueve y difunda la palabra de Dios. Los hombres parecían portadores de féretros, lo que me parece más apropiado para el pobre gorila. Las mujeres vestían cientos de metros de seda y ninguna de ellas era tan atractiva como tú.

—Bueno, yo no llevo nada encima.

—Una cadena de oro resultaría muy apropiada.

—Es lo más agradable que has dicho hasta ahora.

—Si alguna vez vuelvo a África, te enviaré una.

—Esto lo es más aún.

Tenía la facultad de mostrarse complacida con todo su cuerpo. Pensó que en muchos harenes podrían aprender de Rose.

—No estás en buenas relaciones con nuestro jefe de policía, ¿verdad?

—No mucho.

—Si fuera así no permitiría que me tocases. Es espeluznante, como una máscara aterradora, ¿verdad? Dicen que lleva mallas de acero para defenderse de los zuecos de los mineros. Me pregunto si se las quita cuando se acuesta. ¿Te habló de las mineras?

—Dice que son una amenaza para el país.

—El reverendo Chubb y él se creen guardianes de las puertas del cielo y del infierno. Quisieran que nos arrastráramos ante ellos pidiéndoles caridad, para poder castigarnos dándonos una miga en lugar de dos. Dicen que desean vernos de rodillas rezando, pero tan sólo desean vernos de rodillas. Lo triste es que el sindicato los apoya. Según ellos, en cuanto se retiren las mujeres de clasificar el carbón, los salarios se duplicarán y ello hará progresar a la clase obrera, en cuanto a los hombres se refiere. Me dicen: «¿No te gustaría tener una casa y unos hijos, Rose?» Y yo respondo: «¡Si pudiera tenerlos sin un hombrón chapucero, sí!» ¡Que despotriquen acerca de mis pantalones! ¡También les enseñaré el culo si eso los enfurece!

—¿Lo harías de verdad?

—Entonces me recluirían como si estuviera loca y el propio Moon se tragaría la llave.

—¿Cómo te has enterado de lo sucedido entre Moon y yo?

—Tú tienes tus espías y yo los míos. Ahora mismo he detectado una mentirijilla.

Le pasó las piernas por encima.

—Dijiste que no te podías mover.

La luz de la lámpara se tornaba dorada en sus ojos. Recordó las punteras metálicas que lo aguardaban en la oscuridad.

Era poco más que una muchacha, pero en lugar de saciedad y sensualidad ofrecía abandono, la oportunidad de dejar atrás gravedad y agotamiento. Como si ambos fueran la tripulación y los remos y una vez realizado el viaje pudieran remar con más fuerza y dejar iridiscentes anillos extendiéndose en el aire.

Blair se preguntó por qué era aquello tan profundo, mejor que la filosofía o la medicina. ¿Por qué hemos sido creados para explorar hasta tan debajo de la piel? ¿Quién dominaba aquello? No era él, pero tampoco ella. Lo que más lo asustaba era cuán bien se orquestaban, cuán estrechamente se adaptaban, cayendo con lentitud hasta que el eminente explorador no distinguía arriba ni abajo, las manos en el cabezal, los pies contra la tabla, jadeando cada vez más y con la respiración más rítmica mientras una cuerda ceñía su corazón, estrechándose a cada giro.

Aún hubo otro giro. Se preguntó si seguía a Maypole o se convertía en él.

—Pensaré en ti cuando estés con las nativas —dijo ella—. Yo estaré con algún minero peludo y tú, rodeado de negras amazonas.

—Cuando así sea, pensaré en ti.

Ella se envolvió en una sábana y saltó del lecho con la promesa de buscar algo que comer.

Blair se apoyó ociosamente en un codo y subió un poco la luz. En la mesita junto a la lámpara, una bola de cristal reflejaba una versión más reducida y limitada de la habitación.

Se inclinó para aproximarse a la bola. Los africanos habían comerciado durante años con mercaderes árabes, portugueses y de Liverpool, pero era gente procedente de los ríos del interior que nunca habían tenido contacto con el exterior. Cuando él les había mostrado un espejo, primero se quedaron atónitos y luego desearon protegerlo a toda costa porque era evidente que formaba parte de ellos. Lo que lo impresionó, porque él siempre había tenido dificultades para identificarse.

Contempló la parte de su cabeza que había sido afeitada. Aunque la piel estaba ennegrecida con una pátina vítrea, distinguía ocho puntos claramente cosidos e incluso podía ver, pese a la sangre seca, que Rose había utilizado hilo rojo. Lo que le trajo a Harvey a la memoria.

Recordó la encuesta de la explosión de la mina y el certificado de defunción de Bernard Twiss, de dieciséis años: «Recuperado en el frente del carbón por su padre, Harvey, que al principio no lo reconoció. Identificado posteriormente por un trapo rojo con el que solía sujetarse los pantalones.»

Harvey Twiss.

CAPÍTULO DIECISIETE

Blair regresó a su hotel y durmió hasta que, bajo su ventana, resonó el estrépito que los mineros producían antes del amanecer, seguido de los sofocados balidos de las ovejas que pasaban por la ciudad; la marea y contramarea que Maypole había descrito en su diario. Con aquel doble despertador, se levantó y vistió para dirigirse a la mina.

Entre la oscuridad del patio la neblina se había convertido en firme chaparrón que Wedge, el director, ignoraba. Su barba y sus rojizas cejas brillaban como un seto vivo a la luz de su lámpara. Con impermeable y botas hasta la rodilla abrió la marcha seguido de Blair. Junto a los raíles de las carretas y de los trenes que comunicaban con los cobertizos de clasificación, se extendían otras vías desde el patio hasta el complejo de unos dos quilómetros de extensión que consistía en la fundición, el ladrillar y el andén de madera. Las locomotoras Hannay de seis y cuatro ruedas, con calderas generadoras de vapor, maniobraban a oscuras por el recinto e introducían vagones que despedían arena o retiraban otros desbordantes de carbón. Un tren se detuvo con el estrepitoso choque de sus topes y un hombre corrió a lo largo del convoy y colocó los frenos con una barra de maniobras. Simultáneamente, los carros de carbón y las vagonetas arrastrados por fornidos caballos que despedían vapor bajo la lluvia se tambalearon en los pasos a nivel. Los mineros surgieron del cobertizo con sus respectivas lámparas de seguridad, tenues como ascuas. Faroles de queroseno pendían de postes. Un círculo de humo y polvo se levantó en torno al patio, desde los establos de superficie, de los talleres y de los cobertizos de clasificación donde llegaba el carbón aún caliente de la tierra.

Blair no podía ver a Rose, pero no tenía la intención de visitarla y hacer el papel de señor mientras ella vertía el carbón.

—Las mujeres son unas criaturas extraordinarias —comentó Wedge al advertir adónde dirigía su mirada—. Trabajan con tanta dureza como los hombres y cobran la mitad. ¡Pero son unas ladronas! Esas frágiles personitas son capaces de meterse un pedazo de carbón de dieciocho quilos en las bragas y cargar con ello hasta su casa. Algunos directores tratan de dirigir sus empresas sentados ante un escritorio. Hay que realizar todo el papeleo, pero para eso están los oficinistas. La experiencia me ha enseñado que si uno no está en el patio, lo vacían: carbón, cables, lámparas, lo más insospechado. Yo los vigilo en todo momento y me aseguro de que todos lo sepan, comprendido el señor Maypole.

—¿Solía venir por aquí?

—Con cierta frecuencia.

—Tal vez demasiada.

—Tal vez. Intenté hacerle comprender que el patio de una mina no era un púlpito y que los sermones debían pronunciarse en el momento y lugar adecuados. Reconozco que entre los mineros hay pastores legos que acaso organizan reuniones abajo, estrictamente durante la hora del té. Sobre todo los metodistas. El obispo dice que si los hombres al arrodillarse extraen más carbón, no le importa. Sin embargo, me temo que el reverendo Maypole lo interpretó de modo equivocado. Como era un clérigo joven pensó que los demás se hallaban en injusta desventaja. Por fin tuve que pedirle que no se presentara hasta el final de la jornada. Fue muy incómodo. Pero en el patio una predicación espontánea puede ser una aventura.

—¿Estaba usted presente cuando se provocó el incendio?

—Sí, y doy gracias a Dios por ello. En una situación semejante cada segundo es de vital importancia. Por fortuna estuve en condiciones de organizar auxilios inmediatos para los hombres que estaban abajo.

—¿Dónde exactamente?

Wedge se detuvo un instante.

—Aquí, en realidad. Recuerdo la explosión porque me derribó en el suelo en este mismo lugar.

Estaba demasiado oscuro para que Blair calculara la distancia.

—¿Se produjo confusión?

El director avanzó sobre los charcos.

—En absoluto. Como declaré en la encuesta, una mina debidamente dirigida está preparada para cualquier imprevisto. En el primer momento envié mensajeros en busca de ayuda y auxilio médicos. Luego organicé una brigada de rescate y los envié abajo en la jaula con los suministros de emergencia de que disponemos. No tardaron ni cinco minutos en ponerse en marcha.

—¿Conoce a un minero llamado Jaxon?

—Fue uno de los héroes de la jornada.

—¿Lo vio antes de producirse la explosión?

—Aguardaba para bajar con los demás. Parecía malhumorado, callado, llevaba una bufanda. Era un día lluvioso, de los que despiertan al metano, lo que produce nerviosismo a los mineros.

Un pensamiento que no llegó a materializarse se formó en la mente de Blair.

—Estaba asimismo el director de otra mina, un tal Molony, que dijo haber visto el humo.

—No es de extrañar —repuso Wedge agitando los brazos—. En esas condiciones el humo es semicarbonilla, como las cenizas de un volcán. En este mismo patio no podía distinguirse la propia mano aunque uno la tuviera delante. Los caballos se alborotaron muchísimo. Los trenes seguían circulando y uno trataba de recordar si se encontraba o no en una vía. Cuesta bastante detener un tren cargado. Ahora que lo recuerdo, era un día oscuro, desagradable, pero Molony distinguió el humo, no cabe duda de ello.

—George Battie, el capataz del fondo de la mina, envió a un mensajero, por lo que usted supo que la jaula funcionaba. Pero tuvo que organizar a los voluntarios y eso significaba hacerles firmar por cada lámpara que se les entregaba.

—Eso era cosa del encargado de las lámparas, desde luego. Tal es el objetivo del sistema: saber quién está abajo y quién arriba, en especial durante el tumulto que se produce en un incendio.

—Pero los voluntarios tuvieron que aguardar a que subiera la jaula. ¿A qué se debió esto?

Wedge detuvo su marcha y se volvió a mirarlo.

—¿Cómo dice?

—¿Dónde estaba la jaula? El mensajero de Battie había subido. El montacargas debería estar aquí, no tenían por qué aguardar. ¿Por qué no estaba aún en la superficie?

—No creo que eso tenga gran importancia. No nos entretuvo más que unos diez segundos.

—Cuando, como usted dijo, cada instante contaba.

—No tanto. No importaba en la encuesta y, ahora, aún menos. Diez segundos, tal vez doce, quién sabe, y la jaula subió y el equipo de rescate debidamente reunido y equipado descendió.

—Sin su autorización no hubiera intentado bajar ningún minero ni rescatador inexperto, ¿no es cierto?

—Así es.

—¿Y alguien inexperto, que no fuese minero?

—Tal vez no lo haya advertido, señor Blair, pero soy muy consciente de quién está en mi patio.

—¿Dónde está Harvey Twiss?

Wedge se detuvo bruscamente.

—No está aquí: ya no está.

—¿Dónde puedo encontrarlo?

—¿Para qué lo quiere?

—Harvey Twiss no figuraba en la lista del equipo de rescate, pero según la encuesta encontró a su hijo. Supongo que usted lo envió abajo. Quisiera interrogarlo acerca de la explosión.

—Yo no lo envié abajo.

—En el informe se dice que bajó.

—Yo no lo envié.

Blair estaba desconcertado. No sabía qué discutían con exactitud.

—¿Dónde se encuentra?

—Harvey Twiss yace en el cementerio de la parroquia. Lo enterraron el mismo día que a su hijo Bernard, Harvey puso la cabeza en la vía del tren cuando llegaba el ferrocarril de Londres. Ahora se encuentran los dos bajo tierra, uno junto a otro, padre e hijo. Pero yo no lo envié abajo.

Un reguero de agua cayó del sombrero de Blair. Se sentía muy necio y comenzaba a comprender la hostilidad del director de la mina al mencionarle a Twiss y su susceptibilidad acerca de la jaula. Miró con los ojos entornados hacia la torre y siguió a continuación la diagonal de los cables de extracción hasta la estructura de ladrillo sin ventanas de la casa de máquinas.

—¿Twiss era su operador?

—El único cabrón de la mina al que no podía ver. El único que se me perdió de vista y que abandonó su puesto.

—¿Cuándo lo descubrió?

—Lo vi salir subrepticiamente con el muchacho en brazos. Ambos negros como picas, pero por entonces yo lo mantenía a muy estrecha vigilancia.

—¿Y qué sucedió?

—Despedí a Twiss en el acto. No había razones para que figurara en el informe de la encuesta: no tenía nada que ver con el fuego pero, aunque se tratara de su hijo, abandonó su puesto.

En el interior, la torre de extracción era alta, construida para albergar una máquina de vapor de las dimensiones y diseño de una locomotora, aunque en lugar de trasladarse y llevar ruedas, las barras arrastraban un único cilindro vertical de dos metros y medio. El cable surgía crujiendo del cilindro, se remontaba en ángulo a través de una puerta situada en lo alto del edificio y hacia las tejas de pizarra.

Las torres de extracción atraían a Blair, con sus grandes motores inmóviles como algo que propulsara la rotación de la tierra. La maquinaria de Hannay era un mecanismo hermoso —un cilindro de hierro fundido, dos pistones y barras de metal amarillo, la caldera de acero remachado— todo tan inmenso y enrevesado que empequeñecía al operador, un hombre de rostro demacrado que permanecía sentado con su negro y fúnebre sombrero, abrigo y guantes y cuya nariz goteaba. El individuo manejaba unas palancas y estaba tan concentrado en una blanca esfera iluminada por dos lámparas de gas que su única reacción ante la entrada de Wedge y Blair fue un leve parpadeo. Aunque se encontraba en el centro de un patio industrial podría haber sido una criatura sepultada en una tumba. Junto a la puerta un letrero decía: «El acceso a la cámara de motores está absolutamente restringido. Firmado. El Director.» En otro letrero se leía: «No distraigan al operador.»

—No te preocupes por nosotros, Joseph —dijo Wedge.

Y se sacudió el agua de la barba.

—Joseph vigila el indicador —explicó a Blair.

Blair estaba familiarizado con los indicadores. Era una palabra muy rimbombante para tratarse de una sencilla esfera con una sola manecilla. La cara del indicador estaba marcada con una P a las tres, como parada; una A a las dos, como arriba, una B a las diez, que significaba abajo, y otra P a las nueve, como parada. La manecilla del indicador avanzaba poco a poco, aunque de manera perceptible, en dirección opuesta a las manecillas del reloj hacia la B, lo que significaba que un montacargas de hombres o carretas descendía por el pozo a una velocidad aproximada de setenta y cuatro quilómetros por hora. Cuando la manecilla llegase a B, Joseph manipularía los frenos para reducir la marcha de la jaula y que se detuviera en P. Los frenos no eran automáticos. Si el hombre no detenía el carrete, la jaula se precipitaría sin disminuir su velocidad hasta el fondo de la mina. El montacargas metálico acaso se salvara, pero no sobreviviría nadie que viajara en él. O si marchaba en dirección opuesta y él no aplicaba los frenos en A, la jaula tensaría en exceso la cuerda, se estrellaría en la parte superior y catapultaría su contenido por encima de la torre.

—¿No entra nadie más aquí? —preguntó Blair.

—No está permitido —repuso Wedge—. La caldera se alimenta desde el exterior.

—¿Tampoco amigos?

—No.

—¿Ni muchachas?

—Jamás. Joseph pertenece a la Liga Moral, no como Twiss. Carece de vicios y no es propenso a charlas ociosas.

Cuando la flecha indicadora alcanzó la B, Joseph giró la palanca de frenado hasta que la esfera señaló la P. El gemido del cable se extinguió. Durante un minuto la jaula permanecería en el fondo de la mina para ser descargada y cargada de nuevo.

—Joseph —dijo Wedge—, Blair tiene que formularle unas preguntas. El día de la explosión usted estaba afuera cargando el horno. Por voluntad propia, pocos minutos después de que sintiéramos la fuerza de la explosión, Twiss salió corriendo de este edificio y le ordenó que controlase la jaula. Yo no lo vi hacerlo así y, desde luego, no lo envié abajo de la mina, ¿es esto cierto?

Ante la solemne señal de asentimiento de Joseph, Wedge dirigió a Blair una mirada justificativa.

—Su trabajo aquí adentro es más limpio, ¿verdad? —prosiguió Wedge.

Joseph se sacó un pañuelo de la manga. Por la puerta del cable se filtraban la lluvia y la primera luz agrisada y triste del amanecer. Blair se preguntó si sería impropio tomar un poco de arsénico.

—¿Harvey Twiss le ordenó que lo sustituyese antes o después de que el primer equipo de voluntarios bajara a la mina? —le preguntó.

—Después —repuso Joseph.

—De modo que todo funcionaba bien, ¿no es cierto? —dijo Wedge.

Joseph se sonó. Blair se disponía a marcharse pero como si su propio volante interno se hubiera puesto en marcha, Joseph añadió:

—Twiss tenía muchos vicios: el juego y la bebida. Nunca

comprenderé que la señora Smallbone pudiera admitirlo en su casa.

En la esfera sonó un timbre dos veces, lo que indicaba que la jaula estaba dispuesta para subir.

—¿Por qué tuvo que admitirlo en su casa? —se asombró Blair.

Joseph levantó la mirada con tristeza.

—Twiss se alojaba en casa de los Smallbone. Ganarse un dinero no es pecado, pero no deberían permitir entrar a un pecador en el hogar de miembros de la Liga.

Movió la palanca del cable y el cilindro comenzó su contrarrevolución, con lentitud al comienzo y luego con creciente velocidad.

Cuando Blair salió al exterior ya había luz y estaba solo. Cubrió la distancia que lo separaba de la casa de máquinas hasta el pozo, al cobertizo del capataz y, a continuación, hasta el centro del patio. La lluvia caída densamente y tan sólo le permitía distinguir el contorno del cobertizo de clasificación, pero ni rastro de Rose.

Vio a Charlotte en cuanto regresó a su hotel. Salía de la farmacia de la acera de enfrente, cubierto el menudo cuerpo con un traje de calle de un tono oscuro que no acertó a distinguir. Se cubría con una toca y velo de la misma tonalidad oscura, con sombrilla y guantes a juego: sólo podía tratarse de Charlotte Hannay o de alguien enlutado. Atrajo su atención que no se moviera con su habitual viveza. Con el paraguas cerrado en la mano llegó hasta el escaparate del sombrerero y una vez allí permaneció bajo la lluvia como si no estuviera segura de la dirección que quería tomar. O, según Blair decidió, acaso en espera de su carruaje.

Dio un rodeo y la esquivó como si fuera una araña, subió a su habitación, se sacudió el agua de la lluvia y, tras servirse un brandy para entrar en calor, extendió el mapa del patio Hannay. En aquellos momentos ya le resultaba evidente que aquel lugar había sido escenario de ciega confusión mientras surgía el humo procedente de la explosión subterránea. Aún le impresionaban más los heroicos esfuerzos realizados por George Battie en los túneles, pero Wedge era un testigo carente de valor en cuanto a lo que había sucedido arriba. El director alegaba haber enviado un equipo de rescate a los cinco minutos de producirse la explosión. Si se le sumaba el tiempo que le habría costado orientarse, encontrar vagonetas con caballos que no se hubieran desbocado, reunir voluntarios y distribuir lámparas de seguridad, Blair consideraba más acertado calcular unos quince minutos.

Abrió el diario de Maypole y hojeó las páginas hasta dar con la anotación que buscaba. Como las líneas se superponían, había leído equivocadamente las palabras del 17 de enero. No decían: «Cómo entrar en ese segundo mundo. Ésta es la clave», sino «Twiss es la clave».

Si el único lugar del patio Hannay al que no alcanzaba la vista de Wedge era la casa de máquinas, existía la posibilidad de que, con la complicidad del operador Harvey Twiss, Maypole no sólo hubiera podido ocultarse allí sino que, al amparo del humo producido por el fuego, cruzara sin ser visto la breve distancia existente entre el edificio hasta el pozo y descendiera en la jaula hasta aquel mundo más real que ansiaba conocer en el instante en que estallaba, un acto tan necio como mal programado. A impulsos de su fervor, a un aspirante a salvador como Maypole no se le ocurrió que en un accidente minero cualquiera que no fuese un profesional sería, como mínimo, un estorbo.

Un leve escalofrío le recorrió los brazos y lo impulsó a tomarse otro brandy. Desde la ventana ante la que se encontraba le sorprendió ver que Charlotte aún seguía ante el escaparate del sombrerero. Pensó que podría cambiar su toca por un sombrero, tal vez protegido con alambrada de espino. La misma vendedora salió contoneándose bajo un paraguas y parodió una invitación para que se resguardara. Charlotte no sólo pareció sorda ante la oferta sino ciega al tráfico mientras descendía el bordillo de la acera. Cruzó Wallgate frente a un carro de leche y sobresaltó al conductor. Blair, en su habitación, alzó la mano en acto reflejo. Una cántara cayó del carro y desparramó su blanco contenido sobre los adoquines. Sin reparar en ello, Charlotte prosiguió su camino con igual aire abstraído y se internó por una callejuela lateral junto al hotel.

Blair sólo había tenido la ocasión de observar a Charlotte en sus enfrentamientos, cuando ella estaba irritada como una avispa. Tal vez se debiera a la lluvia, pero desde la perspectiva de su ventana, mojada y abatida, producía tal impresión que casi llegó a inspirarle simpatía y le pareció que desaparecía de su vista de un modo irreal.

Volvió a centrar su atención en el informe de la encuesta y el mapa de la mina que había extendido. Si Maypole llegó a descender, ¿qué sucedió allí? Gracias al prudente aviso de Battie, los voluntarios no se asfixiaron con el grisú en la calle principal. Todos los cadáveres fueron identificados, todos los puntos de operaciones registrados. ¿Acaso Maypole, cubierto de carbonilla, habría vuelto a subir en la jaula sosteniendo el extremo de una camilla? ¿Habría luego vagabundeado a causa de la impresión? El sacerdote que tantas veces había predicado sobre el infierno, ¿cuál habría sido su primera impresión sobre él? ¿Pero adónde se habría dirigido? Blair se encontraba de nuevo en el punto de partida. Cuanto más especulaba, más inverosímil le resultaba su teoría. Por otra parte, nadie había vuelto a ver a Maypole desde entonces: ésa era la realidad. Nada de lo que Twiss o Maypole hicieran o dejaran de hacer podía haber afectado a la propia explosión.

Regresó a la ventana. La leche, diluida por el agua y salpicada por las ruedas, seguía siendo un encaje visible entre las piedras. Una damita de piedra, eso era Charlotte Hannay. Sin saber por qué cogió su sombrero y salió en busca de ella.

La callejuela estaba atestada de puestos de ostras y caracoles de mar, cabezas de cordero amontonadas y callos que pendían como jirones. Blair se abrió camino hasta una hilera de carritos de pescado, bacalao salado amontonado bajo lonas moteadas de escamas, sin encontrar ni rastro de Charlotte, a lo que no contribuía su pequeña estatura ni las oscuras ropas que vestía.

En el extremo opuesto de la callejuela se encontraba un mercado al aire libre de vendedores de ropas de baratillo, en su mayoría irlandeses, y de hojalateros, principalmente gitanos. Gabanes y camisolas remendados una y otra vez ondeaban como velas mojadas. Ante una bifurcación del mercado escogió el camino que comprendió conducía al puente Scholes y al domicilio de Maypole. Entre el barro del camino descubrió huellas de zuecos y unas pisadas de zapatos femeninos. Mezclados en el barro se veían excrementos de ganado. Recordó el rebaño que había visto por la mañana y la oveja a que se refería Maypole en su diario.

Tras un patio de pequeñas fundiciones, aparecía otro sendero de barro con huellas de zuecos y las de unos zapatos tan pequeños que podían haberse tratado de unas zapatillas infantiles. Los muros de piedra se curvaban y las hileras de tejados casi se rozaban sobre su cabeza dando paso a una estrecha lámina de lluvia que desaparecía entre las sombras. Se detuvo en la puerta de Maypole, convencido de que la encontraría allí de visita, pero la estancia estaba tan vacía como cuando él la dejó días atrás, con la imagen de Cristo carpintero pendiendo en la oscuridad y el entarimado seco, a excepción del umbral, donde alguien había abierto la puerta para echar una mirada hacía pocos minutos.

De nuevo en la callejuela, el camino estaba cada vez más sucio por causa de las ovejas. Blair llegó a la casa y el corral del matarife en los que había reparado la primera vez que visitó la residencia de Maypole. Pese a la evidencia de contener ganado, el corral estaba vacío. Vellones de lana mojada pendían de la rampa que se extendía dentro de la casa. Como el recinto consistía en un ámbito sin puertas ni postigos, distinguió fácilmente a Charlotte en el interior. Contuvo el impulso de llamarla porque adivinó que se encontraba al borde del foso del matarife.

Los matarifes tiraban a las ovejas a un foso de unos diez metros para romperles las patas y facilitar de ese modo el sacrificio. Blair se aproximó lo necesario para comprobar que un ciudadano emprendedor de Wigan había aprovechado el pozo de una antigua mina. Las obras acababan de concluirse porque un tenue farol mostraba que el suelo y las paredes estaban recién enyesadas y encaladas, instalados los garfios en las paredes y los tajos del carnicero y dispuesto el conducto para la sangre que se extendía bajo los ganchos y concluía en un cubo. Sangre y entrañas cubrían el suelo y manchaban las paredes. La luz que llegaba hasta el fondo del foso mostraba una tonalidad rosácea.

Charlotte estaba en el borde y se inclinaba hacia adelante con la cabeza agachada. Blair pensó que una caída desde allí sería contundente. Aunque tan sólo distinguía su silueta, imaginó su blanco rostro sumiéndose en el vacío y sus ropas azotando el aire.

—Los ashanti no tienen ovejas —dijo—. Tienen cabras, monos, gallinas de Guinea y también lagartijas.

Ella conservó el equilibrio con la mirada fija delante concentrándose como quien caminara por la cuerda floja a punto de dar el siguiente paso.

—Y unos roedores gigantescos y caracoles del bosque también gigantes. Un matarife tendría una reserva particular de animales en Kumasi.

Al ver que se adelantaba hacia ella, la mujer se tambaleó de nuevo hacia atrás. Blair retrocedió un paso y ella se enderezó. Pensó que se trataba de repulsión instintiva, el ejemplo más claro que había visto.

—Los caracoles son muy ingeniosos. Van en busca de la harina de maíz y permanecen a la espera a la luz de la luna.

—¿Y los elefantes? —inquirió ella con suavidad—. ¿Los mata usted o los abate en el suelo?

—Los caracoles me gustan más.

—Pero no los gorilas. ¿No le agradó el regalo de Rowland o no le gusta mi primo?

Aunque se expresaba en un hilo de voz, lo hacía con su habitual tono de desprecio. En tales circunstancias él lo consideró una señal favorable.

—Me pregunto qué haría Rowland con el resto del gorila.

—No le gusta a usted —dijo Charlotte.

—¿Y Earnshaw? ¿Qué ha sido de él? —se interesó Blair—. ¿No le interesan los mataderos de Wigan?

—El señor Earnshaw ha regresado a Londres.

Blair se preguntó si estaría programado, como Hannay había dicho. Trató de mirar a Charlotte, pero ella volvió el rostro. Tenía el vestido sucio y manchado por el borde y los zapatos estropeados. Por lo menos la corriente de aire que surgía del antiguo pozo parecía empujarla lejos del borde. Le sorprendió que la hedionda rojez, aquella mancha grasienta de sangre o materia animal en proceso de transformación cuya fetidez llegaba por el aire, no le causara rechazo. Era más resistente de lo que él había imaginado.

—¿Qué clase de apellido es el suyo, Blair? —preguntó Charlotte—. Se supone que nació en Wigan. Comprobé todos los registros de la iglesia y no aparece ningún Blair.

—No era mi apellido materno.

—¿El de su padre?

—No lo conocí.

—¿Ha intentado descubrir quiénes eran?

—No.

—¿No siente curiosidad? ¿Está más interesado en John Maypole que en sí mismo?

—En cuanto encuentre a Maypole, podré irme de Wigan. Eso es lo que me interesa.

—Es usted la persona más anónima que he conocido.

—El hecho de que no me interese Wigan no me convierte en un ser anónimo.

—Pues lo es. No es americano, africano ni inglés. Tal vez sea irlandés. Los ermitaños celtas solían zarpar de Irlanda, se dejaban llevar por la providencia y rogaban por ser arrojados en playas de países distantes para poder volverse anónimos. ¿Se siente irlandés?

—A veces arrojado en una playa, pero no irlandés.

—Entonces había penitentes que acudían en peregrinaje a Tierra Santa para expiar los peores crímenes, asesinatos o incestos. ¿Tiene usted algo que expiar?

—Nada tan importante.

—Entonces no lleva bastante tiempo en Wigan.

Blair intentó dar un rodeo y aproximarse a ella lentamente, pero la mujer parecía captar sus menores movimientos, como un pájaro dispuesto a emprender el vuelo. Un pajarito negro con un paraguas en un ala.

—No le gusta el anonimato —dijo Blair.

—Lo envidio —repuso ella en voz aún más baja—. Lo envidio. ¿Le falta mucho para encontrar a John?

—¿A Maypole? No lo sé. Me serviría de ayuda que usted me contara algo sobre él.

—No puedo ayudarlo. Lo siento.

—Me serviría cualquier cosa. ¿No aludía a planes o temores importantes?

—John siempre estaba lleno de grandes planes. Tenía un corazón enorme.

—¿Tenía?

—¿Se da cuenta? ¡Analiza usted mis palabras!

—Sólo trato de comprender si busco a alguien vivo o muerto. Si marchó por su cuenta o sometido a presión. ¿Por qué siento como si fuera el único que desea encontrarlo?

—¿Qué quiere decir?

—El obispo me contrató para encontrar a Maypole, pero ahora parece preocuparle más que usted lo olvide.

—¿Es eso lo que me pide usted que haga?

—No. Dígame simplemente si desea que yo siga buscándolo.

—Eso no importa. Supongamos que no.

—Estaba comprometida con él. Lo amaba.

—No. John deseaba ayudarme. Yo se lo consentí y eso fue una debilidad por mi parte.

Había concluido con un amplio ademán.

—Tal vez yo pueda ayudarla —dijo Blair.

—¿Acaso me compadece? —inquirió como si le hubiera ofrecido un puñado de gusanos.

—¿Cómo podría ayudarla?

Tenía que esforzarse por no apartarla cuanto antes de aquel lugar.

—¿Sabe usted volar?

Charlotte suspiró profundamente, se volvió y apoyó la puntera en tierra firme y los talones sobre el borde. De espaldas al foso y entre aquella tenue luz, el aire le ceñía el vestido al cuerpo de modo que parecía que fuera a caerse.

—Cuando mi padre era joven solía saltar sobre los pozos.

—Lo sabía. Usted está tan loca como él.

—Es el menos apropiado para decirlo. ¿Es cierto que se pelea con los mineros?

—No.

—¿Y que se ve con una minera?

—No.

Ella perdió el equilibrio por un instante. Agitó los brazos en el aire. Se desprendió tierra de la pared del foso y una piedra resonó desde abajo.

—Me iré de Wigan —dijo Blair.

—¿Qué le hace pensar que me importa su marcha?

—Creí que era eso lo que deseaba.

—Mi padre encontrará a alguien tan espantoso como usted. Peor, si es posible. Aunque gracias por la oferta: ello completa sus mentiras.

Levantó su paraguas con ambas manos como contrapeso y se apartó del borde. Blair le tendió la mano que ella desdeñó y atravesó la oscuridad y la mugre del recinto como si cruzase la alfombra de un salón.

—Usted ya lo había hecho antes —dijo Blair.

—Cuando era niña, miles de veces.

Al llegar a la puerta miró hacia atrás.

—¿Acaso tenía miedo el famoso Blair?

—Sí.

—Bien, no creo que me mienta en eso. Ya es algo.

CAPÍTULO DIECIOCHO

Los mineros retornaban a sus hogares en un crepúsculo lluvioso. La cálida humareda de las chimeneas creaba una nueva capa de nubes como el humo de la batalla cuando una ciudad ha sido arrasada hasta los cimientos.

Desde el campanario de la parroquia, Blair centró su telescopio de calle en calle, de lámpara en lámpara. La lluvia se había reducido a una llovizna que hacía brillar las piedras y reflejaba los sonidos. Algo parecido a una blanca nube se levantó de un muro en ruinas, se trasladó lateralmente entre el viento, giró sobre sí misma, se diseminó y reagrupó y viró en redondo sobre los tejados: era una bandada de palomas.

Aparecieron más palomas a medida que los mineros abrían los palomares. Los perros ladraron. Un negrísimo penacho de humo se aproximó a la estación London y Northwest. Coches de caballos marchaban al trote desde Wallgate a la estación. Blair levantó el telescopio y siguió el tránsito de los trenes de carbón que cruzaban todos los cuadrantes del horizonte. Para él podría haberse tratado de las estepas rusas o de la Gran Muralla china. Le molestaba que Charlotte Hannay hubiera intentado encontrar su nombre en el registro de la iglesia. ¿Para qué tenía que preocuparse, a menos que los Hannay tuvieran un interés feudal y consideraran a todos los residentes en Wigan como siervos y fugitivos a quienes se marcharan?

Descubrió el tejado de pizarra azul de Candle Court. Todas las hileras de casas adosadas eran propiedad de los Hannay. Había comprobado los registros en las oficinas de la empresa camino del hotel y el apellido Molyneux figuraba en el libro de alquileres desde el octubre anterior. Rose y Flo pagaban cada semana un alquiler seis veces superior a sus ingresos.

Las palomas retornaron a sus patios. La noche se extendió

en franjas grises y negras de vapor y neblina. Frente a la ferretería, los dependientes retiraban de las aceras tinas y azadas. Algunos carritos recogían los desechos en los puestos detrás del Ayuntamiento. Los carniceros cerraban sus postigos.

Maypole siempre había abordado a las mineras en el puente Scholes, el cruce principal entre el barrio minero y el centro de Wigan. Blair aplicó la táctica por medio del telescopio. A las seis, distinguió una hilera de figuras negras que desfilaban bulliciosas como una serpiente que aparecía y desaparecía en diferentes puntos para surgir por último en Wallgate y entrar por la puerta que estaba directamente debajo de él. Pensó que aquella reunión religiosa parecía un aquelarre.

La imagen de Charlotte en el borde del foso seguía distrayéndolo. La mujer parecía tan desesperada que, a su pesar, le había inspirado simpatía hasta que Charlotte lo había estropeado. Le parecía muy bien, prefería su sincera aversión.

A las siete, Bill Jaxon pasó bajo la farola del puente Scholes. Iba solo y, pese a su estatura, se perdió rápidamente de vista. Blair barrió calles y callejuelas con sus lentes hasta descubrirlo en las casetas de los carniceros. Desde aquel punto disfrutaba de una excelente perspectiva de la entrada principal y de los laterales del hotel. Había dejado encendidas las lámparas de su habitación para que Bill creyera que se encontraba allí. Lo más seguro hubiera sido quedarse en el hotel. Decidió que aún lo sería más actuar con rapidez, encontrar a Maypole y marcharse de una vez de Wigan.

Pero comprendía que existía un obstáculo en semejante razonamiento. Una pequeñez como Charlotte Hannay en el borde del foso.

Smallbone vivía en una estrecha callejuela semihundida en antiguas minas y cuyas restantes casas se inclinaban como si se hubieran detenido en el momento de desplomarse. Al recibir respuesta a su llamada, Blair pasó al interior.

Aunque el salón estaba apagado, Blair distinguió la severa efigie de la señora Smallbone multiplicada en retratos y fotografías de diferentes reuniones de la Liga, las más pequeñas con cristales redondeados que ampliaban sus implacables miradas. Las sillas estaban cubiertas con crespón; una mesa con faldones negros daba la impresión de que la mitad de la mujer estuviera presente. Al pasar, tocó el teclado de un armonio. Marfil: la tumba del elefante descubierto en Wigan. El ambiente estaba impregnado de un olor a arena, extrañamente familiar.

Smallbone estaba sentado ante la mesa de una cocina idéntica a la de Mary Jaxon y Rose Molyneux —una habitación pequeña dominada por una imponente cocina económica y caldeada por la chimenea— salvo que el artificiero la había convertido en una especie de taller de explosivos. Sobre la cocina se veía una percha de cuerdas empapadas en grandes botes de salitre; hileras de cabos de mecha pendían de pared a pared para secarse; en el suelo estaba el origen del olor que Blair había reconocido: pequeños barriletes de pólvora abiertos, cuyos granos cubrían los tablones del suelo y la mesa, y en el aire se distinguía la oscura neblina que producían. Sobre la mesa había cartuchos vacíos de papel encerado, una balanza y pesas con forma de monedas y un molinillo de café. La escena resultaba imponente: era como si Smallbone no se encontrara en la simple cocina de un minero sino como si fuera un magnate de los negocios entre fundiciones encendidas y chimeneas volcánicas.

Si la presencia de su visitante lo había sorprendido, el hombre lo disimuló perfectamente.

—¡Qué grata sorpresa! —dijo—. Lástima que mi esposa no esté en casa. Esta noche ha salido: es una mujer amante de las buenas obras. Creo que hoy se trata de reformar a las damas de moral relajada o lapidarlas. Dirige el norte de Inglaterra en nombre de la reina, de eso estoy bien seguro.

—¿Me permite?

Blair sacudió la lluvia del sombrero en el barreño.

—¿Cómo está usted? —inquirió Smallbone.

Se expresaba como si lo creyera tullido.

—Bien.

—Eso parece. Bien, me gustaría poder ofrecerle algo en una noche tan horrible. Mi esposa me ha dejado pan y té para remojarlo. Éste es un hogar de abstemios.

Blair, que había llevado consigo el brandy del hotel, depositó la botella sobre la mesa.

—Así pues, ¿he cometido un error?

A Smallbone le tembló la nariz, cual una raíz al recibir agua, como si pudiera oler a través del cristal.

—Bien, creo que me merezco una copa tras un día de trabajo y el largo camino de regreso entre la lluvia.

—Me consta que el doctor Livingstone, el misionero, recomendó el vino tinto para los resfriados.

—Bien, aquí están.

Smallbone había encontrado dos copas y con el interés de

un químico observó a Blair mientras servía la bebida. El minero llevaba el rostro limpio hasta el cuello, se había restregado las manos hasta los puños y tenía enrojecidos los párpados por la irritación habitual de la carbonilla. Después del primer trago le lagrimearon los ojos de alivio.

—En estos momentos la señora Smallbone probablemente estará rezando por algún pagano, con el reverendo Chubb de rodillas a su lado. Salvarán nuestras almas, ¡benditos sean!

—A la salud de la señora Smallbone.

Bebieron por ella.

—¿No le importa si prosigo mi trabajo? —preguntó Smallbone—. Preparo mis propias cargas y algunas extras para sacar algún dinero.

—No quisiera interrumpir sus negocios.

—Gracias.

Sacó una pipa de arcilla y sobre el tabaco aplicó un rescoldo de la cocina.

—Aquí tiene bastante pólvora para volar medio Wigan.

—Todo Wigan —respondió orgulloso.

—¿Todo?

—Por las antiguas minas que hay debajo. El grisú se filtra en armarios y habitaciones. Vecinos nuestros que miraban en sus armarios con lámparas volaron por los aires. Pero el alquiler es bajo.

—Deberían pagarles por vivir aquí.

—Se lo diré al obispo Hannay la próxima vez que lo vea.

—¿Pertenecen a Hannay las minas que hay debajo?

—Las minas y la explotación son propiedad de los Hannay desde hace siglos. Cuando los Hannay eran católicos, solían enviar a los sacerdotes bajo tierra desde su mansión hasta Wigan. Los católicos sabían adónde debían acudir a oír misa porque ponían velas en las ventanas. ¿Puedo mostrarle mi secreto?

—Sí, por favor.

Smallbone recogió pólvora del saco abierto y la puso en el embudo del molinillo y comenzó a darle a la manivela.

—Cualquier idiota puede comprar pólvora preparada: es un monopolio del gobierno, como también las mechas —dijo—. Lo que a cualquier idiota le parecerá una garantía, si no se detiene a considerar que cuando existe un monopolio, desaparece la calidad. Entonces, cuando prepara una voladura, se le apaga o estalla tarde y le vuela la cabeza. Verá, un antimonopolista, un experto, comprende que el aire que existe entre los gránulos retarda la detonación adecuada. Por eso la pólvora suelta arderá, pero no estallará. Y por ello yo la muelo de nuevo porque, cuanto más finos son los granos, menos aire tienen y más fiable será la explosión. Mire.

Smallbone sacó el cajoncito del molinillo y agitó el polvo que contenía con el dedo.

—Tan fino como polvo de vidrio. Desde luego, es preciso contar con un molino de latón para no ser víctima de un estallido. Y hay que utilizar polvo nuevo, en especial cuando el tiempo es lluvioso porque si no absorbe el agua. He pensado en darle un toque de nitrato de amoníaco para reforzar sus efectos. ¿Qué opina, señor Blair?

—Yo no me molestaría. Desea romper el carbón, no hacerlo desaparecer.

—Excelente observación.

Smallbone vació el cajoncito en su mano, tiró un chorro de pólvora con el puño en una balanza y tomó un trago.

—Esto da más firmeza a mi mano.

Cuando la balanza se estabilizó, vertió la pólvora en un cartucho, retorció con fuerza los extremos, y dejó la carga ya preparada en la lata.

—¿Vivió aquí Harvey Twiss? —preguntó Blair.

—Sí. Fue un caso muy triste, Harvey y su hijo Bernard.

—¿El incendio?

—Harvey no superó lo que le sucedió a Bernard. Pusimos al chico ahí mismo, en el salón, en un ataúd cerrado. Bernard no era socio de la funeraria, pero la señora Smallbone tomó el asunto en sus manos. Todo estaba forrado de crespones malva y se sirvió té y jamón. El pobre Harvey ya estaba medio trompa y seminconsciente en el funeral. Nunca debimos dejarlo marcharse.

—¿Para que pusiera la cabeza en la vía?

—Eso dicen.

—Fue muy cristiana la señora Smallbone al admitir en su hogar a un jugador.

—Sí que lo fue —convino Smallbone—. Por otra parte no era de despreciar el dinero extra. La santidad es un asunto caro. Entre alquilar la habitación, vender los cartuchos y ganar las apuestas sobre Bill podemos permitirnos la asistencia de mi esposa a las reuniones de la Liga Moral de un extremo a otro del país que, desde luego, sin ella, serían ejercicios vacuos.

—Desde luego. ¿Era buen compañero Twiss?

—No éramos afines. Solía jugar, pero era un operador de confianza.

—¿Le sorprendió enterarse de que Twiss dejó su puesto de

trabajo para incorporarse al rescate? Un operador jamás interrumpe su labor porque todos cuentan con él para que gobierne la jaula. Twiss debía haber pasado por otras explosiones.

—Pero tal vez su hijo no estaba en la mina.

—Tal vez no.

—Entre la confusión que se originó.

—¿Cómo tiene la pierna?

—¿Cómo?

—La que se hirió en la explosión.

—No me herí.

—Antes del incendio.

—Exactamente, antes. Lo había olvidado.

El hombre volvió a encender su pipa. Aparecieron llamitas en sus manos.

—Ahora que lo recuerdo, el tema de esta noche era sobre mujeres de moral dudosa. La señora Smallbone desea ingresarlas en hospitales como medida de protección sanitaria para los hombres. El reverendo Chubb y la policía dicen que una mujer perdida se identifica de modo categórico al exhibir los brazos. El problema radica en que todas las mineras de Wigan van con los brazos descubiertos.

—Eso debe de tener muy ocupada a la señora Smallbone.

—Así es. Yo le digo que podría ahorrarse las preocupaciones y a las mineras la irritación si reclasificara a las prostitutas según partes más pertinentes de su anatomía.

Blair rellenó sus copas mientras Smallbone llenaba otro cartucho. La carga se parecía al cirio de una iglesia.

—Entre las buenas obras de su esposa y los partidos de rugby debió de ver mucho al reverendo Maypole.

—Era un hombre todo corazón, muy sincero.

—Y gran admirador de los mineros. ¿Le pidió alguna vez que le enseñara a manejar un pico?

—No.

—¿Tal vez bajar a alguna antigua mina?

—No.

—¿Está seguro?

—Suelo enorgullecerme de mi memoria.

—¿Qué pierna era? —se interesó Blair.

—¿Pierna?

—La que se hirió antes de la explosión.

—La izquierda; era la izquierda.

—Creí que era la derecha.

—Podía haber sido la derecha.

Smallbone dio de nuevo a la manivela.

—Fue un golpe terrible. Me apoyé en Bill y nos pusimos en marcha hacia el ojo de la mina.

—¿Por qué camino?

—La galería posterior.

—La galería principal estaba más próxima de su puesto de trabajo y recibía aire fresco, mientras que en la posterior estaba viciado. ¿Por qué tomaron la posterior?

—Se había salido una carreta de los raíles en la galería principal. Era más fácil tomar la posterior.

—Tuvieron suerte. Los hombres de la galería principal no sobrevivieron.

—Lo ve; una razón excelente para tomar ese camino.

—Pero ustedes volvieron hacia la galería principal. Por ese camino llegaba Battie con el equipo de rescate y allí fue donde se encontraron con él.

—Bill los oyó.

—Bill estaba conmocionado, así lo declaró en la encuesta. Cuando le suenan a uno los oídos no se oye gran cosa. De nuevo fueron afortunados. ¿Aguardaban ustedes a George Battie?

—¿A George Battie?

—Me pregunto cómo tardaron tanto. El reloj de una víctima se paró a las dos cuarenta y cuatro cuando se rompió por la explosión. Battie tardó más de una hora en localizar los cadáveres y despejar el gas para llegar al punto donde se encontró con usted y con Jaxon. Eran las tres cuarenta y cinco cuando usted y Bill surgieron de una galería transversal, a mitad de camino de la calle principal y se encontraron con Battie. Me resulta difícil comprender qué sucedió. Ustedes, que no habían sido víctimas de la explosión y el gas ¿sólo estaban a mitad de camino cuando encontraron a Battie? Me pregunto por qué tardaron tanto, a menos que Jaxon cargase con usted.

—¿De dónde ha obtenido toda esa información?

—De la encuesta.

—Yo tenía una pierna mal, eso es seguro.

—Sin embargo, cuando se encontró con Battie, restó importancia al terrible dolor de su miembro herido para incorporarse al equipo de rescate. «Hizo caso omiso del dolor», según dijo al juez de instrucción. Aun así, ¿podría explicar cómo tardó tanto tiempo en reunirse con Battie?

Smallbone se llenó el puño de pólvora.

—Como usted sabe, Bill Jaxon y yo somos héroes. Todo el mundo convino en ello. El resto de esa encuesta está llena de tonterías. ¡Trece hombres con zapatos deciden acerca de mineros! ¡Señores y abogados que nos conocen tanto como la señora Smallbone a los nativos del sur del Ecuador! ¡Y testigos expertos que no distinguirían el carbón de los caramelos! Nadie hace caso al informe de un juez de instrucción y usted tampoco debería.

La pólvora se escurrió en negro reguero del puño de Smallbone hasta un tubo. Blair advirtió que su mano estaba muy firme.

—Lo único que deseo saber es por qué usted y Bill dejaron el frente de extracción, por qué tomaron la galería posterior y por qué esperaron después de la explosión.

Smallbone amontonaba pesas en la balanza para una carga doble.

—Lo que debería usted hacer, señor Blair, es volver al lugar de donde vino, ya sea África o América. No puede imaginarse lo que está revolviendo.

—¿Se refiere a Bill Jaxon y a Rose? Dígale a Bill que Rose es una muchacha encantadora, pero que no hay nada entre nosotros dos... sólo mis interrogatorios acerca de Maypole, eso es todo.

—No es tan sencillo. Usted no puede venir a Wigan y decidir en un día quién es quién, ni qué es qué.

—Por desdicha no puedo salir de Wigan sin encontrar a Maypole.

—Entonces tal vez se quede aquí eternamente.

Camino del salón Blair reparó en una foto que no seguía la tónica de los sombríos retratos, en la que Smallbone aparecía en una playa.

—Es Blackpool —dijo el hombre desde la cocina—. Todo Wigan acude allí en vacaciones.

En una estantería junto a la foto se encontraba una bacina de afeitar de plata grabada. Blair la aproximó a la luz de la cocina y leyó: «A. Smallbone. Tercer puesto. Acuático.»

—Es bonita. ¿También de Blackpool?

—Hace muchos años —repuso Smallbone.

—De todos modos ¿se la dieron por nadar en pleno océano? ¿Quedó en tercer lugar en Blackpool? ¿Dónde aprendió a nadar así en Wigan?

—En los canales. En línea recta no me canso jamás.

Más tarde, de nuevo en la callejuela posterior, Blair resistió el impulso de acudir a casa de Rose. Comprendió que conocía el camino demasiado bien.

Los pozos de cenizas proyectaban vapor entre la lluvia. Aunque las ventanas estaban cerradas distinguía juramentos, himnos, gritos de chiquillos que subían y bajaban las escaleras. Wigan era un paisaje en miniatura que cobraba nuevas dimensiones sin cesar: nubes, ecos, cámaras subterráneas.

El hecho de que Smallbone fuera excelente nadador era un factor nuevo. El ataque sufrido por Silcock lo llevaron a cabo dos hombres. No le golpearon simplemente la cabeza: aquello hubiera sido sencillo, sino que lo trasladaron al canal y, una vez allí, un hombre lo arrastró a las aguas por el fondo de la esclusa mientras el otro ponía en marcha la manivela del canalete de la entrada para sujetarle la pierna. Y muy próximos a ellos se encontraba un barco cargado de testigos que juraban no haber oído nada. Algo muy astuto, una clase de trabajo muy propia de Smallbone.

Pasó revista a las mentiras que el hombre le había contado, pero también se recordó a sí mismo cuando disimulaba con Charlotte y Smallbone, principalmente acerca de Rose. ¿Por qué iba a importarle lo que pensara Charlotte? ¿Por qué preocuparse tanto por una minera? Aunque sentía su atracción como una parra exuberante que creciera de noche y se remontase hacia él.

CAPÍTULO DIECINUEVE

—Tiempo de obispo —dijo Hannay.

Lo que significaba que la lluvia nocturna se había transformado en una mañana con cielos azules y despejados y verdes colinas que brillaban como cristal. Pese a sus polainas eclesiásticas y su levita, el obispo llevaba un ancho sombrero de paja para la expedición. En la misma línea, las Rowland aparecían como un par de ramilletes: el vestido y el sombrero de Lydia para protegerse del sol eran de color rosa tulipán; la madre lucía un complicado conjunto en rojo peonía. Sus sedas, tules y adornos de satén despedían aroma de lavanda y sus sombrillas se estremecían como flores al viento. Blair seguía su paso con las botas aún mojadas del día anterior. Tras ellos, iba Leveret con un par de perros de aguas que ladraban, y los guardabosques que transportaban cestas de mimbre.

—El pobre Leveret tiene las manos ocupadas —comentó Lydia.

La joven disimuló su sonrisa mientras el administrador evitaba que los perros echaran a correr por el sendero.

—¿Tenía usted perros en África? —preguntó a Blair.

—No, en África hay demasiadas cosas que se alimentan de perros.

—Éste es nuestro Blair —intervino Hannay—. Siempre con respuestas animadas. Mire a su alrededor, Blair. La creación nueva y refrescante, literalmente bullendo de vida. Usted comenzaba a verse algo tenso, por eso he encargado un día como éste.

Escalaron una pequeña colina donde las mariposas iban y venían sobre pequeñas margaritas tempraneras. Lo inquietante era que, hasta cierto punto, Blair sentía como si aquel día hubiera sido realmente encargado por Hannay. El viento de dirección oeste no sólo despejaba las colinas sino que empujaba el humo hacia el este, de modo que ni siquiera se distinguía la evidencia de las chimeneas de Wigan a sus espaldas. Lo único que no se acomodaba al conjunto era él mismo: se sentía como un cazador furtivo que se hubiera introducido en una fiesta al aire libre.

Miró hacia atrás las enormes cestas.

—Me sorprende que no traigamos un piano.

—Si lo desea, podemos traerlo la próxima vez —dijo Hannay—. Todo es en su honor.

—Si quiere hacerme un favor, facilíteme una litera de retorno a la Costa de Oro.

—Olvide África por un momento, si le es posible. Aquí tenemos una gloriosa mañana, estamos rodeados por decorativas azucenas del campo y tenemos garantizada una salida saludable y excelente apetito.

Los perros ladraron ante una leve detonación.

—Recuerde a Wordsworth —dijo Hannay—. «Sigo siendo un amante de las praderas y las montañas y de todo cuanto contemplamos en esta verde tierra.» La poesía, Blair, es el marco de la vida. Inglaterra es un paisaje pequeño, pero con marcos exquisitos.

El sendero proseguía desde la colina a otras más elevadas laderas en pronunciada pendiente divididas por setos de piedras donde se encerraban rebaños de ovejas y corderos, los rebaños más jóvenes marcados con tintes de vivo rojo y azul. Un sonrojo de placer iluminaba el rostro de lady Rowland como si la escalada hubiera llenado sus venas de sangre más joven.

—Hagamos un juego —dijo.

—Margaritas —repuso el obispo.

—«Mi sed puede aplacarse en cualquier riachuelo y alegremente compartir contigo el amor a la naturaleza, dulce Margarita» —dijo su cuñada.

—Es de Wordsworth —informó Hannay a Blair—. Lástima que Charlotte no esté aquí. Ella siempre gana.

Las ovejas se sobresaltaron ante una descarga de tiros, anduvieron unos pasos y luego se reagruparon en una inquieta naturaleza muerta. Blair trató de localizar alguna partida de caza, pero el sonido había surgido de una cresta aún más alta. Los perros gimoteaban para que Leveret los dejara en libertad.

—Está haciendo progresos —dijo Hannay.

—¿Lo cree así?

—El reverendo Chubb, el jefe de policía Moon y Wedge,

nuestro director, se han quejado a Leveret. Ya me dirá si eso no son progresos. Por otra parte, Leveret es gran partidario suyo.

—¿Y Charlotte?

—¡Oh, Charlotte lo considera una plaga! ¿Verdad que esas mariposas son magníficas? Las llaman pavos reales, como si estuviéramos en Babilonia. Bien, es lo más próximo que podemos estar en Inglaterra.

—Que Charlotte me crea peor que una plaga ¿es también un progreso?

—Eso la impulsará a decidirse. Cuanto antes lo ayude, antes podrá irse usted y entonces los dos serán dichosos.

Los diminutos pavos reales abrían la marcha. Aunque Inglaterra no tuviera la fantástica variedad de vida de África, Blair experimentaba cierto alivio al encontrar insectos que no se empeñaban en chuparlo, picarlo o molestarlo. Miró su brújula y distinguió a Lydia a su lado.

—¿Ha tenido éxito en su búsqueda del reverendo Maypole?

—No.

—¿Alberga sospechas?

Aquella palabra resultaba inocente en sus labios. Las mariposas la rodeaban como si fuera deliciosa.

—No.

—Pero Blair ha trabajado de firme —intervino Hannay—. Tengo entendido que ha entrevistado a personas de todo nivel.

—Es maravilloso saberlo —dijo Lydia—. Yo visité en una ocasión a los pobres con el reverendo Maypole y sus feligreses eran buena gente, con extraordinaria paciencia y criaturas muy vivas. A veces, en nuestras existencias cotidianas, olvidamos que debemos nuestras comodidades a personas que trabajan duramente bajo la misma tierra que pisamos.

Vaciló un instante al pensar en ello.

—Acaso haya hombres cortando carbón debajo nuestro en estos momentos.

—Es una reflexión muy profunda —dijo Leveret.

—Estamos algo alejados de las minas —repuso Hannay.

—Violetas —comentó lady Rowland para cambiar de tema.

Lydia se animó agradecida.

—«Una violeta junto a una piedra musgosa semioculta de la vista. Brillante como una estrella, cuando tan sólo una brilla en el cielo.» ¿Otra flor?

—Cicuta —dijo Charlotte.

Había subido por el sendero tan silenciosa que nadie había advertido su presencia. O se había ido ocultando entre las sombras, pensó Blair, porque llevaba una especie de traje de seda negra inadecuado para el sol, con toca, botas y guantes a juego, una mezcla deportiva y funeraria. Ocultaba una mirada asesina tras la sombra de su velo, como la llama de una lámpara de seguridad. A Blair le sorprendió cuán joven era pese a tan lúgubre atuendo.

En una loma donde las dentadas piedras de un muro se hundían en las altas hierbas como los dientes de un dragón, los guardabosques extendieron una alfombra turca y extrajeron de una cesta un servicio de plata y madreperla de brillo cegador. De las cestas salieron pasteles de conejo, salchichas de Cumberland, pato estofado, pasteles salados, tarros de porcelana que contenían salsas y mostaza, galletas, quesos y botellas de vino. Los guardabosques, a modo de sirvientes, cortaron los pasteles, sirvieron los platos y luego se retiraron tras la pared. Hannay inclinó la cabeza y pidió la bendición divina para los allí presentes, aunque Blair pensó que ya habían sido bendecidos con generosidad. No obstante, sintió el innegable atractivo del lugar. Los muros de piedras añadían un telón de fondo a la ondulante inclinación de las altas hierbas a impulsos del viento, una alondra salió de un nido y se elevó en sentido vertical, trinando como una tubería de agua. El aire jugueteaba con las cintas del sombrero de Lydia, mientras inclinaba la cabeza en oración. Cuando comenzaron a comer, la joven se levantó el velo y, sin quitarse los guantes, cortó hábilmente su pastel de conejo y se llevó con delicadeza el tenedor a su bien formada boca, en contraste con Charlotte que se negó a apartarse el velo para beber o comer.

—¿Come usted alguna vez? —le preguntó Blair.

—Cuando puedo digerirlo —respondió ella.

Acto seguido se dirigió a su padre:

—¿Por qué insistes en imponerme a Blair?

—Para que encuentre al sacerdote desaparecido. Ya lo sabes. Para arrastrar al reverendo Maypole del lugar donde se oculta o hasta que ya no importe que lo encontremos o no.

—¿Qué tienes contra John?

—¿Que qué tengo contra Maypole? —repitió Hannay.

Y respondió ociosamente:

—No se trata de su idealismo, porque es un estadio natural en la vida un hombre. Tampoco de su estupidez, porque el necio más grande puede parecer inteligente si se aferra al breviario y a la Biblia. Pero lo que no apreciaba en él era su obsesión por la reforma, algo que conduce a agitación social y que no es bien recibido en una mina Hannay.

—Tu tío se refiere a los sindicatos —informó lady Rowland a Lydia.

—Pero Blair logrará encontrarlo —repuso la joven—. Estoy completamente segura de que esto tendrá un feliz desenlace.

A lo lejos sonaron otros dos tiros con la rapidez de una descarga. Los perros se liberaron con repentino tirón y huyeron en la dirección del sonido, agitando las correas en pos suyo.

—¿Qué es un feliz desenlace para ti, prima Lydia? —inquirió Charlotte—. ¿El matrimonio, los niños, visitas domésticas, bailes? ¿Has considerado que podría ser tan sólo la oportunidad de vivir tu propia vida?

—Sí.

—Las mineras son más libres que tú. Ganan una miseria ¿pero has tenido tú alguna vez un penique? ¿Te descubrirías los brazos, pagarías tu propio alquiler, llevarías pantalones?

—¿Quién desearía semejantes cosas? —preguntó lady Rowland.

—Tal vez ella no, ¿pero acaso se atrevería? ¿O abrumaría su existencia la libertad como una caja vacía de sombreros?

—Ella disfruta de libertad en el mundo. Y también de esperanzas y obligaciones —repuso lady Rowland.

—Tener su carné de baile lleno, pero sin que la agote; ser brillante, mas no inteligente; encargar vestidos de París, pero reservarlos para dentro de un año de modo que, aunque resulten modernos, no sean franceses.

—Y hacer un buen matrimonio y convertirse en una influencia favorable para aquel que sea su marido, sí.

—Bien, prima —prosiguió Charlotte dándole la espalda a Lydia—. Puedes comenzar con Blair. Simula estar interesada, cepíllalo, adúlalo, y enséñale a pronunciar palabras más suaves hasta que camine a tu lado con la docilidad de un perro faldero.

A Lydia, herida, se le humedecieron los ojos. Sonó una descarga más próxima de disparos. Agitó la cabeza ante aquel ruido y derramó unas lágrimas.

—Si no dependiera de su padre, yo estaría a miles de quilómetros de esta colina. Si usted es tan libre, ¿por qué sigue aquí? —dijo Blair.

—¿Quién ha dicho que yo lo sea?

Blair se escabulló. Dejó a los Hannay y a las Rowland, escaló las piedras, anduvo a lo largo del muro y observó las nubes que llegaban desde el mar. Pensó que podían ser buques que se lo llevasen de allí. Cuando era niño observaba las nubes y se preguntaba qué caminos llevarían, y seguía de igual modo como si no hubiera pasado el tiempo. Las nubes se deslizaban sobre su cabeza mientras las sombras cruzaban las colinas desde occidente hacia el este. Un cernícalo pendía en el aire tratando de capturar ratones. Si el pequeño halcón podía permanecer en aquella latitud, ¿por qué puntos debería pasar? Terranova, las islas Aleutianas, el lago Baikal, Minsk, Hamburgo y Wigan.

Se dejó caer en la hierba, cerró los ojos y escuchó el distante gorjeo de las alondras, las llamadas de oboe de los cuervos. Debajo de su cuerpo le parecía sentir el desfile de las hormigas, los túneles que abrían topos y gusanos. Relajó párpados y manos. La hierba era más mullida que un lecho. Comprendió que iba a quedarse dormido cuando lo despertó la visión de un hombre armado con una escopeta cuya silueta se recortaba contra el sol.

—«Erraba solitario como una nube que flota en lo alto sobre valles y colinas cuando de pronto vi una multitud, un enorme grupo de dorados narcisos.» Y a usted.

Blair se apoyó en los codos. Rowland tenía los ojos tan azules como el cielo que le servía de fondo.

—Veo margaritas, no narcisos.

—No importa.

Los cabellos de Rowland eran de un dorado sucio y estaban alborotados, llevaba un traje viejo de *tweed* y altas botas. Abrió la recámara, extrajo cartuchos humeantes e introdujo suavemente otros nuevos. Según Blair pensó con frialdad, lo que significaba por igual la negación y el residuo de la pasión. Rowland le recordaba la pintura de Cristo carpintero en la habitación de Maypole. Cristo con una escopeta. Los perros llegaban corriendo, uno con una urraca ensangrentada en el morro; el otro, con una alondra.

—En realidad, no estaba cazando. Pero una escopeta da más personalidad a un paseo.

Rowland dio unas palmaditas a los perros y ellos se le arrimaron y le mancharon las botas y los pantalones.

—Estaba algo alejado, ¿verdad? ¿Pensaba en el hogar?

Blair había soñado en las colinas de las afueras de Kumasi, en las frondas de palmeras que se agitan antes de que llegue la lluvia y en la llamada del muecín a la oración.

—Sí.

—Yo también suelo venir aquí, lejos del hábitat humano. A veces pienso en Adán, en la caza que debió tener en el jardín del Edén, con todos los animales recién creados. Podemos recorrer toda la tierra sin conocer jamás algo parecido.

—No creo que hubiera caza en el jardín del Edén. Adán sobrevivía a base de fruta, de todas, menos manzanas. Nada de sexo ni de sangre: ésas creo que eran las normas.

—¿No cazaba?

—Al principio, no.

Blair se puso en pie.

—Recuerde, hasta después del diluvio Dios no permitió a Noé cazar e inspiró en los animales el miedo al hombre.

—¿Pertenece ahora a la Sociedad de la Biblia?

—Dependo del obispo.

—Eso me han dicho.

Rowland se distrajo un instante por el sudor que cubría su frente. Vació en su palma el blanco polvo que contenía una cajita de rapé, el doble de arsénico que Blair había visto jamás en una mano, y se lo tragó de golpe.

—¿Padece malaria? —se interesó.

—Una acertada sospecha.

—No sospecho nada.

Pero había más. Rowland se secó el húmedo residuo de la palma en las mejillas. Blair sabía que las mujeres utilizaban arsénico para aclarar su tez, pero no imaginaba que también lo hicieran los hombres.

—Los rostros blancos asustan a los nativos —dijo Rowland.

—Creo que en su caso es dorar la píldora.

—Usted también tiene un aspecto horrible, Blair.

—El cementerio del hombre blanco.

—¿África occidental?

—Wigan.

Rowland rozó el pecho de Blair con la boca de la escopeta.

—Acaso tenga razón.

Paseó la mirada por el muro.

—¿Están también mi madre y mi hermana?

—Y el obispo y su prima Charlotte. Pensé que usted iba a disfrutar un tiempo de la gloria en Londres, informar a la Royal Society, escribir un libro, ser recibido por la reina. ¿Por qué ha regresado?

—Por algo que vi.

—¿Qué?

Rowland sonrió y se limitó a responder:

—Algo malo.

Cuando los dos hombres se incorporaron a la merienda campestre, lady Rowland y Lydia se mostraron abrumadas de sorpresa y alegría, pero Blair no advirtió tan inocentes expresiones en el rostro de Hannay. En cuanto a Charlotte, se limitó a saludar a su primo con un frío beso a través del velo.

Aquello resultaba extraño a Blair que nada sabía acerca de comportamientos familiares. De todos modos, tras la primera ráfaga de animación y cuando los Hannay y los Rowland se habían vuelto a instalar sobre la alfombra, le sorprendió cuán distantes se mostraban entre sí. Rowland era por lo menos diez años mayor que su hermana y según Blair tenía entendido, entre los ingleses de su clase social, los niños eran en seguida enviados a la escuela, por lo que apenas intimaban. Charlotte ocupaba el extremo más alejado de la alfombra, como una naturaleza muerta en negro. Lady Rowland era la más natural; se sentó bastante cerca de su hijo y le acarició la mano como para asegurarse de que había regresado en carne y hueso.

Hannay distribuyó copas de champaña con la burlona solemnidad de una misa.

—El padre del hijo pródigo dijo: «En seguida, sacad el mejor vestido y vestidlo, y dadle un anillo para su mano y calzado para sus pies, y traed el becerro cebado y sacrificadlo, y disfrutemos comiendo, porque este hijo mío estaba muerto y ha vuelto a la vida, estaba perdido y se encontró.» Mejor aún que un hijo pródigo es un sobrino que regresa portador de honor y fama.

—Supongo que te refieres a mí, no a Blair —dijo Rowland.

—Esto no es divertido, por favor —intervino lady Rowland—. ¿Cómo estaba Londres? Háblanos de tu recepción en la Sociedad. ¿Les gustó el regalo?

—Aquellas espantosas manos —comentó Lydia.

—Puesto que has decidido regresar, Rowland, al reverendo Chubb le gustaría que te reunieras con algunos obreros —dijo Hannay—. No me parece mala idea.

—Blair dice que debes haber enviado el resto del gorila en otra caja. ¿Es eso cierto? —preguntó Charlotte.

—Blair no sabría comprender lo que hace un explorador —dijo lady Rowland—. Con todos los respetos para él, pero era un empleado de tu padre en África. Trabajaba por dinero, ¿no es cierto, Blair?

—Y lo sigo siendo —repuso Blair.

—Qué maravillosa familiaridad con todos nosotros —dijo Rowland.

—¿Crees que el comercio de esclavos llegará pronto a su fin? —preguntó Lydia a su hermano.

—Sólo cuando Gran Bretaña proteja a los hombres libres —le respondió éste.

—Gran Bretaña envió ocho millones de esclavos a las Indias y a América —intervino Blair—. Dense una vuelta por Liverpool y verán cabezas africanas talladas sobre las puertas. Gran Bretaña simplemente se retira del negocio.

—Si eso no demuestra la diferencia entre idealismo y el hombre que trabaja por dinero, ¿qué hace falta? —preguntó lady Rowland a Charlotte.

—¿Qué le ha pasado en la cabeza? —preguntó Rowland a Blair.

Blair sabía que, entre todos, Rowland sería el único que percibiría el olor a sangre.

—Tal vez tropezó en la oscuridad —dijo Charlotte.

—Lo que me trae algo a la memoria —repuso Rowland—. ¿Ha muerto Maypole?

—No ha muerto —dijo Hannay a Charlotte—, pero está casi enterrado. Hasta que así sea, Blair trabajará duramente.

Señaló con la cabeza las cestas a los guardabosques.

—¡Dios mío, se me ha despertado de nuevo el apetito! —exclamó.

En cuanto las cestas estuvieron abiertas, los perros robaron carne y echaron a correr por el perímetro donde se celebraba la merienda, esquivando los esfuerzos de los guardabosques por capturarlos. Blair ayudó a Leveret a perseguirlos por la colina y cuando una de las correas se enredó entre las rocas, la soltó y pudo dominar al animal.

—¿Qué diablos sucede, Leveret?

El administrador, que se mostraba casi animado desde el incidente del canal, palideció ante el tono de Blair.

—¿A qué se refiere?

—Se suponía que yo debía encontrar a Maypole. ¿Se trata ahora de encontrar a Maypole o de buscarlo hasta que Charlotte pierda interés por él?

—De que rompa su compromiso con Maypole. Eso es lo que el obispo desea.

Leveret estaba cabizbajo y manipulaba afanoso la correa aunque estaba suelta.

—Supongo que entonces usted podrá seguir su camino —concluyó.

—¿Por qué no iba a hacerlo? Ha desaparecido desde hace meses. Lo siento, Leveret, pero no creo que existiera un gran romance entre ellos, por lo menos por parte de ella. Por lo que veo tiene el corazón de piedra. ¿Por qué no se comprometió con otra persona?

—El obispo desea casarla con Rowland —susurró Leveret apresuradamente.

—¿Con su primo?

—No hay nada insólito en ello.

—¿Con Rowland?

—El obispo se aferró a esta idea en cuanto John desapareció, pero Charlotte se resiste. Rowland es muy distinto de John.

—De mártir cristiano a loco rabioso.

—¿Conoce usted el salmo ciento treinta y nueve? «Yo era formado en lo secreto, tejido en los hondones de la tierra.» A John parecía sugerirle en especial a los mineros de ambos sexos. Lord Rowland no comparte tal simpatía.

—¿El ciento treinta y nueve?

—El favorito de John: comenzaba cada sermón con él.

Guiar al perro por la pared y ver a los negros Hannay y a los dorados Rowland juntos le parecía algo completo a Blair. Pensó que era como un rompecabezas entero, aunque ignoraba, exactamente, cuál era el rompecabezas. Completo y hermoso, los Hannay con su lana oscura y seda de ébano; las damas Rowland con pliegues de crespón de China como pétalos, en el pequeño campo de la alfombra persa, sobre la alfombra mayor de la colina.

CAPÍTULO VEINTE

En el hotel encontró una nota de George Battie en la que le pedía que lo visitara en su casa, pero Blair fue a su habitación, se sirvió un brandy junto a la lámpara y leyó el último lenguaje cifrado del diario de Maypole según el número del salmo favorito del sacerdote. 139139139...
Las letras ininteligibles se convertían así en:

El Apócrifo habla de Darío, rey de los persas, tan poderoso que todos los países temían molestarlo. Sin embargo, cuando se reunía con su concubina Apame, la mujer se sentaba a su diestra, le quitaba la corona de la cabeza, se la ponía ella, y abofeteaba al rey con la mano izquierda. Ante lo cual Darío la miraba boquiabierto. Si ella le sonreía, él reía; si ella perdía la paciencia con él, él la halagaba para que lo perdonase. He visto a Rose hacer otro tanto. Zaherir a un hombre arañando el suelo como un toro enfurecido. Y ahora, la Rose por la que todo lo daría, hace lo mismo conmigo.

Blair podía imaginar a Rose Molyneux en la mesa de Darío el Grande, dándole un cachetito, haciendo un mohín o dirigiéndole una mirada ardiente. Hubiera dejado turulato a Darío.

No le sorprendió enterarse de que Maypole no comprendía a las mujeres. Alguien en la Biblia tampoco las había comprendido. A Blair le sucedía lo mismo: no había conocido bastantes mujeres corrientes para formarse una opinión concreta. Habían estado las muchachas que cribaban el oro, desdentadas, lo que significaba que eran prácticamente esclavas aunque estuvieran en California; las nativas de Brasil, que eran esclavas; las ashanti, en el otro extremo, que vestían y se comportaban como la reina de Saba. No era la escala normal con la que formarse siquiera un juicio bíblico.

«La Rose por la que todo lo daría.»

Comprobó la fecha de la anotación: el 14 de enero, cuatro días antes de la desaparición de Maypole. Si Rose Molyneux también hubiera desaparecido, la exclamación hubiera tenido más sentido. En lugar de ello, la mujer había ido a cualquier lugar y negado la existencia de un romance trágico con Maypole, por muy obsesionado que él estuviera con ella.

Dice que los Hannay están locos. Debe de ser así, porque han gobernado tanto tiempo, desde el Conquistador, ochocientos años en Wigan, por costumbre y por ley, por ser obispos, sheriffs y magistrados, dispuestos a encarcelar o despedir a cualquiera que amenazara su autoridad. No es el modo en que según dice viviría ella.

Blair pensó que era gran jactancia para una minera.

Un sonido que recordaba a la rocas rodando en una riada lo atrajo a la ventana, desde donde vio que los mineros llenaban la calle, hombro contra hombro, en su regreso al hogar. Circulaban carretas y carruajes. Los tenderos y las doncellas se metían en los umbrales de los establecimientos para eludir el contacto del carbón. Algunos mineros habían encendido sus pipas y las brasas brillaban en el crepúsculo, cual lamparillas para el camino. Un guijarro chocó en la ventana de Blair. No pudo distinguir entre las sucias gorras y negros rostros quién lo había arrojado.

Aquello se merecía un segundo brandy. El calor que le infundió aumentó al descifrar las siguientes palabras de Maypole.

He endurecido mis manos con salmuera y en secreto he practicado el paso y el trabajo de un minero en una antigua galería. Bill Jaxon me ha ayudado a regañadientes. Su colaboración es esencial, pero se basa puramente en el talante de Rose, no en mi misión. Me siento como el peregrino que emprende el largo viaje por el abismo de la desesperación, en el valle de la humillación, hasta la colina de la dificultad. Me duelen los músculos, incluso mis huesos están torcidos del entrenamiento. Sólo caminaré un par de quilómetros por debajo; sin embargo, me aproximo a la fecha con tanta emoción como si partiera hacia África, el precio de mi billete es un pico y una lámpara. Así pongo mi esperanza en Dios.

¿Esperanza en Dios? Pensó que era el último error de un minero.

«Y en mi Rose.»

¡Aquello sí que era fe!

CAPÍTULO VEINTIUNO

Los patios posteriores de Scholes eran negras zanjas con calderas, parcelas de nabos, pocilgas y hoyos de cenizas. George Battie estaba inclinado sobre una tina con los tirantes colgando en las rodillas, y se lavaba las manos a la luz de una lámpara de parafina. Su casa era igual que la de cualquier minero, pero como capataz disfrutaba de un patio mayor, enlosado, con macizos de rosales desnudos y lo que Blair imaginó el cobertizo de un jardín.

Cuando se metió en la entrada de la callejuela, Blair vio a dos niñas que se perseguían arriba y abajo de las piedras, con faldas tan largas que parecían carecer de piernas. Cada vez que se enganchaban en las espinas de algún rosal, las niñas gritaban y se sobresaltaban con burlona sorpresa. Battie era enorme como una estatua junto a ellas, tenía los brazos y el torso grises de carbonilla, el rostro negro y los ojos ribeteados de rojo. A Blair le recordó a Vulcano en su hogar. En aquella época del año, las niñas apenas veían a su padre a la luz del día; salía y retornaba de la mina entre la oscuridad.

—Ha sido muy amable al venir, señor Blair —dijo Battie.

Se frotaba las palmas de las manos con un cepillo de cerdas duras.

—Lo siento, me ha cogido *entre*. Cuando era joven y ambicioso solía lavarme a conciencia cada noche. Estuve a punto de fallecer de neumonía. ¿Ha encontrado ya al reverendo Maypole?

—No.

—¿Sigue formulando preguntas?

—Sí.

—¿Le importa que yo le formule una? ¿Por qué se interesa por Harvey Twiss? Wedge dice que usted fue a la mina.

—Twiss era un operador que dejó su puesto.

—Twiss no tuvo nada que ver con la causa del incendio.

—Él no firmó para que le entregaran una lámpara. Según la encuesta del juez de instrucción, el sistema de lámparas es infalible. Cada lámpara está numerada. Se supone que cada minero firma un documento al recibir una antes de bajar a la mina, incluso los voluntarios de la brigada de rescate. Twiss demostró que el sistema no funciona.

—Usted sabe bastante de minas, por lo que debe comprender que la encuesta del juez sólo pretende cubrir el expediente. ¡Niñas!

Battie se secó las manos con unos trapos y, aún desnudo hasta la cintura, hizo señas a Blair para que recogiera la lámpara y lo siguiera al cobertizo del jardín. Las niñas fueron en pos suyo. Abrió la puerta y percibieron un sonido más parecido al chapoteo del agua que a macetas de arcilla. Las niñas contuvieron el aliento hasta que Battie reapareció con una paloma blanca en cada mano.

—Son palomas con cola de abanico. Algunos prefieren las buchonas o las mensajeras, pero a mí me encantan éstas. Se creen reinas o, por lo menos, princesas.

Las aves tenían cabezas delicadas y exageradas colas de nívea blancura. Se acicalaban con el pico y extendían sus plumas como si Battie fuera su espejo. El hombre las depositó en los hombros de las pequeñas y al punto se distinguió un aleteo desde un agujero del techo del cobertizo y otras dos palomas se posaron en sus manos.

—Mire, se fijan en usted. Cuando se compra una pareja nueva, si se las mantiene en los nidos, se las alimenta y se les da agua hasta que se apareen, luego su familia le pertenece. Se pueden sacrificar las crías para pasteles de pichón, pero nos gusta conservarlas todo lo posible.

—¡Qué lindas! —exclamó una muchacha.

—Como cisnes en miniatura —repuso Battie al tiempo que se volvía hacia Blair—. Harvey Twiss era mi cuñado. ¿Cree usted que Wedge nombraría operador a alguien como Harvey sin algún enchufe?

—No sabía que estuvieran emparentados.

—En Wigan todos lo estamos.

Giró las manos para que las palomas subieran por sus dedos.

—¿Sabía usted que el padre de Albert Smallbone era un cazador furtivo?

—No.

—Albert y él se escabullían de noche y yo solía escaparme con ellos. Los faisanes eran fáciles de capturar porque no se posan en sitios muy elevados y si uno tiene las manos ligeras puede cogerlos de uno en uno. Para los conejos se emplean hurones. Albert y yo teníamos un par de palas y nuestra tarea consistía en sacar al hurón antes de que se comiera el conejo. Mi padre me hubiera sacudido si se hubiera enterado, pero era la máxima diversión que yo tenía: revolotear como un duende a la luz de la luna.

Sonrió a las niñas que se perseguían entre sí, con las aves que aleteaban en sus manos.

—El sistema de lámparas sólo sirve para inspirar seguridad en la compañía y tranquilizar a las familias. En ocasiones hemos tenido que tapiar los cuerpos con ladrillos y nos hemos encontrado después con un número sin propietario al clasificar las lámparas. ¿Hemos hecho bien? ¡Quién sabe! Pero las mujeres así lo creen, o simulan creerlo. ¿Estaban muertos los hombres cuando pusimos el último ladrillo? ¡Dios, así lo espero! Pero a veces se trata de salvarlos a ellos o a todos cuantos se encuentran en la mina. Se distingue un escape de gas y parece el hálito del infierno. Lo divertido es que lo último que suele verse es un canario muerto.

La sonrisa de Battie aparecía fugazmente.

—Hay un breve trayecto entre el humo de la casa de máquinas a la jaula. Twiss bajó, cogió una lámpara de un cadáver que encontró en una galería y se incorporó a la multitud que llegaba del patio. Cuando se encontraron con nosotros en el frente del carbón, comprendí que Twiss había quebrantado las normas. No se ganaría nada haciéndolo figurar en la encuesta: había perdido a su hijo y pocos días después puso la cabeza en las vías del tren. De todos modos, no fue el causante de la explosión.

—¿Cuál fue la causa?

—No lo sé. Se produjo en el lugar donde debía provocarse la voladura. Pero Smallbone, el bombero, no se encontraba allí ni tampoco Jaxon, en cuyo caso hubieran muerto.

—¿Dónde estaban?

—Según creo recordar, Smallbone dijo haberse herido con el desprendimiento de una roca y Jaxon lo ayudaba.

—No puede recordar si se trataba de su pierna derecha o izquierda.

—Porque es probable que mienta. Si no tiene que detonar, Albert es un experto en encontrar agujeros donde echar una siesta sin que le moleste el ruido de los picos. Nunca lo sabremos, porque todos cuantos podrían decirnos si Albert abandonó su puesto están muertos. Y es un tema difícil de suscitar en una encuesta cuando Smallbone y Jaxon fueron considerados como héroes. De todos modos, la causa de la explosión tuvo que ser una voladura, una lámpara o un chispazo. Pero allí no había nadie. Eso es lo que yo me he repetido una y otra vez.

Las niñas sostenían a las palomas en sus cabezas a modo de plumeros, se señalaban entre sí y se reían.

—¿A Twiss lo mató el tren de Londres? —preguntó Blair.

—Murió en la línea Londres y Noroeste. Era de noche. Un tren de carbón acaso lo hubiera distinguido a tiempo, pero los de pasajeros llevan el doble de velocidad. El jefe de policía dijo que el pobre Twiss estaba tan bebido que probablemente no sintió nada. No creo que esto tenga que ver con el paradero del reverendo Maypole.

—Se trata de la jaula. Tras la explosión usted envió mensajeros arriba. La jaula debía haber llegado allí para transportar abajo a la brigada de rescate, pero tuvieron que aguardar porque alguien la había utilizado para bajar. Y no se trataba de Twiss que descendió después de ellos. Así, pues ¿quién bajó primero?

—Acaso circulase vacía.

—Acaso viajara en ella el príncipe de Gales. Usted dijo que Twiss cogió una lámpara de algún cadáver del túnel.

—Se lo pregunté porque me constaba que ningún encargado hubiera permitido a un operador tomar una lámpara. La recogería de algún cadáver de la galería principal.

—Después de la explosión, ¿todas las lámparas contabilizadas respondían a los números del registro que llevaba el encargado?

—Todas y para cada uno. En esta ocasión los números coincidían. ¿Por qué sigue involucrando a Maypole?

—Porque creo que llegó más allá de la casa de máquinas y cuando se produjo la explosión aprovechó la circunstancia. Como usted dijo, era un trayecto muy corto.

—Pero al reverendo no se le permitía el acceso al patio Hannay durante las horas de trabajo. Para un minero resultaría fácil infiltrarse: no hay guardianes y no es más que otra cara sucia, pero un sacerdote es muy diferente.

—Esto no lo había pensado —dijo Blair.

—¿Y adónde iría Maypole si tomara la jaula? Nadie lo vio en la mina y nadie lo vio salir.

—No lo sé.

—Twiss robó una lámpara de seguridad. ¿Qué lámpara utilizaría el reverendo si las restantes estaban controladas?

—No lo sé.

—Bien, es una teoría fascinante, señor Blair... hasta cierto punto.

Al considerar los fallos de su hipótesis, la reacción de Battie le pareció de exquisita cortesía.

—Maypole se entrenaba en una antigua galería para entrar en la mina. ¿Qué galería cree usted que sería?

—Cualquiera. Uno puede mantenerse de pie en ellas. Existe una especie de colmena bajo las casas y, si se ignora cómo se conectan, se pueden vagar quilómetros por ellas.

Blair pensó que aquélla era la historia habitual de cuanto se refería a Wigan.

—Twiss estaba borracho cuando murió. ¿Con quién había bebido?

—Con Bill Jaxon. Jaxon dijo que Harvey se fue solo.

—¡Ah! Muy melancólico sin duda, ¿verdad?

—Y dispuesto a apoyar la mejilla en un frío raíl. Confío que no se proponga beber con Bill.

—Evitaré a Bill Jaxon todo lo posible.

—Es lo más inteligente que ha dicho esta noche.

—Mañana deseo ir a la mina. Hay un lugar donde él pudo haber ido.

—Venga temprano. También me gustará verlo.

Las niñas rodearon a Battie gritando:

—¡Papá, papá, papá!

—Un segundo —les dijo. Y dirigiéndose a Blair, añadió—: No quiero que se lleve usted una falsa impresión. La encuesta no es real, se trata sólo de una versión oficial, un procedimiento de los propietarios para acusar a los mineros y abrir la mina. Pero por nuestra parte, si la cerraran, dirían que era por nuestro bien, ¿y sabe lo que haríamos antes de morirnos de hambre? Lucharíamos por volver abajo, de modo que también somos culpables.

—¡Sé bueno, papá, sé bueno! —rogaban las niñas.

Battie volvió a entrar en el cobertizo. Densos olores de ternera asada y quemada se filtraban por los patios. Desde la calle, las llamadas para el té competían con la campanilla de un trapero. Battie reapareció con un hilera de palomas posadas en cada uno de sus negros brazos extendidos. Bajó unos centímetros los brazos y las palomas aletearon dando la impresión de que se convertían en sus alas.

—La encuentras por casualidad. Estaba a punto de irse —dijo Flo.

—¿Adónde? —preguntó Blair.

Pero la muchachota se ocultó tras la puerta de la cocina y lo dejó en el escalón. No sabía exactamente cómo había llegado a casa de Rose desde el patio de Battie. Parecía haber errado como entre sueños hasta encontrarse en la parte posterior de la casa. La puerta volvió a abrirse y Rose apareció en el umbral. Se cubría los hombros con un chal, llevaba una cinta de terciopelo en el cuello y un sombrero sobre sus rojos cabellos semisujetos y alborotados.

—Una auténtica sirena —dijo él.

—¿Te ha visto Bill? —preguntó ella al tiempo que miraba sobre su hombro.

—No lo sé: ya nos enteraremos. Habrá besos para ti y golpes para mí.

Ella lo observó atentamente.

—¿Sirena? No recuerdo haber cantado para ti.

—Bueno, de todos modos, he venido. Soy el náufrago Ulises. Dante perseveró en el noveno círculo de Wigan, en busca de una copa de ginebra. Me han conducido mis pies.

—No creo que fueran tus pies.

—Acepto tu intención —repuso Blair.

—Mi intención es que no necesito tu condescendencia.

El color azul que se proyectaba sobre ella era más que un efecto nocturno. Se había semilavado tras la jornada de trabajo y en torno a sus ojos quedaba carbón como si fuera *khol* y un leve destello metálico en su frente. Rose Molyneux, la musa de la industria, con un brillo de hollín visible por la palidez de su cutis.

—Si me deseas, dímelo —dijo ella.

—Si lo dices de ese modo, así es.

—Un momento. Luego te irás.

—Me iré.

Había alcanzado el grado de visitante porque ella llevó la ginebra al salón, se sentó en el borde de una silla y lo instaló en el sofá. Se mostraba reacia a encender una lámpara que pudiera hacerlo visible desde la calle, por lo que permanecieron entre la oscuridad salvo por el tenue resplandor que proyectaba la chimenea. Aunque no había copas de oro, ella hubiera podido reinar en la mesa de Darío, dando alternativamente al rey besos y cachetes. Rose establecía sus propias normas. Blair no le preguntó adónde había ido Flo ni cómo conseguían tener una casa para ellas solas cuando cada hogar de Scholes estaba atestado de inquilinos. Ella aromatizó la ginebra con té, como concesión a la etiqueta.

—¿Has encontrado al reverendo Maypole?

—Comienzo a conocerlo, pero no lo he encontrado.

—¿Cómo es eso, conocerlo?

—Por su diario.

Era la primera persona a quien hablaba del diario.

—Está lleno de notas y pensamientos. Está lleno de ti. Es interesante verte a través de dos pares de ojos.

—Diferentes pares de ojos. Tú no eres como él.

—¿Cómo era él?

La muchacha guardó silencio unos instantes y lo dejó en suspenso.

—Bueno.

En las sombras que se cernían sobre ella el fuego sólo iluminaba sus ojos.

—Ni siquiera sé cómo eres en realidad, Rose. No he visto tu rostro limpio salvo aquella primera noche, en que estaba demasiado confuso para reparar en ti. Siempre te hallas a oscuras o cubierta de polvo.

—Cuando acabo de trabajar ha oscurecido y todos los cutis de Wigan están llenos de carbonilla. ¿Acaso debo lavarme la cara para ti?

—Alguna vez.

Tomó un trago de ginebra y miró a su alrededor, por la habitación. En Inglaterra adquiría la habilidad de ver en la oscuridad. Fotos pegadas sobre cartón se amontonaban en exposición en la alacena. Se inclinó hacia atrás para recoger de un estante el título dorado de la *Guía de toda dama a la poesía*. En una bolsa había ovillos de hilo rojo y anaranjado.

—Flo teje ella misma sus sombreros y sus chales —dijo Rose.

—Lo recuerdo. Pero hablábamos de ti.

—Hablábamos del reverendo Maypole.

—De su obsesión contigo. La noche antes de su desaparición paseabas por Scholes con él y Maypole se quitó el alzacuellos. Me pregunto por qué lo haría.

—Insisto en que eso nunca sucedió.

—Maypole deseaba bajar a la mina.

—¿Es eso cierto?

—Era un peregrino. Había confundido la mina Hannay con el abismo de la desesperación. Te creía una especie de ángel.

—No se me puede censurar lo que piensen los hombres.

—¿Pero por qué lo creía así?

—Búscalo y preguntáselo. Para eso te pagan.

—En realidad, no. Estoy descubriendo que Maypole no importa vivo ni muerto, descubierto ni desaparecido. Por lo menos, al obispo. La que le importa es Charlotte. Cuando ella renuncie a su compromiso con Maypole, el reverendo puede pudrirse, y a Hannay no le importará. Me pagará, me enviará a mi destino y habré concluido.

—Pareces complacido.

—Es un alivio no tener que encontrar a un cadáver. A veces creo que me han contratado para enloquecerla.

—¿Puedes hacer eso?

—Parezco conseguirlo sin intentarlo. Aunque es fría. Ciertamente no existía pasión alguna entre ella y Maypole... por lo menos por parte de ella.

—Tal vez ella no deseara pasión, quizás un matrimonio con el que sentirse libre.

—Bien, tampoco lo tendrá con Rowland. Cuando oí algo acerca de un compromiso con él, no daba crédito a la idea. Son primos hermanos. Pensé que ello estaba prohibido.

—Para ellos, no. En la nobleza eso no cuenta.

—Bien, es lo que Hannay desea.

—¿Y Charlotte?

—Por lo menos se librará de mí.

—¿Te entristecerá dejar de verla?

—Apenas. De todos modos está prácticamente vendida.

—¿Vendida? Eso parece africano.

—Lo es. Aquí corresponde a las clases superiores.

Rozó la copa de la muchacha con la suya.

Rose lo observó mientras bebía, luego se quitó el sombrero y lo dejó caer en el suelo. No era, exactamente, un compromiso para quedarse, Blair lo consideró un ademán de su propio interés regio, al igual que Charlotte dejó caer las tijeras en su bolsillo en una ocasión.

—¿Un ángel? —repitió ella con una sonrisa ante tal sugerencia.

—Bien, no podemos evitar lo que crean los hombres.

—¿Y él como un peregrino? ¿En el abismo de la desesperación?

—El abismo de la desesperación, el valle de la humillación, la colina de la dificultad. Los peregrinos necesitan algunos ataques de malaria y fiebre amarilla.

—Hablas de él como si fuera un diablo. Estás a la altura de tu reputación.

—O mala fama.

—Rowland sí que disfruta de buena reputación, ¿verdad? —preguntó Rose.

—¡Oh, su reputación es gloriosa! Explorador, misionero, humanitario... Al frente de unas tropas y con un guía se encontró con una caravana de esclavos en la Costa de Oro. Había una docena de asaltantes con un centenar de cautivos del norte camino de Kumasi. Los hombres iban uncidos en parejas para impedirles la huida; mujeres y niños también. Rowland escogió a los malhechores uno tras otro. Tiene una puntería infalible.

—Les estuvo bien empleado.

—Cuando los asaltantes se refugiaron tras los cautivos, Rowland ordenó a sus hombres que mataran también a los cautivos hasta que los delincuentes intentaron escapar y acabó con ellos. El resto de los nativos estaban encantados al pensar que regresarían a su hogar, pero Rowland insistió en que siguieran su camino hacia la costa para que pudieran informar al gobernador y pedir protección británica. Una historia gloriosa, ¿verdad?

—Lo es —repuso Rose.

Y llenó de nuevo su copa.

—Al ver que el jefe se oponía a ello, Rowland lo mató y nombró a otro. De modo que fueron a la costa. El guía soltó a las mujeres, que huyeron entre las sombras de la noche. Rowland mantuvo a los hombres uncidos, pero cada día escapaban algunos y mató a otros para mantener sometido al resto. Una veintena de ellos consiguió llegar hasta el gobernador de la costa para pedir protección inglesa, lo que cubrió de gloria a Rowland. Yo era el guía, por lo que prefiero la versión africana y más sombría de la historia.

—¿Y será el próximo lord Hannay?

—Al parecer.

El rostro de Rose parecía una máscara, tan sólo traicionada por el brillo y redondez de sus ojos.

—Tal vez tan sólo sientas envidia porque no tienes un nombre como Hannay —dijo ella.

—Rowland y Hannay. Tendrá dos nombres. ¿Por qué debería sentir envidia?

—Blair no es un apellido de Wigan.

—Blair era el hombre que se hizo cargo de mí cuando murió mi madre.

—No sueles hablar de él.

—Era un minero con chaqueta de castor y sombrero hongo que confundía a Shakespeare y la Biblia cuando estaba borracho y guardaba silencio cuando estaba sobrio. No sé por qué me llevó consigo a Nueva York, aunque estoy seguro de que la compañía naviera se sintió aliviada al perderme de vista. Creo que yo era como un perro callejero para él y como no lloraba demasiado ni le era muy gravoso, me mantuvo a su lado. En aquel tiempo la gente que no tenía nada que perder iba a California. Allí fue él y yo lo acompañé.

—¿Y se hizo rico?

—En absoluto. Era bastante buen minero, pero al parecer tenía muy mala estrella. Reivindicaba un riachuelo cuando debía haber registrado la ladera, y si reclamaba la ladera debía haber excavado en el llano. A su pesar, prevalecían los principios científicos en él. El cuarzo conducía a bancos de gravilla y cuando vendió los bancos de gravilla, un aluvión despejó la gravilla y dejó al descubierto una veta de oro: un momento adecuado para esquivarlo. Pero a veces no lo veía durante meses, en una ocasión durante un año.

—¿Un año? ¿Y cómo viviste?

—En el campamento había unos chinos a quienes pagó para que me alimentaran. Durante mucho tiempo creí que mi nombre en chino era algo parecido a Jai: luego descubrí que lo que me decían era «¡Come!».

—Fue un miserable al abandonarte.

—No me importó. Los chinos formaban una gran familia en que los hermanos eran expertos artificieros de la compañía del ferrocarril. Fueron mis ídolos. Al otro lado de la carretera estaban las chicas de entibe, que formaban un Hogar para mujeres que caen cada hora». Era muy entretenido y Blair se comportaba bastante bien mientras yo devolviera sus libros al estante cuando los había leído y le hiciera café cuando estaba borracho. Dedicaba al perro y a mí iguales atenciones.

—¿Lo querías? Me refiero a Blair.

—Desde luego. También quería al perro y, a fuer de sincero, debo confesar que el animal era más encantador que Blair o yo. El viejo me llevó a la Escuela de Minas la última vez que lo vi y luego regresó a California y se saltó la tapa de los sesos con un revólver.

—Eres duro.

Podía serlo más. Nunca la había apremiado sobre el tema del alquiler de su casa ni acerca de cómo Flo y ella conseguían arreglárselas con sus salarios. El dinero debía llegar de algún sitio y Bill Jaxon —con las apuestas que ganaba en sus enfrentamientos— era una fuente probable. Blair comprendió que estaba dispuesto a mantener la ilusión de su independencia y de la calidad irreal de la casa porque temía que una palabra errónea la alejara de su lado.

—De modo que te convertirás en la señora Jaxon.

—Bill así lo cree.

—Bill aún sigue oculto frente a mi hotel. Acabará convertido en un poste.

—¿Envidias a Bill?

—Un poco.

—Quiero decir que él es real, ¿no es cierto? Tú eres una criatura de los periódicos, de las noticias de expediciones.

—Lo soy.

—Surgido de la nada, según dices.

—Autocreado de mi gravemente limitada exposición social a chinos, prostitutas y mineros.

—Sin hogar.

—Siempre en movimiento, fuera de lugar, *sui géneris*.

—¿Significa solitario en latín?

—Señorita Molyneux, debería haber sido abogado.

Ella colmó su copa.

—¿Qué nombre has dado a tu hija, la africana?

—¡Ah! Su madre y yo dimos vueltas al tema. Ella quería algo inglés y yo algo africano. Encontramos una solución bíblica.

—¿Y qué fue?

—Keziah. Significa Arco iris, del libro de Job.

—Es un nombre hermoso —dijo Rose.

—Una muchacha hermosa. Nos alejamos mucho del reverendo Maypole.

—Eso confío.

Una espontánea imagen de George Battie y sus dos hijas acudió a su mente. Blair había supuesto que la vida de Battie era vulgar, y de un negro agujero el hombre había hecho aparecer palomas.

—No tardarás en dejarnos —dijo Rose—. ¿Qué echas más de menos de la Costa de Oro, las mujeres o el mineral?

—Resulta difícil decirlo.

—¿Por qué?

Blair cogió el ovillo de hilo color narnaja de la bolsa, soltó un cabo de lana teñido con anilina brillante y lo ató en una serie de nudos.

—Es difícil separarlos.

—¿Los nudos?

—Las mujeres y el oro.

Cortó el hilo anudado con su navaja, quitó el chal de los hombros de Rose y ató el hilo en su antebrazo. Al resplandor del fuego, con la piel ensombrecida por la carbonilla, destacaba el brillante hilo.

—De la cabeza a los pies, una cinta en los cabellos de púrpura real y tela áurea, collares de filigrana de oro, petos tejidos en oro, brazaletes y pulseras de cuentas de vidrio y de oro, falda de hilos rosados negros y dorados, y ajorcas para el tobillo con cuentas de ámbar e hilos de oro. Nosotros tendremos que usar la imaginación.

Cortó otro trozo de hilo, lo ató y se lo anudó en el otro brazo, y siguió cortando, anudando y atándolos en sus muñecas.

—Algo del oro es hilo de oro y, en parte, su color. Algo forma cadenas, conforma discos, campanas, conchas, semillas, capullos.

Desató y soltó sus zuecos y ató el hilo en sus tobillos desnudos. La ayudó a levantarse.

—Completamente cubierta —dijo.

Su vestido era de algodón con un estampado rudimentario y botones de concha, tantos rotos como enteros. La desabrochó con todo cuidado para no romperlos y apareció una camisa de tenue muselina. Pasó los dedos por los tirantes de los hombros y dejó caer el vestido y la camisa en el suelo.

Siguió anudando un hilo más largo.

—Recuerda a una masa de collares de oro con amuletos y cuentas de vidrio holandés tan pesadas que oscilan a cada movimiento. Sartas de talismanes áureos y animales y en el centro, grande como un trozo de carbón, una pepita de oro.

—¿Y mis cabellos? —preguntó ella.

—Tus cabellos ya son de oro.

Ella llevaba una sencilla enagua de muselina, la prenda más insignificante de todas. Se la quitó por los pies y tendió los brazos. Blair sabía que en cualquier momento alguien podía mirar por la ventana y si aguzaban la vista, los verían. Ató un último cabo en su cintura como un cinturón de oro y retrocedió unos pasos.

—¿Estoy desnuda? —inquirió ella.

—Para cualquier otra persona; para mí, no.

La llevó en brazos por la escalera. Intuía que ella no deseaba a un hombre incapaz de algo semejante. Sus rostros y bocas se unieron y el sabor a ginebra, sal y carbonilla le hizo subir los peldaños de dos en dos. Rose se estrechó contra él y lo envolvió como un nudo. Luego se acostaron y Blair apoyó su rostro caliente contra el vientre de la muchacha envuelto en oro, que se arqueó y estiró en el lecho de modo que viajaron juntos como un solo cuerpo.

El duro trabajo había conferido a Rose gracia, la curvada musculosidad de un animal salvaje, la ligereza y, pese a su tamaño, la fuerza. Más ágil que gruesa, con las piernas aceradas de un bailarín, como un arco que levantara sus dos cuerpos. Luego ella se volvió y lo devoró como él la devoraba, exigiendo que no se contuviera. Blair se sentía ebrio, empapado, dorado entre el negro polvo que la cubría. Sus senos se tornaban rosados bajo su boca.

¿Dónde se encontraban en aquellos momentos? ¿En Inglaterra o en África?

Blair pensó que perdido. En el acto del amor algo confundía tiempo y espacio, los recomponía como miembros. Sin pasado ni futuro y el presente tan mitigado que él podía respirar cincuenta veces en un segundo. Inclinado sobre ella, le pasaba un dedo por los omóplatos y por su columna vertebral y sentía estremecerse y detenerse el tiempo.

Ella se volvió. Su melena, mojada y oscura de sudor, cayó hacia atrás. El resplandor de carbonilla en su rostro, los labios hinchados, blanca la frente. Pese a la oscuridad, estaba iluminada por el débil reflejo de la luz de la vela en el cuerpo de Blair, al igual que la luna a veces se ilumina tan sólo por el reflejo que recibe de la tierra, una iluminación fantasmal llamada «resplandor ceniciento». A la tenue luz pareció —por un momento— una inquietante y secundaria imagen de alguien más perfecto.

—¿Crees que esto es amor? —preguntó Blair.

—Yo lo considero agradable e igualitario —repuso Rose—. Eres un lío, señor Blair. Necesitas a alguien como yo.

—¿Y qué haría Bill Jaxon?

—Bill no lo sabría hasta que nos hubiéramos ido. Entonces podría patear la cabeza de cualquier otro por rencor.

La llama goteó. Ella se deslizó del lecho, se arrodilló junto a la mesita de noche y encendió otra vela. No se movía como una mujer que viste polisón. Era una paradoja que el duro trabajo le hubiera conferido tanta gracia. Con la nueva luz de la vela en su cabello volvió a meterse en el lecho.

—Podríamos marcharnos sin que nadie se enterase.

—¿Irnos? Creí que eras feliz aquí.

—Lo era hasta que me cubriste de oro. ¿Qué necesito saber para ir a África?

—Chapurrear algo de inglés.

—¿No lo que hablamos en Wigan?

—En realidad, no. El swahili para viajar en general. Los ashanti hablan twi. Si sabes interpretar un mapa, enfocar al sol y mantenerte seco en las estaciones lluviosas, lo tienes casi solucionado. Luego, en gran parte es cuestión de distinguir la diferencia entre pirita y oro, y tomar quinina de todas las formas imaginables.

Se tocó los puntos de la cabeza.

—Tú conoces cirugía. Te iría perfectamente en África. Serías una amazona.

—¿Entonces no te necesito? Podría ir sin ti.

—Desde luego. Limítate a seguir los vientos alisios. De eso se trata: vientos y corrientes.

Puso la mano sobre el corazón de la muchacha y la hizo resbalar.

—Carbón al sur de Liverpool en la corriente canaria.

Subió la mano en diagonal.

—Aceite de palma al oeste de África, en la corriente ecuatorial.

Cruzó de nuevo.

—Oro al este de las Américas, en la corriente del Golfo.

—Es muy sencillo explicado de este modo.

—Es todo cuanto sé —dijo Blair.

—¿Y conoces otras rutas?

—Sí.

—¡Llévame!

Le cubrió la mano con la suya.

—¡Llévame de Wigan, Blair, y te amaré hasta el día de mi muerte!

CAPÍTULO VEINTIDÓS

El horno era amarillo como el cráter de un volcán y su luz tan intensa que Blair tuvo que bajarse el ala del sombrero para protegerse los ojos. El diseño era sencillo: una chimenea en un arco de ladrillos unidos con argamasa a base de tres piezas de profundidad en la piedra y una rampa de acceso que se alineaba en la obra para separar el fuego de un túnel que se comunicaba con las vetas de carbón. Aunque el horno estaba a unos dos quilómetros bajo tierra, sus dimensiones eran enormes: dos hombres, hombro contra hombro, podrían entrar en el hueco y el fuego absorbía el aire con tal avidez que atraía a Battie y a Blair.

—Siempre parece una contradicción quemar oxígeno para crear una corriente de aire, pero así se atrae más aire del eje de la jaula y se expulsa el viciado. Tenemos que introducirlo limpio: si estuviese contaminado con gas y entrase directamente en contacto con el fuego, el horno estallaría.

—¿Lo canalizan?

—Exactamente. Infiltramos el aire viciado por un conducto que llamamos corriente oculta y que se incorpora muy por encima de la chimenea, donde la corriente superior es bastante fría para que el gas no se encienda. El aire limpio entra, sale el viciado y ello constituye nuestro sistema de ventilación. Así debe funcionar las veinticuatro horas porque, si no, la mina dejaría de respirar y todos los hombres que estuvieran en ella morirían.

Un plasma dorado flotaba sobre un fondo de carbones brillantes que parecían moverse como si estuvieran animados por el calor. El horno se alimentaba con mineral de Hannay extraído de la veta Hannay, como un dragón que creciera al consumirse. Al final de la rampa había sido excavada en la piedra una carbonera, donde dos fogoneros con guantes y sacos con agujeros practicados para cubrirles los brazos aguardaban con una carreta de carbón. Battie le explicó que siempre había dos fogoneros, por si uno de ellos se desmayaba.

—Aquí quemamos seis toneladas de carbón diarias —dijo Battie.

Una vez más, el capataz se había dejado el sombrero en la oficina y llevaba un pañuelo atado en la cabeza.

Blair aguzó la mirada y trató de ver dentro del horno y protegerse los ojos al mismo tiempo.

—¿Y las cenizas?

—Caen a través de la rejilla y son recogidas y descargadas. Desde el accidente se han vaciado dos veces.

—¿Podría examinarlas de todos modos?

—¿Para qué?

—En busca de botones o huesos. Los zuecos se quemarían, pero los remaches metálicos se quedarían en la rejilla. Incluso podría haber clavos.

Battie miró a los fogoneros que no podían oírlos.

—Sería una noticia mayúscula para los mineros que el hombre enviado por el obispo trata de encontrar cadáveres.

—Dígales lo que le parezca.

Battie hizo señas a Blair para que lo siguiera por la rampa hasta donde se encontraban los fogoneros que los observaban boquiabiertos y curiosos.

—Muchachos, éste es el señor Blair, un visitante especial de la mina. Es americano y le gusta examinar todas las rendijas y agitar todos los recipientes. ¿Tenemos una cuchara?

La *cuchara* era una larga pala. Battie despojó a Blair de su sombrero y lo sustituyó por una capucha de lona con una placa visual ahumada.

—Señor Blair es usted un pesado —murmuró.

Le entregó unos guantes almohadillados que llegaban hasta el codo.

—Tendrá que arreglárselas usted solo. No quiero asar a ningún hombre por un tonto capricho. Aguarde.

Cogió un cubo de agua y mojó la capucha y los guantes de Blair.

El ingeniero, goteando, cogió la pala y se introdujo en la rampa. Pese a la mirilla que protegía su visión, las brasas al rojo vivo eran demasiado brillantes para mirarlas directamente, le recordaban al Sol. El calor era impresionante, como un impacto físico.

Cuando los fogoneros echaban carbón lo hacían desde prudente distancia. Blair atizó el fuego directamente en la rejilla. El aire recalentado en exceso le atenazó la garganta. Los carbones encendidos sonaban como campanillas de cristal al ser sacudidos por la pala. Debajo de su camisa sentía encogerse el vello del pecho: pero el espectáculo era de una belleza abrumadora. Como brillaba el oro fundido al consumirse, pliegues que lamían radiantes pliegues y proyectaban chispas mientras que él hundía la pala, buscando Dios sabía qué en la lengua del dragón. ¿Una tibia brillante, una costilla mondada? Estalló vapor a su alrededor y comprendió que alguien le había echado agua por detrás. Escarbó desde lejos y trató de arañar la encendida rejilla. Alguien le dio un tirón al brazo y a su lado encontró a Battie con capucha y guantes envuelto en vapor. Battie le señalaba algo, pero Blair no lograba discernir sus palabras hasta que el capataz lo arrastró fuera del horno y Blair comprendió que el eje de su pala se había encendido y que el metal estaba al rojo vivo.

Los fogoneros se reunieron con ellos a mitad de camino de la rampa y empaparon de agua la pala y la capucha de Blair. Sólo cuando se quitó los guantes advirtió que tanto ellos como la parte delantera de su camisa estaban chamuscados.

—¿Había estado antes en el infierno? —preguntó Battie—. Parece acostumbrado a este trabajo.

—No he encontrado nada.

—Ni lo encontrará, a menos que apaguemos el fuego. ¿Es la locura un requisito para ser explorador?

Blair se tambaleó por la rampa, aturdido por las llamas, casi jubiloso.

—Ahora ya sé lo que se siente al asarse.

—Está completamente loco, señor Blair —dijo Battie que iba tras él—. Tendré los ojos bien abiertos. Si encuentro algo más sospechoso que la ceniza de un palo de criquet será usted el primero en saberlo.

Un chaparrón matinal saludó a Blair al salir a la superficie y en aquella ocasión no le importó porque aún sentía como si se fundiera. El patio era un negro estanque. El vapor pendía sobre los motores, los caballos y el cobertizo y ocultaba a las cribas y las mineras bajo el saliente. Del horno, la fragua y las chimeneas de las máquinas surgía humo. Pensó que era un tiempo endemoniado, pero bien recibido.

Encontró su impermeable bajo el asiento del carruaje, se arropó en su abrigo y marchó tambaleándose hacia el cobertizo de las lámparas. Battie había dicho que habían sido comprobadas tras la explosión. Blair no dudaba de él, pero había un modo de verificarlo. Aunque no recordaba todos los números de las lámparas de seguridad relacionadas en el informe del juez, sí tenía dos muy presentes: el noventa y uno, firmado por Bill Jaxon, y el ciento veinticinco, por Smallbone. ¿Y si alguna de ellas no hubiera sido devuelta? Era tan sólo una idea e ignoraba adónde conduciría pero estuvo examinando el registro hasta que las páginas estuvieron casi tan mojadas como él. Las lámparas de seguridad noventa y uno y ciento veinticinco habían sido devueltas cada día laborable desde la explosión. Blair decidió que era tan buen detective como Maypole minero.

En la ventana del cobertizo azotaba la lluvia y ello le recordó el diario del sacerdote, las líneas escritas tanto a través como hacia abajo. ¿Qué había anotado el desgraciado el día anterior a su desaparición? «¡Mañana es la gran aventura!»

Blair encontró a Leveret en los establos de la mansión Hannay, un patio de piedra con una torre y un rastrillo, como un castillo a la defensiva. El administrador estaba en el patio, arrodillado sobre los adoquines mojados, con botas y abrigo, absorto en la tarea de almohazar a una gigantesca yegua, cepillando el barro del pelaje que tenía en los cascos. El gigantesco animal apoyaba el hocico en la espalda de Leveret. Pese a la lluvia que caía sobre ellos, la bestia y el hombre parecían contentos.

En un rincón un herrero golpeaba un hierro al rojo vivo en un yunque. Como las cuadras estaban embarradas, los caballos paseaban por los pasadizos descubiertos; un lado, al parecer, estaba dedicado a los animales de carga y el otro a los cazadores. A Blair le pareció una escena majestuosa y bucólica, en que un grupo de personajes de la alta burguesía con elegantes modelos se disponían a cabalgar acompañados de una jauría. Tal vez allí mismo, generaciones de Hannay habían desflorado a las doncellas. Era curioso que ahora viese las cosas con los ojos de Rose.

Se sentía febril, aunque no lograba discernir si por causa de la malaria o del horno. Rose seguía surgiendo en su mente de modo espontáneo porque ignoraba si hablaba en serio o bromeaba cuando le había sugerido escapar con él. No sólo porque se sintiera responsable de que alguien adoptara una decisión precipitada, sino porque aquello la hacía real. Tal vez lo que la convertía en algo más que una serie de momentos en el presente era —por su sugerencia— una percepción de su futuro. Si él se había instalado en su lecho y se había ensuciado con el carbón de su piel, tal era la instintiva naturaleza masculina. Mas no le había hecho promesa alguna. Quizá ella bromeara. O fuese un misterio, como su casa. Aquello lo hacía sentirse distraído. Al atizar el horno, había pensado en ella. Ladeó la cabeza para que la lluvia le enfriase el rostro.

—«Cuanto más profundo el pozo, más intenso el calor», es la norma de los mineros.

—¡Blair! —repuso Leveret sonrojado—. Nunca lo había oído.

—¿No tiene bastantes mozos para que hagan ese trabajo?

—Sí, pero disfruto haciéndolo. Para dirigir una finca no basta con tener los ojos abiertos, hay que poner manos a la obra.

Leveret sacudía barro del cepillo cada vez que lo pasaba y dejaba el pelaje blanco y sedoso.

—He trabajado en todos los rincones de la propiedad. En la granja, en los establos, con el ganado, en los jardines, incluso en la cervecería. Me criaron para ser administrador. John solía decir que yo era como Adán en el jardín del Edén, porque a él lo pusieron allí para supervisarlo, no para poseerlo. Me siento afortunado de que el obispo Hannay confíe tanto en mí. Nunca hubiera aspirado a ser un Hannay, no desearía serlo.

—Maypole podía haberlo sido... en parte.

—Tan sólo por las rentas de Charlotte.

—Muy importante para un sacerdote que sólo tiene dos trajes en su haber.

A medida que Blair hablaba volvía a su mente el recuerdo de Rose. ¿Qué dote aportaría una minera? ¿Sus honorarios? Un tarro de monedas, el dinero que había ganado, lo que rebajaba su valor a ojos del mundo. Mejor una heredera que contase con brillantes perspectivas familiares, de las que un hombre pudiera tomar algo prestado.

—Cuando bajamos a la mina usted dijo algo que yo debía haberle preguntado. Dijo que había estado antes en una mina antigua, pero a tres metros de profundidad.

—Una mina abandonada en la parte ajardinada de Wigan.

—¿Se la mencionó alguna vez a Maypole?

—Por ello bajé. Me preguntó si conocía alguna y lo acompañé.

—¿Cuándo?

—Fue después del año nuevo. John sentía curiosidad. Allí hay muchas galerías, en realidad, algunas utilizadas como refugios, escondrijos, de sacerdotes hace siglos, cuando los Hannay eran católicos. Esa galería se encuentra dentro de los jardines de la entrada norte, a unos cinco metros a su derecha cuando sale.

Leveret se removió y cogió el otro casco del animal.

—Me parece que no le he sido útil. Como tampoco se lo fui al pobre John.

—Ha sido muy evidente su ausencia. Salvo que ayer estuvo presente en la merienda campestre y entonces estaba ocupado con los perros. Usted siempre se entretiene con animales cuadrúpedos.

—Sólo disimulaba mi vergüenza por no habérselo dicho todo cuando llegó con el tren.

—Usted no me habló de Charlotte, no me dijo que el obispo se proponía hacerla renunciar a Maypole y aceptar a Rowland.

—Lo siento. Eso le dará una impresión equivocada de los Hannay y de Charlotte. Los ha encontrado en muy mal momento.

—Y estoy seguro de que el sol brilla en Inglaterra casi siempre. De modo que, en cierto modo, se trata de mí o de Rowland. ¿Charlotte estará ligada a mí hasta que acceda a casarse con él? Y, entretanto, ¿yo estaré ligado a ellos?

—Es un modo de decirlo.

—Estupendo, induciré a Charlotte a tal fin.

—Esto es indigno de usted. Yo no lo haría.

—Nada es indigno de mí. Estoy mojado, quemado y dispuesto a marcharme, como Earnshaw. Earnshaw era una trampa, ¿no es cierto? ¡El gran reformista! Lo trajo Hannay para que entretuviese a Charlotte. Usted me dijo que Earnshaw no la cortejaba, de modo que usted lo sabía todo.

—Charlotte es rica y atractiva.

—Charlotte tiene el aire de un joven áspid. De todos modos no me gustaría ser otro Earnshaw y no quiero formar parte de una trampa para Rowland.

—Es el futuro lord Hannay.

—Es un maníaco homicida. ¡Vaya familia!

Blair se peinó los cabellos con los dedos y pensó que el caballo estaba más acicalado que él.

—Me dijo que Charlotte vivía sola en una casita en el jardín. ¿Dónde se encuentra?

—¿Por qué lo pregunta?

—Quiero hablar con ella, razonar.

—Es la casita de la cantera. De regreso al camino, pasado el Hogar, verá la cantera, y entonces descubrirá la casa. ¿Y si ella no quiere hablarle?

277

—Bien, aún me queda la opción original. Encontrar a Maypole doquiera que esté, oculto o corrompiéndose. Hannay no pagaría a Maypole para que se perdiera de vista, ¿no es cierto?

—John no haría algo así, como tampoco usted.

—Nunca deja de confiar, ¿verdad?

El sendero consistía en dos surcos sobre una alfombra de hojas del año anterior. Las hayas, verdes de musgo y negras de hollín, sostenían una maraña de espinas que goteaban agua. A un quilómetro de distancia, una parte del sendero daba a una pradera donde se encontraba un rebaño de ovejas blancas sobre un fondo de árboles, mientras que al otro lado se vislumbraban las casas de Wigan Lane, no muy distantes, pero próximas al perímetro de la mansión Hannay.

Una última curva condujo a Blair sobre una colina, y a lo largo de un muro de piedra que protegía al viajero y le impedía caer en un abismo donde se había cortado la otra parte de la colina. Se detuvo a contemplarlo desde lo alto del carruaje que Leveret le había prestado. El precipicio tenía por lo menos treinta metros, el muro de piedra arenisca estaba poblado de algas y matorrales que se le aferraban desesperadamente y en el fondo se distinguía un sombrío lago. La casa parecía armonizar con la cantera, aunque existía un contraste. Su parte inferior estaba construida con piedras de color pardo, pero la fachada superior era blanca, de estilo Tudor, un cabrío de negras vigas coronado por un fatuo y alegre techo de rojas tejas. Entre la casa y la cantera había un pequeño establo, un invernadero y un palomar. Alrededor de la casa se veía una franja de rosales que estaban desnudos y de narcisos que comenzaban a abrir su capirotes. De la alta chimenea de piedra surgía una columna de humo: todo en la casa resultaba invitador.

Blair llamó a la puerta y no recibió respuesta. Como había visto humo, regresó a la puerta de la cocina. A través de la ventana la estancia se hallaba a oscuras y se distinguía una larga mesa preparada para un comensal, un pastel en un plato junto a una exótica naranja. El vestíbulo se iluminaba con la luz de una vela cuya llama reflejaba a una joven vestida de blanco. La vio con claridad un instante antes de que ella apagara la luz.

Por sus rojos cabellos creyó en un principio que se trataba de Rose, pero su rostro era demasiado redondo. En cierto modo, Charlotte y Rose se parecían, sin embargo Charlotte lo hubiera contemplado con fría ira y Rose con lánguida y felina indiferencia y lo único que leía en los ojos de aquella muchacha era pánico.

Repitió su llamada, recibió de nuevo silencio a cambio y casi logró percibir el murmullo de sus pasos por el entarimado mientras ella se retiraba a lo más profundo del vestíbulo. La calidad de su traje, una seda tornasolada, sugería que se trataba de una persona de clase superior, mas el temor que demostraba le hizo especular que acaso fuese una de las pupilas de Charlotte, del Hogar, un minera u obrera caída que se ocultaba en la casa huyendo de un padre estricto. De modo que por mucho que insistiera no la atraería a la puerta.

Renunció, pues, y se marchó. El caballo despedía vapor a causa de la lluvia. Recordó que su aspecto era el de un gitano, un calderero, un tipo que podía presentar algún tipo de problemas, no la clase de gente a quien se abren las puertas.

Hasta cierto punto no haber encontrado a Charlotte en casa era un alivio. No sabía exactamente qué le hubiera dicho, si le hubiera explicado su relativa inocencia acerca de los motivos del obispo o hubiera dado rienda suelta al diablo que llevaba dentro y la hubiera lanzado hacia Rowland. Si hubiera detectado en Charlotte algo distinto a un aristocrático desdén o un simple latido de indulgencia o calor humanos, como en Rose, hubiera sido distinto. En el foso del matarife él se había ofrecido a marcharse de Wigan y Charlotte había rechazado su propuesta como si recogiera un harapo con un palo.

Su malhumor estaba acompañado de un viento sombrío y del crujido de ramas sobre su cabeza. Encendió las lámparas del coche, aunque confiaba más en el sentido orientativo del caballo que en lo que él pudiese ver. Ya no sabía por qué había considerado proponer una segunda tregua a Charlotte.

Los jardines llegaban a su fin; según su brújula, el sendero conducía al norte, lejos de Wigan. Una ráfaga de viento reunió las hojas y las hizo girar en torno a él como murciélagos. Cuando comenzaba a pensar que se había extraviado, aparecieron en la carretera dos líneas paralelas brillantes y luminosas y, desde muy lejos, llegó la sorda descarga del trueno.

En aquel cegador instante Blair se sorprendió al reparar en cuán extraordinarias eran Charlotte y Rose en sus distintos aspectos y en que el rostro de la muchacha que estaba en la casa era de una belleza vulgar. Charlotte y Rose estaban forjadas de diferentes modos, pero ambas eran de oro, mientras que aquella muchacha era de escoria.

La verja del norte era de hierro forjado, desde hacía tiempo se había oxidado, y permanecía abierta. Las altas hayas habían sido sustituidas por árboles de hoja perenne que oscilaban al viento. Siguiendo las instrucciones de Leveret, Blair anduvo cincuenta pasos y se encontró con los helechos hasta la cintura. Al resplandor de su linterna de cristal abombado, sobre una oleada de helechos decorativos se veía un abedul, el primer árbol que solía crecer sobre la escoria.

En el árbol oyó el sonido de la lluvia sobre metal: siguió la trayectoria hasta un cuadrado metálico de un metro de lado que hizo girar hacia atrás en su bisagra y el sonido se confundió con una corriente de aire que llegaba desde abajo. Bajó lentamente la linterna. El metano proliferaba en las antiguas minas, y él deseaba marcharse de Wigan a pie, no por los aires. A diferencia de las lámparas de los mineros, las linternas sordas no estaban proyectadas para detectar gas porque la llama quedaba encerrada en el metal y se difundía a través de una lente. Tan sólo podía guiarse por el color. La luz difundió una tonalidad amarilla tranquilizadora mientras escogía una galería a tres metros de profundidad. No había raíles, la mina se había establecido en una época en la que el carbón se arrastraba con trineos. Blair fue al carruaje y regresó con una cuerda que aseguró al abedul. Sujetó la linterna a su cinturón y se deslizó con la cuerda en el pozo.

El suelo estaba húmedo y resbaladizo, las maderas de las paredes y del suelo se arqueaban por el tiempo y la corrosión. La zona despejada del ojo de la mina se sostenía por columnas independientes de piedra corrompida; pensó que con un resoplido las derribaría. La galería era una operación en miniatura comparada con la mina Hannay, pero constituía la génesis de la industria familiar. Había centenares de minas como aquélla en torno a Wigan y miles de ellas aún eran anteriores, *minas de campana* que tan sólo consistían en agujeros practicados para extraer el carbón hasta que se desplomaban.

Se guió por su linterna, como si fuera tuerto, para internarse por el recinto. No distinguía huellas de pisadas, pero el hecho de que el cierre del pozo se hubiera abierto con tanta facilidad sugería que la mina había sido visitada recientemente.

A medida que la galería profundizaba, el agua manchaba las paredes formando el ángulo de descenso. Setas venenosas bordeaban el techo. En los muros más húmedos brillaba un residuo de carbón excavado y recogido hacía tiempo. Captó con la luz un rabo que desaparecía por un agujero; allí habría ratas, ratoncillos, escarabajos: la naturaleza odiaba el vacío. A medida que el techo descendía adaptó la marcha encorvada de los mineros. A los hombres corpulentos les resultaba difícil aprender el paso. «Me duelen los músculos», había escrito Maypole.

La galería concluía a unos cincuenta metros, donde los estratos de carbón descendían y se reducían hasta perderse de vista y el polvo se había acumulado contra un muro de piedra arenisca. En medio de la galería quedaba una columna aislada de carbón y Blair imaginó la tentación que debió de representar para los mineros que sólo cobraban por el mineral que extraían. Aún así, era muy importante salir con vida.

Escudriñó barriendo con la luz. Manos nacaradas, estalactitas que llegaban hasta casi el suelo. Un blanco charco se extendía debajo. En el polvo de ébano de la base de la columna aparecía la huella en forma de herradura del refuerzo de un zueco. Las rayas marcadas en el suelo de piedra podían haber sido producidas por alguien que tratara de acostumbrarse a la tensa y basculante acción de los zuecos. Pero allí se había practicado algo más que el paso: las paredes estaban arañadas con huellas de pico que se extendían rectas como cuerdas y luego se diseminaban en torpe imitación.

La galería estaba fría como una cripta. Blair se estremeció y se confortó con un trago de brandy. Al recoger el frasco, distinguió otra cosa singular, un ademe —lona extendida sobre una estructura de madera— que se apoyaba contra el muro del extremo. Los ademes se utilizaban para dirigir la ventilación entre las galerías y aquélla era una galería única y primitiva, sin ninguna necesidad de ellos. A menos que ocultara algo detrás.

Al aproximarse a la lona una madera le arrancó el sombrero de la cabeza. Cuando se volvía para recogerlo, salió despedido por los aires. Giró a impulsos del viento y rodó sobre sí mismo hasta el rincón. La galería se llenó de un humo asfixiante de pólvora mientras que él ni siquiera sabía si estaba cabeza arriba o abajo. Los ojos le escocían, se sentía cegado; la cabeza le resonaba como si le hubiesen estallado los tímpanos.

Anduvo a gatas por el suelo en busca de la linterna, aún encendida, y se quemó los dedos hasta que consiguió levantarla porque sólo advertía su posición por el tacto. Se arrastró por el suelo en dirección opuesta, tanteando el camino, y alcanzó el agua que caía por el pozo. Alzó la mirada hacia la lluvia con los ojos muy abiertos para aclarárselos y ver. Sentía el cuerpo azotado por una mano gigantesca, aunque no había descubierto sangre ni huesos rotos en su cuerpo, sólo un agujero redondo que atravesaba el hule de su impermeable, su chaqueta y su camisa. Empapó un pañuelo, se cubrió con él la nariz y la boca y regresó a la galería con pasos vacilantes.

En la atmósfera que reinaba al final del túnel, el humo y el polvo aún giraban y se arremolinaban. La lona había sido despedida a un lado por un ingenio consistente en un grueso cepo de madera, y el corto y acampanado cañón de un arma que se apoyaba en un círculo metálico. Se trataba de una escopeta disparada por resorte bajo cuyo gatillo se extendía una cadena con anillas sujetas a unos cordones. Blair despejó la suciedad. Los cordones estaban unidos a cuerdas extendidas a lo largo del suelo de la galería. Si alguien tropezaba con ellas, como en su caso, el arma giraba en su dirección y se accionaba el gatillo. La escopeta disparada por resorte no estaba destinada a la caza sino a los cazadores furtivos. Era un asesino de hombres, estaba proscrito, pero aún se utilizaba.

Blair dirigió su linterna a la boca del arma. En la columna de carbón, exactamente detrás de donde él se encontrara, había una barra de acero de dos centímetros de diámetro, hincada con tanta firmeza en el carbón que no podía moverse. Pero pese a su andar tambaleante hubiera podido desangrarse mortalmente. Nacido y muerto en Wigan. Resultaba divertido si se pensaba en ello. Marcharse, dar la vuelta al mundo y regresar a su lugar de origen para eso. Con su cortaplumas partió un trozo de la cuerda que sujetaba la trampa: era de algodón tejido, de las que se utilizaban para mechas y espoletas.

Recobró la audición cuando se insinuaba el sonido del agua, goteando con la regularidad de un reloj desde el techo a la lisa y latente superficie del charco inferior.

Jamás había experimentado el pánico de sentirse atrapado bajo tierra. Inmóvil en lo que debía haberse convertido en su tumba, sintió el frío impacto del terror en la nuca.

Era medianoche cuando Blair regresaba a su habitación. Se arrancó la camisa. Una roja quemadura le cruzaba las costillas.

Se quitó las restantes prendas mojadas, se sirvió un *brandy* y se acercó a la ventana. La calle se veía negra y amarilla: las piedras mojadas reflejaban las lámparas. Un policía con casco y capa marchaba Wallgate arriba arrastrando los pies, tan lentamente como si estuviera sonámbulo. El hombre fijaba su mirada vacía en los escaparates. No se advertía ningún reflejo de punteras de latón ni se distinguía ruido de zuecos.

Las trampas tenían un carácter anónimo. Cualquiera podía haber preparado aquélla. El diario de Maypole y las huellas de pico en las paredes de la galería señalaban a Jaxon, pero la utilización de espoleta y el cable de la trampa y la astucia con que había sido preparada sugerían a Smallbone, aquella fábrica humana de explosivos domésticos. Smallbone, antiguo cazador furtivo, estaría familiarizado con ingenios de aquel tipo.

Aquello no agotaba las posibilidades. George Battie había sido asimismo cazador furtivo y no quería que se reabriera la encuesta del juez de instrucción. Y Leveret lo había dirigido a aquella galería. No tenía pruebas de nada. Podía haber sido asesinado por la Liga Moral o por la Banda de Metal de Wigan.

Se tocó la quemadura, prueba de una sola cosa: había llegado el momento de marcharse.

CAPÍTULO VEINTITRÉS

Blair adquirió en el ferretero un consistente equipaje de lona americana junto con cuerda, toallas de baño, una barra de dos centímetros de diámetro, un par de llaves inglesas y un saco de medio quilo de pólvora. Aunque no las compró, advirtió que había lámparas de seguridad expuestas en una estantería. Luego, se dirigió a la mansión Hannay, donde se desvió hacia el Hogar Femenino.

En esta ocasión se aproximó por el simulacro de castillo del Hogar, desde el lado del jardín. A través de los largos ventanales de la escalera distinguió a las jóvenes con grises uniformes que se apresuraban hacia la clase o el catecismo, una agitación como de palomas en un desván de piedra. El tiempo húmedo había despejado los bancos del exterior. Nadie, ni siquiera un jardinero, aparecía a la vista en la larga pendiente de césped entre el Hogar en lo alto y el seto en el fondo.

En el extremo próximo del seto se veía una figura menuda y reconocible. Con traje negro y guantes de cuero, Charlotte podaba de nuevo sus rosas. Su sombrero de ala ancha se había curvado por causa de la bruma y mechones cobrizos de cabello se le pegaban a las mejillas. Entre los árboles y el jardín había un espacio de unos veinte metros. Blair sabía que lo había visto llegar aunque no miraba en su dirección. La herida en carne viva que tenía en las costillas le exigía cuidados, pero tenía la sensación de que no debía mostrar debilidad alguna ante Charlotte.

—¿Florecen alguna vez? —preguntó—. Parece complacerse más en cortarlas.

La mujer ni siquiera lo miró. El jardín de rosas era un perfecto escenario para ella, precisamente por la ausencia de flores. Blair pensó que un jardín de rosas debería tener ejemplares tan rosados como los rostros ingleses. Aunque si así fuera, ella probablemente las decapitaría. Con las hojas curvadas de sus tijeras de podar, la mujer le recordaba una figura de la revolución francesa, una de aquellas mujeres que acudían a presenciar las ejecuciones de *madame la Guillotine*. Su vestido brillaba como si hubiera estado en el jardín toda la mañana, aunque tenía pocas flores en el cesto posado en el sendero. Pensó que salvo por su palidez y su ceño habitual, hubiera resultado atractiva, aunque ello era como decir que una avispa sería un insecto agradable si no fuera por su aguijón.

—¿No le advertí que no volviera? —inquirió Charlotte.

—Sí.

Cortó una larga rama con rojas púas. Se enderezó con ella en una mano y las tijeras en otra.

—¿Se propone azotarme, castrarme o ambas cosas? —preguntó Blair.

—Cualquiera de ellas le serviría como recordatorio.

Echó la rama hacia la cesta y se inclinó sobre la siguiente planta. Recortó las ramitas superiores, para abrirse paso y podar los tallos del centro. Aunque los guantes la protegían hasta el codo, las mangas de seda que le cubrían los brazos estaban desgarradas.

—De todos modos, no es necesario —repuso Blair—. Me marcho de Wigan. Al parecer no es usted la única que desea que me vaya.

Charlotte no se molestó en responderle. Mientras eliminaba tallos secos, él advirtió que se demoraba especialmente con aire meditabundo. Esperó que lo acusara de merodear también por su casa, pero no dijo una palabra al respecto.

—Creo que con el tiempo hubiera encontrado a Maypole —prosiguió Blair—. Pero ya he descubierto que estoy más interesado en encontrarlo que nadie. Es evidente que no se trata de dar con un desaparecido. Lo único que su padre desea es que usted renuncie a un compromiso concluido y entonces yo estaré en libertad de regresar a África. ¿Me equivoco hasta el momento?

—En realidad, no importa.

—A usted no le preocupa que yo encuentre a Maypole. Si fuera así, me habría ayudado. Yo estoy interesado por él y por su destino, pero no vale la pena ser asesinado por ello. Me siento necio al reconocerlo. De todos modos, me disculpo por haber sido utilizado contra usted. No tenía idea de que fuera ésta la razón. Lo principal es que yo deseo irme y, usted, que me vaya.

Charlotte se inclinó entre los tallos. A cada tijeretazo, Blair imaginaba la caída de otra rosa roja.

—Lo principal es que no me casaré con Rowland —dijo ella.

—Cásese con quien quiera. El problema es que cuanto más tiempo siga yo aquí, más cosas descubriré. Él llevaba otra vida independiente de usted. Creo que usted preferirá que me vaya ahora, sin más demoras. Limítese a decirle al obispo que ya no le interesa Maypole. Entonces su padre me dará su bendición y me enviará a mi destino y usted y yo estaremos en paz.

—Es usted un gusano, Blair.

—Ésa no es la respuesta que yo esperaba.

Sintió que se sonrojaba como si ella lo hubiera golpeado.

—Muy bien, ¿conoce a una minera llamada Rose Molyneux?

El viento aplastaba el ala del sombrero de Charlotte. Blair comprendió que la mujer debía de sentir frío con su tenue vestido. Pero se preguntaba dónde tendría más frío, en su interior o en su exterior.

—No recuerdo ese nombre.

—El reverendo Maypole estaba encaprichado con ella.

—Lo dudo.

Blair miró hacia el Hogar.

—Ella tiene cierta habilidad en cirugía. Pensé que podía haberla aprendido en alguna de sus clases. Tal vez Maypole la conoció aquí.

—Descríbamela —dijo Charlotte.

—Físicamente debo confesar que es de un atractivo corriente. Es pelirroja y muy enérgica, con lo que se distingue de las demás. Y no diría que sea intelectual, pero es aguda y directa. Un espíritu libre. Usted, que rescata a esas muchachas, debe de tener una opinión bastante buena de ellas.

—Las rescato porque no son libres, porque son obreras que han sido abandonadas por sus pretendientes o maltratadas por sus padres. De otro modo sus hijos irían a un orfanato y las madres, que por lo general suelen ser unas criaturas, descenderían en tres peldaños: de los cuidados del reverendo Chubb al taller y a la prostitución. Las hacemos libres.

—Bien, Maypole creía que Rose era un espíritu libre sin sus cuidados: estaba encaprichado de ella.

—¿Y ese sentimiento era recíproco?

—No. Creo que Rose se sentía halagada por las atenciones de Maypole, pero eso es todo. No creo que ella haya tenido nada que ver con su desaparición. La aventura estaba principalmente en la mente de Maypole.

—Parece como si conociera a John.

—Trato de...

Una rama se partió. Charlotte la echó con rapidez a un lado.

—Déjeme adivinar. ¿Pensó que yo me avergonzaría al revelarme la vinculación romántica de Maypole con otra mujer, una obrera desinhibida, a menos que concluya su investigación. ¿Es así?

—Más o menos, puesto que usted lo expone de ese modo.

—Como se supone que carezco de sentimientos, puedo calcularlo.

—Bien. ¿Recuerda lo que dijo su padre acerca de cerrar el Hogar si se producía un escándalo público? Pienso que el encaprichamiento de Maypole podría calificarse así. Toda su piadosa labor se iría al traste.

Charlotte se acercó a un arbusto con tallos ya podados, como muñones. Mientras se quitaba el guante para tantear los brotes una mezcla de agua y abono le bañó los zapatos.

—Hablemos con claridad. ¿Me obligaría usted a casarme con lord Rowland para poder cobrar dinero de mi padre y regresar a África? Si tal es el caso, yo le daré el dinero y el billete.

—Pero no puede facilitarme trabajo en África como su padre. Y es lo que necesito.

—Es más abyecto que un gusano. ¡Chantajista!

—No me resulta difícil. No la he visto derramar una lágrima ni he descubierto ningún indicio de simpatía humana en usted hacia ese pobre bastardo de Maypole. Ni ha pronunciado una palabra que me sirva de ayuda. Ahora, si le interesa, puede buscarlo usted misma.

—Sencillamente, acaso usted es demasiado ignorante para comprender las dimensiones del daño que causaría. Éste es el único refugio en el norte de Inglaterra donde las mujeres embarazadas fuera del matrimonio no son tratadas como criminales o seres marginados. Las transformamos de víctimas en personas útiles y en condiciones de trabajar. ¿Puede comprenderlo?

—Ésta es una casa de muñecas en la que usted viste a esas pobres chicas de gris. Es su pequeño mundo, donde es la princesa gris, la princesa del carbón. Estoy seguro de que se burlan de usted.

—¿Lo destruye todo con tal de atacarme?

—A menos que diga a su padre lo que él desea y consiga lo que necesito. En cuanto me haya marchado, puede usted cambiar de idea. O no.

Charlotte le dio la espalda y se volvió hacia una planta que ya estaba reducida a un simple conjunto de ramas desnudas. Pasó ligeramente la mano sobre las espinas en lenta y reflexiva búsqueda de retoños hasta que Blair comprendió que no iba a decir nada más, que había sido despedido.

Blair descendió con una cuerda a la mina y siguió el mismo camino que la noche anterior, con las llaves inglesas en la cintura, cuidando de barrer el suelo con la luz de su linterna en previsión de nuevos cables de trampa. La escopeta con dispositivo de resorte seguía al final del túnel y el proyectil que había disparado se albergaba en el carbón. El arma parecía más el hijastro de un cañón que un rifle y al verla se estremeció.

Examinó las marcas del pico en la pared como un arqueólogo una antigua tumba. Los mineros utilizaban picos de eje corto porque trabajaban en ámbitos reducidos y al ser todas las señales similares, la altura del trabajo solía indicar la altura del hombre. Aquellas marcas se encontraban a una elevación insólita del suelo, lo que sugería la envergadura de Bill Jaxon, y eran expertamente rectas, como tensas cuerdas, salvo en un lugar donde de pronto se torcían. A la misma altura, pero desconectadas y apenas señaladas: demasiado intensas, demasiado débiles o sin sentido. Sin embargo, a medida que los falsos golpes seguían, mejoraban. Jaxon y Maypole eran hombres corpulentos. Blair imaginaba al minero instruyendo al sacerdote sobre la forma de golpear y el ritmo del antiguo oficio de tallar el carbón. ¿Pero por qué? Si Maypole sólo deseaba escabullirse abajo para predicar, le bastaba con parecer minero, no simular que trabajaba. Arrancar carbón con un pico no se aprende en un día o una semana. Los auténticos mineros descubrirían que se trataba de un farsante y de un peligro.

Decidió que era un misterio que jamás se resolvería. Él había regresado allí por causa de la escopeta. Consistía en una caja de tosca madera que pesaría unos veinte quilos y un cañón sobre la base de un cojinete. Aun después de haber desenroscado el arma de su base, el cañón resultaba difícil de transportar bajo un techo que en algunos lugares se inclinaba hasta más de un metro. Depositó el arma cerca del ojo del pozo, regresó en busca de la base y, cuando volvía, descubrió una especie de araña de dimensiones humanas que descendía por el pozo y pendía en el aire.

—¿Quién está ahí?

Se trataba del reverendo Chubb, que parpadeaba en la oscuridad y hacía vagos movimientos oscilantes con brazos y piernas. Su cabello, corbata y barbas se agitaban. Desde arriba una mano lo sostenía por el cinturón.

—¿Es Blair? —preguntó una voz.

—Está demasiado oscuro para verlo —repuso Chubb.

—Soy yo —repuso Blair al tiempo que depositaba la base junto a la escopeta.

—Buen trabajo, Chubb —prosiguió la voz.

Y el reverendo ascendió como un ángel en un cable. Blair subió por la cuerda hasta la superficie donde Chubb, aturdido, trataba de recobrar su compostura. Rowland cerró de una patada la puerta del pozo y se recostó con negligencia contra un abedul, como un poeta que empuñara una escopeta en lugar de sus poemas. Sus rubios cabellos estaban despeinados y sus ojos brillaban como cristales enmarcados por rojos párpados.

—Muy incómodo y desagradable —murmuró Chubb para sí.

—Ha sido cosa de un momento, por el que cuenta con mi gratitud, que no es de despreciar si considera que seré lord Hannay y que su medio de vida dependerá de mi buena voluntad —repuso Rowland—. De otro modo, pasaría los últimos años de su vida como un berberecho que chupara en un malecón.

—Lo hice gustoso por complacerlo —dijo Chubb.

—Esto es lo bueno de la iglesia oficial —dijo Rowland a Blair—. Que complacen gustosamente. ¿Qué hace usted aquí? Encontramos un carruaje en el camino e iniciamos una batida por los matorrales en busca del cochero.

—Sigo buscando al coadjutor perdido del reverendo Chubb. El jefe de policía Moon sugirió que podía haber caído en algun pozo antiguo.

—Hay miles de pozos abandonados en Wigan.

—Debía intentarlo.

—Bien, comprobaremos la veracidad de su aserto. Moon está con nosotros. Además, hay algo de lo que deseo hablarle. Únase a nosotros.

Atravesaron bosques de robles y alerces. Rowland, Blair, Chubb y Moon iban custodiados por guardabosques. Entre una fina lluvia caían gotas más densas de las ramas. Las hojas mojadas amortiguaban los pasos de los hombres y les ensuciaban las vueltas de los pantalones.

De nuevo en la superficie, Blair disfrutaba del aire libre a pesar de sus acompañantes. Rowland alardeaba de su escopeta, obsequio de la Royal Geographic Society. Era una pieza hecha por encargo a un armero londinense, de cañones dobles y estrechos y en su recámara estaban grabados leones y gacelas africanas como el puño de un elegante bastón.

Un pájaro carpintero voló en ondulante giro por un claro y se posó a unos cincuenta metros en el tronco de un alerce. El pájaro cruzaba sus alas blanquinegras tras la espalda y había comenzado a explorar bajo la corteza cuando Rowland disparó y le clavó la cabeza en el árbol.

—Un patrón muy ajustado —comentó Rowland.

Un pinzón volaba aterrado por el claro.

—Demasiado lejos —comentó Blair.

Rowland disparó y el pájaro estalló como un cojín, sus doradas plumas revolotearon hasta el suelo.

Blair pensó que la ventaja del arsénico era que afinaba la visión e inspiraba ilusiones de omnipotencia; lamentó no llevar un poco consigo. Aunque, desde luego, la cúspide siempre estaba seguida de una sima.

Los guardabosques se apresuraron a recoger las piezas y a meter las plumas y pelusas en bolsas de seda.

Rowland cargó de nuevo su arma sin detenerse.

—Todo tiene su utilidad y hay un empleo para todos. La fuerza de Inglaterra radica en la especialización, Blair. Un hombre recoge hierros; otro, hojalata; otro, trapos; otro, huesos. Hay quien recoge excrementos de caballo para abonos; otro, excrementos caninos para tintes. Las plumas sirven como cebo para la pesca. Nada se desperdicia, todo se utiliza provechosamente. Creo que será maravilloso convertirse en lord Hannay.

Moon examinó amenazador a Blair.

—Primero pescaba en los canales; ahora, tengo entendido que entra y sale de agujeros.

—Usted me dijo que Maypole podía haber caído en un pozo.

—Me halaga que se tome tan en serio mis sugerencias. Pero tengo que advertirle que esta parte de Wigan está prácticamente convertida en un queso suizo. Según dicen, hay galerías que se prolongan hasta Candle Court.

—En tiempos de los católicos —intervino Chubb aún escocido.

Blair pensó que no se podía hacer bajar al párroco local por un agujero como si fuese un hurón, aunque uno fuese el señor del lugar. Y ésa era precisamente la razón por la que Rowland lo había hecho, para establecer su excepción a todas las normas. Tal era el modo de actuar de los Hannay.

—He estado bromeando con Chubb acerca de la evolución —dijo Rowland—. El problema que existe con la Biblia es que pretende que todos fuimos criados a imagen divina. Tiene mucho más sentido considerar que compartimos un antepasado mutuo con los monos y que las razas humanas muestran la misma evolución científica de negroides y asiáticos a hamitas, sus árabes, y semitas, sus judíos, con los modernos anglosajones.

—He visto a demasiados ingleses volcar en canoas.

—Hay diferentes ingleses, al igual que existen damas y mineras. Y una razón por la que esas mujeres hacen esa clase de trabajo. Se trata de la selección natural. A propósito, Blair, he olvidado qué era su madre.

—También yo.

—De todos modos, me inspira una sensación grata y de confianza llevar a mi lado representantes de la Iglesia y de la ley. Saber que aguardan a que llegue el momento en que estaré realmente en mi casa. De todos modos el obispo seguirá siendo lord Hannay durante muchos años: estoy seguro de ello. Le deseo una existencia lo más larga posible.

Un estornino pasó rozando el agua como si se lanzara una piedra. Rowland disparó y el pájaro dio una voltereta.

—¿Vuelve usted a África? —preguntó a Blair.

—Desde luego. Lástima que usted no pueda dejar inertes en los jardines algunos paquidermos.

—Disparar es un pequeño alfilerazo de realidad, Blair. De otro modo todo resulta aburrido. Un breve estruendo, un poco de sangre y las cosas cobran vida. ¿Me escucha, Chubb? Acaso podría utilizarlo para un sermón.

—No comprendo por qué desea que Blair nos acompañe, señor —repuso Chubb que avanzaba a trompicones tras ellos.

—Porque Blair sabe de qué estoy hablando y usted no. ¿Y usted, Moon?

Moon apartó una rama para dar paso a Rowland.

—Creo entender algo, señor.

—Entonces pasaremos algunos ratos interesantes. Pero debería usted haber visto a Blair en la Costa de Oro, Moon. En la costa abundan los ingleses, pero en el interior sólo existía Blair. Y los árabes, pero ellos no cuentan. Aunque no era un gran tirador, sabía desenvolverse. Hablaba aquella jerga como un pachá. Fíjese, existen dos Blair. El mítico Blair en África y el de tamaño natural que tenemos aquí. ¿Lo he retratado bien? ¿Le he dejado la nariz demasiado grande o fuera de lugar? Hay que reconocer que en África usted tenía cierta clase. Es triste que haya llegado tan a menos. Ahí está, consultando de nuevo su brújula.

—Gracias por el paseo. Me marcho —dijo Blair.

—Aguarde —ordenó Rowland.

Desde la mina habían seguido dirección este a través de los primeros bosques de árboles, y sudeste por una pantalla de sauces hasta el montón de escoria de otra mina abandonada. Los abedules, como si prefiriesen surgir espontáneamente, crecían en la escoria. Tras los árboles se veía un seto de boj y una casa.

Rowland escaló el montón de escoria. El viento era más cálido y el cielo parecía más bajo y oscuro que antes. Al hombre le resplandecía el rostro como por efecto de la malaria. Señaló un verdoso monte bajo de alisos a otros cincuenta metros y ordenó a Moon que condujera a Chubb y a los guardabosques en aquella dirección y levantara la caza. De nuevo, pidió a Blair que esperase.

—No le he hablado de la recepción en la Royal Geographical Society. Me hubiera gustado que estuviera usted allí. Creo que se hallaban presentes todos los miembros de la Sociedad y asimismo algunos componentes de la familia real para mostrar su interés en asuntos africanos, geográficos y antiesclavistas. Comenzamos con champán y una exhibición de mapas y artefactos intrigantes. Las manos del gorila tuvieron gran éxito aunque, como es natural, deseaban otras partes. Al final me colgaron una medalla de plata con su cinta en el cuello, y me obsequiaron con la escopeta. Un acto muy brillante. Podía haberme quedado en Londres y verme agasajado durante seis meses más, pero pensé que debía venir aquí. No ha encontrado a Maypole.

—No.

—Pero ha descubierto algo. Charlotte no puede odiarlo tanto sin motivo. ¿De qué se trata?

—¿Quiere usted casarse con ella?

—Ésa es la cuestión más importante que depende de usted. ¿Se ha enterado de algo que pueda obligarla a ello? El obispo no es el único que puede enviarlo a África.

—¿Haría usted eso?

—Describiría cómo había acudido a mí profundamente arrepentido, rogando por una segunda oportunidad. Hábleme de Maypole.

—La señorita Hannay desea que siga en marcha el Hogar Femenino.

—¿A quién le importa el Hogar Femenino? ¿Por qué no si la mantiene ocupada? Puedo cerrarlo cuando desee. ¿Es ésa la información?

Blair tenía en la punta de la lengua el nombre de Rose, pero entre los árboles distinguió unas carcajadas y ruidos extravagantes. Pensó que Moon y los guardabosques parecían niños que hubieran salido de la escuela. Una bandada de malvises de brillante negro con galones carmesíes alzó el vuelo. Rowland disparó dos veces rápidamente. Los guardabosques mantuvieron el estrépito y mientras los pájaros revoloteaban confusos, Rowland volvió a cargar y a disparar mientras los hombres pisoteaban la maleza.

Blair rodeó el seto hasta el camino de entrada a la casa y advirtió que la grava no había sido rastrillada y que las losas que se extendían desde el camino hasta la puerta estaban ocultas entre la maleza. No era la casa de un obrero sino un edificio de piedra de tres plantas aislado en un rincón de los jardines Hannay; hubiérase dicho que era la residencia del administrador o de un pretencioso director de la firma Hannay. Los balcones de hierro forjado eran demasiado grandes para las ventanas decoradas de la fachada. Un frontón agobiante de piedra, un capitel ateniense, descansaba en la pétrea fachada. Feo, vacuo tal vez, pero no en mal estado.

Rowland disparó y destrozó una ventana.

—¿Ha considerado la posibilidad de que haya alguien dentro? —inquirió Blair.

—No lo creo. ¿Sabe por qué fui a África?

—Ignoro por qué hacen las cosas los ingleses.

Rowland apuntó con el obsequio de la Royal Society, disparó e hizo añicos otra ventana.

—No tenía ocupación alguna, sólo esperanzas. Fui para crearme un nombre por mí mismo y me encontré con usted en el camino. Regreso a casa, y me lo encuentro de nuevo. Esto es perverso.

—Trabajo para el obispo, eso es todo.

—Él dice que usted nos ayuda. Me gustaría que lo demostrase. ¿Cuál sería esa información acerca de Maypole?

—¿Atacaremos algunos establos?

Rowland disparó a las dos ventanas superiores. Una estalló, en la otra quedaron unas esquirlas de cristal.

—Hay algo que no comprendo —dijo Blair—. Usted será de todos modos el próximo lord Hannay. Debe de haber muchísimas mujeres que serán un buen partido y a quienes les agradará el título, hermosas, inteligentes y tan avariciosas como usted. ¿Por qué desea casarse con Charlotte?

Rowland desvió su mirada de Blair a los malvises, la neblina y las colinas del fondo y en su rostro apareció una expresión melancólica.

—Porque lo he imaginado así toda mi vida. Porque está comprendida en la propiedad.

Se estremeció. Blair captó un efluvio muy intenso a colonia, sudor y sabor a ajo, el olor que el cuerpo transmitía cuando se consumía arsénico en exceso.

—No, no tengo ninguna información acerca de Maypole y, en cuanto a Charlotte Hannay, me odia —dijo—. No creo que sea nada nuevo.

La lluvia tamborileaba y se formaban rizos en la marmórea frente de Rowland. Blair no pensaba en la casa con las ventanas rotas. Imaginaba las tenues luces de la sala cartográfica de la Royal Society, las blancas hileras de trajes de noche, la medalla en el cuello de Rowland.

—Déjeme ver su mano —dijo.

Rowland extendió la izquierda. En las uñas aparecían blancas líneas y, en la base, se le había formado un grueso callo, huellas de su adicción al arsénico. Se preguntó si en el acto de recepción habría reparado en ello algún miembro de la familia real. ¿Habrían visto surgir cuernos en su cabeza? Le rascó la palma y Rowland retiró la mano de un tirón, dolorido. Las palmas ardientes eran otra señal de la bajada del arsénico.

—Dentro de un año habrá muerto —dijo.

—Ambos podemos estarlo de nuestras enfermedades o de nuestras curas.

—Algo que tenemos en común.

—Si me sintiera mejor, lo mataría ahora mismo, pero no tengo fuerzas para arrastrar su cadáver.

—Viene en oleadas. Pronto se sentirá mejor.

—Eso espero.

Blair dejó a Rowland en el camino de la casa y rodeó de nuevo la pantalla del seto, controlando el apremio de echar a correr. Mas cuando hubo dejado atrás los montones de escoria alargó los pasos, ganó velocidad, y esquivó los sauces del fondo.

Los puntos de referencia eran distintos con la lluvia, pero Blair se orientó con su brújula. El agua caía a raudales cuando abrió la puerta del pozo. Se deslizó hacia abajo, encontró la escopeta y como si se dispusiera a disparar con ambos brazos, la lanzó a través del pozo, en la parte superior, y luego levantó la base y subió con ella. Cargado con la escopeta y su peana vadeó entre los helechos hasta donde aún seguía sujeto el carruaje cuyo caballo resoplaba entre el aguacero. Abrió la maleta y guardó la escopeta y la base envueltas en toallas. Empapado y cubierto de barro, fustigó al caballo para que se apresurara por el sendero, como si Rowland pudiera recibir una nueva oleada de energía y volar tras él.

Una vez en el hotel, montó la escopeta en el umbral del dormitorio con tres cuerdas trampa separadas extendidas en el salón y armadas entre sillas. Se aproximó al dormitorio desde diferentes puntos: cada vez que tocaba una cuerda, la boca del cañón giraba en su dirección y el percutor se cerraba. Embutió pólvora casera, una bola de hilo y la barra y se sentó en la oscuridad para servirse arsénico y brandy. Pero con la imagen presente de Rowland, el arsénico perdió su atractivo. La bebida tampoco le sirvió de utilidad. Entre Bill Jaxon, Smallbone y Rowland temía abandonar su habitación o abrir la puerta sin disponer de artillería.

Desde la calle le llegaba el sonido de los zuecos que regresaban al hogar. La tormenta concluyó y la noche pasó de oscura a negra como si Wigan se hubiera invertido en un abismo. Sintió crecer el temor como si bebiese agua. *El negro* Blair permanecía sentado en una silla, demasiado temeroso para moverse.

Por fin, pasó cuidadosamente sobre las cuerdas de la trampa, desamartilló el gatillo del arma y empujó la escopeta debajo del lecho. Abrió la mochila y desenvolvió un objeto brillante envuelto en una gamuza: el tubo metálico de su telescopio.

Salió por la puerta posterior del hotel y marchó por el cruce más oscuro hasta la iglesia parroquial donde, en los primeros bancos, los feligreses asistían al servicio nocturno. El reverendo Chubb se movía nerviosamente en torno al altar y, mientras la congregación murmuraba la respuesta a sus rezos, Blair se introdujo con rapidez por la torre y subió la escalera.

Desde el parapeto superior la falta de luna demostraba la escasa iluminación que proyectaban las farolas callejeras. Wigan era un negro lago, sus aceras apenas resultaban visibles por la luz que difundían las ventanas.

Por una vez, la lluvia había conseguido aclarar el ambiente. Las estrellas brillaban con tal claridad y esplendor que parecía que la torre se remontaba hacia ellas. Sacó el telescopio y un trípode de patas graduables que adaptó al mismo y lo ajustó a la pared.

Dependía de la posición del observador. Orión acechaba en el Ecuador, donde se hallaba la Costa de Oro. Las estrellas del hemisferio sur se reunían en blancos archipiélagos, entre los que aparecían negros mares. En la parte septentrional de Wigan el cielo resplandecía de modo más uniforme, cual una capa de carbones incandescentes. Sin embargo, según donde se encontrara el observador, dependía de los planetas, de la Estrella Polar y la Estrella de la Mañana, pero sobre todo de Júpiter que, a simple vista, era blanco pero, a través del telescopio, revelaba franjas de color rosado y tres lunas. Ío, una punta de alfiler roja, pendía a la izquierda de Júpiter y, a la derecha, como grises perlas, aparecían Ganímedes y Calisto.

A medida que ajustaba y enfocaba su visión, Júpiter crecía y se intensificaba, convertido en un disco de papel róseo. Las características se acentuaban: la Gran Mancha Roja y corrientes claras y oscuras como cintas. Sólo mediante la adición era posible establecer la longitud de cualquier lugar visible de Júpiter. Mejor aún, con el manoseado libro de las tablas jovianas y las lunas de Júpiter podía establecer la longitud en que se encontraba en la tierra. Así actuaban los navegantes antes del cronómetro y como Blair seguía haciéndolo sin contar con un reloj de calidad.

Al cabo de una hora las lunas habían cambiado de lugar. Ío se había desviado de modo considerable. Blair las había contemplado en una ocasión por un telescopio newtoniano con el que descubrió colores que jamás había olvidado, de modo que cuando Ganímedes y Calisto se superponían, mudaban su color por un azul helado y acre. De la sombra de Júpiter surgía Europa, la cuarta y más importante de sus lunas, tersa como una piedra amarilla.

—¿Qué hace?

Blair miró hacia atrás. Había centrado demasiado su atención en todos cuantos calzaban zuecos o botas en Wigan y Charlotte Hannay había llegado a la torre con un calzado muy silencioso, como si llevara zapatillas. Vestía igual que por la mañana, tal vez algo menos compuesta, aunque le resultaba difícil distinguirla en la oscuridad.

Volvió a aplicar la mirada al telescopio.

—Descubro dónde estoy. ¿Qué hace usted aquí?

—Leveret me explicó los diferentes lugares adonde va.

Aquello significaba que lo estaba buscando, aunque no parecía dispuesta a confesarlo.

—¿Por qué hace eso? Podría consultar cualquier mapa —dijo Charlotte.

—Es interesante y tranquiliza los nervios. Júpiter tiene cuatro lunas que son observadas desde hace siglos. Sabemos cuándo se supone que saldrá cada una según la hora del meridiano de Greenwich. La diferencia de tiempo indica dónde se encuentra uno, por lo menos la longitud. Y es encantador saber que existe un reloj en el cielo al que todos podemos consultar.

Las lunas surgían rápidas. Europa ya estaba a medias en la luz que compartía con sus hermanas lunas. Blair tomó notas en un papel.

—Está lleno de polvo. ¿Dónde se ha metido? —preguntó Charlotte.

—Buscando por ahí.

—¿Explorando?

—Sí, «paseando arriba y abajo de la tierra». Eso dice Satán en la Biblia, lo que demuestra que era un explorador. O, por lo menos, minero.

—¿Ha leído usted la Biblia?

—Sí, la he leído. Cuando uno está bloqueado por la nieve en una cabaña durante el invierno, lee la Biblia más que muchos predicadores. Aunque confieso que considero a los misioneros comparsas de los millonarios que tratan de vender la franela de Manchester en el mundo. Desde luego, sólo es una opinión personal.

—¿Y qué otras conclusiones ha obtenido de la Biblia, aparte de esa petulante afirmación de que Satán era minero?

—Que Dios era cartógrafo.

—¿De verdad?

—Sin duda alguna. Sólo pensaba en los mapas. En un principio era el vacío, aguas, cielos, tierra y luego dispuso el jardín del Edén.

—Ésa es realmente la interpretación de una mente mezquina.

—No, de un profesional. Olvide a Adán y Eva. La información más importante es: «Un río brotaba del Edén para regar el vergel, y desde allí dividíase, formando cuatro brazos. El nombre del primero es Pishón; el cual es el que circunda todo el país de Javilá, donde se halla el oro. El oro de ese país es bueno.»

—Está usted obsesionado con el oro.

—Es evidente que también Dios lo estaba. Mire un momento.

Blair se apartó a un lado, pero Charlotte aguardó hasta que él estuvo a cierta distancia antes de ocupar su lugar en el ocular. Estuvo observando por el tubo mucho más de lo que él esperaba.

—Veo puntitos blancos. Ni siquiera sé cómo puede distinguir tanto —comentó ella.

—En África aún es mejor porque no hay luces y se pueden ver las lunas sin telescopio. Erguido se ve mejor, desde luego. Si se tiende, sentirá moverse el universo.

Ella retrocedió entre las sombras.

—¿Ha ido hoy a cazar con Rowland?

—Lo he visto aniquilar a algunos pájaros inofensivos.

—¿No le ha dicho nada?

—No. No la creo a usted tan terrible para echarla directamente en sus manos.

—¿De modo que así estamos? Me refiero, por las lunas.

—Bien, aún no había pensado en eso. ¿Usted no sabía nada de la escapada que Maypole se proponía, acerca de bajar con los mineros, perseguirlos y predicarles durante su miserable pausa de media hora para tomar té?

—John pensaba predicar en el patio.

—No, en la mina, a casi dos quilómetros de la superficie. Lo que no comprendo es quién le infiltró esa idea en la mente. Ser predicador es una cosa; hacerse pasar por otro, algo muy distinto. ¿Sabe a qué me refiero? No es insólito que un sacerdote se una a los mineros para practicar deportes, pero sería muy peculiar que tratara de hacerse pasar por uno de ellos. No era tan imaginativo. ¿Quién le inspiraría esa idea?

—¿Hay algo más que no comprenda?

—Que nadie lo ayudase.

Aguardó a que ella mencionara el susto que había dado a la muchacha que estaba en su casa. Puesto que era la segunda vez que Charlotte no aludía a ello, supuso que no la habían informado de su visita.

—Arde de impaciencia por regresar a África, ¿verdad?

—Sí.

—Parece poseer gran encanto. Empiezo a comprender que eche de menos aquello.

Blair se sorprendió. ¿Qué era aquello? ¿Una lucecita en la oscuridad? ¿Simpatía? ¿Algo más que mordaz desprecio? Le sorprendió que Charlotte no se expresara con tanta tensión como siempre y que hubiera más brillo en sus ojos entre las sombras que durante el día.

—Es evidente que le preocupan mucho los africanos —dijo ella—. Se supone que enviamos tropas para ayudarlos, pero lo que hacemos es acabar con ellos.

—Los ingleses son buenos soldados. Luchan por cerveza, cucharas plateadas y puré de guisantes... no saben por qué luchan, simplemente han sido enviados. Pero yo lo sé. Yo sé que los mapas que levanto traen más tropas, ingenieros de ferrocarriles y mangas hidráulicas para lavar el oro. Soy peor que mil tropas o cien Rowland.

—Por lo menos hace algo. Está en el mundo, no jugando ¿con una casa de muñecas dijo usted?

—No es una casa de muñecas. Me impresionó el Hogar. Usted ayuda a esas mujeres.

—Tal vez. Cuando creo que he educado a una muchacha, sale de pronto a la calle y se marcha directamente con el hombre que la arruinó. No importa que sea un minero, un criado o un tendero. He aprendido que una mujer se cree todo cuanto un hombre le dice. Todo.

—A veces sucede muy al contrario. Aquí he conocido a una muchacha capaz de convencer a un hombre de que es la reina de Saba.

—¿Lo convenció a usted?

—Casi.

—Pero eso es un flirteo. Yo me refiero a otra clase de mujeres razonables con niños en los brazos que oyen declamar a un hombre que la luna es un pan redondo que se acompaña muy bien con cerveza y una almohada de plumas.

—Eso no es creer: es desear a un hombre y una almohada de plumas.

—¿Y qué otros puntos de referencia busca usted? —repuso Charlotte alzando la vista.

—Viajo por doquier. Es la odisea de un hombre pobre. Yo solía hacer esto cuando era un muchacho y elaboraba historias. ¿Ve a Virgo persiguiendo a Leo en lugar de al contrario? ¿Qué deducirían de ello los antiguos griegos? Luego nadar por la Vía Láctea hasta Orión y su fiel Can Mayor.

—¿Tenía una familia pobre, pero cariñosa?

—Sí, pero no era la mía. Me criaban unos chinos. Más tarde descubrí que a la madre le aterraba que una de sus hijas se enamorara de mí, que sólo era un bárbaro.

—¿Se enamoró de usted alguna de ellas?

—No, yo era un bárbaro de los pies a la cabeza. Aunque yo sí me enamoré.

—Parece sentir debilidad por las mujeres exóticas.

—No creo que sea una debilidad. ¿Nunca se ha enamorado del primo Rowland?

—No, pero lo comprendo. Un Rowland es un Hannay sin dinero. No un pobre según el concepto que usted pueda tener. Usted era pobre entre pobres. Yo me refiero a ser pobre cuando la sociedad entre la que uno se mueve es rica. La humillación que se siente cuando el dinero de la familia se ha invertido en vestidos para que la madre y la hermana puedan acudir a bailes apropiados. Sin la ayuda de mi familia, los Rowland residirían en tres habitaciones en Kew. Rowland no ve las estrellas, sólo ve dinero.

—No se case con él.

—Mi padre cerrará el Hogar si no lo hago, y nunca tendré suficientes medios para abrir otro. Estoy tan atrapada como Rowland.

—Parece estar más atrapada que las muchachas que protege. Ellas acaso sufran las consecuencias, pero se han divertido. ¿Se divirtió usted con Maypole?

—No creo haberle dado un momento de diversión.

—Sin embargo él la amaba.

—¿No me dijo que se había encaprichado de una minera?

—Eso es algo que no se me había ocurrido. ¿Tiene frío?

—No. ¿Cómo se llama la constelación que forma ese triángulo?

Él siguió su señal hacia las estrellas.

—El Camelopardalis.

—¿Qué es un camelopardalis?

—Una jirafa.

—Eso creía. He visto fotos de camelopardalis y pensé que parecían jirafas. De modo que lo *son*. Ya puedo morir sin llevarme esa incógnita a la tumba.

—¿Pensaba usted saltar en el foso del matarife?

—No. Me faltó valor para ello.

—¿Se refiere a aquella ocasión?

—No sé exactamente a qué me refiero.

Guardaron silencio. El sonido de un coche de caballos en la calle pareció a quilómetros de distancia.

—Yo abusaba de John —dijo ella—. Él hubiera aceptado tan miserable matrimonio y me hubiera dejado hacer lo que quisiera. Era demasiado bueno, demasiado puro, un muñeco de nieve cristiano.

—No era un completo hombre de nieve —dijo Blair que pensaba en Rose.

—Era mejor que yo.

—¿Y Earnshaw?

—Un ser horrible. ¡Ojalá lo hubiese hecho sufrir!

—Si usted no lo consiguió, no lo consigue nadie. Se lo digo como un elogio.

—Gracias. Por su bien le digo que no encontrará nunca a John Maypole. Ignoro exactamente dónde se encuentra, pero estoy segura de que se ha ido. Lo siento porque usted se había comprometido en su búsqueda. Es un hombre interesante. He sido injusta con usted.

Se acercó al borde del parapeto. Una luz cenicienta de la calle llegaba tenue hasta su rostro.

—Lo dejaré con sus estrellas —dijo.

Sintió un brevísimo toque de su mano y luego ella marchó, descendiendo rápida hacia la escalera que conducía al campanario.

Blair encontró de nuevo a Júpiter. La luna Ío aún seguía suspendida a un lado. En el otro, Ganímedes y Calisto se fundían como gemelos azules. Europa había surgido con claridad de Júpiter, como una piedra lanzada por un brazo gigantesco.

Pero sus pensamientos aún seguían centrados en Charlotte. Cuando apareció iluminada por la débil luz de la calle había sido completamente distinta y le había inspirado un nuevo pensamiento. Estaba demasiado distraído para elaborar la longitud mediante las lunas jovianas. Ahora no tenía idea alguna de dónde se encontraba.

CAPÍTULO VEINTICUATRO

El recuerdo de Rose, cuando había captado su más intensa palidez que un pálido reflejo, y el de la muchacha de la casa de Charlotte no se apartaban de la mente de Blair. La mujer se había ocultado en las sombras como una doncella a quien se descubre probándose las ropas de su señora. Su silueta guardaba una vaga semejanza con Rose, pero no podía discernir si se debía a la altura o al resplandor de sus cabellos. Se representó de nuevo el té interrumpido en la mesa de la cocina, un lugar sin libros, sin ni siquiera una lámpara. Lo que más le sorprendía era que, pese a su temor, ella no hubiera dicho a Charlotte un palabra acerca del desconocido de la ventana.

Guardó el trípode y el telescopio en la mochila, bajó del campanario y descendió apresuradamente la escalera de la torre. El servicio había concluido, la iglesia era un pozo oscuro salvo por las lámparas votivas de las capillas laterales. Cuando salió al exterior no vio ni rastro de Charlotte frente al iglesia ni entre las tumbas de la parte posterior. Lo más probable era que ella tuviese el coche cerca de su hotel.

El camino más rápido era la callejuela que pasaba junto a los puestos de los carniceros. Blair corría tras ella cuando tropezó y su sombrero voló por los aires. De entre las sombras surgió un pie que le golpeó en el estómago. Rodó por el suelo y se esforzó por respirar mientras que otros pies seguían propinándole patadas. Le metieron en la boca un trapo sucio de aceite y lo amordazaron empujándole la lengua en el cuello. Alguien le ató las muñecas y los tobillos y lo echaron en unas tablas de madera que comenzaron a rodar. Pensó que se trataba de un carro. Al cruzar la calle, a la tenue luz advirtió que los costados del carro eran rojos. Aunque no iba tirado por ningún caballo el vehículo ganaba velocidad acompañado del sonido de una docena de zuecos sobre los adoquines.

Bill Jaxon se asomó por un lado del vehículo y dijo:

—Puede ver.

Le metieron un saco por la cabeza y una penetrante nube de pólvora le escoció en los ojos y paralizó su respiración. Las ruedas del vehículo aplastaron cáscaras, resbalaron sobre estiércol de oveja y corrieron de callejuela en callejuela. La procesión se introdujo por una puerta y descendió por una pendiente. Confió que se limitaran a darle un vuelta por la ciudad para asustarlo y que lo dejaran en libertad. Tal vez fuese una buena señal que Jaxon no estuviera solo. Se abrieron unas pesadas puertas y el carro avanzó pesadamente entre el eco de una galería. Blair no recordaba ninguna mina en funcionamiento en el centro de la ciudad. Rozó una tabla suelta en el suelo del carro, estaba lisa y rota por un extremo y, en el otro, era lanosa y comprendió que el rojo que había visto en el carro no era pintura y que se encontraba en el foso del matarife.

Le arrancaron el saco con un puñado de cabellos. En esta ocasión se encontró en el fondo del foso donde, durante el día, el matarife aguardaba a que cayeran las ovejas esquiladas y se rompieran las patas, para sacrificarlas más fácilmente. En aquel momento no había ningún matarife ni oveja aunque el suelo estaba cubierto de costras de grasa y sangre allí acumuladas. A un lado se veían un par de tajos de carnicero, rojos como altares, y de los ganchos de carne pendían faroles y en las paredes el antiguo encalado apenas resultaba visible, cubierto por capas negras y rociadas recientes de color rosado.

Bill Jaxon se desnudó quedando sólo cubierto por un pañuelo de seda y sus zuecos con punteras metálicas. Blair reconoció a Albert Smallbone, advirtió que había cuatro mineros por las máscaras de carbonilla que cubrían sus rostros y distinguió a un hombre con bigote que le recordó al mozo de cuadras de la mina Hannay, al que había ayudado con su poni. Aquellos hombres lo despojaron de sus ropas arrancándole la camisa de modo que los botones se desperdigaron por el suelo. Mientras lo derribaban de espaldas en el suelo y le quitaban los pantalones deseó que los mineros llevaran máscaras auténticas, lo que hubiera significado que les preocupaba ser identificados. Pero no parecían considerarlo un problema.

—Ahora tienes la cara negra como nosotros —dijo Bill con intenso acento local.

Blair comprendió que lo había ennegrecido la pólvora del saco.

Bill inició unos saltos para ejercitar sus músculos, a modo preparatorio. Obligaron a Blair a levantarse y se sintió pequeño y desnudo, embadurnado con la sangre del coche y del suelo. Los hombres lo hicieron calzarse unos zuecos cuyos cierres ajustaron.

—Yo vigilaré por si viene la policía —dijo el mozo de cuadras al tiempo que salía.

—Ahora verás lo que sucede cuando uno se mete con las chicas de Wigan —dijo Bill—. Si quieres ser de Wigan, tienes que aprender a zumbar.

Y dirigiéndose a Smallbone, le ordenó:

—Quítale la mordaza.

Smallbone le arrancó el trapo de la boca y lo mostró en lo alto. Sus compañeros adelantaron las cabezas mientras Bill pasaba su pañuelo por el cuello de Blair y lo tensaba hasta que sus frentes se tocaron.

—Podía haber dejado que te ahogaras —dijo Blair.

—Ése fue tu error.

Smallbone agitó el trapo y Bill golpeó dos veces a Blair sin darle ocasión de actuar. Cayó de rodillas estupefacto, con ambas piernas entumecidas y sangrantes.

—¿Necesitas una mano? —dijo Bill.

Blair alargó la mano y Bill le golpeó y le partió la nariz. La sangre le salpicó el pecho. Pensó que en unos segundos era como una oveja a la que hubieran arrojado al foso.

Intentó levantarse. El problema era que mientras que sus zuecos rompían la corteza formada en el suelo resbalaban torpemente con la grasa que se encontraba debajo, los de Bill, por el contrario, se movían con sinuosa agilidad. Extendió los brazos, volvió a atar el pañuelo en su cuello, hizo una finta y cuando Blair resbalaba, lo golpeó ligeramente en el centro de la frente, giró con lentitud y volvió a atacarle con salvajismo en el mismo lugar, pero Blair ya se había alejado rodando.

—¿No vais a detenerlo? —preguntó Blair a los mineros.

Pero ellos lo empujaron hacia Bill y formaron un corro a su alrededor como una manada de perros.

Bill se pavoneaba como un campeón, lucía glorioso su blanco cuerpo sobre un suelo rojo y se peinaba los largos cabellos negros con los dedos. Su corpulento tórax giraba sobre su estrecha cintura con la sonrisa de aquel que convierte el deporte en arte. Simplemente se inclinó y Blair retrocedió y cayó.

—¿Necesitas una mano? —repitió Bill.

Blair se levantó apoyándose en la suya. Bill lo arrastró, lo levantó del suelo y lo condujo contra una pared. Blair se sintió aplastado, con los brazos sujetos en la espalda del hombretón. Echó hacia atrás la cabeza de Bill tirándole de los cabellos, lo golpeó con su frente y se soltó.

Los mineros bloqueaban la puerta junto al carro. Blair miró hacia arriba, al borde del foso, donde se había encontrado con Charlotte y donde en aquellos momentos estaba el mozo de cuadras. Para hacerse oír desde las casas más próximas su grito tendría que alcanzar la parte superior del foso y los establos, como una sirena.

Bill sacudió la cabeza y balanceó los hombros. Tan sólo aparecía una rojez en su frente.

—¿No ha reparado en algo? —preguntó Smallbone a Blair.

—¿En qué?

—En que ya no le preocupa Maypole.

Bill se aproximaba casi de puntillas, mientras Blair se deslizaba lateralmente en retirada. El minero hizo una finta como si fuera a golpearle las piernas de frente, y cuando Blair retrocedía, dio un segundo paso más largo hacia adelante y le acertó en la parte interna del muslo. Siguió moviéndose y con el otro zueco acertó a Blair en la zona lumbar. Blair se adelantó y le dio de pleno en la boca, un golpe tan poco efectivo como dar un puñetazo a alguien armado con espadas. Bill le respondió con un porrazo en medio del pecho que lo hizo rodar contra la pared.

Los zuecos zumbaban. Blair se preguntó qué tendría ello que ver con propinar patadas o matar a alguien con un calzado reforzado metálicamente. Se encontraba de nuevo de pie gracias a la pared. Estaba tan rojo como si lo hubieran despellejado. Se agachó y la patada de Bill dejó un agujero blanco en el enyesado. Bill saltó a un lado cuando Blair trataba de atacarlo, lo hizo caer de una zancadilla y le acertó a un lado de la cabeza. Blair aún seguía rodando por lo que el golpe evitó que le saltaran los sesos.

—Ya basta, Bill —dijo uno de los mineros.

—Bill aún no ha acabado —intervino Smallbone.

Bill dio un punterazo en la barbilla de Blair, no abiertamente, pero bastó para desprenderle un diente que le quedó bajo la lengua. Botones, dientes, se deshacía como una muñeca de trapo. Estaba aturdido mientras que su enemigo danzaba como un derviche giróvago. Otra patada y Blair fue a parar al muro opuesto. Volvió a levantarse: aquél parecía el papel que debía representar. Un impacto en las costillas lo impulsó a mitad de camino del suelo y en el tajo del carnicero. Pensó que en aquel momento sería apropiada una cuchilla de carnicero. Se arrastró sobre el bloque y aguardó.

—¿Vas a matarlo? —preguntó alguien.

—Aún se sostiene en pie —repuso Bill.

Blair pensó que si se trataba de eso, estaba dispuesto a desplomarse en el suelo. Sin darle tiempo, Bill saltó airoso por los aires y lo golpeó con tal fuerza que sintió como si lo hubieran disparado de un cañón. Al caer, Bill le golpeó por detrás, a la altura de las rodillas. Pensó que ya estaba acabado.

Pero no importaba. Cuando intentaba levantarse, su adversario le golpeó en el costado, en el brazo, en la pierna. De aquel modo se forjaba el hierro cuando estaba frío, a base de golpes. Temblaba y no por causa del frío.

—¡Viene la policía! —gritó desde arriba el mozo de cuadras.

Demasiado tarde. Bill rompía la mochila de Blair.

—¡No! —gritó él débilmente.

Sacó el telescopio de su envoltorio y lo estrelló contra la pared. El tubo metálico se dobló y los cristales rotos cayeron por el suelo como si fueran arena. Tiró a un lado el tubo y propinó otra patada a Blair en la cabeza.

Lo primero que Blair advirtió fue que los faroles habían desaparecido. Yació inmóvil hasta asegurarse de que estaba solo en la oscuridad. No quería enterarse de los daños que había sufrido. En gran parte se sentía insensible: hubiera preferido estarlo por completo.

Habría sido más sencillo empujarlo por el foso. Recordaba a su madre cuando la echaron por la borda. Considerado retrospectivamente, las olas parecían cálidas y apacibles, desde luego más blandas que el suelo del matarife.

Se dijo a sí mismo que si podía alcanzar la pared encontraría la puerta y si lograba dar con ella, llegaría a la calle. Pero el esfuerzo de levantar la cabeza lo mareó y su último acto consciente consistió en no tragarse el diente que tenía en la boca.

Lo despertó el agua. El mozo de cuadras había regresado con un farol, un cubo y sábanas.

—No venía ningún policía, ¿sabe? Pero Blair iba a acabar con usted. En realidad, creo que así lo ha hecho.

Blair se preguntó si serían aquéllas sus propias manos, tan rojas y anfibias. Se las lavó con el agua del cubo antes de meterse los dedos en la boca, localizar el hueco y reinsertar el diente. El hombre lo envolvió con las sábanas.

—Puede acudir a la policía, pero no le servirá de nada. Todos defenderemos a Bill y usted, según él dice, se metía con su chica.

—¿Con Rose? —trató de decir sin mover la mandíbula.

—¿Con quién si no?

El menor roce en su carne le hería como el filo de un cuchillo. Blair aguardaba una respuesta más dolorosa de un brazo fracturado o una costilla que se movieran en direcciones opuestas.

—Su cabeza parece carne picada.

Blair profirió un gruñido, mezcla de náuseas, conformidad y ninguna sorpresa.

—Le he lavado la carbonilla de las heridas lo mejor posible para que no parezca un minero el resto de su vida, pero necesita que lo remienden y coger un tren cuanto antes. Bill no descansará hasta que se vaya. Le he guardado la ropa lo más limpia posible y recogido sus zapatos, sombrero y mochila. Siento muchísimo lo del telescopio. ¿Se aguantará de pie?

Blair se levantó y se desmayó.

Cuando recobró de nuevo el conocimiento estaba en el carro, ya vestido, y el vehículo se hallaba en marcha, de modo que aquello era un progreso. Mantuvo los párpados abiertos y vio pasar un farol sobre su cabeza.

El mozo de cuadra empujaba el carro.

—¿Puedo hacer algo más por usted, señor Blair? —dijo—. ¿Puedo conseguirle algo?

—Macarrones —murmuró Blair.

—¿Maca...? ¡Ah, sí! ¡Macarrones! La anécdota de África. ¡Muy buena, señor Blair! Casi hemos llegado. Lo dejaré en su habitación: no se preocupe.

El hombre había formado un lecho con las sábanas, pero el traqueteo del carro lo hacía sentirse como si rodase directamente sobre los adoquines.

Se esforzó por levantar la cabeza.

—¿Y Maypole?

—Nadie lo sabe. ¡Olvídelo! ¿Sabe que le digo, señor Blair? Lo echaré de menos.

CAPÍTULO VEINTICINCO

Alguien decía:

A menudo, cuando yazgo en mi diván
con talante distraído o pensativo
pasan fugazmente sobre esta mirada interior
maravilla de la soledad
y entonces mi corazón se inunda de placer
y baila con los narcisos.

Era mejor que los últimos ritos.

Tenía los ojos cerrados a causa de la hinchazón, los miembros distantes e insensibles. Si levantaba la cabeza, la inflamación del cerebro le producía náuseas. Resollaba por la nariz que le habían roto a conciencia y encajado con apresuramiento y dormía profundamente, hasta que el esfuerzo de respirar o el pinchazo de un punto de sutura atraía su atención. Por la mañana, cuando oía acudir a su trabajo a los mineros, recordaba los zuecos y hacía una mueca como si su cabeza fuera un adoquín.

Lo obligaron a ingerir té y láudano. El láudano era opio líquido, y las imágenes fluían por su mente en un despliegue de su memoria. Tan pronto se encontraba en el lecho de Wigan o cómodamente tendido en una roja colina africana como, al instante, se hallaba sepultado en lo más profundo de la tierra, para mayor seguridad.

Un minero uniformado descendió al pozo de Blair, se quitó el casco de latón para proteger sus plumas de avestruz y tocó cautelosamente la pared.

—¿Puede oírme? Soy el jefe de policía Moon. Vive con mucho lujo, Blair, con mucho lujo. Yo nunca he disfrutado de una habitación como ésta. Fíjese en el empapelado, qué aterciopelado, tan suave como el culo de una virgen. ¿No es cierto, Oliver? ¿No le recuerda el culo de una virgen?

Pulía el casco con la manga y el penacho se agitaba a cada movimiento.

—Bueno, supongo que debió de tratarse de un resbalón por la escalera. ¿O tal vez de un accidente? Sólo deseo asegurarme de que no finge para hacerse con el dinero del obispo y que no se repantiga en la cama con tan sólo la cabeza rota y acaso una o dos costillas. Bastante mal estuvo que perturbara a los honrados obreros, abordara a sus mujeres y provocara a los hombres, pero cuando uno se aprovecha de una muchacha del lugar no puede recurrir a la ley en busca de protección. Aquí los hombres defienden lo que es suyo.

Se inclinó sobre él.

—Me resulta difícil creer que usted sea realmente el famoso explorador, pero desde luego ahora parece *el negro* Blair.

En su mundo interior Blair veía un campo de narcisos entre los que paseaba una minera para recoger un ramo. Ella estaba en la cumbre de una colina y él se encontraba al pie, cegado por el sol, y por mucho que la llamase, la muchacha no lo oía.

Leveret se reunió con él en el agujero.

—No sé si podrá oírme, pero quería decirle que Charlotte ha accedido a casarse con Rowland. En realidad, consintió al día siguiente en que usted apareció en estas... condiciones. El obispo se siente muy complacido, en buena parte gracias a usted, y lo deja en libertad de marcharse en cuanto esté en condiciones. He recomendado que le concedan una gratificación especial y que el obispo le entregue una carta que respalde su regreso a la Costa de Oro: se la ha ganado.

Leveret se arrodilló sobre el carbón.

—Tengo que confesarle algo. Cuando usted llegó comprendí que al obispo le interesaba más apretar las tuercas a Charlotte que encontrar a Maypole. Aunque yo confiaba que usted daría con él.

Redujo su tono de voz.

—De modo que se enredó con una mujer. Usted es simplemente humano.

Y, por último, añadió:
—Lo envidio.

El carillón dio la hora. Recordó la casa de Charlotte y a la pelirroja que se ocultaba entre la oscuridad.

La oscuridad era acogedora. En la galería no oyó a Leveret sino a alguien más familiar, al viejo Blair precisamente, que avanzaba a trompicones con su chaqueta de castor y entre los vapores del whisky, silbando y canturreando cancioncillas.

Maintes genz dient que en songes
N'a se fables non et menconges...

El hombre se desplomó en una silla y su chaqueta resbaló y mostró la parte delantera negra de su atuendo y un cuello eclesiástico. En una mano llevaba un libro rojo y descolorido y, en la otra, una lámpara. Subió la mecha y acercó la luz a Blair.
—Más poesía. ¿Qué tal su francés medieval? ¿No muy bien, dice? ¿Tan comatoso como su consciente? De acuerdo. Me han dicho que debemos leerle para mantener su mente viva, en caso de que lo esté.
Abrió el libro y le preguntó:
—¿Distingue el olor?
Blair pensó que se trataba de una rosa.
—Es una rosa seca —dijo el viejo Blair.

Un poni cayó por el pozo, su cola y su crin blancas, agitadas como alas pasaron primero por los ladrillos y luego tras las maderas en su descenso. La cola del animal fue lo último que se perdió de vista.

El viejo Blair reapareció. Blair se alegró al verlo, no sólo regresaba de entre los muertos, sino que hacía intercambios. Había cambiado su chaqueta de piel apolillada por la capa forrada de rojo de un obispo. El viejo estaba preocupado. Tras dedicarle algunos cumplidos sin obtener respuesta permaneció sentado en la oscuridad de la galería durante una hora y luego acercó a él su asiento. Aquel que visita a un comatoso está prácticamente solo y se permite unas palabras que en otras condiciones no pronunciaría.

—No se equivocaba acerca de Rowland. Sólo confío que engendre un hijo cuanto antes. Luego puede envenenarse, por lo que a mí respecta, pero primero se casará con Charlotte. Ella tiene la fuerza de la casta Hannay. O se transmite por ella o se convierte en una débil caricatura y ya tenemos bastantes parientes así, con herederos muy lerdos que sólo saben hablar con sus niñeras o muy afeminados. Después de que Rowland se convierta en alimento para gusanos, Charlotte estará al frente de la mansión Hannay y la dirigirá como desea, cual una república. Las familias antiguas tienen extraños problemas.

Blair volvió a percibir un suave aroma a rosas.

—Y curiosas recompensas. Recuerde, en la última visita le leí el *Roman de la Rose*. Confío que no esperara que fuese la Biblia. El *Roman* es el poema más importante de la época de caballería.

Blair percibió el crujido de unas páginas.

—Hubo un tiempo en que había centenares de ejemplares, pero nosotros podemos considerarnos afortunados de contar con uno que sigue en poder de la familia desde hace quinientos años. Lástima que no pueda ver la ilustración.

Blair imaginó la escena de una pareja de enamorados brillantemente pintada en un lecho con dosel enmarcado de flores de hojas áureas que resplandecían y se agitaban a la llama de la lámpara.

—Desde luego que es una alegoría y rotundamente sensual. El poema se sitúa en un jardín, pero en lugar del árbol de la ciencia del Bien y del Mal, en el centro se encuentra un único capullo de rosa que el poeta desea de modo ferviente. Ahora no podría escribirse algo así ni publicarlo. Los Chubb y las señoras Smallbone del país se levantarían contra él, lo desterrarían y lo quemarían. Yo lo traduciré sobre la marcha, y si le resulta insoportablemente aburrido, levante una mano o parpadee.

Blair se preparó una almohada de carbón para escuchar. Era la clase de narración antigua e interminable que crecía como un jardín concéntrico, y su mente divagaba o se centraba, captaba y perdía el hilo de la historia. Venus, Cupido y la Abstinencia jugaban a escondite de seto en seto. Narciso se detenía junto a un estanque.

Ce est li Romanz de la Rose,
Ou l'art d'Amors est tote enclose.

Trató de aprovechar el tiempo que se hallaba en la oscuridad para pasar revista al día en que se produjo el incendio. Contaba con una nueva ventaja. Las piezas de información que tenía estaban diseminadas como los fragmentos de un mosaico visto a medias. Con anterioridad había intentado captar una perspectiva de lo poco que conocía. Ahora que su cerebro también estaba diseminado, se ampliaban hasta los menores atisbos.

Veía a Maypole que se incorporaba a la temprana marcha de los mineros en dirección al trabajo. Estaba a oscuras, el tiempo era húmedo y el sacerdote vestía las ropas adecuadas que Jaxon le había prestado y ocultaba su reveladora barbilla bajo la bufanda del minero.

Cruzaron Wigan por el puente Scholes y, antes de amanecer, atravesaron los campos. Maypole se mantenía detrás, pero seguía formando parte del grupo, identificado como Jaxon por su corpulencia y porque Smallbone, su habitual compañero, marchaba a su lado.

Blair los perdió en el cobertizo de las lámparas. ¿Recogería Smallbone las de ambos? ¿Consiguió *Jaxon* la suya, cubierto con la bufanda? Desde el lóbrego patio descendieron por el negro pozo. Dentro de la jaula los cuerpos apretujados sofocaban el débil destello de las lámparas de seguridad. *Jaxon* tosió y todos desviaron sus rostros.

En el ojo del pozo los mineros se limitaron a saludar con un ademán a George Battie, el capataz, mientras se dirigían hacia las galerías. *Jaxon* y Smallbone se apresuraron a perderse de vista de Battie, aunque una vez se encontraron en la galería se detuvieron para que *Jaxon* se arreglara sus zuecos, mientras que los restantes mineros, que acaso reparaban que su compañero de pronto era tan torpe como un sacerdote, seguían su camino.

Mejor aún, el tiempo húmedo había provocado la aparición del metano contenido en el carbón. Puesto que Battie había prohibido las voladuras hasta que el gas se despejara, al bombero y a *Jaxon* se les presentaba una jornada bastante ociosa, en la que deberían cortar carbón al no poder dedicarse a su ocupación habitual, pero a marcha lenta, sin esforzarse hasta el punto de tener que desnudarse. Trabajaban en el extremo más alejado del arranque del mineral, donde nadie podía distinguir apenas unos metros más allá de sus lámparas. Aquel día Smallbone podía haber trabajado con cualquiera. El verdadero Jaxon llegó más tarde al patio y se introdujo en la casa de máquinas por si se presentaban problemas.

Si alguien en la zona había reparado en que el Bill Jaxon que allí se encontraba no era, por así decirlo, él mismo, que sus ropas y su comportamiento no eran los habituales, nadie llegaría a saberlo porque todos estaban enterrados. Acaso no hubiera sido un misterio la desaparición de Maypole si tantos hombres no hubieran desaparecido con él.

¿Qué sucedió entonces? Trató de seguir imaginando, pero entonces vio el diario de Maypole y los rasgos de las líneas verticales y horizontales que llenaban cada página confundieron su visión. Las frases más que palabras parecían un enrejado de cañas puntiagudas que, al observarlas, comenzaban a mostrar rojos brotes.

El viejo Blair, como si comprendiera francés, tradujo en una cadencia clara y sinuosa estilo Hannay:

Yo así el rosal por sus tiernas ramas
más sutiles que los tallos del sauce
y lo atraje hacia mí muy suavemente
para evitar sus espinas.
Me dispuse a soltar aquel dulce capullo
que sin apenas agitarlo podía arrancarse.
Temblorosa y dulce vibración agitó sus ramas
que estaban ilesas porque me esforcé
para no herirlas, aunque no pude evitar
causar una tenue fisura en su piel.
Cuando separé el capullo, un poco de semilla
vertí en el mismo centro mientras extendía
los pétalos para admirar su belleza
tanteando la aromática flor en su profundidad.
El resultado de mi acción
fue que el capullo creció y se extendió.
La rosa me recordó mi promesa
y dijo que fui extravagante en mis peticiones
pero sin embargo nunca prohibió
que cogiera, desnudase y casi desflorase
la flor de su rosado emparrado.

Blair abrió los ojos.

Las cortinas estaban corridas, enmarcadas por la luz como sombras invertidas, agitadas por una corriente de aire. La lluvia repicaba en el alféizar de la ventana. Los rescoldos crujían en la chimenea. Se incorporó con cuidado, como si fuera a estallarle la cabeza. En la mesita de noche se veía una jarra y una jofaina de agua. Había unas sillas vacías junto al lecho y la puerta del salón estaba entreabierta.

Pasó las piernas por el borde de la cama. Tenía la boca seca y la lengua casi pegada al paladar, pero su mente estaba muy clara como si el viento hubiera arrastrado una película de polvo. Se levantó y, apoyándose en los respaldos de las sillas, avanzó cojeante hasta el armario. Recordó a Livingstone, quien creía que no moriría mientras siguiera avanzando, por lo que se adentró a trompicones por África campo abierto hasta que sus mozos lo encontraron muerto, cuando se había arrodillado para orar. Blair decidió que él aún no iba a morirse, desde luego por cometer el error de rezar.

Frente al espejo del armario se olvidó de Livingstone y recordó a Lázaro, que llevaba cuatro días muerto cuando fue milagrosamente resucitado. Eso era lo que él parecía en el espejo: demasiado ajado para resucitar. Tenía múltiples e inclasificables magulladuras, marcas de un morado berenjena y, por doquier, antiguas sombras de amarillo degradado, como si hubiera muerto de ictericia o de la peste. Sus costillas eran un mosaico de escayolas y, sobre las orejas, se veían sendas zonas rasuradas y con puntos. Ladeó la cabeza para contemplarse. Buen cosido. Una ceja estaba partida, pero su nariz era de proporciones humanas y el diente había arraigado de nuevo, de modo que estaba vivo.

De su escondrijo tras el espejo sacó el diario de Maypole y lo abrió hasta encontrar la pequeña foto de Rose pegada en el cartón.

—Está despierto —exclamó Leveret que entró apresuradamente por la puerta del salón—. Y levantado. Permítame que lo ayude.

Mientras Blair se desplomaba contra la silla, asió el libro.

—Si desea ayudarme, sáqueme de aquí. Tengo que esconderme.

Leveret le sirvió de apoyo y lo condujo de nuevo hacia el lecho.

—¿África o América? ¿Adónde desea ir?

—Deseo visitar una casa que me mostró Rowland.

La casa era una fea construcción en ladrillo rojo, como si se resintiera por su aislamiento de las restantes estructuras de los jardines Hannay. El camino que conducía a ella enlazaba con un sendero cubierto de malas hierbas. El seto no protegía las ventanas delanteras del viento invernal, ni bloqueaba una perspectiva de montones de escoria. Las habitaciones se hallaban vacías, desprovistas de mobiliario. Gracias a Rowland, los suelos estaban cubiertos de cristales rotos. Algo lamentable para un arrendatario normal; perfecto para Blair.

Leveret instaló un catre en la cocina.

—Me temo que en la cocina sólo podrá calentarse té. A los antiguos ocupantes les parecía la casa demasiado salvaje y solitaria y no los censuro por ello. No puede cultivarse nada en la escoria, ni siquiera verduras para consumo propio y, sin la protección adecuada, le llegarán los vendavales marinos directamente.

—¿Cuándo es la gran boda?

—Dentro de dos semanas. Tal vez no sea tan distinguida como el obispo deseaba, pero está ansioso de que se realice lo antes posible. Él mismo se encargará de la ceremonia. Ya sabe, usted está en libertad de marcharse cuando quiera. Puedo reservarle habitaciones en Londres o Liverpool y buscarle un médico. Comprendo que desee irse de Wigan en cuanto las piernas lo sostengan.

Leveret acudió presuroso a la chimenea para echar carbón y astillas, y Blair se tendió en el colchón del catre sumergiéndose entre el olor a crin mohosa.

—¿Quiénes eran los anteriores ocupantes de la casa?

—En realidad, los Rowland. Hasta el año pasado no los invitó el obispo a vivir en la casa principal.

—¿Hasta entonces los tuvo aquí?

—Sí. He advertido que se han producido algunos estropicios recientemente. Mañana puedo hacer venir a un cristalero. En realidad, si lo desea, se la amueblo.

—No. Sólo quiero verlo a usted. ¿Rowland se crió aquí?

—No estaba siempre; la mayor parte de tiempo se encontraba en la escuela. Cuando venía, no se llevaba bien con su tío ni con Charlotte.

Leveret contemplaba las llamas, poco dispuesto a alejarse de la cocina para ir a una chimenea llena de aire frío.

—De modo que hemos sido los cupidos.

Leveret apartó el humo con la mano.

—Cuesta bastante. Es ineficaz, pero hay carbón de sobras: no tendrá que preocuparse por eso.

—¿Cómo se siente por ello? —inquirió Blair.

—Me desprecio a mí mismo.

Para probar sus piernas, Blair marchó tambaleante por el seto hasta el montón de escoria, y regresó. Se dijo que era una gran ruta circular. Como un Magallanes cualquiera.

En el interior examinaba los mapas de Wigan y de la mina Hannay, por encima y por debajo. De noche instalaba la escopeta de muelles en el centro de la cocina y tendía trampas con cuerdas entre las puertas.

Leveret regresó para quitarle los puntos.

—Tengo entendido que suelen emborrachar primero a los pacientes. Esto debe doler horriblemente. He traído un buen whisky. Con él solían medicar los mineros a sus hijos cuando estaban constipados o tenían la gripe. ¿Sabe?, el trabajo es tan bueno que me sabe mal retirarle la sutura.

—Leveret, no es momento para bromas.

—Bien, ¿no le resulta irónico que habiendo nacido en Wigan haya regresado para que lo golpeen hasta darlo por muerto?

—Una cosa tan evidente no es irónica.

—¿Qué es?

—Tan estúpido que debe de ser obra divina.

Leveret extrajo un hilo.

—El obispo se interesa por usted. Se pregunta cuándo desea irse. Le ofrece su antiguo empleo como ingeniero de minas y agrimensor en la Costa de Oro. No tendrá que incorporarse a ninguna expedición en África oriental ni preocuparse por la oficina colonial. Es todo un triunfo para usted.

—¿Pregunta Charlotte por mí?

—Cada vez que la veo se informa de su estado. ¿Cuándo se irá?

—Cuando haya concluido.

Los abedules coronaban de blanco la escoria. A diferencia de otros árboles, aquéllos toleraban el calor que los residuos del carbón aún generaban. No sólo lo soportaban, sino que florecían con delicadas ramas moteadas de verde.

Blair aguardó al crepúsculo, momento más adecuado para reconstruir los hechos. Ató un trozo de tela arrancado de una sábana a una rama, avanzó diez metros y ató otro en otro abedul, anduvo otros treinta metros y ató un tercer pedazo de tela.

El primero correspondía al cobertizo de las lámparas, donde, entre la bruma matinal, aguardaba una hilera de hombres. Smallbone estaba en el interior, firmando por sí mismo y por *Jaxon* que aguardaba afuera de la puerta.

El segundo, representaba la casa de máquinas donde Harvey Twiss, solo, engrasaba las poleas de tres metros de la maquinaria que se agitaban suavemente.

El tercero consistía en la torre de extracción y el pozo de la jaula, donde Smallbone y *Jaxon* subieron por fin y se situaron frente la pared.

Paseó en torno a los tres pedazos de tela desde diferentes perspectivas. A medida que la luz se mitigaba y llegaba el viento, los jirones de ropa se agitaban y Blair imaginaba que la tierra saltaba. Negro humo surgía del agujero del horno y del pozo de la jaula por efecto de la explosión. Los fogoneros de bajo tierra echaban carbones lo más rapido posible para mantener en marcha el fuego del horno y que atrajera aire. Los mensajeros de Battie llegaron.

De pie en la oscuridad entre los montones de escoria, Blair pensó que comenzaba a comprender cómo habían sucedido las cosas. El único individuo a quien un tahúr como Twiss hubiera permitido entrar en la sala de máquinas era Bill Jaxon, su campeón. ¿Qué se habrían dicho los dos hombres cuando oyeron la explosión? La precipitación de Bill entre el humo hacia la jaula expresaba su temor a ser descubierto tan lejos del frente del carbón donde se suponía que debía encontrarse.

Twiss debió de temer por su hijo. La disciplina hubiera tenido que retenerlo en su puesto, pero al ver que Bill corría hacia la jaula, debió de resultarle difícil no imitarlo en cuanto llegó el montacargas a la superficie.

¿Y las lámparas? ¿Cómo se habían provisto de ellas? Twiss tuvo que procurársela de alguien que yaciera tendido en la calle principal. Bill Jaxon no lo hizo porque ya tenía aquella por la que Maypole había pagado «pasaje al otro mundo por el precio de una lámpara y un pico», como había dicho acerca de sus prácticas en la galería. Las lámparas de seguridad del almacén de ferretería, salvo por los números marcados en la base, eran idénticas a las de la mina Hannay. Ahora la respuesta llegaba por sí sola: Blair comprendió que Jaxon también debía llevar una porque sabía que, en caso de surgir problemas, no podría recurrir al encargado para que se la facilitara.

A Smallbone le resultó más fácil. Battie había mencionado la costumbre del bombero de ocultarse en galerías laterales en cuanto le era posible evadirse del trabajo. Puesto que aquella mañana el capataz había prohibido las voladuras por la presencia de gas, Smallbone tenía el pretexto que necesitaba para dejar su puesto de trabajo, lo que le permitió sobrevivir y encontrarse con Bill que venía por el lado opuesto. ¿Qué indujo a Smallbone a reunirse con su compañero? Blair pensó que hubiera seguido a Jaxon hasta la luna y eran mineros, no unos cobardes. Y quizá deseaban ser los primeros en encontrarse en escena por otras razones.

¿Pero por qué? En primer lugar, ¿por qué accedería Bill al simulacro de Maypole? Maypole no tenía dinero y Bill era poco religioso. ¿Qué persuasión quedaba sino la personal, un misterio cuando a Bill sólo le importaba Rose?

La mayor parte del jardín consistía en una plantación de hayas adultas con franjas de hollín y líquenes esmeraldas. A primera hora de la mañana, orientándose con su brújula, Blair se abrió camino durante un quilómetro hacia el establo y, más tarde, a lo largo del camino hasta el borde de la cantera, donde se refugió tras un seto espinoso para observar la casa de Charlotte.

El sol se reflejaba en las rojas tejas y minuto a minuto resbalaba por la blanca superficie superior de la casa. Nubecillas de humo surgían de una chimenea. Las libélulas revoloteaban desde el agua de la cantera con sus alas iridiscentes, mientras que carros de heno vacíos avanzaban pesadamente por el camino. Leveret marchó hacia la ciudad a ritmo rápido. Un carro de hielo llegaba en dirección contraria. Hacia las nueve, el sol se había desplazado a la planta inferior de la casa y se extendía por el jardín. Un muchacho en un carro tirado por un poni abrió el establo y adiestró a un caballo zanquilargo. Un viejo jardinero, al que Blair reconoció del Hogar Femenino, condujo un carro cargado de abono al invernadero contiguo al jardín.

Por la tarde, el muchacho devolvió el caballo al establo. Los alisos sobresalían de la cantera. Un martín pescador posado en una rama examinaba desde allí las aguas. Hacia las tres, las sombras inundaban el jardín y cubrían la parte delantera de la casa. Carros cargados de heno regresaban por el camino. Más lentos que antes, avanzaban balanceándose sobre sus ruedas de anchos radios. De nuevo apareció Leveret, contempló las ventanas oscuras del edificio y siguió su camino. La oscuridad atraía pequeñas moscas y éstas, a su vez, atraían a los murciélagos hasta el estanque de la cantera.

Charlotte seguía sin aparecer. En una o dos ocasiones, Blair distinguió luz de velas en el interior, tan brevemente que no hubiera dado crédito a su visión a no ser por el humo que surgía de la chimenea. Estuvo observando hasta bien entrada la noche y luego regresó a su sencilla morada.

Al día siguiente obró de igual modo y presenció una rutina similar. Junto a él pasó un tractor de vapor que arrastraba un arado. El muchacho limpió los establos, y entrenó largamente al caballo. El martín pescador regresó y examinó las aguas de la cantera como el día anterior. La única diferencia consistió en que el carro del panadero se detuvo para dejar un cesto al pie de la escalera principal.

A mediodía el cesto seguía allí. En el jardín, los narcisos agitaban sus cabezas más altas y radiantes; de los espinos surgían blancos brotes por momentos y el caballo se había convertido en una estatua cuadrúpeda en el cercado.

El caballo regresó. Se abrió la puerta de la casa y una mujer salió un momento a recoger el cesto del panadero. Pero no pudo resistir aquella ocasión de respirar aire puro, la oportunidad de agitar al sol su roja cabellera aunque fuera un instante, lo suficiente para que Blair reconociera a la muchacha que había visto en la casa la semana anterior. Lucía de nuevo un vestido de seda y no podía renunciar a un capricho. El humo salía de la chimenea de la cocina. Blair pensó que prepararía té con pan recién hecho y mermelada.

El muchacho regresó para devolver el caballo a su establo. Las sombras inundaban la parte delantera de la casa. Los carros de la granja avanzaban con lentitud por el camino. El sol se puso y las nubes desaparecieron. A las moscas siguieron los murciélagos y luego las estrellas.

En el salón se encendió una luz así como otra en una habitación del piso superior, candelabros de gas a juzgar por su amarillo resplandor, no la vela protegida por alguien que deseara ocultarse. Tras encenderse una tercera luz en el vestíbulo inferior, la puerta principal se abrió y Charlotte salió con una linterna en la mano. Era ella, sin duda alguna, desde el vestido de semiluto a la negra cinta que ceñía su frente. La delataban sus bruscos pasos y repentinas miradas al jardín y al camino. Cuando la mujer se dirigió al establo, Blair distinguió el gutural relincho del caballo al reconocerla, tal como un animal doméstico reclama caricias de una persona querida.

Mientras se encontraba en el establo, Blair se desplazó de la cantera hacia el muro de piedra del camino para obtener una mejor perspectiva. Cuando ella salió, anduvo a lo largo del jardín hasta el borde de la cantera y contempló las aguas bastante tiempo para que él sintiera crecer su nerviosismo por su compañera de astronomía: era más seguro contemplar estrellas que aguas profundas.

La lámpara que Charlotte sostenía acarició sus rasgos con su suave luz suscitando quiméricas posibilidades.

CAPÍTULO VEINTISÉIS

Aunque se encontraba frente al mercado de Wigan, el estudio fotográfico de Hotham tenía los vivos colores y la floritura en artesanía de madera de una barraca de feria, con letreros que anunciaban «Retratos Hotham. Científicos y artísticos», y pretendía ser «especialista en maquinaria, edificios, grupos, niños y animales». De la ventana superior pendían pesados cortinajes que sugerían la oscuridad que el arte requería. Tras el vidrio cilindrado, a nivel de la calle se exhibían fotografías catalogadas como «naturales, cómicas, históricas», y fotos enmarcadas de nobles y burgueses con tarjetas que anunciaban «por gentil autorización».

Blair viajaba en el coche de Leveret y había pasado por todos los agujeros del camino, o por lo menos de tal modo se resentían sus costillas. Ató al animal y acudió a la puerta del establecimiento donde hizo sonar la campanilla.

—¡Vamos, vamos! ¡Vuelve la cabeza! —exclamaba una voz desde lo alto de la escalera.

Aquellas palabras sofocaban unos gemidos que recordaban los lamentos de un bebé en el baño.

La población de Wigan, tal vez de todas las islas Británicas, parecía habitar las paredes del recinto, sus mesas y múltiples marcos. Personajes habituales se reunían en asamblea insólitamente democrática: la reina, la familia real, Wellington, Gladstone, amén de otras personalidades regionales como un alcalde, miembros del Parlamento, matronas locales disfrazadas, caras lavadas en un taller, vacas vencedoras de algún certamen ganadero, estudios atmosféricos de pescadores y redes, Londres desde un globo y una locomotora cubierta de guirnaldas en una mina Hannay. El aquilino Disraeli se enfrentaba a un melancólico Lincoln; Wesley predicaba vociferante a una Juliet de teatro

321

de variedades. Un autorretrato mostraba a un fotógrafo con bigote erizado y cejas enarcadas que con suficiencia sostenía la cuerda de un obturador. Y, por doquier, se veían mineras de Wigan, en retratos de grupo e individuales, y en *cartes de visite* del tamaño de naipes. Posaban solas y en parejas, con variedad de palas y cedazos, con rostros limpios y cubiertos de hollín, pero siempre vestidas con los chales característicos, toscas camisas y faldas rudimentarias, enrolladas y cosidas de modo que exhibían pantalones y zuecos. En algunos casos aparecía la misma modelo en parejas de fotos de sí misma con sucias ropas de trabajo y limpia, con traje dominguero, para demostrar que un día a la semana podía convertirse en una mujer.

Al ver prolongarse los bramidos durante otros cinco minutos, Blair subió la escalera hacia lo que parecían los bastidores de una ópera: telones de fondo desconchados de las tierras altas de Escocia, la antigua Roma, el Gran Canal, Times Square y mares turbulentos se apoyaban unos sobre otros iluminados por una claraboya pintada de blanco. Papagayos disecados y flores de seda se amontonaban sobre archivadores. Falsas balaustradas, urnas, mantos, sillas, tocones rústicos y elementos de estilo rural se exponían a lo largo de una pared; en la otra, se veía una negra cortina y soportes para posar, que en parte parecían aparatos ortopédicos o instrumentos de tortura.

En la ventana de la parte delantera del estudio pendían trapos y tapices, y allí el fotógrafo colocaba a dos niños, una muchacha de unos diez años que se apoyaba en una balaustrada tan impasible como un buey en un poste, mientras que el bebé, de la mitad de su talla, gritaba y se retorcía entre la faja que lo sujetaba a una silla. Al trípode de la cámara habían incorporado un mono de juguete sobre una vara. El fotógrafo asomó de detrás de la cámara para arreglar los brazos de la niña. Acaso se hubiera encerado el bigote *à la française*, pero era de Lancashire hasta los tuétanos.

—Tranquilizaos, pequeños, tranquilizaos.

Sentada a un lado, lejos del alcance de la cámara, se encontraba una matrona con el aire de una dueña irascible, que sostenía un envoltorio sangrante. Blair calculó que se trataría de la esposa del carnicero que pagaba en especies.

—Mirad mi monito, por favor.

El fotógrafo se precipitó de nuevo tras su cámara y agitó la vara. Blair reconoció a Hotham por la fotografía del piso inferior. Al parecer los autorretratos eran más fáciles. Llevaba los cabellos aplastados hacia adelante en poéticas ondulaciones, pero tenía los ojos blancos como un hombre a punto de ahogarse. Mientras se metía bajo el negro paño, el bebé se revolvió con violencia de uno a otro lado y bramó de nuevo.

—Si no nos gusta la foto, no pagaremos —dijo la madre—. Si no hay foto, no hay carne.

—Mira, Albert —dijo la niña con desdeñosa sonrisa mientras su hermanito agitaba todos sus miembros a la vez.

Blair se quitó el sombrero y la bufanda con la que se ocultaba hasta los ojos. Tenía el rostro ensombrecido por las magulladuras y la incipiente barba, el corte de la frente estaba lívido, los cabellos, rapados, y en el cuero cabelludo se advertían los rastros de sangre seca en los lugares suturados. La niña abrió la boca en mudo asombro; el bebé interrumpió sus ruidos, se adelantó en la silla y se quedó boquiabierto. Y así permanecieron en tales posiciones mientras que el fotógrafo soltaba el obturador.

Desde debajo del paño el hombre dijo:

—No es exactamente lo que imaginaba, pero ha resultado muy bien.

Hotham instaló a Blair como a un cliente capaz de destrozar todos los cuadros del establecimiento.

—Usted fotografía a muchachas —dijo Blair.

El hombre se acarició nervioso los cabellos con sus dedos que olían a líquido de revelado y a lámpara de alcohol.

—Postales correctas, de buen gusto. Retratos según demanda.

—También los vende.

—Hago *cartes de visite*. Tarjetas de visita, si lo prefiere, señor. Muy populares, se venden en las papelerías, los amigos y socios las intercambian y las coleccionan los entendidos.

—De mujeres.

—De todo tipo. Cuadros religiosos, de la reina, de la familia real, divas, celebridades del escenario, damas elegantes, bailarinas, mujeres con medias, muy populares entre los soldados.

—De obreras.

—Muchachas casaderas, costureras, pescadoras, planchadoras, doncellas, lecheras, lo que más pueda atraerle.

—¿Pero cuál es su especialidad?

—Las mineras. Tenía que haber imaginado lo que usted pensaba. Para los caballeros refinados no hay nada como las mineras de Wigan. Algunos dicen que las mujeres con pantalones constituyen un escándalo social. Yo sólo digo compre una tarjeta, y juzgue por sí mismo, señor, juzgue por sí mismo.

—Muéstremelas.

Hotham señaló los diferentes retratos y *cartes* que estaban a la vista. Blair ya las había examinado y el fotógrafo percibió su decepción.

—Tengo centenares más. Éste es el primer estudio fotográfico de mineras del país.

—Estoy interesado por una en particular.

—Deme su nombre, señor: las conozco a todas.

—Rose Molyneux.

—¿Pelirroja, muy vivaracha, la clásica zorra? —inquirió el hombre con vacilante sonrisa.

—Sí.

El fotógrafo se sumergió en un cajón del mostrador.

—Las tengo organizadas, señor, clasificadas en orden alfabético.

—Tiene una amiga llamada Flo.

—Sí. Incluso tengo alguna de ellas dos. ¡Mire!

Se levantó y colocó cuatro *cartes* en el mostrador. En dos de ellas aparecía con Flo, Flo asiendo una pesada pala y Rose sosteniendo un cedazo de carbón como una pandereta. En otras dos aparecía sola Rose, una con el chal sujeto con coquetería en la barbilla y la otra con el chal extendido y la cabeza ladeada de modo provocativo hacia la cámara.

Salvo que no era Rose. No aquella que él conocía como Rose, sino la muchacha que se ocultaba en casa de Charlotte Hannay.

Blair sacó de su chaqueta la foto que llevaba consigo de Rose con una bufanda convertida en mantilla que ocultaba la mitad de su rostro.

—¿Quién es ésta entonces?

—Por desdicha lo ignoro.

—La hizo usted.

Blair volvió la tarjeta donde aparecía el nombre del estudio en complicados rasgos. Aunque no pretendía formularlo como una acusación, el fotógrafo retrocedió prudentemente.

—Sí, fue en diciembre. La recuerdo, pero no llegué a saber su nombre: era excepcional. Creo que se presentó como en un desafío. Las muchachas a veces lo hacen. Le pregunté su nombre porque deseaba que volviera.

Hotham ladeó la cabeza mientras que observaba la foto.

—¡Vaya broma! Ella tenía su orgullo. Ni siquiera me dijo en

qué mina trabajaba. Mostré la foto a la gente y pregunté, pero como se aproximaban las compras navideñas y luego, en enero, se produjo la explosión, me olvidé de ella. Lo siento.

—¿Le preguntó por ella el reverendo Maypole?

—Ahora que lo menciona, le mostré una foto porque conocía a muchas muchachas. Pero dijo no reconocerla.

—¿Eso fue todo?

—Sí, aunque ¿sabe?, estaba tan atraído por el retrato que se lo regalé.

En las oficinas del *Wigan Observer* Blair examinó el libro *Católicos de Lancashire, espíritus obstinados* hasta encontrar la referencia que buscaba:

Durante el reinado de Isabel, Wigan fue el núcleo de la resistencia católica, y cuando la familia Hannay simpatizó con su causa, no sólo una verdadera madriguera de conejos sacerdotales se ocultó en los agujeros de curas de la propiedad Hannay, sino que fueron tan audaces como para viajar a través de las minas y celebrar servicios en la misma ciudad. Las galerías formaban una carretera subterránea, con la grandeza de la mansión Hannay en un extremo, y las más modestas residencias de la clase obrera en el otro. Una vela encendida colocada en la ventana convocaba a los fieles a la casa donde se esperaba al sacerdote, un faro de valor religioso que ahora llega hasta nosotros únicamente con los nombres de la Avenida Romana (ya destruida) y Candle Court.

El editor del periódico había estado observando a Blair bajo su visera desde que entró.

—Es usted el señor Blair, ¿verdad? ¿El que estuvo aquí hace quince días?

—¿Cuántos Candle Court hay aquí?

—Sólo uno.

—¿Construido por los Hannay?

—Para los mineros. Son algunas de las casas más antiguas de Wigan.

—¿Aún es propiedad de ellos?

—Sí. Recuerdo que estuvo usted aquí con el señor Leveret leyendo los periódicos acerca de la explosión. Deseo disculparme porque entonces no lo reconocí. ¡Y tenía su propio libro en el mostrador! ¡Debía de estar ciego!

Blair pensó que hablaba a los ciegos.

Desde la distancia de la callejuela Blair llevaba el mismo paso que los mineros que regresaban a su hogar por la calle. Era sábado, diversión a la vista, y un día de descanso por delante. Entre las esquinas los siguió por el sonido de sus zuecos, como una marea de rocas. Las llamadas de los músicos callejeros y de los vendedores de golosinas se unieron a ellos. En lo alto, las palomas emprendían el vuelo entre el crepúsculo.

Las obreras de las fábricas también regresaban a sus hogares, pero cedían el paso a las mineras. Vio a Rose y a Flo pasar bajo una farola. Flo prendía una flor de papel en su chal y bailaba una jiga alrededor de su compañera más pequeña.

Cuando Blair las perdió de vista, temió que se detuvieran en una cervecería o en un bar. Tras Candle Court merodeó por el callejón hasta que vio encenderse una lámpara en la cocina de Rose. Flo miraba por la ventana; no, se admiraba en el cristal mientras sustituía su chal por un sombrero lujoso con flores de terciopelo. Se volvió para hablar, desapareció de su vista y regresó al cabo de un momento, pensativa primero, luego, con creciente interés por su reflejo y, por último, con impaciencia. Agregó otra flor de papel al jardín de su sombrero y desapareció. Blair llegó a la puerta posterior a tiempo de oír cómo se abría y cerraba la puerta principal. Nadie respondió a su llamada ni abrió la puerta posterior.

En las casas del vecindario sonaban con estrépito pisadas de zuecos y gritos. Aguardó a que alcanzaran el máximo para propinar un codazo al cristal de la ventana. Al ver que no aparecía nadie asustado y blandiendo un atizador, abrió el cerrojo de la ventana y entró.

Nadie había preparado té. El salón estaba oscuro sin ninguna vela en la ventana delantera para informar a los fieles de la presencia de un sacerdote que administrara la eucaristía, de modo que encendió su propia lámpara. Abrió el armario y propinó patadas en el suelo en busca de algún espacio hueco. En realidad, no había visto entrar ni salir de la casa a Rose, pero pensó que ampliaba los parámetros de posibilidades. Por ejemplo, la mayoría de gente hubiera considerado imposible vivir en la oscuridad o bajo tierra y, sin embargo, en Wigan la gente así lo hacía.

Tampoco encontró falsos tablones en la cocina, pero la despensa sonaba como un tambor y, bajo una alfombra de nudos, Blair descubrió una trampilla que daba a una escalera y, al abrirla, recibió una bocanada de aire negro y salobre. Bajó con rapidez los peldaños y cerró la puerta para que si alguien se encontraba en la galería no pudiera advertir corrientes de aire y apuntó muy bajo con su lámpara a fin de que el foco de luz no se extendiera muy lejos.

El suelo de la galería, construido mucho antes de que se utilizaran raíles y carretas, estaba pulido por el antiguo arrastre de trineos sobrecargados de carbón. Las paredes de roca veteadas del mineral transmitían distantes ecos de la vida que se desarrollaba encima: un sofocado portazo, el trote de un carruaje entre el sibilante trasfondo del agua subterránea. Los entibos que sostenían el techo crujían de antiguo cansancio. Tras avanzar unos quinientos metros, su brújula le indicó que la galería seguía dirección noreste, hacia la mansión Hannay. Sabía que debía entrar aire fresco en el recinto pues en el caso contrario hubiera estado impregnado de gas, y cincuenta metros más adelante distinguió sonidos callejeros que se filtraban por una rejilla casi obturada por arbustos que estaba sobre su cabeza. Otros cincuenta metros más lejos el túnel se ensanchaba formando confesionarios y bancos tallados en la roca viva. El resto de una veta de carbón estaba dividido en una serie de capillas negras con toscos altares, oscuros crucifijos y la perpetua presencia de negras vírgenes talladas en bajorrelieve. Al frente, donde la galería volvía a estrecharse, vio una luz. Protegió su propia lámpara, hasta que aquélla desapareció en un curva, lo que le permitió moverse con más rapidez y aventurarse a hacer más ruido. Era consciente de que la persona que lo precedía marchaba en silencio y con rapidez, familiarizada con el camino. Echó a correr, esquivando el agua que se había encharcado en el centro del suelo. La galería descendía y se curvaba a un lado como esperaba, pero cuando rodeó la curva se encontró frente a dos lámparas que se proyectaban hacia él.

La luz de Blair iluminaba a dos mujeres muy parecidas. Una, la muchacha que descubrió vestida de seda en casa de Charlotte, aunque ahora llevaba las sobrias ropas y los pantalones de las mineras; la otra, Charlotte, con su habitual traje negro de seda y sus guantes, pero con los rojos cabellos sueltos y la barbilla manchada de carbón.

Ambas eran casi idénticas en rasgos, altura y color, pero totalmente distintas de expresión: la muchacha de la casa contemplaba a Blair con la mirada inexpresiva de un conejo deslumbrado por la luz de un tren y Charlotte le dirigía una fulminante mirada cargada de furia. Por lo demás, eran las imágenes de un espejo deformante que duplicara una imagen.

—Es él. ¿Qué hacemos ahora? —preguntó la muchacha.

—Si tuviera un arma, lo mataba ahora mismo, pero no puedo —repuso Charlotte.

—Probablemente lo haría —dijo Blair.

—Está enterado de todo —comentó la muchacha.

—Será mejor que vayas a casa, Rose. Ahora mismo —le ordenó Charlotte.

—¿Es, pues, el último día? —inquirió su compañera.

—Sí.

Blair dejó paso a la muchacha que tomó la dirección de donde él venía. Al pasar por su lado advirtió la sutil diferencia de una frente más pequeña y mejillas más abultadas y vio cómo su temor se confundía con un mohín de ira.

—Bill te arrancará el pellejo —dijo.

—A la tercera va la vencida —repuso Blair.

La muchacha le dirigió una rencorosa mirada.

—Esta vez te enterrará donde no te encuentren ni los gusanos.

Rose Molyneux se escabulló por una curva y Blair percibió el estrépito de sus zuecos que se apresuraban en la oscuridad. Fijó su mirada en Charlotte, en espera de una explicación. Ella esquivó la luz que le dirigía.

—Si ella es Rose, ¿quién es usted? ¿La encontré en estado de transición? ¿Se transformaba de llamarada en trozo de carbón?

—De todos modos esto tenía que concluir —dijo Charlotte—. Cada vez son más claros los días.

La galería estaba fría como una cripta. Blair pensó que el vapor de su aliento no era más efímero que ella misma.

—Es cierto. Nunca vi con claridad a la Rose que conocía. Salvo la primera vez, cuando estaba borracho como una cuba.

La asió por la muñeca al ver que ella se disponía a marcharse. Le desorientaba hablar con una Charlotte de alborotados cabellos rojos y con la fuerza de una minera, como si tuviera que sujetar a dos mujeres al mismo tiempo.

—Está enfadado porque lo engañé.

—Así es. Prefería su Rose Molyneux a la que acabo de conocer. Más que a Charlotte Hannay. ¿Cómo lo consiguió?

—No me resultó difícil.

—Cuéntemelo. La gente ha tratado de matarme gracias a su juego. Me gustaría saberlo.

—Era cuestión de apariencia. Me cubría los cabellos, hundía los hombros, llevaba guantes para que nadie reparara en mis callos por trabajar en la mina. Con los zuecos soy más alta.

—Hay algo más: su rostro.

—Demacrado cuando representaba a Charlotte Hannay: eso era todo.

—¿Y la forma de expresarse?

—Como si tú no supieras cómo se habla en Wigan o en el Hogar Femenino —repuso con el acento local y la mano en la cadera—. Yo lo he oído toda la vida.

Y en tono normal, añadió:

—Actuaba.

—¿Actuaba?

—Sí.

—¿Y Flo también interpretaba un papel?

—Flo es minera e hija de mi ama de cría. Solíamos ir juntas a la ciudad y comportarnos como chicas corrientes.

—¿Resultaba divertido?

—Sí. Eran los disfraces que yo solía adoptar. Nunca de María Antonieta ni dama distinguida, sino de minera.

—¿La familia siempre ha dispuesto de la galería desde la casa?

—Mi padre la utilizaba para sus visitas a Wigan, en sus aventuras con muchachas y luchas cuando era joven.

—¿Está al corriente su padre de esta farsa?

—No.

La mujer intentó soltarse y él la apretó contra la pared. A la luz, entre sus llameantes cabellos y el traje de luto era ora una mujer ora la otra.

—¿Cómo encontró a Rose?

—Vino el año pasado al Hogar. Procedía de Manchester y estaba embarazada. Había empezado a trabajar en la mina y no figuraba en el registro del Hogar. No pude convencerla para que se quedase.

—¿Advirtió usted cuán grande era su parecido?

—Me divirtieron nuestras similitudes físicas, y entonces comencé a pensar lo extraño que era que siendo tan parecidas llevásemos vidas tan distintas. Entonces ella perdió el niño y cogió unas fiebres y se hubiera quedado sin trabajo en la mina por lo que yo fui en su lugar. Como ella no tenía aquí antiguos amigos, las restantes muchachas apenas la conocían. No fue tan difícil como yo imaginaba. Comenzamos un día, luego una semana y después nos turnábamos.

—¿A Rose le gustaba la idea de cambiarse por usted?

—La instalé en mi casa. Ella prefería vestir trajes elegantes y comer dulces a clasificar carbón.

—¡Qué revelación social! ¿Bill Jaxon es cariñoso con ella?

—Sí.

—Era un acuerdo que yo perturbaba al venir a la casa de Wigan, pero usted no quiso advertirme. ¿Por qué quería cambiar y hacer el papel de minera?

—¿No fue usted quien dijo que yo era una princesa y que no tenía ninguna idea de la vida real? Reconozca que estaba equivocado.

—Y aquí es donde interviene Maypole. ¡El pobre bastardo! Por ello quería ser minero, cuando supo lo de usted. Me pregunto cómo se le ocurrió la idea.

Ella se apretó contra la pared.

—Acudió a la mina y me vio.

—¿Nadie más la reconoció?

—Allí nadie conocía a Charlotte Hannay.

—Entonces tenía que imitarla. Cuando escribía «Mi Rose», se refería a usted.

—Lo siento por John. Intenté hacerlo desistir de ello. Me dijo que sólo sería por un día.

—Recurrió a Bill Jaxon para cambiar sus puestos. Bill debió de disgustarse al enterarse de que Maypole había descubierto el juego, pero estuvo dispuesto a ayudarlo por amor, por *su* Rose, la verdadera Rose Molyneux, para que ella pudiera seguir comiendo chocolates mientras que usted se volvía barriobajera.

—Yo no me volvía barriobajera. Era la libertad de tener una voz que pidiera algo más que una taza de té; de tener un cuerpo que sentía deseos y podía satisfacerlos; de llevar los brazos desnudos y maldecir cuando tuviera ganas.

Fijó en él su mirada y añadió:

—De tener un amante.

—Un necio que no conocía a nadie.

—Mejor que eso.

—¡Cuán necio he sido! —exclamó Blair—. ¿Cuántos lo sabían? ¿Flo, Maypole, Smallbone, Bill?

—Eso es todo.

—¿Sabe Rowland que va a casarse con una minera? Ello complacerá al nuevo señor de la casa.

—No.

—¿Por qué se casa con él? ¿Por qué ha cedido?

—Cambié de idea. ¿Qué le importa? Lo único que usted desea es volver a África.

—Pero no para dejarla con él. Usted cree que Rowland tan sólo es un primo desagradable que se convertirá en un marido también desagradable. Pues no lo es: es un asesino. Yo lo he visto matar a africanos que marchaban por la derecha en lugar de la izquierda. Y es adicto al arsénico. Yo también lo soy a medias, lo sé. Pero él es peor, está loco. Si vislumbra a Rose en usted, la matará.

—Estaba actuando.

—No por completo. Me gustaba la Rose que había en usted; él la odiará. Una Charlotte gruñona y austera podría sobrevivir uno o dos años con él, pero usted, no.

—Yo fingía con usted.

—Era real: bastante real.

—¿Qué importa? No tengo otra elección. En realidad no soy Rose, sino Charlotte Hannay, que se casará dentro de quince días.

—Cuando era Rose me pidió que la llevara a África.

—Lo recuerdo.

—La llevaré.

Parecía hablar otra persona por su boca, otra mitad de sí mismo porque estaba tan asombrado como Charlotte, que captó un atisbo de su propia sorpresa.

—¿Habla en serio?

—Sí.

No quería pensar en ello, la cuestión desafiaba el pensamiento racional.

—¿Tanto le gustaba Rose?

—Me estaba acostumbrando.

—Le gustaba la muchacha que bebía ginebra y se lo llevaba a la cama. ¿Qué me dice de Charlotte, que no se desnuda y tiene un cerebro pensante?

—También puede venir. Le ofrezco la huida.

—Es la propuesta más extraña que he oído en mi vida. Me siento halagada, Blair, de verdad.

—En cuanto su padre me pague, podemos irnos.

Ella se apartó los cabellos de los ojos.

—¡Qué pareja haríamos!

—Seríamos terribles.

Ella miró hacia la galería como si pudiera distinguir una imagen del futuro que se formara en la oscuridad. Blair casi llegó a distinguirla, una visión que se aproximaba y que desapareció en cuanto se hizo visible.

—No puedo.

—¿Por qué no? Cuando era Rose lo deseaba.

—Aquélla era Rose; yo soy una Hannay.

—¡Ah, eso es diferente!

—Quiero decir que tengo responsabilidades. El Hogar.

—No, usted se refiere a la diferencia de clase, a la educación, a que usted tiene un nombre auténtico, mientras que Rose era una muchacha libre de Manchester y que Dios sabe cuál es su verdadero nombre. ¿Cómo emprender un viaje conmigo cuando puede encerrarse en un gran salón con un asesino? Debo de haber bromeado. Tal vez así lo hiciera, pero me gustaba su imitación de una mujer: fue la mejor que he visto en mi vida.

—Es usted imposible.

—Creo que los dos lo somos.

—Bien, no llegaríamos muy lejos, ¿verdad?

—No —convino Blair.

Ignoró la tristeza de su risa. Por lo que a él concernía habían regresado a aquel punto en que cada palabra que cruzaban era como una puñalada.

Ella desvió su mirada, en esta ocasión, dirigida al vacío.

—¿Qué piensa hacer? —preguntó—. ¿Desaparecer?

—Eso hacen sus hombres, al parecer. Me perderé la boda, pero le dejaré un regalo.

—¿De qué se trata?

—De Maypole.

—¿Sabe dónde está John?

—Digamos que sé dónde encontrarlo.

CAPÍTULO VEINTISIETE

La noche parecía haber brotado del pozo de la mina Hannay e inundado el patio, los cobertizos y la torre, como si hasta el nivel de las nubes todo estuviera silencioso y bajo las aguas. No se distinguía el ruido de los vagones de ferrocarril, ni de las carretas de carbón que llegaban a lo alto del cobertizo de clasificación, ni el apresuramiento de los carbones que caían de las cribas, ni las bromas de las mujeres, ni la hilera de mineros que murmuraban camino de la jaula. El contraste era la negrura en que las locomotoras permanecían estáticas en sus raíles y la torre de extracción como un faro apagado entre una hilera de sombras.

Una luz secundaria surgía desde la rendija superior de la puerta de la casa de máquinas, donde los cables se remontaban hasta lo alto de la torre. Los cables estaban inmóviles, la jaula se encontraba abajo y probablemente llevaba horas sin moverse. Dentro de la casa, el operador contemplaría la esfera del indicador, se entretendría con la gran máquina inmóvil y se mantendría despierto a base de engrasar pistones y poleas.

El aire se escapaba por el pozo de ventilación ascendente, en una corriente impulsada por el horno de la mina a dos quilómetros bajo tierra. Trabajaran o no los mineros, el fuego se seguía alimentando para no interrumpir la corriente y que fallase la ventilación de la mina.

Blair recordó que Battie le había mencionado que abajo había dos fogoneros y, arriba, el operador y tal vez un ayudante.

El cobertizo de las lámparas estaba cerrado. Regresó de la fragua del herrero con una barra y abrió la puerta utilizándola a modo de palanca. Dejó su mochila y su linterna apagada en el mostrador y abrió la rejilla de una estufa ventruda donde una capa de carbones semiapagados iluminaba las estanterías con su resplandor. Los canarios se removían y aleteaban inquietos en sus jaulas, mientras cogía una lata de brea y una lámpara de seguridad.

Se dirigió hacia la plataforma de la torre, tiró dos veces de la cuerda y oyó sonar la campanilla en el interior de la casa pidiendo la subida. Se suponía que el operador permanecía en su puesto sin abandonarlo siquiera para satisfacer sus necesidades biológicas. Como máximo, el hombre podía mirar la plataforma desde la puerta para asegurarse de que la señal procedía de abajo. Blair estaba dudoso, pero mantuvo a oscuras su lámpara y se ocultó tras la pata de una torre mientras la gran rueda que estaba sobre su cabeza comenzaba a girar y el cable se agitaba desde el suelo.

Aguardó a que la jaula realizase su viaje de casi dos quilómetros. Los fogoneros no lo oirían: el estrépito del horno de una mina apagaba los restantes sonidos. En cuanto la jaula llegó y se detuvo a nivel de la plataforma, saltó a ella entre los raíles de las carretas y agitó la cuerda una vez para indicar que deseaba descender.

Los descensos consistían en caídas vertiginosas, pero controladas. A medio camino la jaula pareció flotar y golpear contra los cables que le servían de guía, lo que le provocó la sensación de volar a ciegas, aunque mentalmente sabía que descendía en una caja metálica. Como si en realidad supiera dónde se encontraba. Se estremeció. ¿Qué discurso le había dado a Leveret acerca del método de triangulación y la elaboración de los mapas? De aquel modo había proseguido su investigación de aficionado, salvo que dos de sus puntos, Rose y Charlotte, habían sido una misma persona.

La presión ascendía desde las suelas de sus zapatos hasta sus rodillas. El redondo cable de acero se extendía mientras la jaula se agitaba entre las guías y tocaba tierra en el ojo del pozo.

Una cosa era estar abajo y otra estar solo abajo, cuando nada podía distraer a uno del hecho de que sobre su cabeza había toneladas de roca. El trabajo de aquellos que enganchaban y arrastraban las carretas, de los herreros y de los mozos de cuadras que atendían a los caballos, solía crear la ilusión de que el ojo del pozo, el cobertizo del capataz y los establos sólo eran una ciudad bajo tierra. Sin aquella actividad, la ilusión tranquilizadora desaparecía y uno se veía obligado a aceptar cuán lejos se encontraba del resto del mundo.

En un cubo de arena sobre la plataforma se encontraba una lámpara de seguridad encendida. El calor y olor de los caballos, como siempre, era agobiante. Abrió su caja de cerillas —algo prohibido en una mina ¿pero quién podía impedírselo entonces?— y encendió la lámpara que llevaba consigo. La llama surgió tras la malla metálica. Con la mochila al hombro se internó por la negra galería central a la que llamaban calle principal. Allí debía realizarse una elección consciente para viajar lleno de temores, o emprender la marcha como si la tierra le perteneciese a uno.

Había examinado tan largamente el plano de la mina Hannay que tenía una copia impresa en su mente. Un mapa lo era todo cuando se circulaba por una mina. Aunque también existía el sencillo sistema de mantener la corriente a la espalda. Agachó la cabeza y adoptó un ritmo que ajustaba sus pasos a cada dos traviesas del trayecto. Los entibos de madera crujían de manera muy perceptible sin los sonidos cotidianos de ruedas y caballos. Las maderas se ajustaban y despedían tierra. Levantó su lámpara y la llama se prolongó de un modo que sugería la presencia de metano.

Marchar con la espalda encorvada, como los mineros, provocaba en sus sujetas costillas la sensación de frotarse entre sí, pero como no tenía que enfrentarse al tráfico de ponis y carretas, avanzaba sin pérdida de tiempo. Pasó junto a zonas de refugio, pozos y ademes secundarios que dirigían el aire. Pasó por donde Battie había encontrado a las dos primeras víctimas del grisú el día del incendio y, a continuación, por el lugar donde la galería se sumergía hasta el recodo donde había caído un caballo y atrapado a diez hombres en el otro lado. Se internó otros quinientos metros por una galería más baja y estrecha, llegó al frente del carbón, con sus negras columnas, y al vacío aún más negro donde habían sido eliminadas las columnas.

Las palas y los picos de puño corto se encontraban donde los dejaran el día anterior. Blair escogió un pico, pasó de modo automático su lámpara por el techo y con la llama descubrió indicios de gas en alguna rendija, aunque nada similar a lo sucedido el día de la explosión. Entonces había humedad, y un calor impropio de la estación. A medida que el barómetro bajaba, el gas se había filtrado de las columnas, el techo y agujeros de barrenos. A todo lo largo de la galería las llamas de las lámparas habían comenzado a separarse de sus mechas, indicio todo ello que un capataz escrupuloso como Battie necesitaba para prohibir voladuras durante toda la jornada.

A veces los hombres eran retirados rápidamente de un trecho impregnado de gas del frente de arranque, pero nunca se había evacuado una mina. Los hombres golpeaban con sus picos o empujaban las carretas, los muchachos conducían los ponis, y todos eran conscientes de que en una atmósfera cargada de gas un simple chispazo podía hacer estallar el metano como una bomba, o cuando el grisú se hubiera transformado en gas corriente, asfixiar a cualquiera de ellos. Los mineros siempre trabajaban: al fin y al cabo, aquel que bajaba dos quilómetros bajo tierra, ya había tomado ciertas decisiones acerca de seguridad. Además, casi siempre regresaban a casa al final de la jornada.

Dos semanas habían transcurrido desde la primera visita realizada por Blair. En aquel tiempo, el frente del carbón había retrocedido según el curioso sistema de retirada de Lancashire, dejando una galería de columnas de carbón que se desplomarían lentamente bajo el peso de la tierra que tenían encima. Lentamente, de un modo no inmediato. A veces, en una semana; otras en un año; en ocasiones parecía que nunca. Cuando por fin se derrumbaran las estructuras, lo harían con tal estrépito que despedirían olas de carbonilla hasta la bocamina.

El trecho por donde Battie y él se habían arrastrado aparecía con claridad en sus primeros metros; más allá, Blair no podía distinguir nada más a través del polvo ambiental. Se orientó con su brújula. Con el pico en una mano y la lámpara y la brújula en la otra, se deslizó hacia adelante en el vacío.

Recordaba la anotación aparecida en el diario de Maypole: «Te daré los tesoros de la oscuridad y las ocultas riquezas de lugares secretos.» Al llegar el sacerdote al frente del carbón, ¿comprendería cuán a regañadientes abría el Señor las venas de la tierra?

Cuando el techo se inclinó hacia abajo, fue modificando su posición, de pie a encorvado y, luego, de rodillas. La mochila le dificultaba doblemente el avance hasta que se la quitó y se la ató a la pierna con la chaqueta; aun así, sólo podía moverse empujando la lámpara hacia adelante y abriéndose camino entre los escombros. Sectores del techo se habían desplomado como las losas de una tumba. En un lugar no sintió en absoluto la presencia de suelo por lo que se arrastró hasta un extremo en busca de tierra firme, y limpió su brújula para reorientarse. Tenía las mangas y las manos cubiertas de carbonilla, la respiraba, se ahogaba con ella, parpadeaba para mantener despejada la vista. Todo era cálido: el carbón se recalentaba por la presión.

Por entonces, Blair ya no estaba seguro de haber girado a la derecha o izquierda, de haber ido demasiado lejos o no haber avanzado bastante. Las piedras se habían movido como una baraja de naipes desplomada: el techo había caído en un lugar; en otro, había resurgido el suelo. Estaba seguro de no encontrar lo que acudía a buscar hasta que la llama que lo alumbraba pareció elevarse y, entre el polvo, percibió el penetrante olor corrompido a metano.

Bajo la malla metálica que protegía la lámpara, el núcleo rojizo-anaranjado se convirtió en una llamarada amarilla más alta, con ideas y aspiraciones. Blair dejó la lámpara donde se encontraba. Mientras la llama siguió como tal y no se convirtió en una columna blanquiazulada, se halló en el lado correcto de una línea efímera. Se arrastró hacia adelante, y distinguió un muro de ladrillos y argamasa construido a toda prisa, de un metro aproximadamente de altura y dos de ancho. Limpió un ladrillo y leyó «Ladrillar Hannay» grabado en él. Eran los mismos ladrillos, la misma pared que Battie y él habían encontrado anteriormente.

Se apoyó en el codo y se acercó la mochila. Como Battie había descrito, no era un escape, tan sólo gas que se había acumulado en piedras de desecho y carbón detrás de la pared. Con la mayor intensidad de la luz, reparó en la rendija reveladora de la hilera superior de ladrillos, detrás de la cual se ocultaría el metano. Tendido de costado, sacó de su mochila la lata de brea, levantó la tapa con su navaja y, tras recoger el resinoso alquitrán con la hoja del cuchillo, rellenó la grieta y se recostó para comprobar el efecto. Si la brea era «excelente para la Marina Real» tendría que serlo asimismo para las minas Hannay.

Lentamente, la llama se enfrió hasta recobrar su tonalidad anaranjada. Blair dio golpecitos a la hilera inferior de ladrillos con la punta del pico. Puesto que el metano era más ligero que el aire, el gas explosivo quedaría confinado al espacio superior, tras la pared, y no se correría riesgo alguno al retirar un ladrillo de la parte inferior. En teoría, se dijo que aquélla era la razón de que la minería fuese a la vez arte y ciencia, porque los mineros —al igual que los artistas— morían jóvenes.

Aún de costado, Blair propinó un golpe más contundente a la base de la pared. Se separaron dos ladrillos del fondo, distinguió su propia sombra levantarse en la pared y, cuando miró hacia atrás, comprobó que la llama había crecido tanto que lamía la tapa. Dejó caer el pico y se hundió todo lo posible entre los escombros. Nubes de metano se encendían suavemente entre sombras azuladas y lo envolvían en luz líquida. Permaneció inmóvil. Agitar una chaqueta resultaba útil cuando el gas no estaba encendido; de ser así, el oxígeno lo alimentaba. Contuvo el aliento para evitar que el fuego llegase a sus pulmones hasta que el gas encendido se extendió, estalló y se dispersó como duendecillos que se deslizaron por las rendijas y desaparecieron.

La llama de su lámpara se estabilizó de nuevo, aunque el olor a metano era penetrante, como si se hallara sumergido en un pantano. Retiró los ladrillos sueltos y hurgó en el interior. Tanteó a su alrededor hasta dar con algo enterrado entre las piedras y que no era una de ellas. Lo extrajo y reemplazó y calafateó los ladrillos, luego rodó por el suelo para acercarse a la luz y examinar la calcinada y retorcida lámpara de seguridad. La lámpara había sido construida de tal modo que, a menos que se desmontase, era imposible retirar la malla que la protegía, pero ésta había desaparecido, había sido arrancada. Frotó la base y la acercó a la luz: en el metal figuraba un número, el noventa y uno. Aquélla era la lámpara por la que *Jaxon* había firmado la mañana en que se produjo la explosión. No era de extrañar que Smallbone y el auténtico Bill Jaxon se hubieran ofrecido para regresar a su puesto de trabajo, por temor a que alguien encontrase la lámpara o cualquier otra señal de la presencia de Maypole. Reconstruir la pared había sido una bendición para ambos.

La explosión le resultaba ya bastante clara. Después de que Smallbone acompañara abajo a Maypole, había aprovechado la oportunidad para *escabullirse* por la galería central —según Battie como tenía por costumbre— y dejado solo a Maypole en el extremo más oscuro del frente del carbón cuando él nunca había estado en una mina. ¿Qué clase de experiencia espiritual habría sido aquélla? ¿Se habría hincado de rodillas para orar o comenzado a sentir el peso de la tierra sobre su cabeza, a oír el sonido de las maderas, a advertir que comenzaba a faltarle el aire? No tenía amigos que lo guiaran como Flo había guiado a Charlotte, y le debían de haber advertido que se mantuviera alejado de los restantes mineros, por lo que no tenía experiencia ni el alivio de ninguna compañía. ¿Y en cuanto a los demás? ¿Se habrían percatado de cuán extrañamente se comportaba Jaxon? ¿Pero quién se habría atrevido a interrogar a un personaje tan voluble si se mostraba poco sociable?

La primera vez que los hombres se encontraban en una mina solían temer que su lámpara se apagase y subían la mecha hasta que alguien les gritaba que la bajasen. Entonces la bajaban demasiado, la llama se apagaba y quedaban en la oscuridad. ¿Encendería Maypole alguna cerilla? ¿Sería eso lo que hizo? ¿O habría cedido a la tentación de efectuar una voladura él mismo? Jaxon había barrenado el día anterior. La caja metálica de Smallbone llena de cartuchos estaba a sus pies. ¿Habría introducido uno de ellos en un agujero y lo habría golpeado de modo experimental con su pico en lugar de empujarlo con la varilla de latón utilizada por el bombero, que no provocaba chispas?

Entonces, debió de ser cuando se produjo la explosión espontánea de metano por el calor generado en el carbón al ser aplastado, por la combustibilidad de la carbonilla del aire. Así habría sucedido.

Pero Blair consideraba más probable que el prudente y cuidadoso Maypole no hubiese hecho nada más que golpear el muro con su pico, percibir el silbido del grisú y luego, de manera instintiva puesto que era un buen hombre, echar a correr para prevenir a los demás que trabajaban en aquella zona. Lo que, como el inspector de minas había dicho, no habría hecho ningún minero experto, porque al correr se presionaba la llama en la malla que protegía la lámpara y se proyectaba hacia el mismo gas del que uno trataba de escapar.

Probablemente, eso era lo que había sucedido. En su inocencia, Maypole había tratado de advertir a los demás y, quizá, ellos olieron el gas, lo vieron correr con su lámpara y le rogaron que se detuviera. Bastó con que una punta azulada de la llama se filtrara por la malla. La fuerza del impacto la había arrancado y retorcido la lámpara como un caramelo situándolo a él, y a nadie más, como objetivo de la explosión. ¿Dónde estarían los restos de Maypole? Acaso quedaran partes, átomos del hombre, pero que no bastarían para los gusanos. De todos modos, aquel lugar era demasiado profundo para los gusanos, como dijera Rose Molyneux.

En su diario, Maypole había citado a Job: «He andado denegrido sin ardor del sol. Mi piel se ha ennegrecido sobre mí y mis huesos se han quemado.» Bien, aquella predicción era muy cierta y él se había llevado consigo a otros setenta y seis hombres. Y cuando los heroicos Smallbone y Jaxon habían encontrado la lámpara de Maypole, la tapiaron para toda la eternidad y marcaron el mismo número, noventa y uno, en la que Jaxon había llevado consigo, de modo que el sistema establecido demostrara que todas las pérdidas habían quedado justificadas.

Blair colocó de nuevo los ladrillos y los calafateó, se metió la lámpara en la mochila y se arrastró entre los escombros hacia el frente del carbón. Una vez allí, se levantó. Pensó que ya no parecía un minero, sino un palo de carbón. No se sentía justificado sino triste, porque al final admitía que habían compartido muchas cosas en común.

Avanzó tambaleándose hacia la calle principal, recibiendo gustoso en el rostro la corriente de aire. Tras el sabor del metano, incluso el aire viciado era una mejora. Subía la pendiente que conducía al recodo cuando los raíles comenzaron a vibrar bajo sus pies. Pensó que se trataría de un deslizamiento de rocas hasta que oyó un chirrido de ruedas metálicas. Un tren invisible de carretas se estaba moviendo.

Un tren consistía en media tonelada de carretas metálicas flojamente encadenadas que al principio rodaba de un modo aletargado y no coordinado. Blair retrocedió y buscó un espacio para dejarlas pasar. Oyó cómo el convoy tomaba una vía directa y ganaba velocidad mientras que él no lograba apresurarse. Entre las costillas vendadas y el peso de la mochila avanzaba a trompicones por las traviesas dejando atrás el escaso resplandor de su lámpara. Los raíles resonaban bajo los pies. Los trenes incontrolados solían ser una de las causas más comunes de los accidentes mortales de las minas; con su impulso, las carretas tendían a llevarse por delante cuanto encontraban. Las vio ladearse en lo alto de la pendiente, sacudir las cadenas, llenar la profundidad del pozo. Consiguió refugiarse en un agujero mientras que la carreta que iba en vanguardia le golpeaba el talón y el tren se precipitaba ante él en dirección al frente del carbón.

Cuando se apagó el estruendo oyó un chirrido rítmico, como si alguien afilase una navaja. Miró de reojo desde su refugio. Una figura agachada como un patinador, recortada en amarillo, con una lámpara en una mano y el pico en la otra, se deslizaba de lado sobre sus zuecos de punteras metálicas por los raíles inclinados.

Blair se encogió en el agujero, adosado a la pared, y Bill Jaxon pasó por su lado con la bufanda de seda al cuello. El hombre avanzaba dando zancadas con una sola pierna y se equilibraba con chispazos que se desvanecían como un cometa que excavara en la tierra. Blair sintió un impacto candente y comprendió que la única razón de que él no lo hubiera visto era porque estaba apoyado en su propia lámpara.

Se enderezó y avanzó hacia la vía para sacudirse el chamuscado círculo de su chaqueta. Se hallaba a mitad de camino de la jaula y podía llegar mucho antes de que Bill regresara tras rodear el frente de arranque. Sin embargo, acababa de coronar la cuesta cuando distinguió el ruido de unos zuecos que seguían un paso rápido. Jaxon no había llegado hasta su objetivo: lo había hecho salir de su escondrijo.

—¡Rose me dijo que te había visto! —exclamó Bill—. ¡Quiero enterarme de lo sucedido!

No tenía ninguna posibilidad de adelantar a Jaxon en el tramo que restaba hasta la jaula ni de ocultarse. Su lámpara lo atraería hacia él aunque, si la apagaba, se quedaría a oscuras. Imaginó la calle principal donde se encontraba, la calle posterior y todas las galerías secundarias que conectaban con las dos principales. La galería contigua estaba cubierta por un ademe para mantener el curso del aire; se deslizó en aquella dirección en lugar de hacia la calle posterior.

Al cabo de unos momentos lo alcanzaba la voz de Bill.

—Buen intento, ¿pero no crees que conozco la mina mejor que tú?

La calle posterior transmitía las vías de retorno y el aire viciado al horno. Un viento grasiento, dirigido por otros paneles de lonas, impulsaba a Blair por la espalda. Empujó los paneles hacia la galería mientras se esforzaba por bloquear la visión de su lámpara a Bill. Al hacerlo así se golpeó la cabeza en una viga baja y se quedó unos momentos tan aturdido que no supo qué camino tomar. Sintió fluir una humedad en su oreja y comprendió que se había abierto una herida.

—Lo único que tenías que hacer era largarte —gritó Bill.

Blair avanzó todo lo posible mientras oía como Jaxon destrozaba los ademes que él dejaba a su espalda. A través de otras galerías laterales le oía correr de modo paralelo por la calle posterior. Contaba con la pequeña ventaja de que sus zapatos eran más silenciosos que los zuecos, aunque una hormiga podía pretender idéntica ventaja. A Jaxon le faltaban pocos pasos para llegar a la calle principal.

Una solitaria carreta se encontraba en la vía. Blair la empujó con el hombro para que rodase cuesta abajo, hacia el frente del carbón. Mientras miraba hacia atrás, la lámpara de Bill apareció sobre él en la calle principal.

Blair metió su lámpara en la carreta, la soltó y se ocultó a un lado. La pendiente era suave y la carreta no ganó velocidad, pero tampoco se detuvo. El resplandor de la lámpara de seguridad de Blair osciló por el techo. En su persecución, Bill patinaba por los raíles con zancadas airosas, que levantaban chispazos.

Blair avanzó a tientas entre la oscuridad, por una galería lateral hacia la calle posterior y encendió la linterna sorda que llevaba en su mochila. La cerilla ardió con viveza y el estrecho rayo de luz iluminó el frente, alimentada por un efluvio de metano que había en el aire.

Tras unos cien pasos se atrevió a regresar a la calle principal. Le pesaban los pies como lastre, sus pulmones resollaban cual si fueran sacos agujereados. Sin embargo, el hedor de los establos era dulce y la tenue lámpara en su cubo de arena le pareció la vela de un santuario. La jaula seguía aguardando en el ojo del pozo.

Oyó que Bill regresaba furioso de la calle principal. Blair no comprendía cómo había detenido la carreta y llegado con tanta rapidez, pero así había sido. Se metió en la jaula y agitó la cuerda para subir.

Mientras el montacargas se elevaba, Bill salió corriendo de la calle a plena velocidad y pasó junto a los establos. Por su mirada, Blair comprendió que se proponía saltar a la jaula que ya se remontaba, pero en el último momento vio que no la alcanzaría y, en lugar de ello, corrió a todo lo ancho del pozo.

Blair se hundió en el suelo, protegiendo su linterna y su mochilla con las rodillas en el oscilante ascenso. Por el lado abierto el rayo iluminó una confusa humedad, piedras ondulantes y, aunque sabía que se dirigía a un patio de carbón y escorias, creyó oler a hierba y árboles.

Se levantó al ver que se demoraba su avance. El acceso parecía interminable. Por fin, la jaula alcanzó un resplandor de lámparas similar a un lago y sintió en su rostro un soplo de auténtica brisa. Las locomotoras se agazapaban como esfinges en el patio. La bandera de la torre era como una media luna.

Cuando se apeaba en la plataforma, Albert Smallbone apareció tras la pata de una torre y lo golpeó con una pala.

Blair se quedó tendido en el suelo de espaldas con el borde cuadrado de la pala que sostenía Smallbone apretado contra su mandíbula.

—¿Has cazado alguna vez con hurones? —le preguntó Smallbone—. Casi no vale la pena. Son peores que criminales. El hurón persigue al conejo hasta el fin de un agujero y luego se dedica a comérselo. Y no lo has enviado para eso. Si se rompe la correa que lo sujeta, tienes que comenzar a cavar con una pala para conseguir algo de comida para ti. De todos modos tú eres ahora mi conejo y Bill estará aquí arriba dentro de un momento.

El cable giraba con rapidez. Blair no podía distinguir cuánto quedaba porque, cuando se movía, Smallbone apretaba la hoja de la pala contra su cuello. Su mochila se había volcado y su contenido estaba desparramado por los pies del hombre.

—La primera vez que estuviste excavando con George Battie le dije a Bill que volverías a bajar a la mina y él no me creyó. Bill no es brillante, pero es hermoso, como un elemento de la naturaleza. Al igual que su Rose. Yo soy un hombre más calculador, como tú, pero tenemos que apreciar a la gente tal como es.

Blair gruñó para retrasar el fin de la conversación.

—Rose nos explicó lo que te había dicho —prosiguió Smallbone—, algo poco apropiado para un hombre suspicaz. ¿No pudimos considerarnos afortunados por venir aquí cuando lo hicimos? Como yo lo fui tomando un descanso en mi trabajo cuando todo el pozo se fue al infierno. ¿Sabes? La gente siempre me ha sorprendido como algo de lo más fascinante. Rose no es tan persuasiva para mí, pero se sale siempre con la suya con Bill. Es como Sansón y Dalila. Yo nunca hubiera permitido que Maypole ocupara el lugar de Bill, pero ella disfrutaba pasando los días en la casa rica a solas y, en cuanto Maypole se enteró de lo que sucedía, temió que descubriera a la señorita Hannay y a ella. Ninguno de nosotros hizo nada malo. Lo único fue ayudar a un sacerdote a saborear el mundo de verdad.

—No estaba preparado para ello —susurró Blair pese a la pala.

—En eso tienes razón. Lo único que le pedí fue que se mantuviera tranquilo mientras yo descansaba. Creí que no era demasiado pedir. Pero ahora ya ves en qué situación nos encontramos Bill, Rose y yo. Sin haber hecho nada malo pueden cargarnos la muerte de setenta y seis personas. Ni siquiera la señora Smallbone rogaría por mí y créeme, lo hace por todos. Dios sabe que hemos tratado de hacerte desistir.

—¿Cómo lo hicisteis con Silcock?

—Aquello fue una chapuza. Después del incendio chupaba a Harvey como una sanguijuela y no podíamos saber lo que Harvey había dicho en sus condiciones. Supongo que nada, según resultó. No se ahogó: no se causó ningún daño.

—¿Y Twiss?

—Lo llevamos a dar un paseo. Con el dolor que sentía, creo que fue un acto misericordioso.

—Bill trató de matarme.

—Bill es torpe, pero imaginar que la gente pudiera suponer que su Rose y tú intimabais fue una provocación.

—¿Y la escopeta accionada con muelles?

—Un ingenio inhumano. Odié instalarlo, pero por lo menos hubiera servido de mensaje. Lo cierto es que podías haberte largado de Wigan en cualquier momento, que no lo hiciste y que ahora es demasiado tarde.

El cable seguía su nota ascendente. Blair comprendió que si llamaba a la casa de máquinas Smallbone acabaría con él y, aunque lo hiciera, probablemente el operador no oiría nada entre el estruendo de pistones y válvulas. Así, pues, ¿qué resultaría? ¿Un viaje a la línea ferroviaria donde podría apoyar su cansada cabeza en una vía como hiciera Harvey Twiss?

La jaula llegó a la plataforma y se agitó mientras sendos zuecos surgían de ella y bloqueaban la visión de Blair. Eran unos zuecos familiares con punteras metálicas que brillaban como puntas de jabalina de oro. Como apuntaban hacia Blair, Smallbone agitó la cuerda señalando hacia abajo y la jaula emprendió de nuevo el descenso.

—Ha sido una buena carrera —dijo Bill.

—¿Cómo de un atleta cristiano? —repuso Blair recordando su primera conversación con Jaxon en El Joven Príncipe.

—Casi.

Blair pensó que el operador debería de preguntarse por qué subía y bajaba la jaula, pero era una razón adicional para que no abandonara su puesto.

—Estabas con Twiss cuando estalló el gas —dijo Blair a Jaxon.

Bill miró a Smallbone que observaba cómo el pozo engullía la jaula.

—Eso no importa —dijo.

Blair comprendió que no lo conducirían a ninguna vía de ferrocarril ni canal. Cuando la jaula llegase al fondo, lo dejarían caer y sería una de tantas víctimas de un paseo nocturno por Wigan. Se vio a sí mismo sumergiéndose en el pozo. «Disparó una flecha al aire, cayó a tierra, no sé adónde.» Bien, ya lo sabría.

—¿Qué crees que sucedió? —preguntó Blair.

—¿Qué provocó la explosión?

Se apoyó en la pala sin perder de vista el cable que descendía.

—Es cosa de risa. El Señor da y quita, y se desternilla de risa cuando lo hace.

Blair contempló el retorcido metal en que se había convertido la lámpara de seguridad.

—¿Lo sabía Maypole?

—Tal vez, desde luego era muy brillante para comprender. Lo cierto es que el minero que no cree que trabaja en su propia tumba está loco. Yo sabía que Maypole lo era. Me sorprende descubrir que también lo eres tú.

Hizo una señal a Bill que se preparó para enviar a Blair de una patada por el borde, pero se distrajo al advertir que alguien cruzaba el oscuro patio sin lámpara.

Smallbone entornó los ojos para distinguir la figura y exclamó:

—¿Es Wedge o Battie?

—He hablado con Rose —repuso Charlotte.

—Líbrate de él —ordenó Smallbone a Bill que propinó un puntapié a Blair.

Charlotte vestía pantalones y camisa y llevaba una pala de mango largo, de las utilizadas para clasificar el carbón, con cuya hoja golpeó a Smallbone como una especie de gong chino.

Blair se había asido a un cable guía y trataba de trepar por él. Smallbone cayó derribado por otro impacto de Charlotte. La mujer se movía vertiginosamente y esgrimía la pesada pala con ambas manos, como una espada. Blair llegó desde la guía a la plataforma donde Bill lo aguardaba. Charlotte hundió la pala en la espalda de Bill y, al ver que no se movía, se la lanzó a la cabeza para atraer su atención. El hombre se volvió y le dio un revés. Blair la vio desplomarse mientras que él se arrastraba hacia las tablas. Recogió la pala caída y, cuando Bill se volvía hacia él, le asestó un impacto a la rodilla con todas sus fuerzas, como se propina el primer tajo a un árbol. El hombre se tambaleó. Blair le arrojó la pala y, cuando su contrincante la recogía con ambas manos, se adelantó y le pegó un puñetazo en el entrecejo. El minero retrocedió hasta perder pie y se sostuvo en equilibrio con un pie en el borde. Su bufanda ondeó a su alrededor a impulsos de la corriente que llegaba desde abajo. Dejó caer la pala y se tambaleó aproximándose unos milímetros al pozo. La pala fue en pos de la jaula y la hoja retumbó contra la piedra.

—Ya te tengo, Bill, muchacho —exclamó Smallbone cogiéndole la mano.

Asirse a Smallbone produjo el efecto de inclinar a Bill al lado opuesto. Pese a contar con el apoyo de su amigo, seguía formando un ángulo en sentido contrario y su zueco resbaló. El metal con el que se había deslizado patinaba sobre la gastada madera del borde de la plataforma.

—¡El maldito Maypole! —dijo Bill. Y añadió—: Se acabó.

Se le pusieron los ojos en blanco y se perdió en el vacío. Dio un manotazo con su brazo libre y cayó.

—¡Jesús! —exclamó Smallbone.

Arañó hacia atrás como un cangrejo por las tablas, trató de liberarse de la presión de Bill y luego desapareció también por el borde.

CAPÍTULO VEINTIOCHO

Delante de Blair la brisa agitaba las margaritas. Había pasado anteriormente por aquel sendero, por lo que le resultaba fácil seguirlo, máxime cuando estaba señalado por una cinta de satén arrancada de una falda o por la sorda descarga de alguna escopeta.

Las praderas conducían a pendientes más elevadas donde las ovejas estaban separadas por hileras de negras piedras. Blair llevaba una chaqueta de *tweed*, sentía las costillas como nuevas, y respiraba un aire vivo que parecía zumbar a la vida como si el fulgor opalescente de los insectos voladores fuese un campo de electricidad que cargara todos los objetos visibles. De vez en cuando se detenía para quitarse la mochila del hombro y enfocar su nuevo telescopio en algún halcón que se cernía sobre un ruinoso hito de piedras o un cordero que olfateaba los brezos.

Volvió el aparato hacia la última colina donde el viento peinaba la hierba hasta una merienda campestre dispuesta bajo nubes tan blancas e inmóviles como columnas. La alfombra oriental de los Hannay estaba extendida como la vez anterior. Lady Rowland y Lydia vestían de nuevo como refinadas y animadas flores. La madre, un conjunto malva de terciopelo, y la hija un vestido de color lavanda, en crespón de China, los dorados cabellos recogidos con un sombrero para protegerse del sol, y sus tenues colores reflejaban el ambiguo estado de la familia que a la sazón constituían. Los hombres —Hannay, Rowland, Leveret— iban de negro. Moscas somnolientas se arrastraban por los restos de pavo en conserva, pastel salado, galletas y copas de Burdeos. En el aire persistía el almizclado olor de la pólvora.

Al ver a Blair, lady Rowland enrojeció irritada y Lydia miró a su alrededor como una estatua dorada sin saber qué decir.

—El mismísimo hombre —dijo Rowland.

Hannay se irguió con rigidez y se protegió los ojos. Blair advirtió señales de abandono en el obispo y huellas de una incipiente barba.

—¡Un rostro que debe alegrarnos, Dios! Todos estamos inconsolables, pero usted, Blair, parece recuperado por completo. Afeitado y sano como una rosa.

—Mejor aún, remunerado —repuso Blair—. Equipado y de regreso a África gracias a usted. Lamento lo de su hija.

—Fue algo inesperado.

—Ha sido una amarga decepción —intervino lady Rowland.

No parecía en absoluto decepcionada. En todo caso en las comisuras de su boca se dibujaba la satisfacción.

Lydia resplandecía como una flor, cual un arreglo floral de mesa expuesto al aire libre.

—¿Cuándo se marcha? —le preguntó.

—Mañana. Su tío me ha contratado para que concluya mi trabajo en las minas de la Costa de Oro, aunque yo pensaba quedarme algo más, para hacer averiguaciones sobre mi familia materna. Ella era de aquí y probablemente jamás tendré otra oportunidad.

—Me sorprende que se quedara tanto tiempo —dijo Hannay.

—Es un país hermoso.

—En boca de un veterano de África es un cumplido —dijo Rowland—. Ha resucitado de la tumba. Me enteré de que se había alojado en nuestra antigua casa durante una semana antes de regresar al Minorca. Lo cierto es que ha infestado todo el entorno, como una especie de oveja negra.

—¿Insiste usted con el arsénico?

—El farmacéutico es un buen hombre: usted lo conoce de sobras.

—Algo más que compartimos.

—Aún queda otra cosa. ¿Cómo está de ironía?

—Es algo innato en mí.

—El jefe de policía Moon me ha contado que hace dos semanas dos mineros cayeron en un pozo en plena noche. Los encontraron por la mañana, cuando subió la jaula. Estaban muertos, según el juez de instrucción, aplastados por el impacto y por golpearse contra las paredes en su caída.

—¡Qué historia más espantosa! —exclamó lady Rowland—. ¿Por qué te molesta el jefe de policía con casos como éste?

—Conoce mi interés por los fenómenos insólitos.

—Dos borrachos que caen por un pozo no parece algo insólito.

—Lo es que dos mineros expertos hayan caído en un pozo de la propia mina donde trabajan. Los mismos que se comportaron como unos héroes en la explosión sufrida en enero. ¿Acaso no es irónico?

—O una moraleja —repuso Blair.

—¿Dónde está la moraleja? —se asombró Lydia.

—Jamás lo sabremos, querida —dijo lady Rowland—. Esa gente lleva una vida muy distinta a la nuestra.

Pero Rowland no había acabado.

—En realidad, fue la misma noche en que Charlotte desapareció. De modo que existe ironía y coincidencia. Tal vez deberíamos centrarnos en esto último.

—Tendría que existir una relación. Charlotte no conocía a los mineros, acaso nunca los había visto —intervino Leveret.

—Estaba familiarizada con las mineras. Mi tío se dispone a cerrar el Hogar Femenino ante mi insistencia.

—Si eso le satisface... —repuso Leveret.

—Nada me satisface. Me he hecho famoso. Llevo un gran nombre, o lo llevaré. Pero es como si me hubieran prometido un jardín en el centro del cual hubiera un árbol con cierta manzana que toda mi vida he esperado morder y que ahora se me diga que el jardín es mío, pero que han robado la manzana.

—Aún le queda el carbón —dijo Blair.

—Blair sufrió una caída hace unas semanas y lo visité. Deliraba casi constantemente. Se ha recuperado de un modo extraordinario —dijo Hannay.

—Gracias —repuso Blair.

Era cierto: incluso la malaria había remitido. Ya no orinaba turbio sino tan claro como el agua de un manantial.

—Tal vez sea por el aire.

—Debería instalar su residencia en Wigan —dijo Lydia.

—Siento tentaciones de ello. Dejar el oro por la búsqueda más sencilla de carbón.

—¿Qué sabe con exactitud de su madre? —preguntó ella.

—Nada concreto. Navegábamos hacia América cuando ella murió. Había dicho a algunos pasajeros que procedía de Wigan. Podía ser una doncella, la obrera de alguna fábrica o una minera.

—Su nombre debía de figurar en el equipaje o en algún lugar —dijo lady Rowland.

—No tenía equipaje. Si llevaba algún documento, lo rompió o lo tiró.

—Estaría en dificultades. O quizá no deseaba que usted regresara a molestar a sus parientes —intervino Rowland.

—Es lo que siempre he pensado —dijo Blair—. Sin embargo, aquí estoy.

Hannay le sirvió un vaso de vino que cogió, pero siguió de pie.

—Tendría que ver disparar a Rowland —dijo el obispo—. Ha diezmado la población animal.

—Cazamos juntos en África: allí también diezmó a la población.

—A su salud —dijo Leveret alzando su copa en brindis—. Me alegro de que siga aquí.

No había mencionado la visita de Blair al establo ni que quince días antes hubiera tomado un carruaje cuando todos lo suponían demasiado herido para levantarse del lecho.

—Es curioso —dijo Hannay—. Siempre temía que Charlotte apareciese a la mesa o en cualquier excursión. Ahora he llegado a comprender que, en realidad, constituía el centro de cualquier acontecimiento. Sin ella, todo parece sin sentido.

—La vida continúa —dijo lady Rowland.

—Pero no es lo mismo.

Hannay observó a Rowland que abría una caja de cartuchos.

—Te tiemblan las manos, sobrino —dijo.

—Es la malaria —repuso lady Rowland—. Iremos a Londres, lo visitarán los doctores y nos quedaremos a pasar la temporada. Rowland será el soltero más codiciado: tendrá que huir de las mujeres.

—Y viceversa —dijo Blair.

—No será lo mismo sin Charlotte —intervino Lydia—. Siempre me intimidaba porque era muy inteligente, pero me encantaba porque nunca sabía lo que iba a decir.

—¿Qué estás diciendo? —se interesó lady Rowland—. Querida, vas a disfrutar de tu propia temporada gloriosa y no recordaremos nada de todo esto. Incluso el señor Blair se esfumará de nuestro recuerdo.

—¿Han descubierto algo los detectives? —preguntó Lydia.

—No.

Su madre dirigió una rápida mirada a los guardabosques y repitió en tono más quedo:

—No. Tu tío ha contratado a la mejor agencia privada de Manchester y no han encontrado ni rastro. Ahora tienes que pensar en la familia.

—Podría buscarla Blair —dijo Lydia.

—Sí, Blair ha tenido un gran éxito encontrando a Maypole —dijo Rowland—. ¿Te importaría leer la carta que ha llegado hoy, tío?

El obispo fijaba la mirada en la pared que delimitaba el horizonte. Buscó a tientas con aire ausente y del bolsillo de la pechera de su chaqueta extrajo una carta que tendió a Leveret.

—Adelante —ordenó Rowland.

Leveret desplegó el papel. Tragó saliva y leyó en voz alta:

Señor Hannay,
Ésta es a la vez una despedida y el ruego de disculpa por las preocupaciones que le he ocasionado. No tengo ninguna excusa por mi proceder; sin embargo, existen razones que deseo explicarle en la esperanza de que algún día piense en mí con alguna comprensión y perdón. Si lo he decepcionado, me he decepcionado a mí mismo cientos de veces. No he sido el sacerdote que debía, al igual que Wigan fue la primera parroquia en que ingresé. En realidad, existen dos mundos; uno, iluminado con luz del día, con servidores y carruajes y, otro, aislado, que trabaja bajo tierra. En cuanto concernía a mi trabajo, descubrí que no podía ejercer mi ministerio en ambos mundos con iguales sentimientos. Hubo un tiempo en que, como el reverendo Chubb, honraba la árida erudición por encima de la amistad de mis semejantes. Ahora puedo decir que no existe mayor tesoro en la tierra que guardar el mayor respeto a los obreros de ambos sexos de Wigan. No echaré de menos por un instante la vanidad de la Iglesia, aunque Wigan siempre estará en mi corazón.
Mañana comienzo un nuevo ministerio. Gracias a Dios no soportaré sólo esta carga porque Charlotte me acompaña. No puedo participarle cuál es nuestro destino, pero deseo informarle de que nos sentimos tan satisfechos como quienes se hallan reforzados por la absoluta confianza en Dios. ¡Mañana comienza la gran aventura!
Con respeto y cariño,
Su humilde y obediente,

JOHN MAYPOLE

Leveret examinó el sobre.

—El matasellos es de Bristol de hace tres días.

—Habría jurado que Maypole había muerto —dijo Blair.

—Según esta carta, no es así —repuso Rowland.

—Es la escritura de John —dijo Leveret—. Y expresa sus sentimientos más personales. He oído esas mismas palabras muchas veces.

—Cientos de barcos han zarpado de Bristol durante los tres últimos días —comentó Rowland—. En estos momentos podrían estar en cualquier lugar de Europa o jugando a misioneros en alguien barrio bajo del sur de Inglaterra.

—¿Crees que se han casado? —preguntó Lydia.

—Desde luego que sí —repuso lady Rowland—. No importa, tu tío la desheredará. Tiene que hacerlo. Ha despreciado a la familia al escaparse con un loco.

—¿Es eso todo lo que escribió Maypole? —se interesó Blair—. ¿No dice nada acerca del por qué de su desaparición ni de adónde fue?

—Eso es todo —repuso Leveret.

—Esperábamos una carta del reverendo Maypole desde hace meses, ¿no es cierto? —comentó Lydia.

—Debe de haberse comunicado en secreto con Charlotte en todo momento. Despediremos a los detectives. No se gana nada encontrando a dos fugitivos —dijo lady Rowland.

Leveret se quitó el sombrero como si descubriera que le producía mucho calor. Puntos azulados señalaban su piel en el nacimiento del pelo.

—¿Cree que necesitará ayuda en África? —preguntó.

—No. Lo siento.

—El caso es si Blair estaba de acuerdo con Maypole desde el principio —prosiguió Rowland—. Yo reparé en cómo lo miraba Charlotte cuando me presenté con los regalos para la Royal Society.

—¿Los guantes del mono? —preguntó Blair.

—Earnshaw me dijo que Blair andaba siempre tras ella poniéndola en contra mía.

—Ella no era demasiado afectuosa conmigo.

—Ambos actuaban. En todo momento ha sido el agente de Maypole.

—¿Su Gracia?

Blair apelaba a una refutación del obispo, pero Hannay no parecía escucharlos.

—¿No ha descubierto nunca nada acerca de su madre? —dijo Lydia tratando de cambiar de tema.

—No. Supongo que no. Tal vez prefiero el misterio.

—¡Cuánto misterio! —exclamó Rowland—. Una ramera queda embarazada de un tendero, tiene el mocoso, se estropea, vuelve a quedar embarazada, aunque no de un hombre bastante necio para casarse con ella, consigue un billete para América y acaba su breve y desagradable existencia por el camino. Acaso me equivoque en algún detalle, pero yo consideraría resuelto este misterio. No trate de conferirle dignidad calificándolo así.

Blair contó que le separaban dos pasos para cruzar la alfombra, uno sobre la mostaza y otro en un pastel, para alcanzar a Rowland. Pero éste levantó su escopeta y dijo:

—Aquí no hay palmeras ni nativos tras quienes ocultarse, ¿verdad? ¿Qué opina de mi labor detectivesca? Creo que finalmente lo he acorralado. Su madre fue una prostituta servicial, una sifilítica, un ser anónimo, la clase de basura que los barcos echan al mar por la borda cada día. ¿Es bastante aproximado?

Blair se encogió de hombros.

—¿Sabe? Con frecuencia y durante años me he dicho lo mismo. Porque fui abandonado, aunque ella no pudiera evitarlo, cuando murió. Siempre ayuda oír las palabras de usted porque me recuerdan cuán necias y venenosas son. Necias en especial. Porque ella no era más que una muchacha y cuando pienso en lo abandonada que debió de sentirse, sin un centavo cuando consiguió su billete, sin equipaje, sin amigos, impotente, fatalmente enferma hasta que consiguió embarcar y sabiendo que a buen seguro moriría en alta mar, comprendo cuánto valor necesitó para huir de aquí. De modo que me consta que mi madre fue muy valiente y, puesto que no lo comprendí hasta llegar a Wigan, supongo que el viaje valió la pena.

Apuró su copa y la dejó. Era estupendo no sentir que se le carcomían todos los huesos. La escopeta comenzó a transmitir los temblores de Rowland y el sudor resbaló por su rostro.

—Cazas demasiado, querido —dijo lady Rowland—. Esto te pone febril.

Hannay se inclinó hacia él y le susurró tenso.

—Si tomaras menos arsénico, no te temblarían las manos, Rowland. Si estuvieras más blanco acaso fueras un muñeco de nieve y si no estuvieras loco podrías ser el arzobispo de Canterbury. Te aconsejo que te cases antes de que enloquezcas y te subas por las cortinas. En primer lugar, porque a los locos no los admiten en la Cámara de los Lores. Una vez estés allí, puedes volverte loco.

—¿Me permite? —dijo Leveret.

Y retiró la escopeta de manos de Rowland.

—Bien, debo apresurarme —dijo Blair.

Se colgó la mochila al hombro y tomó el camino por el que había llegado. Cuando había avanzado unos doscientos metros advirtió que alguien se abría paso entre las hierbas en pos suyo. Al volverse se encontró con Hannay.

—¡Su Gracia!

—Gracias, Blair. Es muy raro que muestre alguna deferencia hacia mí. Quería hablarle de la carta.

—¿Sí?

La llevaba en la mano. Desplegó la única hoja y escrutó las líneas.

—Está muy bien hecha. Con todos los tics y florituras de Maypole. El caso es si yo creo en ella.

—¿Y es así?

—Ni por un momento.

Blair no respondió. Hannay parpadeó. Tenía los ojos húmedos y su chaqueta se agitaba al viento como una vela.

—No literalmente —añadió.

—¿Qué significa eso?

—No la creo en todas sus palabras. La gente a veces me pregunta si creo en el Génesis, en que el cielo y la tierra fueran creados en seis días, y si Eva fue formada de una costilla de Adán. Pues no lo creo al pie de la letra. Es un mensaje; no un hecho. Lo mejor que podemos hacer es tratar de comprender.

—¿Y usted lo comprende?

—Sí.

Hannay volvió a doblar la carta y la guardó en su bolsillo.

Blair miró hacia atrás en el sendero. Hannay se reunía con el grupo y la merienda proseguía, apenas audible desde la distancia. Se había recuperado el lánguido ambiente de una familia británica instalada entre colinas y nubes, con un cielo tan líquido como una piscina.

Desde el pie de la colina volvió a mirar y las figuras eran tan diminutas como si estuvieran contenidas en una gota de agua.

CAPÍTULO VEINTINUEVE

Entre la neblina del atardecer de Liverpool, el vapor africano *Blackland* partía del muelle norte y recorría la marea baja del Mersey. Cargado de mercancías, se hundía en las aguas y se abría camino entre las gabarras y los queches de carbón del Long Reach, en principio en dirección norte, luego virando hacia el oeste y, por último, en dirección sur, hacia alta mar.

El *Blackland* era un arca valiente de la civilización, atiborrada de paño de Manchester, botones de Birmingham, biblias de Edimburgo y de Sheffield, ollas, cazuelas, clavos y sierras. De Londres procedían el *Punch* y *The Times* y transportaba comunicados del Gabinete Colonial que promulgaban órdenes y franquicias, amén de las sacas de correspondencia personal que hacían tolerable el servicio en el extranjero. Cajas de madera protegidas con virutas contenían coñac, jerez y ginebra, así como quinina, opio y ácido cítrico. De la bodega fluía el perfume de aceite de palma que se transportaba en los viajes de retorno.

El capitán utilizó, generosamente, el combustible que conservaba y en el mejor de los casos el *Blackland* marchó a ocho nudos, lo que parecía insignificante al enfrentarse con el oleaje que en sentido opuesto procedía del Atlántico norte. Sin embargo, en el golfo de Vizcaya emergería la corriente de las Canarias e impulsaría el barco hacia África. El *Blackland* visitaría Madeira, realizaría un prudente aunque brusco viraje en torno a los emiratos del Sahara occidental, donde los europeos durante siglos habían creído que el mar hervía y concluía la tierra, y a impulsos de la cálida corriente ecuatorial iniciaría sus visitas a África.

Los pasajeros se reunieron en el camarote de primera clase a las cuatro para comer y a las siete para tomar el té, y en su primera noche de viaje permanecieron en cubierta hasta altas horas para retirarse después a sus angostas literas. La carbonilla que difundía la chimenea del motor convertía al barco en una especie de locomotora en el océano nocturno.

Aunque la barandilla ante la chimenea era una balaustrada para contemplar constelaciones tan brillantes como fuegos recién encendidos, estrellas familiares apreciadas porque pronto serían sustituidas por la Cruz del Sur.

Por último, los cansados pasajeros se retiraron solos y en grupos. Misioneros wesleyanos que ya rezaban por las almas de los zulúes; un doctor que se sentía indispuesto y que había sido enviado para atender la epidemia de viruela de Grand Bassam; vendedores especializados en quincalla, drogas, pólvora y jabones; un teniente que se dirigía a Sierra Leona para entrenar a los jamaicanos destinados a cumplir el servicio militar en África; un nuevo cónsul para Axim; criollos con levitas y gorras de castor.

Y los últimos que seguían en cubierta, con destino a la Costa de Oro, eran un ingeniero de minas llamado Blair y su esposa, a quien unas veces llamaba Charlotte y, otras, Rose.

Impreso en Talleres Gráficos
LIBERDUPLEX, S. L.
Constitución, 19
08014 Barcelona